Inge Löhnig

Dein Blick so kalt

In der Reihe X-Thriller sind außerdem erschienen:
Beatrix Gurian: Dann fressen sie die Raben
Beatrix Gurian: Der süße Kuss der Liebe
Manuela Martini: Wenn es dunkel wird
Susanne Mischke: Röslein stach

Weitere Bücher von Inge Löhnig im Arena Verlag:
Schattenkuss
Scherbenparadies

Inge Löhnig,
1957 geboren, studierte in München Grafik-Design.
Nach einer Karriere als Art-Direktorin ist sie heute selbstständige Grafik-Designerin und lebt mit ihrer Familie bei München.
Daneben hat sie in der Belletristik bereits fünf hoch erfolgreiche Thriller veröffentlicht. Nach ihren Bestsellern »Scherbenparadies« und »Schattenkuss« ist »Dein Blick so kalt« ihr dritter Thriller für junge Erwachsene.

Inge Löhnig

Dein Blick so kalt

Arena

FSC
www.fsc.org
MIX
Papier aus verantwortungsvollen Quellen
FSC® C110508

1. Auflage 2013

Covergestaltung: Frauke Schneider
Gesamtherstellung: Westermann Druck Zwickau GmbH
ISBN 978-3-401-06762-9

www.arena-verlag.de
www.arena-thriller.de
Mitreden unter forum.arena-verlag.de

Vermisste Gymnasiastin tot aufgefunden.

München – Die seit drei Wochen vermisste Gymnasiastin Daniela Schneider, 17, aus München ist tot. Ihre Leiche wurde in einem Waldstück bei Aying im Landkreis München gefunden.

Die Polizei geht von einem Verbrechen aus. Laut Presseinformation der Kriminalpolizei München fanden Mitglieder einer Wandergruppe am gestrigen späten Abend die sterblichen Überreste der jungen Frau. Zu den genauen Todesumständen gibt es derzeit keine näheren Informationen. »Wir müssen die Obduktion abwarten, gehen aber davon aus, dass Daniela Opfer eines Verbrechens wurde.« So die einzige Stellungnahme des zuständigen Ermittlers, Kriminalhauptkommissar Josef Mertens.

Daniela verschwand vor drei Wochen auf dem Heimweg von einer Party in München spurlos. Kurz nach Mitternacht verabschiedete sie sich am Karlsplatz von zwei Freundinnen, um zur S-Bahn zu gehen. Seither fehlte jede Spur von ihr. Die rechtsmedizinische Untersuchung wird heute erfolgen.

1

Lou knüllte die Zeitung zusammen und stopfte sie in die Kiste mit Altpapier. Wenn Mam das lesen würde – bei dieser Vorstellung verdrehten sich ihre Augen ganz von selbst. Sie konnte die Predigt schon hören. *Hast du das gelesen? Eine Siebzehnjährige! So alt wie du. Du bleibst hier. Schluss. Aus. Basta. München ist kein Pflaster für dich.*

Werden wir ja sehen, dachte Lou und ging nach oben in ihr Zimmer. Die Sonne schien zum offenen Fenster herein. Im Nachbargarten mähte Tobias den Rasen. Gestern, bei der feierlichen Zeugnisverleihung in der Aula der Realschule, hatten sie nebeneinandergestanden. Er, dem Anlass angemessen in Anzug und Krawatte, wie alle Jungs, während alle Mädchen Abendkleider trugen, als wären sie beim Opernball. Alle? Lou musste grinsen. Zum Entsetzen ihrer Eltern hatte sie sich auf der Schultoilette aus dem lila Abendkleid geschält, das Mam ihr verpasst hatte, und das Outfit angezogen, das sie sich eigens für diesen feierlichen Anlass besorgt hatte. Petrolfarbene Satinshorts. Mit Bundfalten! Eine helle Waschlederbluse mit Fransen, original von 1968, dazu ein besticktes Stirnband, das ihre dunkle Mähne in Form hielt. Die war entstanden, nachdem sie der Hochsteckfrisur den Garaus gemacht hatte. Das alles hatte sie secondhand im Netz gekauft, auch die passenden Mokassins in Pink. Mam war beinahe in Ohnmacht gefallen, als sie in diesem Aufzug von der Toilette zurückkam. Alle anderen hatten sie halb irritiert, halb bewundernd angeschaut. Eigentlich hätte ich doch noch Omas Fuchsstola umlegen sollen, dachte Lou. Das wäre die Krönung gewesen. Allerdings hatte sie es nicht über sich gebracht, ein totes Tier anzuziehen.

Sie winkte Tobias zu und setzte sich an ihren Schreibtisch. Das MacBook befand sich im Ruhemodus. Mindestens zehn Millionen Zeitungen hatte sie ausgetragen, bis sie das Geld dafür zusammengehabt hatte. Ein Stups auf das Trackpad und der Monitor wurde hell.

Natürlich würde sie nach München gehen und dort eine Ausbildung als Mediengestalterin machen. In der niederbayerischen Provinzmetropole Straubing würde sie jedenfalls nicht versauern wie ihre Eltern, die ihre verbeamteten Leben zwischen Vermessungs- und Einwohnermeldeamt zerrinnen ließen. Die einzigen Highlights des Jahres waren für die beiden eine dreiwöchige Pauschalreise auf die Kanarischen Inseln oder Mallorca und das Sommerturnier des Tennisvereins, bei dem sie Gründungsmitglieder waren und Pa seit zehn Jahren auch Vorstand. Ach ja und dann gab es ja noch das Gäubodenfest. Wiesn für Provinzler.

Im Reiheneckhaus der Familie Meerbusch war es ruhig. Pa arbeitete noch. Mam war zum Supermarkt gefahren, um den Wochenendeinkauf zu machen. Sicher kam sie wieder mit einem vollgepackten Wagen zurück, als könnte demnächst eine Hungersnot ausbrechen.

Lou ging online, wünschte sich Glück und durchsuchte die Portale. Tatsächlich fand sie drei neue Lehrstellenangebote für Mediengestalter in München und Umgebung.

Das erste kam von einer Druckerei. Nicht unbedingt das, was sie sich vorstellte. Das zweite stammte von einem Verlag, der medizinische Fachzeitschriften herausgab. Klang schon besser. Und das dritte war von einer Werbeagentur. Genau das, was Lou suchte.

Da sie allerdings nicht wählerisch sein konnte – Lehrstellen für Mediengestalter waren beinahe so rar wie Mädchen, die nicht im Abendkleid zur Schulabschlussfeier gingen –, passte sie ihr Bewerbungsschreiben für alle drei an und druckte sie aus, zusammen mit Lebenslauf, Zeugniskopien und den Arbeitsproben, die sie vorzuweisen hatte. Viele waren es nicht. Zwei Ausgaben der Schülerzeitung *Ratzfatz,* die sie gestaltet hatte, dann noch das Logo für den Blumenladen von Caros Mutter und ein paar Screens ihrer Website *Veggie-Bürger,* auf der sie regelmäßig eigene vegetarische Rezepte vorstellte. Ihre neueste Kreation, rote Linsen mit gebratener Banane, Ingwer und Kerbel, fand tolle Resonanz unter ihren Freunden im Netz.

Wo waren die großen Kuverts abgeblieben? Lou suchte im Chaos auf ihrem Tisch, fand sie unter einem Skizzenblock, schob die Bewerbungsunterlagen hinein und machte sich auf den Weg zur Post.

Es war heiß. Die Sonne knallte. Am blauen Himmel klebten ein paar verlorene Wölkchen wie Wattebäusche. Vielleicht konnte sie nachher noch an die Donau zum Baden gehen. Sicher würde sie dort Caro treffen und Tobias und noch ein paar aus ihrer Klasse. Aus ihrer seit gestern ehemaligen Klasse, korrigierte sie sich. Für einen Moment setzte sich Wehmut in Lous Hals. Schon vorbei, die Schulzeit. Die Clique würde auseinanderbrechen. Doch dann schluckte sie den sentimentalen Klumpen hinunter und spürte wieder ein vorfreudiges Kribbeln. So viel Neues wartete auf sie. München! Freiheit! Trotz all der Absagen, die sie bisher auf ihre Bewerbungen erhalten hatte, zweifelte sie nicht daran, dass es ihr gelingen würde, eine Lehrstelle in München zu ergattern. Sie warf einen erwartungsfrohen Blick auf die Kuverts in ihrer Hand. Diesmal musste es einfach klappen.

Mit gestrafften Schultern ging sie durch das historische Zentrum der Stadt, stapfte über holpriges Kopfsteinpflaster, vorbei an uralten Häusern, passierte den Stadtturm mit seinen fünf patinagrünen spitzen Hauben und erreichte ihr Ziel, die Post am Stadtgraben.

Die Uhr des Stadtturms schlug fünf, als sie wieder in die Sommerhitze trat und sich auf den Heimweg machte, obwohl sie eigentlich keine rechte Lust dazu hatte. Auf dem Theresienplatz begegnete ihr Caro mit einer H-&-M-Tüte in der Hand. Seit der ersten Klasse waren sie beste Freundinnen und so gegensätzlich wie Paris Hilton und Janis Joplin.

»Hey Lou!« Caro trug einen geblümten Jumpsuit mit gewickeltem Oberteil und minikurzem Bein, der nur die absolut erforderlichen Teile ihrer gebräunten Haut bedeckte.

»Hey Caro! Hast du auch Lust auf einen Kaffee?«

Ihre Freundin strich die langen blonden Haare über die Schulter und schob die Sonnenbrille nach oben. »Bei der Hitze eher auf einen Iced Caramel Macchiato.«

»Gute Idee.«

Gemeinsam trabten sie zum *Coffee To Go* und holten sich an der Theke zwei eiskalte Caramel macchiatos. Während sie damit durch die Fußgängerzone gingen, erzählte Caro, dass ihr Bruder Ferdi einen Studienplatz für Biologie in München ergattert hatte. »Jetzt ist er auf der Suche nach einem bezahlbaren WG-Zimmer. Und Ma überlegt schon, was sie mit seinem Zimmer macht. Ob sie es für sich als Büro einrichten soll oder in ein Gästezimmer verwandelt. Ich finde das ziemlich übel. Als ob sie Ferdi unbedingt loswerden wollte.«

»Soll sie es leer stehen lassen oder darauf warten, dass er wieder zu Mami zurückkommt?«, fragte Lou verwundert. »Ich wäre froh, wenn meine Mutter mein Zimmer verplanen würde. Aber vermutlich kann sie sich gar nicht vorstellen, dass ich jemals ausziehe, und wenn es dann so weit ist, dann wird das ein Kampf werden. Dann werden ihr tausend Gründe einfallen, weshalb ich das besser nicht tun sollte. Also ehrlich: Ich würde liebend gern mit Ferdi tauschen.«

Caro schmunzelte. »Du wirst dir deine Freiheit schon erkämpfen. Da mache ich mir keine Sorgen!«

Caros Handy piepte. Sie zog es hervor. »Eine SMS von Tobias, ob wir uns heute Abend mit den anderen an der Donau treffen wollen. Zum Picknicken. Jeder bringt was mit.«

»Klingt gut. Wann geht es los?«, fragte Lou.

Sie verabredeten sich für acht und trennten sich am Stadtgraben.

Als Lou nach Hause kam, schleppte ihre Mam gerade die Wochenendeinkäufe ins Haus. Zwei übervolle Klappkisten. Lou konnte es sich nicht verkneifen zu sticheln. »Kriegen wir Besuch?«

Ihre Mam sah hoch und wischte sich mit dem Handrücken über die schweißfeuchte Stirn. Der neue Kurzhaarschnitt betonte ihre praktische und zupackende Art ebenso wie Bermudashorts, Poloshirt und Sneakers. Sie war bis auf die Knochen pragmatisch und wusste immer, was richtig war. Meist auch für andere und leider behielt sie das selten für sich. Sie ging auf Lous Provokation nicht ein und fragte stattdessen, ob sie das Wasser hineintragen könnte.

»Klar.« Lou griff sich zwei Kisten und schleppte sie in den Keller. Als sie wieder nach oben kam, war ihre Mam damit beschäftigt, einen Berg Tiefkühlkost im Gefrierfach zu verstauen, und schob etliche Packungen Fleisch hinterher. Angewidert wandte Lou sich ab.

Als sie verstanden hatte, was Fleisch war, war sie vielleicht sechs Jahre alt gewesen. »Wieso heißt das eigentlich Kalbsschnitzel?«, hatte sie in aller Unschuld gefragt. Bis zu diesem Zeitpunkt war Fleisch etwas gewesen, das man im Supermarkt entweder in Styroporschalen und Folie verpackt im Kühlregal oder offen an der Theke kaufte, so wie Obst und Gemüse oder Käse und Wurst.

»Na, weil es vom Kalb stammt«, hatte ihr Pa geantwortet. »So wie ein Schweineschnitzel eben ein Stück vom Schwein ist.«

Sie aß kein Schnitzel oder Kotelett! Sie aß Teile von toten Tieren! Leichenteile! Auf der Stelle war ihr schlecht geworden. Seither hatte sie keinen Bissen Fleisch oder Wurst mehr zu sich genommen und auch alles andere, das Fleisch enthielt, mied sie seitdem. Ihretwegen sollte kein Tier sterben.

»Hast du eigentlich endlich deine Bewerbung bei Dr. Scholz abgegeben?« Ihre Mam klappte die Plastikkiste zusammen und sah Lou abwartend an.

Dr. Scholz war Mams Orthopäde und suchte eine Auszubildende als Arzthelferin. Lou zog die Schultern hoch und ließ sie wieder fallen. »Papierverschwendung.«

»Das heißt also: Nein.« Da war sie, die steile Falte auf ihrer Stirn. Ein verlässliches Signal dafür, wie sauer Mam war. Ziemlich sauer offenbar, denn die Falte war grabentief.

»He, Mam, *du* willst, dass ich Arzthelferin werde. Nicht *ich.* Aber entspann dich. Drei neue Bewerbungen sind in der Post.«

»Lass mich raten: für Mediendesign.« Es war keine Frage, sondern eine Feststellung.

Lou biss sich auf die Lippe, um nicht *Volltreffer* zu sagen. Stress musste ja nicht unbedingt sein.

»Meine liebe Louise, wie du weißt, halten dein Vater und ich nichts davon. Das ist kein Beruf mit Zukunft und außerdem gibt es hier kaum passende Lehrstellen.«

Louise. Auweia. Und dann dieser mühsam beherrschte und pseudosüße Tonfall. Auf die Lippe beißen half nicht. »In München schon.«

Mam atmete durch. »Du wirst nicht nach München gehen. Schlag dir das jetzt endlich aus dem Kopf.«

»Ihr sagt doch ständig, ich soll erwachsen und selbstständig werden, und wenn ich dann ...«

»Wenn du volljährig bist, kannst du tun und lassen, was du willst. Bis dahin ist noch ein Jahr, und solange du ...«

»... deine Füße unter unseren Tisch stellst«, äffte Lou den Tonfall ihrer Mutter nach, »so lange habe ich zu gehorchen. Ja? Das ist aber mein Leben und ich will nicht Arzthelferin werden oder Bürokauffrau.«

»Was ist denn das für ein Ton!«

»Und ich werde auch nicht ein ganzes Jahr als Arzthelferin vergeuden, bis ich endlich nicht mehr auf eure Gnade angewiesen bin.« Lou wurde es ganz heiß vor Zorn. Niemals, niemals, niemals würde sie Arzthelferin werden. Sie lief aus der Küche, warf die Tür hinter sich zu und rannte die Treppe nach oben.

Ihre Mam riss die Tür wieder auf und rief ihr hinterher: »So wie es aussieht, bekommst du aber keine Lehrstelle als Mediengestalterin. Oder hast du schon eine einzige Einladung zu einem Vorstellungsgespräch bekommen? Und eines sage ich dir: Du wirst nicht ein Jahr lang faulenzen. Du gibst jetzt endlich deine Bewerbung bei Dr. Scholz ab, sonst mach ich das!«

Hallo! Ging's noch? Mam war das glatt zuzutrauen! »Kannst du gerne machen«, rief Lou die Treppe runter. »Aber ich setze keinen Fuß in diese Praxis! Da musst du mich dann schon an den Haaren hinschleifen!«

Donnernd krachte die Tür hinter ihr ins Schloss. Sie drehte den Schlüssel herum und warf sich aufs Bett.

2

Graphitgraue Wolken ballten sich tief über der hügeligen Landschaft. Im Westen versickerte das Abendlicht in der Dunkelheit der anbrechenden Nacht und den Wolkenungetümen des aufkommenden Gewitters. Finsternis senkte sich über das einsame Gehöft, dessen schwarze Silhouette sich vor dem Horizont abzeichnete.

Als sich wenig später ein Fahrzeug über die gewundene Straße näherte, hatte die Nacht den verlassenen Bauernhof bereits verschluckt. Das Brausen des aufkommenden Sturms klang in der Einsamkeit der Gegend furchterregend. Mit sommerwarmem Atem rüttelte der Wind an den Kastanien, welche die Zufahrt säumten, rupfte grüne Stachelkugeln und Blätter von den Ästen, wirbelte sie über den Innenhof bis zum Scheunentor, wo sie in einer windstillen Ecke liegen blieben. In der Luft lag der Geruch von Regen und Hagel als Vorboten des nahenden Unwetters.

Der Mann am Steuer hätte den Weg auch in der Dunkelheit gefunden, so häufig war er ihn gefahren. Doch es bestand kein Grund, die Scheinwerfer abzublenden. Im Umkreis von zwei Kilometern wohnte keine Menschenseele. Den alten Hof hatte seit einer Ewigkeit niemand betreten. Um sicherzugehen, hatte er ihn einige Wochen beobachtet und zu verschiedenen Tages- und Nachtzeiten aufgesucht – am Wochenende, an Arbeits- und an Feiertagen. Niemals war er jemandem begegnet. Nie hatte er

Zeichen menschlicher Anwesenheit entdeckt. Erst dann hatte er ihn genutzt und nun war es höchste Zeit, die Spuren seiner Anwesenheit zu beseitigen. Und natürlich auch die ihrer.

Den Wagen parkte er ein Stück entfernt am Rand eines Gerstenfeldes, dessen Ähren sich im Wind bogen.

Es war nicht sein Fahrzeug und die Nummernschilder hatte er vorsichtshalber mit Schlamm unkenntlich gemacht. Das letzte Stück des Wegs ging er zu Fuß. Der Wind zerrte an seinem Haar, fuhr in die Jacke und blähte sie auf. Ein erster Regentropfen traf ihn im Gesicht. Regen war das Letzte, das er jetzt brauchen konnte. Er musste sich beeilen. Einen Moment überlegte er, ob er die Angelegenheit wegen des aufziehenden Unwetters verschieben sollte, entschloss sich dann aber dagegen. Das Gefühl, keine Zeit verlieren zu dürfen, hatte ihn fest im Griff, seit sie entdeckt worden war. Ihre Leiche, die niemals hätte gefunden werden sollen.

Gestern Nacht hatte er die federleichte Last durchs Unterholz getragen. Er hatte sie abseits des Wegs in einer Kuhle abgelegt und war zum Auto zurückgekehrt, das keine fünfzig Meter entfernt gut verbogen in einer Fichtenschonung in einem Seitenweg stand, um den Spaten zu holen. Auf dem Rückweg hörte er plötzlich Gesang durch den Wald hallen und sah das Licht einer Taschenlampe über die schmale Schotterstraße irren, die den Forst durchschnitt. Eine Gruppe Wanderer näherte sich. Nachts um elf. Offenbar war ihre Rast in einem nahe gelegenen Biergarten ausgeufert, denn reichlich angetrunken schwankten drei Frauen und zwei Männer in Wanderklamotten den Weg entlang, der sich wie ein helles Band durch den Forst zum nächsten Dorf mit S-Bahn-Station zog. Aus einiger Entfernung beobachtete er sie. Hoffentlich war der Spuk gleich vorüber. Doch dann meinte eine dralle Blonde, sie müsse jetzt pinkeln und lieh sich die Taschenlampe, um im Gebüsch ihre Notdurft zu verrichten. Herrgott! Sie arbeitete sich tiefer und tiefer in den Wald vor. Als dann ihr Schrei durch die Nacht gellte, wusste er, dass man sie gefunden hatte. Unbemerkt war er davongeschlichen und es war ihm beinahe wie eine Fügung des Schicksals erschienen, dass er sich ausgerechnet ein Hybridfahrzeug *ausgeliehen* hatte. Beinahe lautlos war das Auto durch die mondhelle Nacht geglitten.

Er erreichte den Hof. Der Wind nahm stetig zu. Eine kalte Böe erwischte ihn. Eigentlich kam ihm das Unwetter gelegen. Der Sturm würde das Feuer anfachen.

Er zog den Schlüsselbund hervor, sperrte das Vorhängeschloss auf und löste die schwere Metallkette. Das Scheunentor quietschte in den verrosteten Angeln. Drinnen umfing ihn sommerstaubige Hitze. In einer Ecke raschelte es leise. Mäuse. Er zog die Taschenlampe hervor und schaltete sie an. Das Licht glitt über einen Bretterstapel, einen mannshohen Haufen Stroh, das im Laufe der Jahre grau geworden war und einen Berg von Gerümpel. Vergessene Schubkarren, Harken, Schaufeln. Abgebrochene Stiele, verrostetes Metall, löchrige Säcke. Er schloss die Tür auf, die in den Stall führte, und durchquerte ihn. Seine Schritte hallten auf dem Betonboden nach. Ein schwacher Abklatsch des Gestanks nach Gülle und Mist, der früher zwischen diesen Mauern gehangen hatte, behauptete sich noch immer und wurde vom Geruch des feucht gewordenen Verputzes kaum überdeckt. An der

Tür zum Milchraum nahm er das Vorhängeschloss ab. Das Licht der Taschenlampe tanzte durch das gekachelte Verlies, in dem sie ihre letzten Tage verbracht hatte. Daniela. So selbstbewusst, so stark, so ohne Furcht war sie gewesen, als er sie kennengelernt hatte. Und das genaue Gegenteil, als sie ihn verließ. Ein einziges Bündel Angst.

Er raffte das Plastikgeschirr mit den vertrockneten Essensresten, die leere Colaflasche und ihre Schuhe zusammen, die er gestern ganz übersehen hatte, und warf alles auf einen Haufen in der Scheune. Als Letztes folgten Matratze, Decke und Kissen.

Anschließend sperrte er die Tür zur Küche auf, die sich nur wenige Meter vom Milchraum entfernt befand. Die Platte des Kiefernholztischs war schrundig, die Fenster blind vor Staub, am Schemel blätterte der Lack. All die funkelnde Technik wirkte seltsam fehl am Platz, wie aus der Zeit gefallen. Ein merkwürdiger, irritierender Gedanke, der ihn für einen Augenblick verunsicherte. Doch er fing sich rasch, baute die Technik ab. Kameras, Monitor, Aufzeichnungsgerät. Alles drahtlos und akkubetrieben. Perfekt für seine Zwecke. Er verstaute die Sachen im Auto und kehrte in die Scheune zurück. Dort türmte er Stroh und Bretter über der Matratze und den anderen stummen Zeugen auf. Der Wind war inzwischen zu einem Sturm angeschwollen, der an den Scheunenwänden rüttelte, durch die Ritzen zwischen den Holzlatten pfiff und den Staub vom Boden wirbelte. Er musste sich beeilen. Das Gewitter konnte jeden Moment losbrechen. Kaum hatte er das gedacht, riss der Wind das Scheunentor auf, schlug es donnernd gegen einen Balken, ließ es zurückschnellen und erneut gegen das Holz krachen. Ein Blitz erhellte die

Nacht. Sekunden später grollte der Donner über das Tal und das einsame Gehöft.

Mit dem Feuerzeug setzte er das Stroh in Brand. Erst qualmte es, dann schossen züngelnde Flammen hervor, griffen nach den knochentrockenen Brettern. Prasselnd und rasend schnell suchte das Feuer sich seinen Weg, ergriff Matratze und Bretterstapel und dann die Holzwand. Ein feuriger Schein erhellte den Raum. Es wurde heiß. Beißender Qualm breitete sich aus, kroch durch Mund und Nase in die Lunge. Höchste Zeit zu gehen. Hustend riss er sich von diesem faszinierenden Schauspiel los und lief über den Hof zum Wagen. Der Wind trieb ihn vor sich her. Der trockene Ast einer Kastanie stürzte direkt neben ihm zu Boden. Vereinzelte Regentropfen fielen warm und schwer.

Er erreichte das Fahrzeug und setzte sich hinter das Steuer. Ein paar Minuten beobachtete er noch, wie rote Zungen am Nachthimmel leckten, dann ging die Scheune in Flammen auf und kurz darauf das Haupthaus. Als das Gewitter seine volle Kraft entfaltete und der Regen zu strömen begann, standen die Gebäude bereits lichterloh in Flammen. Um diese Feuersbrunst zu löschen, bedurfte es mehr als eines Regenschauers. Nichts würde übrig bleiben. Keine Spuren. Keine Verbindung zu ihm.

Und falls doch jemand das Feuer entdeckte, würde man glauben, ein Blitz habe eingeschlagen. Niemand würde in der Ruine nach Spuren eines Verbrechens suchen.

3

Lou saß an den Stamm einer Weide gelehnt, die in der Bruthitze dieses Sommertages kühlen Schatten spendete, und sah einer Wolke nach. Nur wenige Meter von ihr entfernt floss die Donau träge um die Kurve bei der Gstütt-Insel. Ein Flugzeug kratzte einen weißen Streifen in den Himmel. Von fern klang das Brausen des Verkehrs herüber. Neben ihr lag Caro auf einem bunten Badetuch und cremte sich ein. Der Geruch der warmen Gräser stieg ihr in die Nase. Ein perfekter Tag. Eigentlich. Wenn nicht wieder Absagen gekommen wären.

Verdammter Mist! Ein glatt geschliffener Stein lag warm in Lous Hand. Total frustriert warf sie ihn ins Wasser. Die Druckerei und die Agentur wollten sie nicht. Nur der Verlag hatte auf ihre Bewerbung noch nicht reagiert und würde das vermutlich auch nicht mehr tun. Was sie am meisten ärgerte, war, dass Mam recht behalten würde. Niemand wollte sie! Verdammter Mist!

Caro schraubte die Flasche mit Sonnenmilch zu und sah auf. »Was ist?«

Mit einem Schulterzucken wollte Lou das Thema gleich wegwischen. Doch davon würde ihre miese Laune auch nicht besser werden. »Was wohl? Ich habe wieder zwei Absagen bekommen.« Verärgert verzog sie den Mund. »Was heißt schon Absagen? *Anbei erhalten Sie zu unserer Entlastung Ihre Unterlagen zurück*«, säuselte sie.

»Was soll das denn heißen?« Lou zog das Schreiben der Werbeagentur aus ihrer Badetasche. »Und die Agentur hat nur geschrieben, dass sie meine Bewerbung *leider nicht berücksichtigen konnten.* Lauter hohle Sprüche. Keiner schreibt, woran es liegt. Was mache ich denn falsch? Meine Noten sind nicht schlecht und ich kenne mich schon ein wenig in den Programmen aus. InDesign, Photoshop und Illustrator. Was wollen die denn mehr von einer Anfängerin? Ich meine, das heißt ja wohl Lehrstelle, weil man da was lernen soll. Erwarten die vielleicht, dass man schon alles kann?«

Mit Schwung setzte Caro sich auf und schob einen Träger ihres apfelgrünen Bikinis zurück auf die Schulter. »Frag doch einfach mal nach.«

»Du meinst, ich soll da anrufen? Einfach so?«

»Warum nicht? Die wollen dich ja eh nicht, also hast du nichts zu verlieren. Und außerdem hast du absolut recht: Sie könnten dir wenigstens sagen, weshalb sie deine Bewerbung *nicht berücksichtigen konnten.* Zeig doch mal den Brief.« Caro griff nach dem Schreiben und las. *»Wir wünschen Ihnen für Ihren weiteren Lebensweg alles Gute. Mit freundlichen Grüßen, Franziska Wenzel, Art-Direktorin.«* Caro sah auf. Ihr Finger bohrte sich ins Papier. »Die rufst du an. Jetzt gleich.«

Zuerst war Lou dagegen. Doch dann dachte sie: Warum eigentlich nicht? Zu verlieren hatte sie in diesem Fall sowieso nichts. Entschlossen zog sie das Handy aus der Tasche und wählte die auf dem Briefkopf angegebene Nummer mit einer Mischung aus Trotz und Ärger. Als es am anderen Ende zu klingeln begann, schlug ihr das Herz jedoch plötzlich bis zum Hals.

»Döhrig Communications, Gunda Reinelt. Was kann ich für Sie tun?«

»Lou... Louise Meerbusch.« Ihr Mund war plötzlich ganz trocken. »Ich würde gerne Frau Wenzel sprechen.«

»In welcher Angelegenheit?«

»Es geht um die Lehrstelle für Mediengestalter.«

»Einen Moment. Ich stelle Sie durch.«

Lou fing Caros fragenden Blick auf. »Dauert einen Moment«, flüsterte sie.

»Wenzel.«

»Tag, Frau Wenzel. Louise Meerbusch. Ich hatte mich auf Ihre Lehrstelle für Mediengestalter beworben ...«

»Ja. Ich weiß. Haben Sie meine Antwort noch nicht erhalten?« Die Stimme der Frau klang jung und freundlich, aber auch ein wenig gestresst.

»Doch schon. Ich wüsste halt gerne, weshalb Sie abgesagt haben. Ich meine, ich bekomme nur Absagen und niemand sagt mir, warum. Woran das liegt. Ich erfülle doch die Voraussetzungen. Mindestens sechzehn Jahre, ich bin sogar schon fast siebzehn. Mittlere Reife habe ich auch und schon ein wenig Erfahrung. Die Schülerzeitung ...«

»Ja, ich weiß. *Reißaus ...*«

»Ratzfatz.«

»Richtig. Ratzfatz. Man sieht, dass Sie sich da Mühe gegeben haben. Warum andere Agenturen Ihnen absagen, kann ich nur vermuten«, fuhr Franziska Wenzel fort. »Ich denke allerdings, dass es ähnliche Gründe sind, die auch zu unserer Absage geführt haben. Mit dem Alter und der Qualifikation haben Sie recht. Theoretisch ist Mittlere Reife ausreichend. Praktisch sieht es aber so aus, dass Lehrstellen für Mediengestalter sehr gefragt sind und sich meist besser qualifizierte Bewerber finden, die in der Regel ein mehrmonatiges Praktikum vorweisen können und daher bereits über mehr Erfahrung verfügen. Das wäre auch mein Rat an Sie: Machen Sie ein Praktikum und Ihre Chancen, eine Lehrstelle zu finden, erhöhen sich rapide.«

Ein Praktikum? Daran lag das also. Gut, nun wusste sie, woran sie war. Dann musste sie sich eben zuerst einen Praktikumsplatz suchen. »Sie haben also schon jemand gefunden?«, hakte sie trotzdem nach.

Ein kurzes Zögern folgte. »Wir haben uns sehr spät entschieden, diese Lehrstelle einzurichten. Die wirklich guten Bewerber sind schon untergekommen.«

»Das heißt, die Stelle ist noch frei?« Plötzlich war Lou wie elektrisiert.

»Das heißt, dass wir im Moment nicht wissen, ob wir sie in diesem Jahr überhaupt besetzen.«

Die Idee war mit einem Mal da und purzelte einfach aus Lous Mund: »Sie könnten mich doch erst ein Praktikum machen lassen, und wenn ich gut genug bin, dann bekomme ich die Lehrstelle.«

Ein leises Lachen folgte. »Sie sind ganz schön zielstrebig und hartnäckig. Das gefällt mir. Lassen Sie mich über den Vorschlag nachdenken. Ich rede mit meinem Chef und melde mich. Ihre Handynummer habe ich ja.« Damit verabschiedete Franziska Wenzel sich.

Lou legte auf und sprang in die Höhe. »Vielleicht bekomme ich wenigstens einen Praktikumsplatz. Und danach schnappe ich mir die Lehrstelle!«

»Wer sonst, wenn nicht du«, meinte Caro grinsend.

Total aufgedreht berichtete Lou von den Gesprächsteilen, die Caro nicht mitbekommen hatte. Zur Abkühlung musste sie danach erst mal in die Donau springen.

Der Rest des Nachmittags verging mit Baden, Quatschen und Pläneschmieden. Caro wollte ab September auf die FosBos in Straubing gehen, um dort ihr Fachabitur in Wirtschaft zu machen. Ihr Ziel war ein BWL-Studium an der FH München mit Schwerpunkt Touristik und dann würde sie irgendwann in der Reisebranche arbeiten und um die Welt düsen, während Lou sich in einer Werbeagentur Anzeigenkampagnen und TV-Spots für tolle Kunden ausdachte. Und natürlich würden sie auch ziemlich coole Jungs kennenlernen.

Während sie noch darüber nachdachten, wie cool Jungs denn sein durften, denn zu cool war auch nicht gut, klingelte Lous Handy. Eine Münchner Nummer. Sicher Franziska Wenzel. Atemlos meldete Lou sich.

»Gute Nachrichten«, meinte die Art-Direktorin. »Mein Chef hatte dieselbe Idee, erst ein Praktikum zu vergeben und dann unter Umständen die Lehrstelle. Können Sie am Freitagnachmittag zu einem Vorstellungsgespräch kommen? Sagen wir vierzehn Uhr.«

»Ja. Super. Das klappt. Vierzehn Uhr. Ich bin da.«

»Dann bis Freitag.« Franziska Wenzel legte auf.

Lou schnappte nach Luft. Gleich würde sie hyperventilieren oder in Ohnmacht fallen. Oder beides gleichzeitig. Kreischend sprang sie in die Höhe. »Yeah! Vorstellungsgespräch. Am Freitag!«

Caro umarmte sie und gratulierte, dann meinte sie trocken wie immer: »Deine Eltern werden begeistert sein.«

War es tatsächlich Mord?

München – Verwirrung im Todesfall Daniela Schneider. Die 17-jährige Gymnasiastin starb durch einen Giftcocktail. Ob sie diesen freiwillig zu sich genommen hat, scheint im Moment unklar.

Die zuständige Rechtsmedizinerin war für eine Stellungnahme nicht zu erreichen. Auch die Polizei hielt sich auf der Pressekonferenz mit Informationen zurück. Aus ermittlungstaktischen Gründen, wie KHK Mertens betonte. »Wir werden dem Täter nicht unter die Nase reiben, wie dicht wir ihm auf den Fersen sind. Nur so viel: Wir haben den Tatort gefunden und damit hat er nicht gerechnet.«

Offenbar wurde Daniela mehrere Wochen in einem verlassenen Bauernhof bei Oberurach gefangen gehalten, der vor zwei Tagen abbrannte. Zwischen Fundort und Tatort liegen mehr als 60 Kilometer. Der Aufmerksamkeit eines Autofahrers, der das Feuer entdeckte, ist es zu verdanken, dass der Hof nicht vollständig abbrannte. Ein Feuerwehrmann fand unter einer verkohlten Matratze eine halb verbrannte Sandale mit Schmuckstein. Daniela trug solche Sandalen am Tag ihres Verschwindens. Ihre DNA konnte daran nachgewiesen werden.

4

Natürlich verboten Lous Eltern ihr die Fahrt nach München. »Wenn du schon unbedingt diesen Beruf erlernen willst, dann suche dir etwas in Straubing oder wenigstens in der Nähe. Dieser Mord an der Münchener Gymnasiastin... Hast du das gelesen?« Mam nahm die Zeitung vom Couchtisch und hielt sie Lou unter die Nase. *War es tatsächlich Mord?*

»Na und? Morde passieren auch in Straubing. Und außerdem kann mir ein Ziegelstein auf den Kopf fallen oder ich werde von einem Auto überfahren. Das Leben endet nun mal tödlich.«

»Also Louise. Was ist denn das für ein Spruch!« Mams Mund wurde ganz schmal. »Ich mache mir einfach Sorgen, dass du in München unter die Räder kommst.«

Lous Kopf schnellte in die Höhe. »Was soll das denn heißen? Unter die Räder kommen? Hast du Angst, dass ich endlos Party mache und meine Leidenschaft fürs Komasaufen entdecke oder was?«, giftete sie.

»Du wärst in dieser riesigen Stadt komplett auf dich gestellt. Ganz ausschließen kann man das nicht. Und man hört so viel von Drogen...«

Was? Mam glaubte das echt? Lou pfefferte die Zeitung auf den Tisch und kämpfte gegen die aufsteigenden Tränen an. »Danke für so viel Vertrauen!« Am liebsten wäre sie jetzt türenknallend hinausgerannt. Doch so schnell wollte sie nicht aufgeben. »He, Mam, Mediendesignerin ist nun mal mein Traumberuf«, sagte sie in etwas versöhnlicherem Tonfall. »Wenn ich das Praktikum machen kann, habe ich bessere Chancen auf einen Ausbildungsplatz. Und so ein Praktikum dauert ja nicht ewig. Zwei oder drei Monate vielleicht.«

»Und wenn du nach dem Praktikum die Lehrstelle in dieser Agentur bekommst, dann sind es eben nicht nur ein paar Wochen, sondern drei Jahre. Wir haben nun mal Bedenken. Es ist besser, wenn du bei uns wohnst. Jedenfalls solange du nicht volljährig bist und wir für dich verantwortlich sind.«

Es war sinnlos. Einfach sinnlos. Mam würde es nie kapieren. Sie hatte Angst vor großen Städten, vor weiten Reisen, vor fernen Ländern, vor einfach allem, was fremd war. Doch Lou wollte nicht in der niederbayerischen Provinz verrotten.

Pa verstand sie leider auch nicht. Der Versuch, ihn weichzukochen, scheiterte ebenfalls. Rauchend saß er im kleinen Zimmer unterm Dach, das er sich für die Vereinsarbeit eingerichtet hatte, und studierte die Gästeliste fürs Sommerfest des Tennisklubs.

Er schloss sich einfach Mams Meinung an. »Wir waren uns doch einig. Die Werbebranche ist nichts für dich. Die Leute, mit denen du dort zu tun hättest, passen nicht zu uns.«

»Ach. Woher weißt du das denn? Kennst du einen von denen? Ihr verschanzt euch hinter einem Berg von Vorurteilen und bezieht eure Lebensweisheiten aus dem Fernsehen. Und zu euch passen die vielleicht nicht. Zu mir aber schon.« Eine Welle von Mutlosigkeit wollte Lou überrollen. Sie versuchte, sich dagegenzustemmen, zermarterte ihr Hirn nach weiteren Argumenten. Doch Pa holte zum vernichtenden Schlag aus.

»Außerdem wirst du den Praktikumsplatz sowieso nicht bekommen. Du bist sicher nicht die einzige Bewerberin und nicht qualifiziert genug.«

Lou blieb die Luft weg. Was hatte er gesagt? Nie traute er ihr etwas zu! Genau wie Mam! Schon wieder setzte sich so ein verdammter Knödel in ihren Hals. Doch die hochkochende Wut vertrieb ihn postwendend. Nun knallte sie die Tür und rannte in ihr Zimmer. Sie würde den Praktikumsplatz bekommen! Sie würde es ihren Spießer-Eltern zeigen!

Pa, der Feigling, immer machte er, was Mam wollte. Das war ja auch schön bequem. Keine Diskussion mit ihr. Kein Streit. War ja viel einfacher so. Manchmal glaubte Lou, dass er sich überhaupt nicht für sie interessierte. Hauptsache, er hatte keinen Stress mit seiner holden Gattin.

Sie warf sich aufs Bett. Gut! Dann würde sie eben ohne den Segen ihre Eltern nach München fahren. Wenn die glaubten, dass sie sich diese Chance entgehen ließ, dann hatten sie sich geschnitten.

Am nächsten Tag suchte sie im Internet Zugverbindungen heraus, erleichterte ihr Sparbuch und kaufte sich ein Bayern-Ticket. Zweiundzwanzig Euro. Damit konnte sie einen ganzen Tag lang kreuz und quer durch Bayern fahren und sogar die Münchner U-Bahn benutzen. Ihre Eltern waren in der Arbeit. Lou besprach mit Caro ihr Outfit fürs Vorstellungsgespräch, packte die Klamotten in eine Tasche und deponierte sie bei ihrer Freundin.

Am Freitagmorgen blieb ihre Mam daheim. Überstundenausgleich. Angeblich. Als ob Lou doof wäre und das auch nur eine Sekunde glaubte. Natürlich passte sie auf, dass ihr Töchterlein nicht heimlich nach München fuhr.

Lou saß in ihren ältesten Klamotten scheinbar total gefrustet am Frühstückstisch und machte ihrer Mutter wegen des Verbots Vorwürfe. Wenn sie nämlich nicht meckerte, würde Mam den Braten riechen. Pünktlich um neun klingelte es an der Haustür. Mam öffnete und kam mit Caro zurück in die Küche. Sie schleppte eine volle Badetasche mit sich und zauberte ein strahlendes Lächeln aufs Gesicht. »Kommst du mit in die Aqua-Therme?«

Lou gab vor, keine Lust zu haben. Doch ihre Mam redete ihr zu, den Tag zu genießen, und gab ihr sogar das Eintrittsgeld fürs Schwimmbad. Lou verkniff sich das Grinsen. Der Plan ging perfekt auf. »Spätestens um fünf bist du aber wieder da.«

Sie murmelte etwas, das wie Zustimmung klang. Bis fünf würde sie es nicht schaffen. Frühestens Viertel nach sechs konnte sie wieder daheim sein.

Bei Caro zog sie sich um. Sandfarbene Chino, weiße Bluse und eine Strickjacke für alle Fälle. Der Wetterbericht hatte prophezeit, dass es kühl werden würde. Dazu braune Ballerinas. Sie ließ sich von Caro überreden, ihre dunklen Strubbelhaare zu bändigen und steckte sie als Banane auf den Hinterkopf. So sah sie einfach superseriös aus. Beinahe gar nicht nach Lou und mindestens drei Jahre älter. Die riesige Patchworktasche aus bunten Wildlederflecken war das Einzige, was von ihrem Hippie-Look übrig blieb. In ihr steckten neben tausend Kleinigkeiten auch die wichtigen Dinge: MacBook, Geldbeutel, Handy und das Ticket.

Caro begleitete sie zum Bahnhof. Pünktlich fuhr der Zug ein. Zum Abschied umarmte ihre Freundin sie noch mal.

»Ich drücke dir die Daumen und die großen Zehen auch! Und ruf mich an!«

»Logo. Du erfährst es als Erste, wenn ich den Praktikumsplatz habe.«

Aus dem Waggon winkte Lou Caro noch einmal zu und machte sich dann auf die Suche nach einem freien Platz. Während Felder, Wiesen und Dörfer vor dem Fenster vorbeizogen und München immer näher kam und damit das Vorstellungsgespräch, wurde es Lou langsam doch ein wenig mulmig in der Magengegend.

5

Bereits um Viertel nach zwölf war Lou in München angekommen. Fast noch zwei Stunden bis zu ihrem Termin. Der Hauptbahnhof erschien ihr riesengroß. Dutzende Gleise. Menschen wuselten herum. Es roch nach Diesel und Pommes, nach Döner, Pizza, Parfüm und Schweiß. Gesprächsfetzen und das Rattern der Rollkoffer auf den Betonplatten vermischten sich mit dem Quietschen der Zugbremsen, Lautsprecher-Durchsagen und dem Straßenlärm, der von den nahen Straßen hereinschwappte. Hier war echt was los. Ein Businesstyp rempelte Lou an und entschuldigte sich tatsächlich. Musternd glitt sein Blick an ihr herab. Ein Lächeln folgte. Bitte? Was sollte das? Der könnte ihr Vater sein! Jedenfalls beinahe. Lou wandte sich ab, ging den Bahnsteig entlang und suchte den Zugang zur U-Bahn. Ein Besoffener kam lallend auf sie zugewankt und schwenkte seine Bierdose. Sie wich ihm aus. Meine Güte, der hatte ganz schön getankt, und das schon mittags.

Alleine war sie noch nie in München gewesen. Ein paarmal mit ihren Eltern zum Oktoberfest, als sie noch kleiner gewesen war. Und dann manchmal mit Tante Ute, die regelmäßig nach München fuhr, um Onkel Achim zu besuchen, ihren Exmann, der irgendwie nicht so ganz ex zu sein schien, denn sie besuchte ihn häufig.

Lou folgte den Hinweisschildern zur U1 und erreichte

den Bahnsteig, der rappelvoll war. Mit einem Blick auf den Übersichtsplan vergewisserte sie sich, dass sie am richtigen Bahnsteig stand. Sie hatte das zwar im Netz gecheckt, aber sicher war sicher. U1 Richtung Olympiazentrum. Nur drei Stationen bis Rotkreuzplatz. Dort musste sie raus. Alles ganz easy.

Eine Minute später rollte die U-Bahn aus dem Tunnel. Weitere fünf Minuten danach fuhr Lou mit der Rolltreppe am Rotkreuzplatz an die Oberfläche. Die Sonne brannte vom Himmel. Es war kurz nach halb eins. Ihr Magen knurrte und sie hatte noch anderthalb Stunden Zeit. Am Brunnen vor dem Kaufhaus spielten Kinder im Wasser. Die Mütter saßen auf Bänken unter Kastanien. Tauben pickten gurrend Krümel auf. Der Verkehr brauste am Rande des Platzes vorbei. Irgendwo sollte sie sich etwas zu essen holen. Ein knurrender Magen beim Bewerbungsgespräch wäre oberpeinlich. Sie sah sich nach einer Bäckerei um und entdeckte ein Stück weiter hinten eine Eisdiele. *Sarcletti.* Die Schrift war schwungvoll und rot. Pink oder Türkis wären besser, dachte Lou. Kalte Farben jedenfalls und nicht so ein warmes Rot. Trotzdem hatte sie auf einmal total Lust auf ein Eis. Sie ging hinüber und betrachtete die Auswahl. Wahnsinn! Sicher fünfzig verschiedene Eissorten. Sie konnte sich kaum entscheiden und kaufte dann Schokoeis. Fünf verschiedene Sorten gab es davon! Obendrauf einen Klecks Sahne. Lou ging mit ihrem Mittagessen zu einer freien Bank beim Brunnen und genoss das quirlige Leben um sich herum, bis ihr Blick auf den Verkaufsständer mit den Zeitungen fiel.

Wo ist Danielas Mörder? Die Polizei tappt weiter im Dunkeln.

Dieser Mordfall schien sie irgendwie zu verfolgen. Zuerst ihre Mam, die ihr ständig Zeitungsartikel unter die Nase hielt, und nun war sie noch keine Stunde in München und schon stolperte sie wieder über diesen Mord. Das ist schon beinahe unheimlich, dachte Lou. Doch Morde geschahen schließlich überall. Nicht nur in München. Dennoch schaute sie sich unwillkürlich um. Nur spielende Kinder und ihre Mütter. Kein Grund zur Panik. Beruhigt aß sie das Eis fertig.

Danach erkundete sie die Umgebung und näherte sich dabei langsam ihrem Ziel, der Agentur Döhrig Communications in der Bothmerstraße. Unterwegs entdeckte sie ein Biofastfood-Restaurant mit einem tollen Angebot an vegetarischen Gerichten. Allerdings waren die Preise schwindelerregend. Als Praktikantin würde sie sich das nicht leisten können. In einer Seitenstraße befanden sich zwei Trödelläden. Einer davon verkaufte Secondhandklamotten aus den Zwanziger- bis Siebzigerjahren. Leider hatte er geschlossen. Und das war gut so. Sie musste ihr Geld schließlich zusammenhalten!

Erst als sie pünktlich um zwei Uhr vor dem Jugendstilhaus in der Bothmerstraße stand, an dem ein Schild aus Plexiglas angebracht war, *Döhrig Communications GmbH, 1. OG,* schlug ihr das Herz plötzlich bis zum Hals. Sie wurde vor Aufregung ganz hibbelig und ihr Mund ganz trocken. Sie schloss kurz die Augen und straffte die Schultern. *Wirst schon sehen, Pa,* dachte sie. *Ich bekomme diesen Praktikumsplatz.*

Entschlossen trat sie ein, ging über eine knarrende Treppe in die erste Etage und öffnete die Tür, neben der dasselbe Plexiglasschild hing wie unten. Nur kleiner und ohne den Zusatz 1.OG.

Wow! Lou stand beeindruckt im Empfangsbereich. Hohe helle Räume mit Stuckverzierung. Moderne Büromöbel. Gerahmte Plakate eines Snowboardherstellers an der Wand. Grauer Velours dämpfte Lous Schritte. Rechts war eine Art Theke, dahinter stand eine junge Frau an einem Kopierer. Sie sah hoch, als sie Lou bemerkte. Rastalocken, Vintagehemd, Jeansshorts und Stiefel. Ziemlich lässig. Lou fühlte sich plötzlich overdressed und fehl am Platz in ihrem seriösen Outfit. Total uncool.

»Ja, bitte?«

Lou gab sich einen Ruck. »Louise Meerbusch. Ich habe einen Termin bei Frau Wenzel.«

Ein Lächeln erschien auf dem Gesicht der Frau. »Gunda Reinelt. Wir haben neulich telefoniert. Ich sag Franziska Bescheid.« Sie kam hinter dem Tresen hervor, verschwand in einem Zimmer und kehrte kurz darauf zurück. »Wir gehen in den Konfi. Franziska kommt gleich.«

Lou folgte ihr in den Konferenzraum. Pinke, grüne und knallblaue Stühle aus Kunststoff standen auf grauem Teppichboden um einen Tisch aus Acrylglas. Sie waren aus einem Stück geformt und sahen irgendwie abartig teuer aus. Einen Moment später ging die Tür auf und Lous Klon kam herein. Jedenfalls sah es in der ersten Sekunde ganz danach aus. Sandfarbene Chino, weiße Bluse. Die langen dunklen Haare waren allerdings glatt und die Ballerinas so schwarz, wie das Gestell der Brille, die die Art-Direktorin trug. Außerdem war sie mindestens doppelt so alt wie Lou. Irritiert musterte sie ihr Gegenüber einen Moment, lächelte dann und bot Platz an. »Ich bin ein wenig im Stress und würde gerne gleich zur Sache kommen und mir deine Arbeiten ansehen.«

»Ja klar.« Lou zog das MacBook aus der Tasche und startete es.

Franziska Wenzels Brauen zogen sich zusammen. »Hast du keine Mappe dabei? Keine Ausdrucke?«

Shit! Wieso war sie nicht auf diese Idee gekommen? Lous Hände wurden feucht. Hatte sie sich die Chance schon versaut? Ihr blieb nur die Flucht nach vorne. »Ich habe mir gedacht, ich zeige Ihnen *Ratzfatz*, also die Schülerzeitung, auf dem Laptop. Da können Sie ja viel besser beurteilen, wie gut ich mit InDesign schon umgehen kann.«

»Du kannst InDesign?«

»Ja, klar. Und Photoshop und Illustrator. Also nicht perfekt... Grundkenntnisse halt. Bis auf InDesign. Da bin ich schon ein wenig besser. Ich habe zwei Ausgaben der Schülerzeitung damit gemacht.«

»Warum hast du das in deiner Bewerbung nicht geschrieben?«

Habe ich doch, dachte Lou. Offenbar waren ihre Unterlagen sofort aussortiert worden. Zu jung, kein Praktikum und schwupps weg damit auf den Absagestapel. Vermutlich war es besser, nicht darauf hinzuweisen. Inzwischen war der Rechner gestartet und Lou öffnete die Datei mit der letzten *Ratzfatz*-Ausgabe.

»Ja, dann zeig mal.« Franziska Wenzel drehte das MacBook zu sich, scrollte durch die Ausgabe, stellte ab und zu eine Frage und zog schließlich ihr Resümee. »Nicht schlecht. Du solltest dir angewöhnen, mit Stilvorlagen zu arbeiten und die Grundlinienrasterfunktion zu nutzen. Dann tanzen die Zeilen bei mehrspaltigem Satz nicht. Geht ganz einfach.« Sie zeigte Lou die entsprechende

Funktion. »Die Bildbearbeitung hast du auch selbst gemacht?«

Lou nickte. »Also in Photoshop bin ich noch nicht so wahnsinnig fit …«

»Das ist auch ein sehr komplexes Programm. Mir gefällt, wie du an die Sache rangehst, und du hast ein gutes Gefühl für Gestaltung und vor allem für den Umgang mit Schrift. Und du bist durchsetzungsstark. In diesem Job braucht man das.«

Yes! Das hörte sich doch klasse an. »Das heißt, ich kann das Praktikum machen?«, platzte Lou heraus.

Die Brauen der Art-Direktorin zogen sich wieder zusammen, die Lippen wurden schmal. Lou wurde es heiß und kalt. Jetzt war sie wohl zu forsch gewesen.

»Solche Dinge entscheide ich nicht adhoc. Ich werde mich in den nächsten Tagen bei dir melden. Eine Frage habe ich noch. Du kommst aus Straubing und bist erst sechzehn …«

»Fast siebzehn.«

Franziska Wenzel überging diese Unterbrechung. »Sind deine Eltern denn damit einverstanden, dass du für die Zeit des Praktikums nach München ziehst? Oder willst du etwa pendeln?«

So kurz vorm Ziel blieb nur die Lüge. Lou zögerte keine Sekunde. »Meine Eltern unterstützen mich total. Und mein Onkel lebt hier. Bei dem kann ich solange wohnen.«

6

Caro warf ihre blonde Mähne über die Schultern und grinste Lou an. »Und weiß Onkel Achim schon von seinem Glück?«

»Das ist mir so rausgerutscht. Eine Familie, die zusammenhält... das klang irgendwie gut. Onkel Achim werde ich jedenfalls nicht fragen.«

»Warum?«

Lou wusste es selbst nicht so genau. »Eigentlich kenne ich ihn nicht richtig. Tante Ute und er sind schon lange geschieden. Ich habe ihn seit Jahren nicht gesehen.« Doch da war noch etwas anderes. Ein Widerwille, der unwillkürlich in ihr aufstieg, sobald sie an ihn dachte.

»Und wo willst du dann wohnen, falls du den Praktikumsplatz bekommst?«

Gute Frage, dachte Lou und griff nach der Radlermaß, die sie sich mit Caro teilte. Der Biergarten war voll. Mit viel Glück hatten sie zwei Plätze an einem der voll besetzten Tische unter den alten Kastanien ergattert. Es roch nach Steckerlfisch und Bratwürsten. Vor den Hütten, an denen man Wurstsalat, Griebenschmalzbrote, Brezen und Obazda kaufen konnte, standen Menschentrauben an. Stimmen schwirrten durch die Sommernacht. Es wurde gelacht und geflirtet. Kinder tobten herum und ab und an bellte ein Hund. Ihre Eltern saßen jetzt vermutlich daheim auf der Terrasse und grillten. Später würde es Zoff geben.

Dem Kontrollanruf ihrer Mam war Lou zuvorgekommen und hatte während der Rückfahrt eine SMS geschrieben. *Bin noch bei Caro. Komme etwas später.* Dann hatte sie Caro angesimst und sich mit ihr im *Cairo* verabredet. Draußen im Biergarten. Die drei Anrufe überließ sie der Mailbox. Sicher eine geballte Ladung an Vorwürfen. Die musste sie sich früher oder später sowieso anhören, also ersparte sie sich das Abhören der Nachrichten.

»Hallo Lou.« Caro wedelte mit der Hand vor ihrem Gesicht herum und wiederholte ihre Frage, wo sie wohnen wollte, falls sie den Praktikumsplatz bekam.

»Falls? He, ich bekomme ihn.«

»Ja. Klar. Daran zweifelt niemand. Deshalb solltest du dir rechtzeitig überlegen, wie du das Wohnproblem löst. München ist nicht nur abartig teuer. Es ist auch schwer, was zu finden. Egal ob WG oder möbliertes Zimmer. Ferdi probiert es ja schon seit Wochen. Und von deinen Eltern wirst du bestimmt keine Unterstützung bekommen. Vielleicht doch Onkel Achim? Hätte der überhaupt Platz?«

»Mehr als genug. Er ist Zahnarzt mit eigener Praxis und bewohnt eine riesige Dachterrassenwohnung in Schwabing. Ich habe aber keinen Kontakt zu ihm. Vermutlich würde er mich nicht mal erkennen, wenn ich ihm über den Weg laufe.« Alles in Lou sträubte sich bei der Vorstellung, bei Onkel Achim zu wohnen. »Auf meinem Sparbuch ist noch genügend. Das reicht für die Miete. Und Fahrkarte und Lebensmittel kann ich hoffentlich vom Praktikumsgeld bezahlen.«

»Wie viel bekommst du denn?«

Lou zog die Schultern hoch. »Darüber haben wir noch

nicht gesprochen. Ich habe aber mal gegoogelt. Zweihundert Euro sind wohl üblich.«

Sie hatte keine Lust, sich jetzt die gute Laune verderben zu lassen. Das erste Vorstellungsgespräch ihres Lebens war super gelaufen. Wenn sie erst die Zusage hatte, würde sie den Rest schon irgendwie auf die Reihe bekommen. Lou war durch und durch Optimistin. Was ihr allerdings im Magen lag, war die Frage, wie sie ihren Eltern eine Zustimmung abringen sollte. Denn sie wollte nicht einfach abhauen. Warum konnten sie nicht verstehen, wie wichtig dieses Praktikum für sie war und warum sie diesen Beruf erlernen wollte? Sie erhoffte sich doch nur etwas Verständnis und Unterstützung. Doch bei allem Optimismus konnte sie das vermutlich vergessen.

Sie seufzte, blickte auf und fuhr vor Schreck zusammen. Der Blick, der ihrem begegnete, war der ihrer Mam. Wie vom Himmel gefallen stand sie plötzlich da.

»Ich suche dich schon die ganze Zeit. Hast du uns nicht gefunden oder hast du deine Mailbox gar nicht abgehört?« Ein Scannerblick traf sie. Mist. Sie trug noch das Bewerbungsoutfit. Das entging Mam sicher nicht.

»Der Akku ist leer. Was ist denn los?«

»Ich habe dir auf die Mailbox gesprochen, dass wir im Biergarten sind. Aber wenn du deine Nachrichten nicht abhörst... Wie bist du eigentlich angezogen?«

Lou sah den Groschen bei ihrer Mam fallen.

»Sag nicht, dass du in München warst.« Mams Gesicht wurde ganz glatt, ihre Stimme bedrohlich ruhig, doch die Sehnen, die sich an ihrem Hals unwillkürlich spannten, signalisierten, wie sauer sie war. Dennoch schaffte Lou es nicht, die Situation mit einer Entschuldigung oder der

Bitte um Verständnis zu entschärfen. Stattdessen goss sie Öl ins Feuer.

»Klar bin ich gefahren. Oder habt ihr echt gedacht, ich lasse mir die einzige Chance auf einen Ausbildungsplatz in meinem Traumberuf entgehen?«

Mams Blick wurde kalt wie Stahl. Kein Streit in der Öffentlichkeit. Wir reden später, schien er zu sagen, dann wanderte er weiter zu Caro. »Und du hast sie dabei auch noch unterstützt, statt ihr das auszureden. Eine schöne Freundin bist du.«

»Lou entscheidet selbst, was sie tut. Sie braucht keine Souffleuse«, entgegnete Caro. »Ich verstehe sowieso nicht, warum Sie ihr bei der Berufswahl derart Steine in den Weg legen.«

»Das musst du auch nicht verstehen«, erwiderte Lous Mam in einem Ton, der keinen weiteren Widerspruch zuließ, und wandte sich wieder an ihre Tochter. »Du bist um elf daheim. Dann reden wir.«

7

»Ich bin enttäuscht, Lou.« Pa saß am Küchentisch, gleich neben Mam, die sie wie eine leibhaftige Staatsanwältin ins Verhör genommen und alles, aber auch einfach alles über die Fahrt nach München und das Vorstellungsgespräch hatte wissen wollen.

»Das ist ein schlimmer Vertrauensbruch. Uns so zu hintergehen. Das hätte ich dir nicht zugetraut und es verletzt mich.« Pa sah aus wie das heilige Leiden Christi. Traurige Augen. Faltige Stirn. Hängende Mundwinkel. *Fühl dich schuldig, Rabentochter, was hast du mir nur angetan,* wollte er damit wohl signalisieren. Und das machte Lou wütend. Irgendwie lief hier etwas total verkehrt. Gut, sie hatte ihre Eltern belogen und sich nicht an ihr Verbot gehalten. Trotzdem. Es ging um *ihr* Leben, um *ihre* Zukunft. Und das Wort *Vertrauensbruch* aus Pas Mund traf sie mitten ins Herz.

»Vertrauensbruch! Das sagst ausgerechnet du. Toll! Was für ein Vertrauen denn? *Du* traust *mir* ja nichts zu. Du glaubst ja nicht, dass ich irgendwas kann. Und du glaubst auch nicht, dass ich diesen Praktikumsplatz bekomme. Und dann redest *du* von Vertrauen? Das ist echt zum Kotzen.« Ein dicker Klumpen setzte sich in Lous Hals. Tränen stiegen ihr in die Augen. Verdammt. Sie wollte nicht heulen. Nicht vor Mam! Nicht vor Pa!

»Louise, was sollen jetzt diese dummen Vorwürfe? Man

muss sich realistisch einschätzen können, dann wird man nicht enttäuscht…«, sagte Pa.

Das wurde ja immer besser! »Was ist denn das für eine verdrehte Philosophie! Immer das Schlimmste erwarten, damit man keine Niederlagen erlebt. Hallo? Geht's noch? Hast du mir überhaupt zugehört? Die Art-Direktorin fand meine Arbeiten klasse.« Erst jetzt wurde ihr die Botschaft klar. Pa hatte ihr schon wieder unter die Nase gerieben, dass er nicht an sie glaubte. Es war sinnlos. Einfach sinnlos. Sie fühlte sich müde und ausgelaugt, als wäre sie siebzig und nicht siebzehn. Rumpelnd schob sie den Stuhl zurück und stand auf. Franziska Wenzels Worte gingen ihr durch den Kopf. *Mir gefällt, wie du an die Sache rangehst. Du hast Sinn für Gestaltung und vor allem für den Umgang mit Schrift. Und du bist durchsetzungsstark.*

»Keine Sorge, Pa. Ich schätze mich realistisch ein. Ganz im Gegensatz zu euch. Ihr habt keine Ahnung, wer ich bin.« Es gelang ihr, die Tränen zurückzuhalten, bis sie ihren Eltern den Rücken zugewandt hatte.

»Das ist nicht wahr, Louise«, rief Pa ihr nach. »Wir wollen doch nur dein Bestes.«

»Du bleibst hier! Bis wir ausgeredet haben!« Das kam von Mam.

Doch es gab nichts mehr zu sagen. Lou ging einfach weiter, schloss die Tür hinter sich, stieg die Treppe hinauf und wischte die Tränen mit dem Handrücken weg.

Die Entscheidung war gefallen. Wenn sie den Praktikumsplatz bekam, musste sie ohne die Zustimmung ihrer Eltern nach München gehen. Ihnen blieb nichts anderes übrig, als mitzumachen. Sie konnten ihre Tochter ja schlecht von der Polizei zurückholen lassen. Was würden die Nachbarn sagen? Und was die Kollegen? Ganz Straubing würde sich das Maul zerreißen. Und das wollte Mam ganz sicher nicht.

Lou ging zu Bett und schlief trotz des Zoffs wie ein Stein.

Das Wochenende verging in eisiger Pseudoharmonie, denn Lou sprach das Thema nicht an und ihre Eltern mieden es ebenso.

Als sie am Montagmorgen aufstand, waren ihre Eltern schon zur Arbeit gegangen und darüber war Lou mehr als froh. Sie hatte absolut keinen Hunger und ließ das Frühstück bis auf einen Becher Tee ausfallen. Damit setzte sie sich an ihren Schreibtisch. Es war Zeit, die praktischen Dinge in Angriff zu nehmen. Auf ihrem Sparbuch waren noch knapp vierhundert Euro. Franziska Wenzel hatte von zwei Monaten Praktikum gesprochen. Mehr als zweihundert Euro konnte sie also nicht für ein Zimmer ausgeben. Denn das Praktikumsentgelt brauchte sie für die Monatsfahrkarte und Lebensmittel.

Während sie im Netz nach WG-Angeboten in München suchte, trank sie den Tee. Die Wohnungssuche schlug ihr allerdings noch mehr auf den Magen als der Streit mit ihren Eltern. Sie fand zwar ein paar Angebote für zweihundert Euro. Kleine Zimmer zwischen zwölf und fünfzehn Quadratmetern. Das war ja eigentlich okay. Sie brauchte keinen Palast. Doch die Nebenkosten kamen noch dazu. Meistens zwischen siebzig und hundert Euro. Wie hatte Caro gesagt? *Abartig teuer.* Derart abartig hatte Lou sich das jedoch nicht vorgestellt. Unter zweihundertsiebzig Euro ging gar nichts. Gut, dann musste sie etwas vom Praktikumsgeld dafür verwenden. Auf eine Monatskarte konnte sie verzichten, wenn sie ihr Fahrrad mitnahm oder ein Zimmer in der Nähe der Agentur fand.

Eine SMS von Caro holte Lou aus ihren Überlegungen. *Lust auf einen Stadtbummel?*

Da Lou keine Lust hatte, weitere frustrierende Eindrücke zu sammeln, beendete sie ihre Suche im Netz. Wenn sie den Praktikumsplatz bekam, würde sie das Problem schon irgendwie lösen. »Kommt Zeit, kommt Rat«, sagte Mam immer. Ausnahmsweise mal ein Spruch, dem Lou zustimmte.

Klar, simste sie zurück. *Wann und wo?*

Jetzt? Im Coffee To Go?

Passt. Bis gleich!

Es war wieder ein heißer Tag. Die Sonne stand schon hoch am Himmel und tauchte die Stadt in gleißendes Licht. Als Lou das *Coffee To Go* in der Fußgängerzone erreichte, saß Caro bereits in einer Nische vor einem Latte.

»Na, die Predigt gut überstanden?«

Lou zuckte mit den Schultern. »Sie werden es nie verstehen. Sie werden mich nicht unterstützen. Und sie trauen mir nichts zu. Das ist einfach so. Ich kann es nicht ändern. Das ist mir klar geworden. Aber sie können mich auch nicht daran hindern, mein Ding zu machen.«

»Warum nicht?«, fragte Caro überrascht.

»Weil sie mir nicht die Polizei auf den Hals hetzen werden, um mich zurückzuholen«, meinte Lou und schlang die Hände ineinander, wie ihre Mam das immer tat, wenn sie diesen Spruch losließ: *»Was werden die Leute nur sagen.«* Den Tonfall bekam sie auch ganz gut hin.

Caro lachte. »Du meinst, sie werden dich wohl oder übel nach München gehen lassen müssen?«

»Klar. Es bleibt ihnen nichts anderes übrig. Nur das Geld wird echt ein Problem.« Lou hatte noch immer nichts gefrühstückt und war inzwischen richtig hungrig. Sie holte sich einen Bagel und einen Milchkaffee am Tresen und erzählte dann Caro von ihrer frustrierenden Recherche im Internet. »Shopping ist also im Moment nicht drin. Ich muss sparen.« Schuldbewusst verputzte sie den Rest des Bagels. »Das war wohl der letzte Luxus für die nächsten Monate.«

»Ich kann dir was leihen. Hundert Euro oder so«, bot Caro an.

»Das ist echt lieb von dir. Aber ich kriege das schon irgendwie gebacken.«

Jetzt vibrierte Lous Handy in der Hosentasche. Sie zog es heraus. Eine Münchner Nummer. Ihr Herz machte einen Satz. Caro guckte neugierig. »Die Agentur!« Sie vergaß ihre Gewohnheit, sich mit einem *Ja* zu melden. »Lou Meerbusch.«

»Hallo Lou. Franziska Wenzel hier. Ich habe gute Nachrichten. Du bekommst den Praktikumsplatz.«

»Wahnsinn. Klasse. Super.« Lou unterdrückte den Impuls, kreischend aufzuspringen und einen Freudentanz aufzuführen. »Wann soll ich anfangen?«

»Montag in zwei Wochen. Passt dir das?«

»Ja. Klar.«

»Gut. Es bleibt bei zwei Monaten. Danach werden wir entscheiden, ob du den Ausbildungsplatz bekommst. Ein Praktikumsentgelt können wir nicht bezahlen. Das erhalten bei uns nur Designstudenten. Aber wir haben uns entschlossen, dir die Kosten für die Monatsfahrkarte zu erstatten.«

Diese Nachricht verpasste Lous Freude einen ordentlichen Dämpfer. Kein Geld. Mist. Nur für die Fahrkarte. Wie supergroßzügig!

»Sind die Konditionen für dich in Ordnung?«

Wenn das so üblich war, dann war das halt so. »Natürlich. Ich freu mich, dass Sie sich für mich entschieden haben, und stehe in zwei Wochen pünktlich auf der Matte.«

8

Lou begleitete Caro, die dringend Bergstiefel kaufen musste, in ein Sportgeschäft. Sie hatte sich nämlich ganz spontan entschlossen, nun doch an der Hüttentour des Basketballvereins teilzunehmen.

»Das hat nicht zufällig damit zu tun, dass auch Josh sich ganz spontan entschlossen hat mitzufahren?«, fragte Lou, während Caro ein Paar Stiefel anprobierte. Caro tauchte ab und begann hektisch, die Schuhe zu schnüren. »Echt? Kommt er mit? Davon weiß ich ja gar nichts. Ich dachte, wenn du auch noch weg bist, ist hier sowieso nichts los. Da kann ich genauso gut mit den anderen in den Bergen rumkraxeln.«

Ein fettes Grinsen stahl sich auf Lous Gesicht. »Du hast schon mal besser geflunkert. Tobias hat es mir erzählt und dir auch. Sag mal, kann es sein, dass du grad rot geworden bist?«

»Ich? Quatsch. Warum auch?«

»Vielleicht wegen dunkler Strubbelhaare? Oder einer durchtrainierten Athletenfigur? Und dann erst diese gletscherblauen Augen!« Lou konnte es nicht lassen, ihre Freundin aufzuziehen. Jeder wusste, dass Caro für Josh schwärmte. »Und dieses umwerfende Lächeln! Oder ist es doch eher sein Intellekt, der dich so tief beeindruckt?«

Caro tauchte wieder auf. »Ist ja gut. Ist ja gut. Ich wäre doch bescheuert, jetzt hierzubleiben. Oder?«

Nachdem Caro sich für ein Paar Bergstiefel entschieden hatte, kauften sie sich beide ein Eis und setzten sich damit an der Dreifaltigkeitssäule auf die Stufen.

Die Bäume spendeten Schatten. Manchmal blieben Touristen stehen und machten Fotos.

Während sie dort saßen, Leute beobachteten und Eis schleckten, poppte Lous Problem wieder auf. Das war aber auch ein Mist! Jetzt hatte sie die Möglichkeit, ein Praktikum zu machen, aber nicht genügend Kohle, um es durchzuziehen. Ihr Geld reichte nicht einmal für die Miete. Selbst wenn sie Caros Angebot annahm, kam sie damit nicht weit. Doch dann hatte sie eine Idee.

»Ich könnte mir in München einen Job neben dem Praktikum suchen. Kellnern in einem Café oder einer Kneipe. Das wäre doch die Lösung.«

Caro hielt von der Idee allerdings nicht viel. »Du bist noch keine achtzehn. Jugendschutz. Du darfst nicht so lange arbeiten. Außerdem: Wie willst du das schaffen? Erst acht Stunden in der Agentur werkeln und dann noch abends jobben? Frag doch mal deinen Onkel. Wenn du bei ihm wohnen kannst, wäre das Problem gelöst.«

Wieder fühlte Lou dieses seltsame Unbehagen in sich aufsteigen, von dem sie nicht wusste, woher es kam, denn sie erinnerte sich kaum an Onkel Achim. Nur dass er eigentlich ziemlich lustig gewesen war. Ein großer, schlanker, gut aussehender Mann. Außerdem ein erfolgreicher Zahnarzt. *Und ein Filou*, das hatte Mam mal gesagt. Jetzt fiel es ihr wieder ein. *Er kann die Finger nicht von den jungen Dingern lassen, die er als Arzthelferinnen einstellt. Gut, dass Ute endlich die Konsequenzen zieht und sich scheiden lässt.*

Die Idee schlug so plötzlich ein wie ein Blitz bei Sonnenschein. Lou fuhr hoch. »Tante Ute! Die könnte ich fragen. Meine Eltern hören auf sie. Wenn sie sich auf meine Seite schlägt und ein gutes Wort für mich einlegt, besteht zumindest die Chance, dass sie mich das Praktikum machen lassen. Und vielleicht geben sie mir sogar das Geld, das mir fehlt.«

Caro blickte skeptisch über den Rand ihrer Sonnenbrille. »Nachdem sie sich jetzt monatelang stur gestellt haben? Ich weiß ja nicht. Aber einen Versuch ist es wert. Notfalls könntest du deine Tante ja bitten, dir das Geld zu leihen.«

Die Uhr des Stadtturms schlug Mittag. Zwölf dumpfe Schläge. Lou sprang auf. »Perfektes Timing. Tante Ute macht um zwölf ihre Praxis für zwei Stunden dicht und geht heim.«

»Was? Schon zwölf! Ich habe meiner Mutter versprochen, ihr bei den Vorbereitungen für Paps Geburtstagsfeier zu helfen. Ich muss los.« Caro umarmte Lou. »Ich drücke die Daumen, dass Tante Ute Wunder wirkt.«

Sie trennten sich am Stadtturm. Lou schlug den Weg zur Wohnung ihrer Tante ein, die in einem aufwendig renovierten Altbau am Rande der Innenstadt lag. Tante Ute war total taff. Wie Onkel Achim, ihr Ex, war sie Zahnärztin und hatte eine eigene Praxis. Vor allem Mam bewunderte ihre große Schwester dafür, wie unabhängig sie war und was sie alles erreicht hatte. Tante Ute würde es schaffen, Mam umzustimmen, und dann würde auch Pa seinen Widerstand aufgeben. Warum war sie nicht schon früher auf die Idee gekommen, sich Mams Schwester als Verbündete zu holen?!

Beschwingt ging Lou durch die Straßen und erreichte ihr Ziel im selben Moment, als ihre Tante aus einer Nebenstraße auftauchte. Sie sah einfach toll aus. Groß und trotz ihrer fünfzig Jahre schlank wie ein Teenager. Dunkler Pagenkopf. Designerbrille, kaum Make-up. Eine schlichte Goldkette, die toll zu ihrer gebräunten Haut passte. Heute trug sie eine sandfarbene Leinenhose und ein kaffeebraunes Top mit Spaghettiträgern. »Hallo Lou. Willst du zu mir?«

»Wenn du Zeit für mich hast?«

Tante Ute kramte den Schlüsselbund aus ihrer Handtasche. »Gibt es Probleme?«

»Kann man so sagen.«

»Sicher keine, die sich nicht lösen lassen«, meinte Tante Ute lächelnd.

9

Als Lou kurz nach fünf nach Hause kam, stand Mam in der Küche und schnippelte Gemüse fürs Abendessen.

»Kann ich dir helfen?«

Mam sah auf und runzelte ungläubig die Stirn.

Okay, vielleicht hatte sie mit diesem Angebot etwas zu dick aufgetragen. »Ich habe Tante Ute eingeladen. Zum Essen. Heute Abend. Also helfe ich dir. Logisch, oder?«

Mam ließ das Messer sinken. »Was versprichst du dir davon?«

Lou tat, als verstünde sie nicht, worauf ihre Mam hinauswollte. »Du sagst doch immer, ich soll mehr im Haushalt mithelfen, und nun mache ich das und es ist auch nicht recht.«

»Jetzt stell dich nicht dumm. Du weißt genau, was ich meine.«

Weshalb gelang es ihr in letzter Zeit einfach nicht, normal auf Mam zu reagieren? Warum war sie derart auf Streit aus? Lou konnte es wieder nicht lassen und wurde pampig. »Jetzt stell *du* dich nicht dumm. Du weißt genau, was ich mir von Tante Ute erhoffe.«

»Hallo hallo Fräulein, diesen Tonfall gewöhnst du dir gleich wieder ab. Und wenn du, ohne zu fragen, Gäste zum Essen einlädst, dann kannst du auch allein für sie kochen.« Mam legte das Messer aufs Brett, wischte sich die Hände an einem Küchentuch ab und verließ die Küche.

Lou sah ihr verwundert nach. Okay. Dann kochte sie eben. Wo war das Rezept? Das Kochbuch lag aufgeschlagen auf dem Küchentisch. Gemüselasagne. Lecker. Ihr Lieblingsgericht. Und plötzlich wurde ihr klar, dass Mam hauptsächlich vegetarisch kochte. Ihretwegen. Das war eigentlich unheimlich nett. Denn ihre Eltern bekamen Fleisch nur noch mittags in der Kantine auf den Teller. Oder wenn Mam so kochte, dass es für Lou Gemüse gab, das nicht zusammen mit Fleisch zubereitet wurde. Aufläufe und andere Ofengerichte schieden dabei ebenso aus wie Eintöpfe. Ihre Eltern schränkten sich ihretwegen ganz schön ein. Das wurde Lou erst jetzt klar. Irgendwie hatte sie das immer als selbstverständlich hingenommen. Doch das war es nicht.

Sie machte sich an die Arbeit. Als Pa Tante Ute um sieben die Tür öffnete, war der Tisch im Esszimmer gedeckt, die Getränke waren kalt gestellt und es roch köstlich nach Lasagne.

Tante Ute war ebenso pragmatisch wie Mam, kein Wunder, sie waren Schwestern. Also kam sie beim Essen gleich zur Sache und sie machte das sehr geschickt, denn sie fragte, ob Mam sich eigentlich noch erinnern konnte, wie ihre Eltern damals, Mitte der Sechzigerjahre den kleinen Kolonialwarenladen in der Theresienstraße eröffnet hatten.

Natürlich konnte sie sich erinnern. Sie war damals sechs Jahre alt gewesen und Tante Ute acht. »Unsere Eltern haben sich krummgeschuftet. Tag und Nacht haben sie gearbeitet und am Ende ist kaum etwas übrig geblieben.«

»Stimmt. Es waren harte Zeiten. Richtig schlimm wurde

es, als die ersten Supermärkte öffneten und dort alles viel billiger verkauft wurde. Da konnten unsere Eltern nicht mithalten und mussten das Sortiment umstellen, zunächst auf Obst und Gemüse, später haben sie es dann mit Feinkost und Spezialitäten versucht. Sie wollten, dass du Einzelhandelskauffrau wirst und den Laden übernimmst. Weißt du noch, Martina?«

»Natürlich. Ich wollte aber diesen täglichen Überlebenskampf nicht und schon gar keine Sechzig-Stunden-Woche. Ich wollte einen soliden Beruf, der einem Sicherheit gibt. Aber das waren andere Zeiten. Das ist nicht mit Lous Situation vergleichbar.«

Lou war überrascht. Das hatte sie nicht gewusst und sie nutzte die Steilvorlage, die Tante Ute ihr zugespielt hatte, sofort. »Und deshalb bist du zur Stadtverwaltung gegangen und bist Beamtin geworden. Du hast den Beruf erlernt, den du wolltest. Und waren Oma und Opa deswegen sauer auf dich?«

Mam seufzte.

Pa zog die Stirn kraus. Ihm schien das Thema nicht zu gefallen. Er sah, worauf es hinauslaufen würde.

»Sie waren stinkwütend auf mich«, räumte Mam ein. »Mein Vater hat fast ein Jahr lang nicht mit mir gesprochen, bis er schließlich zugab, dass meine Entscheidung vermutlich nicht die schlechteste war.«

Okay. Lou atmete durch. Das war ihre Chance. Dieses Eisen musste sie schmieden, solange es heiß war. »Du hast also selbst entschieden, was du werden wolltest. Und ich will das auch selbst entscheiden. Ich will Mediengestalterin werden und nicht Arzthelferin. Das ist *mein* Leben.«

»Aber das ist kein Beruf mit Zukunft. Arzthelferinnen werden immer gebraucht und …«

»Ich habe heute die Zusage für den Praktikumsplatz bekommen.« Lou konnte es nicht lassen und warf ihrem Vater einen triumphierenden Blick zu. »Auch wenn du nicht geglaubt hast, dass ich das schaffe. In zwei Wochen kann ich anfangen. Und wenn ich gut bin, dann bekomme ich den Ausbildungsplatz. Und Gestalter werden auch immer gebraucht. Alles wird gestaltet. Zeitungen, Illustrierte, Werbung, Plakate, Eintrittskarten, Zahnpastatuben. Sogar Klopapier. Einfach alles.«

Mams Gesichtszüge verschlossen sich. Pas ebenfalls. Allerdings begann er, die praktischen Fragen zu stellen nach Wohnung, Kosten und Bezahlung. Als Lou zugeben musste, nur Geld für die Fahrkarte zu bekommen, legte sich seine Stirn in Falten. »Du siehst doch selbst, das funktioniert nicht. Oder erwartest du, dass wir das Praktikum bezahlen?«

Er sagte das wie damals, als Lou sich eine Playstation zu Weihnachten gewünscht hatte. Sinnloser Firlefanz. Und auch das Geld fürs MacBook hatte sie sich selbst verdienen müssen. Doch sie hatte keine Zeit, erst noch zu jobben, um die Kohle fürs Praktikum an Bord zu bekommen. Verzweifelt suchte Lou Tante Utes Blick und sie griff ein.

»Lou hat recht. Mediengestalter werden auch künftig gesucht sein. Ich finde es beeindruckend, wie sie es geschafft hat, einen Praktikumsplatz zu ergattern, und ich bin sicher, dass es ihr auch gelingen wird, die Lehrstelle zu bekommen. Martina, kannst du dich denn nicht erinnern, wie unglücklich du damals warst, als unsere Eltern dich unter Druck gesetzt haben. Du hast doch auch dafür gekämpft, den Beruf ergreifen zu dürfen, den du wolltest. Du müsstest Lou doch am besten von uns allen verstehen.«

Mam sah hoch. Ihre Gesichtszüge waren weicher geworden. »Das tue ich doch. Es ist ja weniger der Beruf, der mir Sorgen macht … Lou müsste nach München ziehen. In die Großstadt. Das ist ein gefährliches Pflaster für ein junges Mädchen. Ich habe einfach Angst, dass ihr etwas zustößt, dass sie die falschen Leute kennenlernt und unter die Räder kommt. Überall lauern Gefahren. Wer kümmert sich denn um Lou, wenn es Probleme gibt? Und außerdem, wo soll sie wohnen? Wir können es uns nicht leisten, acht Wochen Hotel oder eine Pension zu bezahlen. Nicht, solange wir noch das Haus abbezahlen. Und eine Wohnung oder ein WG-Zimmer wird sie für acht Wochen nicht bekommen. Das muss man realistisch sehen.«

Tante Ute wischte sich den Mund ab und legte die Serviette beiseite. »Eine der Wohnungen, die ich in München besitze, ist gerade frei geworden. Ein schnuckeliges Einzimmer-Appartement. Ich stelle es Lou kostenlos für die Zeit des Praktikums zur Verfügung. Einzige Bedingung: Als Gegenleistung streichst du die Wände. Die haben es dringend nötig. Material stelle ich. Einverstanden?«

Wow! Wahnsinn! Lou wurde ganz hibbelig vor Aufregung. Die Erfüllung ihres Traums rückte in greifbare Nähe. »Ja. Klar. Mache ich. Gar keine Frage.« Sie strahlte Tante Ute an, die sich aber wieder an ihre Eltern wandte. »Achim wohnt im selben Haus. Er kann sich um Lou kümmern. Ich habe schon mit ihm gesprochen. Er ist einverstanden und wird die Rolle des Babysitters übernehmen.« Bei diesen Worten zwinkerte Tante Ute Lou zu. »Anscheinend sieht er immer noch das kleine Mädchen in dir. Er wird überrascht sein, eine so hübsche junge Frau anzutreffen.«

Lou rutschte unruhig auf dem Stuhl hin und her. »Mam. Pa. Bitte. Ihr müsst euch keine Sorgen machen. Jetzt ist doch alles geregelt. Und in zwei Monaten bin ich wieder da.«

»Oder auch nicht. Du wirst die Lehrstelle schon bekommen. So hartnäckig, wie du bist.« War das tatsächlich ein Lächeln auf ihrem Gesicht? Lou wäre ihrer Mam am liebsten um den Hals gefallen.

Ihr Pa sah verdutzt in die Runde. »Dann muss ich mich wohl geschlagen geben. Mir gefällt das trotzdem nicht.«

Ermordete Schülerin in München beigesetzt

Rund 150 Menschen haben auf dem Waldfriedhof in München Abschied von der ermordeten Gymnasiastin Daniela Schneider genommen. Die Beisetzung fand im engsten Familien- und Freundeskreis statt.

München – Die Familie der 17-jährigen Gymnasiastin hatte sich gewünscht, in aller Stille Abschied nehmen zu können. Die Stadtverwaltung folgte diesem Wunsch und ließ den Friedhof für die Zeit der Trauerfeier sperren.

Bereits am Vortag gab es eine Gedenkfeier in der Aula des Paula-Modersohn-Gymnasiums, an der mehrere Hundert Menschen teilnahmen. Freunde, Mitschüler, Lehrer, Nachbarn und Mitglieder der Tanzgruppe, der Daniela seit frühester Kindheit angehörte, gedachten Danielas. In bewegenden Ansprachen wurde sie als selbstbewusstes und lebensfrohes junges Mädchen beschrieben, das stets ein offenes Ohr für die Sorgen und Nöte anderer hatte. Ihr Klassenlehrer, Markus Tenner, sagte während der Feier: »Wir stehen völlig fassungslos, hilflos und verzweifelt vor dieser sinnlosen Tat und müssen nun von Daniela Abschied nehmen, in dem Wissen, dass ihr Mörder noch frei ist.«

In der Tat scheinen die Ermittlungen nicht voranzugehen. Kriminalhauptkommissar Josef Mertens hüllt sich weiter in Schweigen. Von der Staatsanwaltschaft München und der Pressestelle des Polizeipräsidiums sind ebenfalls keine Informationen über Fortschritte bei der Suche nach Danielas Mörder zu erhalten. Wird man ihn je fassen?

10

Meistens nahm ihre Mam die Zeitung mit ins Büro. Doch heute lag sie auf dem Tisch, als Lou runterkam. Natürlich war der Artikel über die Beisetzung des ermordeten Mädchens nicht zufällig aufgeschlagen, das kapierte Lou sofort. Mam, die nie aus Straubing herausgekommen war, machte sich Sorgen und hoffte offenbar, Lou würde bei der Lektüre dieses Artikels den Mut verlieren und einen Rückzieher machen. Da irrte sie sich aber gewaltig. Jetzt, wo es ihr endlich mit Tante Utes Hilfe gelungen war, ihren Eltern eine Zustimmung abzuringen, würde sie nicht kneifen. Passieren konnte einem schließlich immer irgendetwas und sie war ja nicht dämlich und würde mit irgendjemandem mitgehen oder mitfahren, den sie nicht kannte, oder sich mit komischen Typen einlassen.

Lou legte die Zeitung zurück und machte sich ohne Frühstück auf den Weg zu Caro. Es gab noch ein praktisches Problem zu besprechen. Die Wohnung, die Tante Ute ihr fürs Praktikum überließ, war nicht möbliert. Lou musste also ein paar Möbelstücke nach München schaffen und wollte Ferdi bitten, ob er das mit seinem alten Kombi übernehmen würde.

Caros Bruder öffnete genau in dem Moment die Tür, als Lou klingelte. »Hi! Caro sitzt in der Küche.« Ehe sie ihn fragen konnte, schwang Ferdi sich auf sein Mountainbike, das an der Hausmauer lehnte, und weg war er. Lou sah ihm noch einen Moment nach. Ein schlaksiger Kerl. Nett und hilfsbereit. Ein großer Bruder, wie sie selbst gerne einen gehabt hätte. Lou schloss die Tür zum Reihenhaus, das Caros Eltern gehörte, und sah sich nach ihrer Freundin um. Sie saß im Schlafanzug am Küchentisch und löffelte einen Erdbeerjoghurt. Hinter ihr stand ein Topf mit Milch auf dem Herd. »Hi Lou. Schon gefrühstückt?«

»Heute noch nicht.«

»Milchkaffee?«

»Gerne. Du auch?«

Caro nickte.

Mit der Kapselmaschine umzugehen, war keine Hexerei. Lou machte zwei Milchkaffee und setzte sich zu Caro an den Tisch.

Während sie Kaffee tranken, erzählte Lou von ihrem Problem. »Ich weiß nicht, wie ich die Möbel nach München kriegen soll. Viel ist es nicht. Ein Bett, eine Matratze, Stuhl und Tisch und vielleicht nehme ich die Kleiderstange aus dem Keller mit. Das Auto meiner Eltern ist zu klein. Und selbst wenn der Kram hineinpassen würde, ich will nicht, dass sie mir helfen. Ich will das alleine geregelt kriegen und deshalb wollte ich Ferdi fragen, ob er mich fährt. Ich bezahle natürlich das Benzin. Meinst du, er hilft mir?«

Caro kratzte den letzten Rest Joghurt aus dem Becher. »Er wollte eh in den nächsten Tagen mal nach München fahren und die Wohnungslage checken. Bis Semesterbeginn braucht er ein Dach über dem Kopf. Ich komme natürlich mit.« Ehe Lou sich versah, hatte ihre Freundin das Handy gezückt und Ferdis Nummer gewählt. »Hallo Bruderherz. Lou lässt fragen, ob du Lust hast, sie und ihre

Siebensachen demnächst nach München zu fahren ... Super ... Meinst du, dein Kombi reicht für die Möbel ... Gute Idee. Ja ... Ich frage sie. Tschüss.«

Caro legte das Handy weg. »Du hast es ja mitbekommen. Er fährt dich und er meint, der Kombi ist zu klein, wir sollen Mama fragen. Am Wochenende braucht sie den Lieferwagen vom Blumenladen nicht.«

»Das wäre natürlich toll.«

Caro klärte auch diese Frage sofort. Ihre Mutter hatte natürlich nichts dagegen. Nicht einmal Geld für Benzin wollte sie. »Das bin ich Lou schuldig. Schließlich hat sie ein tolles Logo für meinen Laden entworfen und kaum etwas dafür verlangt.«

»Hach, was für ein toller Tag! Wenn sich doch alle Probleme immer so leicht lösen ließen ...« Lou reckte sich im Stuhl. »Und was machen wir heute? Baden? Bummeln?«

»Bladenight?«

»Super Idee! Aber bis dahin haben wir noch den ganzen Tag vor uns.«

»Ich muss meine Inliner aus der Reparatur holen. Danach könnten wir vielleicht tatsächlich mal in die Aqua-Therme gehen. Tobias ist auch da.«

»Tobias ist auch da.« Lou grinste. »Aha. Vermutlich ganz alleine. Oder könnte es sein, dass er ganz zufällig in Begleitung seines besten Freunds Josh ist?«

Caro wurde tatsächlich rot. Lou konnte es nicht lassen, sie ein wenig aufzuziehen. Doch dann klingelte ihr Handy. Sie holte es hervor und erkannte die Nummer der Agentur im Display. Franziska Wenzel meldete sich. Lou hörte schon am Tonfall, dass etwas nicht stimmte. »Es tut mir leid, Lou. Es gab da ein Kommunikationsproblem zwischen meinem Chef und mir. Wir haben uns zwar darauf geeinigt, eine Praktikantin einzustellen, doch mir war nicht klar, dass er das selbst machen wollte. Und nun hat er schon jemanden. Ich muss dir leider absagen.«

So ein Mist! Das konnte doch nicht wahr sein! »Aber ich hab doch schon alles geregelt. Wohnung und so …«

»Ich verstehe deine Verärgerung ja und es tut mir auch wirklich leid. Es war mein Fehler.«

Alles umsonst. Kein Praktikum. Keine Chance, die Lehrstelle zu bekommen. Alles für die Katz. Lou sah sich schon mit ihren Bewerbungsunterlagen bei Dr. Scholz antraben. So weit durfte es nicht kommen. Niemals!

»Warum nehmen Sie nicht zwei Praktikantinnen? Ich meine, wir arbeiten doch eh …« Beinahe hätte sie *für lau* gesagt, verkniff es sich aber gerade noch. »Ich meine, es entstehen doch keine Kosten, bis auf die Fahrkarte. Und ich kann doch schon etwas. In InDesign bin ich wirklich gut. Das haben Sie selbst gesehen.«

Ein leises Lachen klang durchs Telefon. »Du bist wirklich hartnäckig. Also gut, ich rede noch einmal mit meinem Chef. Vielleicht kann ich deinen Vorschlag durchsetzen. Eigentlich müsste er ihm gefallen. Er liebt Wettbewerbe. Ich meine, das ist dir schon klar, wenn wir zwei Praktikantinnen einstellen, dann befindet ihr euch im Wettbewerb um den Ausbildungsplatz.«

11

Die Sonne brannte vom Himmel. Vor den Restaurants und Cafés standen Stühle und Tische im Schatten der Marktschirme. Es war Mittagszeit und die Plätze bei seinem bevorzugten Italiener beinahe alle besetzt. Doch er hatte Glück. Ein Zweiertisch am Rand wurde frei. Ein Platz ganz nach seinem Geschmack. Er saß lieber abseits und beobachtete, als selbst im Mittelpunkt zu stehen, den Blicken anderer ausgesetzt.

Das Licht blendete ihn und versuchte, ihm vorzugaukeln, das Leben sei einfach und schön, leicht und unbeschwert. *Just always look at the bright side of life. Take it easy.* Doch das Leben war nicht schön und schon gar nicht einfach. Er verabscheute gleißende Helligkeit. Von klein auf liebte er Dämmerung und Nachtschatten, bewegte sich in Zwielicht und Finsternis, fühlte sich in Dunkelheit und Düsternis heimisch. Aus der Sakkotasche zog er die Sonnenbrille mit den stark getönten Gläsern und setzte sie auf, schob einen Filter zwischen sich und die anderen.

Der Kellner kam, nahm die Bestellung auf. Ein Glas Mineralwasser, Caprese, Tagliatelle mit gebratenem Lachs. Während er auf sein Essen wartete, sah er sich um. Am Tisch neben ihm unterhielten sich zwei Frauen. Tussiblond die eine, hennarot die andere. Ins Haar geschobene Armani-Sonnenbrillen alle beide. Rote Krallen und grell geschminkte Lippen, die makellos behandelte Zähne einrahmten. Sie tranken Prosecco und aßen Salat und unterhielten sich viel zu laut und viel zu abfällig über einen Kollegen.

»Demhard hat einfach keinen Mumm. Krüger sieht ihn einmal scharf an und schon gibt er klein bei, statt sich hinter uns zu stellen. Nur weil sie zusammen Golf spielen. Und so einer ist Abteilungsleiter.« Das kam von der Blonden. Verächtlich rümpfte sie die Nase, erdolchte ein Salatblatt und stopfte es in ihren gierigen Schlund.

»Von Personalführung hat er jedenfalls keinen blassen Schimmer«, meinte die Hennarote. »Gibt uns einfach zum Abschuss frei. Wie er den Posten bekommen hat, ist mir ehrlich gesagt schleierhaft. Vermutlich ist er der Vollhardt bis dahin in den Arsch gekrochen.« Mit der freien Hand fuhr sie sich einmal quer über den Hals.

»Oder mit ihr in die Kiste gestiegen ...«

»Glaube ich nicht. Der ist im Bett sicher genauso eine Null wie als Chef. Zu zögerlich, zu unentschlossen. Darauf steht die Vollhardt nicht. Die braucht echte Kerle.«

Beide lachten gackernd. Ihm wurde ganz heiß vor Wut. Solche Weiber hatte er echt gefressen. Unwillkürlich atmete er scharf aus, straffte sich. Die Tussiblonde sah zu ihm herüber. Wie sie ihn musterte. Dieser Blick. So kalt. So durchdringend, als könnte sie auf den Grund seiner Seele blicken. Er hasste ihn. *Ach, du bist auch so einer. Ein kleines Würstchen. Ein Versager!* Seine Hände wurden feucht. Kühle Angst füllte seinen Magen, während sich gleichzeitig ein Band um seinen Hals legte und ihm die Luft abzuschnüren begann. Ganz langsam. So wie immer. So wie damals in der Schule, wenn er an der Tafel gestanden hatte und seine Lehrerin ihn nach allen Regeln der Kunst fertigmachte, ihn sezierte, zerlegte, bis er, vergeblich gegen Tränen ankämpfend, an seinen Platz gelaufen war und seine Klassenkameraden sich johlend über die Bänke geworfen hatten.

Diese Weiber. Er hasste sie.

Er wich dem Blick der Tussiblonden aus, blickte auf die Tischdecke, fühlte sich klein und hilflos. Wieder einmal. Er war diesen Weibern ausgeliefert. Seit frühester Kindheit ging das so. Sein ganzes Leben wurde von ihnen beherrscht, von diesen taffen Weibern. Seine Mutter war so gewesen und eine der Erzieherinnen im Kindergarten und dann sechs Jahre Grund- und Hauptschule. Dort hatte es nur so gewimmelt von diesen selbstgefälligen Frauen, die sich für unbesiegbar hielten, die ihre Macht auskosteten, die so selbstbewusst und stark waren, dass sie weder Mitgefühl kannten noch Angst.

Schon als Kind hatte er sich ausgemalt, wie es wäre, ihre Macht zu vernichten. Er hatte sich vorgestellt, wie er Schlangen, Spinnen, Kröten und anderes Getier unter ihren Bettdecken versteckte, unter die sie ahnungslos schlüpften, um sich dann ihr Gekreische auszumalen und ihre schreckgeweiteten Augen, ihr panisches Entsetzen. Kinderfantasien eben. Doch sie hatten ihm geholfen, mit seiner Ohnmacht fertig zu werden. Damals hatte er begonnen, zwei Leben zu führen. Das kaum zu ertragende wirkliche und das seiner Rachevorstellungen.

Es war Jahre her. Inzwischen war er längst erwachsen und dabei, seine Träume Wirklichkeit werden zu lassen. Es war wunderbar. Davon wollte er mehr.

Der Kellner kam und servierte die Pasta. Die Hennarote

beobachtete ihn. An der perlweißen Krone eines Schneidezahns klebte Petersilie. Für den Bruchteil einer Sekunde stellte er sich vor, seine Faust hineinzuschlagen. Doch ihr verächtlicher Blick ließ ihn im Handumdrehen zu einem angstvollen Nichts werden. Ein tonnenschwerer Druck legte sich auf seine Brust, die Hände wurden feucht, sein Herz begann zu rasen. Beschämt wandte er sich ab, stocherte in seinem Essen, doch er brachte keinen Bissen mehr herunter. Wie er sie hasste, diese Weiber!

12

Franziska Wenzel meldete sich einfach nicht. Vielleicht hatte sie sich nur herausgeredet und nie die Absicht gehabt, mit ihrem Chef zu sprechen. Warum sollte sie sich auch für Lou einsetzen? Der Praktikumsplatz war vergeben und die Art-Direktorin hatte sicher Wichtigeres zu tun, als eine Praktikumsstelle für ein Mädchen aus der Provinz durchzuboxen. Je länger Lou darüber nachdachte, desto unsicherer wurde sie. Und hibbeliger. Sie war mehrfach kurz davor, Franziska Wenzel einfach anzurufen oder eine Mail zu schreiben. Doch dann erschien ihr das jedes Mal zu aufdringlich und sie steckte das Handy wieder ein oder löschte die bereits geschriebene Mail.

Nach zwei Tagen, die Lou wie eine ganze Woche erschienen, kam endlich der Anruf. Sie rechnete mit der endgültigen Absage, doch die Art-Direktorin hatte gute Neuigkeiten. Julian Döhrig, ihr Chef, hatte eingewilligt. »Er meint, wenn nur eine von euch beiden den Ausbildungsplatz bekommen kann, werdet ihr euch ordentlich ins Zeug legen und euer Bestes geben. Wie gesagt: Er mag jede Art von Wettkampf. Wir sehen uns dann also am Montag nächster Woche. Pünktlich um neun Uhr.«

Die Tage bis zum Umzug vergingen rasend schnell. Lou sammelte die Sachen zusammen, die sie mitnehmen wollte, und Mam half ihr dabei. Sie besorgte einen Wasserkocher, suchte Handtücher, Bettwäsche, Geschirr und ein paar Gläser zusammen und kaufte ihr dann auch noch zwei Bücher. »Damit dir die Abende nicht langweilig werden.«

Lou verkniff sich eine Bemerkung. Das war ja eigentlich ganz süß von Mam, doch abends würde sie ganz sicher nicht in Tante Utes Wohnung herumsitzen und lesen. Zwei Monate München! Die wollte sie voll und ganz auskosten. Leute kennenlernen und die Stadt erkunden. Schwabing, Haidhausen und das Glockenbachviertel. Kneipen und Cafés, Klubs und Läden, einfach alles. Doch das sagte sie natürlich nicht. Stattdessen bedankte sie sich artig und packte die Bücher ein.

Am Samstag um neun fuhren Caro und Ferdi mit dem Lieferwagen des Blumengeschäfts vor und halfen Lou, ihn zu beladen. Auch ihr Rad kam mit an Bord. So sparte sie das Geld für die Monatsfahrkarte. Als sie gerade fertig waren, erschien Tante Ute und brachte Wohnungs- und Hausschlüssel. »Onkel Achim weiß Bescheid und wird auch da sein. Vergiss nicht, mit der Hausmeisterin ein Übergabeprotokoll zu machen. Und hier ist das Geld für die Wandfarbe und sonstige Malutensilien. Die Rechnung hebst du bitte auf und gibst sie mir, wenn wir uns das nächste Mal sehen.« Mit diesen Worten drückte sie Lou hundert Euro in die Hand, umarmte sie und wünschte ihr eine schöne Zeit in München.

Pa stand mit versteinerter Miene etwas abseits und schaute missbilligend zu. Mam füllte eine Thermoskanne mit Eistee für die Fahrt und belegte einen Berg Sandwiches. Als ob eine Weltreise bevorstand. Dabei war München nicht einmal zwei Fahrstunden entfernt.

Als es dann Zeit war, sich zu verabschieden, hatte Lou

plötzlich einen Knödel im Hals. Sie umarmte erst ihre Mam und dann ihren Pa, beide einen Tick fester als sonst.

»Pass auf dich auf, Lou, ja?« Mam blinzelte eine Träne weg. »Und melde dich gleich, wenn ihr angekommen seid. Und wenn es dir in München nicht gefällt – du musst das Praktikum ja nicht durchziehen. Du kannst jederzeit nach Hause kommen. Und Ferdi, fahr vorsichtig, ja?«

»Also mir gefällt das nach wie vor nicht«, mischte Pa sich jetzt doch noch ein. »Wir werden ja sehen, wie lange du das durchhältst. Vermutlich keine drei Wochen.«

Diese Worte trafen Lou wie ein Schlag in den Magen. *Hallo? Pa? Was soll das?* »Stimmt genau«, erwiderte sie pampig. »Es werden eher drei Jahre werden. So lange dauert die Ausbildung nämlich. Und du wirst schon sehen: Ich bekomme diese Lehrstelle. Ich bin nämlich gut, auch wenn du das nicht glaubst.« Mit diesen Worten machte sie auf dem Absatz kehrt. »Ferdi, Caro, wir fahren.« Donnernd ließ sie die Beifahrertür ins Schloss krachen und hörte ihre Mam gerade noch sagen: »Er meint es doch nicht so.«

Lou drehte sich nicht um, sondern beobachtete im Außenspiegel, wie Mam ihr nachwinkte. Pa war schon längst im Haus verschwunden. Ferdi sah zu ihr herüber. »Mach dir nichts daraus. Eltern sind manchmal seltsam.« Caro, die neben ihrem Bruder auf dem Mittelsitz saß, berührte Lous Arm. »Stimmt genau.«

Doch Lous Freude hatte erst einmal einen ordentlichen Dämpfer bekommen. Es tat einfach weh, dass ihr eigener Vater nicht an sie glaubte. Aber sie würde das durchziehen, das war mal klar. *Wirst schon sehen, Pa!*

Bereits nach anderthalb Stunden Fahrt erreichten sie

die Stadtgrenze von München. Ferdi schaltete das Navi ein und folgte dessen Anweisungen, bis sie die Wohnanlage in der Biedersteinstraße im Stadtteil Schwabing erreichten. Auf einem parkähnlichen Grundstück verteilt standen sechs moderne Gebäudekomplexe mit je fünf Etagen. Glas. Stahl. Beton. Gepflegter Rasen, zentrale Tiefgarage, Designerlampen entlang der gepflasterten Wege. Ferdi folgte einer schmalen Straße bis zum Parkplatz vor dem Haus mit der Nummer drei und stellte den Motor ab. »Da wären wir.« Kritisch sah er sich um. »Hier wohnen wohl die *ganz* armen Leute.«

Lou zog entschuldigend die Schultern hoch und legte den Kopf schief. Sie war ja selbst total überrascht, wie nobel das alles aussah. »Meine Tante scheint echt ganz gut zu verdienen. Ich rufe jetzt mal die Hausmeisterin an und sag Bescheid, dass ich da bin.«

Doch unter der Nummer, die Tante Ute ihr gegeben hatte, meldete sich niemand. Lou hinterließ der Hausmeisterin Elvira Pagel eine Nachricht auf der Mailbox. Als sie auflegte, begann ihr Magen, laut zu knurren. Caro lachte. »Ich habe auch Hunger. Wie wäre es mit ein paar Sandwiches, bevor wir den Kram reinschleppen?«

»Guter Plan«, meinte Ferdi. »Da drüben ist es schattig.« Er wies auf eine mächtige Kastanie, mitten auf dem Rasen. »Ich habe eine Decke im Wagen. Wir könnten ein Picknick machen.«

Lou steckte das Handy ein. »Au ja.«

Gemeinsam schleppten sie ihren Proviant in den Schatten und machten es sich auf der Decke bequem. Der Eistee war erfrischend. Als Lou ein Käsesandwich aus einer der Tupperdosen holte, musste sie grinsen. Das war typisch

Mam! Alles wurde in Tupperdosen verpackt. Es fehlte nur noch, dass sie sie beschriftete.

Während sie picknickten, beobachtete Lou die Leute, die vorbeigingen. Manche sahen herüber, schüttelten den Kopf. Etwas weiter entfernt saß ein Mann auf einer Bank und las Zeitung. Trotz Wochenende und Hitze trug er Anzug und Krawatte, als ob er gleich ins Büro müsste. Ab und zu sah er von seiner Lektüre hoch und suchte Lous Blick. Komischer Kerl. Sie wandte sich ab und wollte gerade Caro und Ferdi auf ihn aufmerksam machen, als ihr Handy klingelte. »Hallo Lou. Achim hier.«

»Hi Onkel Achim. Wir sind schon da.«

»Ich habe es mir fast gedacht. Seid ihr das fahrende Volk, das unter der Kastanie lagert?«

Ups. Durfte man das nicht? »Na ja, als fahrendes Volk würde ich uns nicht bezeichnen.«

»Es ist vermutlich besser, ihr kommt rein. Das Betreten des Rasens ist nämlich verboten. So hat es die Mehrheit der Eigentümer entschieden. Schlüssel hast du ja. Ich warte in deiner Wohnung auf dich. Die Hausmeisterin ist schon da und auch jemand von der Hausverwaltung, wegen der Wohnungsübergabe.«

»Ja, dann bis gleich.« Lou legte auf und berichtete Ferdi und Caro, dass dieses gepflegte Grün leider nur das Auge erfreuen sollte und außerdem Onkel Achim schon auf sie wartete.

Sie räumten das Essen und die Decke zurück in den Lieferwagen. Lou griff sich den Koffer mit Klamotten. Ferdi schleppte einen Karton mit Geschirr und Caro schnappte sich das Bettzeug. Der Lift kam und sie stiegen ein. Lou drückte den Knopf für das dritte Stockwerk. Die Türen begannen, sich zu schließen, als sich noch ein Mann hineinzwängte, der so gar nicht zum gepflegten Stil der Anlage passen wollte. Ausgeleierte Jogginghose, verschwitztes T-Shirt. Schlammverkrustete Laufschuhe. Eine Fahne Schweißgeruch kam mit ihm in die Kabine. Er drückte den Knopf für die vierte Etage. Lou versuchte, flach zu atmen. Caro verdrehte die Augen. Die Lifttüren glitten langsam zu. Doch plötzlich schob der Jogger seine Hand dazwischen. Eine weitere Person steuerte auf den Aufzug zu. Lou erkannte den Kerl von der Parkbank. Die Zeitung trug er zusammengefaltet in der Hand. »Danke, Herr Meißner.« Er nickte dem Jogger zu. »Sehr freundlich.«

»Keine Ursache.«

Endlich setzte sich der Aufzug in Bewegung. Der Zeitungsleser musterte Caro, Ferdi und dann Lou. »Sie ziehen hier ein?«

Lou nickte widerwillig. Ging ihn eigentlich nichts an.

»Schön. Endlich ein paar junge Leute im Haus. Sie sollten sich allerdings an die Regeln halten. Das Betreten der Rasenflächen ist verboten. Ohne Regeln funktioniert eine Hausgemeinschaft nicht. Sie sind also keine Willkür, sondern Ordnungsprinzipien.«

Ein Prinzipienreiter. Super. Hoffentlich war der nicht ihr Nachbar.

War er nicht. Als die Lifttüren sich in der dritten Etage öffneten, blieb er an die Wand gelehnt stehen und sah Lou und ihren Freunden mit einem Lächeln nach. Einem Lächeln, das die Augen nicht erreichte.

13

Onkel Achim sah ganz anders aus, als Lou ihn in Erinnerung hatte. Wie der Star einer Vorabendserie. Groß, schlank, gletscherblaue Augen, klare Gesichtskonturen, gebräunte Haut, das dunkle Haar von ersten grauen Strähnen durchzogen. Doch mit dem modischen Haarschnitt sah das ziemlich gut aus. Sein Lächeln entblößte tadellose Zähne. »Louischen? Meine Güte, ich hätte dich beinahe nicht erkannt. Eine hübsche junge Frau bist du geworden. Und vor allem ziemlich extravagant.« Er musterte sie ganz ungeniert, bevor er sie umarmte. Der schwache Duft nach einem teuren Herrenparfüm, der von ihm ausging, irritierte sie. Unwillkürlich hatte sie den Geruch nach Zahnarztpraxis erwartet, den sie mit Onkel Achim seit ihrer Kindheit verband.

»Hallo Onkel Achim.«

»Den *Onkel* lass mal weg. Sonst fühle ich mich uralt. Achim genügt. Und das sind deine Freunde?«

Lou stellte Ferdi und Caro vor und sah sich dann neugierig um.

Von dem kleinen Flur, in dem sie standen, gingen außer der Wohnungstür noch zwei weitere Türen ab. Die gegenüber stand offen und gab den Blick in ein kleines Badezimmer mit Waschbecken, WC und Duschkabine frei. Alles in Weiß und Hellgrau. Sah superedel aus. Die Glastür linker Hand war ebenfalls geöffnet. Geräusche drangen aus dem Zimmer. Lou trat ein und bemerkte einen Mann, der auf einer kleinen Trittleiter stand und an etwas rumschraubte, das an der Decke angebracht war. Als er Lou bemerkte, stieg er von der Leiter. »Jonathan Bär, von der Hausverwaltung. Die Batterien im Rauchmelder müssten mal ausgewechselt werden.« Er wies auf die Dose an der Decke. Ein Rauchmelder war das also.

»Das kann Ben erledigen.« Die Stimme der Frau, die aus der Küche kam, klang seltsam heiser. Der Hausverwalter nickte und stellte die Hausmeisterin vor. Lou hatte sich eine pummelige und gemütliche Frau vorgestellt, doch Elvira Pagel war das Gegenteil davon. Klein und drahtig mit der Figur einer Fünfzehnjährigen, die sich in Size zero gehungert hatte. Sie trug Jeans und ein ausgeleiertes T-Shirt. Ihre Haare waren so schwarz und glänzend gefärbt wie das Gefieder einer Krähe. Ihre Augenbrauen glichen schwarzen Balken und der Blick aus ihren dunklen Augen wirkte auf Lou misstrauisch und berechnend.

»Wer ist Ben?«, fragte Lou.

»Mein Sohn. Er erledigt kleinere Reparaturen.«

»Gut, dann macht Ben das.« Der Name *Bär* passte zum Hausverwalter. Irgendwie sah er knuffig aus. Mitte dreißig, schätzte Lou. Rundes Gesicht. Freundliche Augen.

»Das kann ich selbst tun. Batterien wechseln ist ja keine Kunst.«

»Selbst ist die Frau. Wenn Sie das machen wollen …« Bär zuckte mit den Schultern. »Mir soll es recht sein.«

Ferdi stellte den Karton ab. »Ich hole dann mal den restlichen Kram.«

»Ich komm mit«, meinte Caro. Beide lehnten Lous Angebot ab, mit anzupacken.

»Mach du ruhig die Wohnungsübergabe. Viel ist es ja

nicht.« Kaum hatte Ferdi das gesagt, waren sie schwups auch schon weg.

Onkel Achim sah ihnen nach. »Die beiden sind nett.«

Jonathan Bär blickte auf die Uhr. »Können wir das Protokoll machen. Ich bin ein wenig in Eile.« Sein Blick pendelte zwischen Lou und Onkel Achim hin und her.

»Lou macht das. So lernt sie gleich etwas fürs Leben.«

»Ja. Okay. Was ist das für ein Protokoll? Worauf muss ich achten?«

Onkel Achim erklärte es ihr. Die Wohnung musste in dem Zustand dokumentiert werden, in dem Lou sie beim Einzug übernahm. Was nicht in Ordnung war, wurde aufgelistet. Alles, was sie übersah, würde sie beim Auszug auf eigene Kosten reparieren lassen müssen. Denn laut Protokoll hatte der Schaden ja zum Zeitpunkt des Einzugs nicht bestanden. Also musste er danach entstanden sein und die Reparatur war somit Sache des Mieters.

Alles klar. Was sie jetzt an Mängeln übersah, würde sie später Geld kosten. »Ja, gut. Dann schauen wir uns jetzt alles genau an. Beginnen wir mit der Küche?«, schlug Lou vor.

Onkel Achim schmunzelte.

Bär nickte und trabte hinter ihr her in die kleine Küche, die ein Fenster zum Balkon hatte. Lou sah sich um, öffnete die Schranktüren, spähte in den Kühlschrank und entdeckte einen fetten Sprung in einer der Plastikhalterungen für Eier. Sie bat Bär, das zu notieren. Der Wasserhahn tropfte ein wenig. Ansonsten war alles okay. Am Waschbecken im Bad war eine kleine Ecke abgeschlagen und eine Fliese am Boden hatte einen Fleck, der nicht so aussah, als ließe er sich entfernen. Außer vielleicht mit

Sprengstoff. Elvira Pagel schlug vor, es mit einem Spezialreiniger zu versuchen. Ben hatte ein ganzes Sortiment.

Bär verdrehte genervt die Augen, als Lou den Schlauch der Brause in Augenschein nahm, dann den Wasserhahn aufdrehte und so entdeckte, dass der Schlauch ein kleines Loch hatte. »Den sollte man vielleicht gleich auswechseln.«

»Ben kümmert sich darum«, sagte Bär ergeben und sah auf die Uhr. Ein deutliches Zeichen, dass er wegwollte. Doch damit kam er bei Lou nicht durch. Es ging schließlich um ihre Kohle. Sie inspizierte das Wohnzimmer und ließ sogar die Jalousie herunter. Sie klemmte. Auch das würde Ben richten. »Können wir langsam zum Ende kommen?«

Lou sah sich um und fing Onkel Achims amüsierten Blick auf, bemerkte Ferdi, der neben Caro abwartend an der Wand lehnte, und entdeckte nichts weiter, das zu bemängeln war. »Ich denke, das war's. Muss ich irgendwas unterschreiben?«

Bär reichte ihr das Klemmbrett mit dem Formular, das er gewissenhaft nach ihren Anweisungen ausgefüllt und bereits unterschrieben hatte. Lou setzte ihre Unterschrift daneben und erhielt von Bär den Durchschlag in die Hand gedrückt. »Für Ihre Unterlagen.« Er reichte ihr die Hand. »Der Mietvertrag geht Ihnen per Post zu. Eine reine Formalität angesichts der Tatsache, dass Ihre Tante Ihnen die Wohnung kostenfrei überlässt. Ich wünsche Ihnen eine schöne Zeit in München und vor allem viel Erfolg beim Praktikum.« Er reichte ihr die Hand.

»Äh ... Ja ... Danke.« Woher wusste er, dass sie ein Praktikum machte?

Elvira Pagel zog ein Päckchen Zigaretten aus der Jeans

und warf einen sehnsüchtigen Blick darauf. »Die Waschküche und den Radkeller zeige ich dir am Montag. Wenn irgendwas ist, findest du mich in Haus eins.« Eilig verabschiedete sie sich und folgte Bär.

Onkel Achim deutete auf Lüftungsschlitze, die sich über dem Panoramafenster im Wohnzimmer befanden. Lou waren sie noch gar nicht aufgefallen.

»Wir haben im Haus eine zentrale Klimaanlage. Hier sind die Regler zum Einstellen von Temperatur und Luftfeuchtigkeit.« Er wies auf eine Reihe von Knöpfen, die sich an einem hellen Kunststoffpaneel neben der Wohnzimmertür befanden, und zeigte Lou, wie man sie bedienen musste.

Dann drückte er ihr die Schlüssel für Haus- und Wohnungstür und den Briefkasten in die Hand. »Leider muss ich schon los. Ich bin verabredet. Wenn etwas ist, wenn du Hilfe brauchst oder jemanden zum Quatschen, findest du mich oben im fünften Stock oder in meiner Praxis. Die Adresse hast du ja und meine Handynummer hoffentlich auch?«

Klar hatte Lou sie. Sie ließ sich von Onkel Achim umarmen, der wieder darauf bestand, Achim genannt zu werden. Okay, das würde sie sich bestimmt angewöhnen können.

Als die Tür hinter ihm zufiel, lehnte Lou sich daran und ließ den Blick durch die Wohnung schweifen. Endlich war sie mit Caro und Ferdi allein. In ihrer ersten eigenen Wohnung! Ihr Herz machte einen kleinen Hüpfer. *Yes!*

»Und nun, Leute, was machen wir als Erstes?«, fragte sie.

»Möbel rücken. Bett zusammenbauen. Kartons auspacken«, meinte Ferdi ganz pragmatisch.

»Das hat Zeit bis morgen, wenn ihr zurückgefahren seid.«

Caro war ganz Lous Meinung. »So oft bin ich auch nicht in München. Lasst uns ein bisschen durch die Stadt laufen.«

Ferdi gab sich bereitwillig geschlagen.

Lou sperrte die Wohnung ab und rief dann vom Lift aus pflichtschuldig ihre Mam an, die sich schon Sorgen gemacht hatte. Danach überlegte sie, wo sie hingehen könnten. »Zum Englischen Garten ist es nicht weit. Sollen wir? Oder doch lieber erst ein bisschen durch Schwabing?«

Sie begannen mit dem Englischen Garten und liefen im Schatten der Bäume zum Kleinhesseloher See. Im Biergarten am Chinesischen Turm teilten sie sich eine Radlermaß und folgten dann dem Eisbach bis zum Haus der Kunst, der dort mit so hohem Druck aus seinem unterirdischen Gefängnis hervorschoss, dass eine stehende Welle entstand. Auf dieser ritten zwei Surfer, die schon einige Zuschauer angelockt hatten. Ferdi, Caro und Lou sahen ihnen eine Weile zu. Dann liefen sie weiter zur Leopoldstraße. Nachdem sie zwei Stunden durch Schwabing gelaufen waren, waren sie hungrig und durstig und die Füße taten ihnen weh. In einem Supermarkt kauften sie fürs Abendessen ein und kehrten zur Wohnung zurück. Ferdi, der Praktiker, schlug vor, doch erst das Bett aufzubauen und dann den lauen Sommerabend im Englischen Garten zu genießen.

Gesagt, getan. Sie trugen Caros und Ferdis Isomatten und Schlafsäcke nach oben. Ferdi schraubte das Bett zusammen. Lou stellte das Dosenbier kalt, räumte dann ihre restlichen Sachen aus und verstaute die Klamotten im Einbauschrank, während Caro eine Blase kühlte, die sie sich gelaufen hatte.

Als der letzte Karton ausgeräumt und das Bett aufgebaut war, machten sie sich mit Käse, Wurst, Brot und Bier und Picknickdecke auf zum Kleinhesseloher See.

Ziemlich was los hier, dachte Lou. Ganz München schien sich im Englischen Garten aufzuhalten. In der Nähe ihres Picknickplätzchens knutschte ein Pärchen wie wild. Ein Vater übte mit seinem Sohn Radfahren. Über den See glitten Ruderboote und weiter hinten auf der Wiese spielte eine Gruppe von Jugendlichen Frisbee. Lou sog alles in sich auf. Das war München! Freiheit pur!

Allmählich versank die Sonne hinter den Bäumen. Durch ihre Kronen strich ein sachter Wind, der hin und wieder die Dächer der Stadt jenseits des Parks aufblitzen ließ. Nach und nach glitten die Boote ans Ufer. Der Bootsverleiher schloss und Familien gingen heim. Langsam senkte sich die Nacht herab, kletterte der Mond höher und ein feines Gespinst von Nebel stieg über der ruhigen Wasseroberfläche auf. Das entfernte Rauschen des Verkehrs wirkte beinahe einschläfernd. Von irgendwoher kam gedämpft Gitarrenmusik. Lou fühlte sich einfach sauwohl.

Ferdi hatte die Arme um die Knie geschlungen und blickte aufs Wasser. Mit in den Nacken gelegtem Kopf sah Caro in die Sterne und Lou streckte sich auf der Decke aus und reckte den Kopf hintenüber. Die Welt stand Kopf. *Ein perfekter Tag,* wollte sie sagen. Doch die Worte blieben ihr ihm Hals stecken. Keine zehn Meter hinter ihr stand jemand im Licht einer Laterne auf dem Uferweg. Der Mann von der Parkbank. Der mit der Zeitung, der sie schon am Vormittag beobachtet hatte und dann mit ihnen in den Lift gestiegen war. Der Prinzipienreiter. Auch jetzt starrte er zu ihr herüber. Lou schnellte empor und drehte sich um.

Doch er war nicht mehr da.

14

Am Sonntagmorgen checkte Lou erst einmal den Internetzugang und hatte Glück. Wie sie gehofft hatte, gab es ein offenes WLAN, das sie kostenfrei mitbenutzen konnte. Jedenfalls dann, wenn der Eigentümer online war. Da so gut wie jeder heute eine Flatrate nutzte, war Lous Hoffnung groß, möglichst jederzeit ins Netz zu können.

Am Vormittag besichtigte Ferdi zwei WG-Zimmer und kehrte frustriert zurück. Eines war inzwischen vergeben worden und der Vermieter des anderen ein ätzender Nerd. Mit dem würde er ganz sicher nicht zusammenziehen. Später streiften sie zu dritt durch die Innenstadt, gingen weiter bis zur Isar und folgten dem Uferweg bis zum Flaucher. Irgendwann war es dann Zeit, Abschied zu nehmen. Caro und Ferdi mussten zurück nach Straubing. Caro umarmte Lou und drückte sie. »Wir simsen und skypen.«

Auch Ferdi ließ es sich nicht nehmen, Lou zu umarmen. Er wünschte ihr viel Erfolg beim Praktikum und fragte, ob er bei ihr übernachten könnte, wenn er nochmals wegen der Zimmersuche nach München kam. »Klar. Kein Problem.«

Lou sah den beiden nach, bis Ferdi in die Biedersteinstraße einbog und der Lieferwagen aus ihrem Blickfeld verschwand.

Mit dem Lift fuhr sie nach oben in ihre Wohnung, in der es seltsam still war. Obwohl sie froh war, eigene vier

Wände zu haben, fühlte sich das auch ein wenig verstörend neu an und ohne ihre Freunde war das Zimmer plötzlich so leer.

Lou räumte ihre Sachen auf, rückte den Tisch unters Fenster und überlegte, ob sie Geld für Vorhänge ausgeben sollte. Es gab nur die Jalousie und die klemmte.

Als sich die Nacht herabzusenken begann und sie auf dem Balkon sitzend die Lichter der Stadt beobachtete, fühlte sie sich plötzlich einsam. Was die anderen in Straubing jetzt wohl machten? Ein Knödel wollte sich in ihren Hals setzen. Unwillig schüttelte sie den Kopf. Sie tat genau das, was sie wollte, und würde das durchziehen. Vermutlich war Heimweh ganz normal. Morgen würde die Sonne wieder scheinen und alles war gut.

Lou ging früh zu Bett, doch sie konnte nicht einschlafen. Die ungewohnten Geräusche im Haus hielten sie wach. Das leise Brausen des Verkehrs, das durchs offene Fenster drang. Hin und wieder bellte irgendwo ein Hund, eine Tür wurde geschlagen, der Lift rumpelte. Kurz nach zwei, schlurfende Schritte draußen auf dem Flur, die einen Moment verharrten. Vor ihrer Tür? Angespannt lauschte sie. Doch es war nichts zu hören. Wieder fiel ihr dieser Mann ein, der Prinzipienreiter. Sie fand ihn unheimlich, doch vermutlich war er ganz harmlos. Morgen würde sie Onkel Achim mal nach ihm ausfragen. Mit diesem Vorsatz schlief sie endlich ein.

Um halb acht klingelte der Wecker ihres Handys. Gut gelaunt hüpfte Lou aus dem Bett. Die Sonne schien. Ein flirrendes Leuchten lag über der Stadt. Die düsteren Gedanken der Nacht hatten sich längst wie Nebel in der Morgensonne verflüchtigt.

Sie duschte, machte sich dann einen Instantkaffee, löffelte einen Becher Erdbeerjoghurt und checkte auf Google Maps sicherheitshalber noch mal den Weg zur Agentur, den sie sich schon vor Tagen eingeprägt hatte. Voller Vorfreude schwang Lou sich um halb neun auf ihr Rad.

Der Verkehr war dicht. Gott sei Dank gab es Radwege. Zwei Minuten vor neun erreichte sie ihr Ziel, kettete das Rad an einen Laternenpfahl und holte die Patchworktasche aus dem Fahrradkorb. Als sie die Stufen zum Eingang hochging, hielt ein roter Mini in zweiter Spur. Eine junge Frau saß am Steuer, sah sich suchend um, klappte dann die Sonnenblende mit dem Spiegel herunter und musterte sich. Hektisch fuhr sie sich durch die Haarmähne und schob die Sonnenbrille hinein.

Gleich neun. Lou spurtete die Treppe hinauf und betrat die Agenturräume. Ab heute für zwei Monate ihr Arbeitsplatz. *Yes!* Wenn sie gut war, vielleicht sogar für drei Jahre! Und falls sie doch nicht qualifiziert genug war, wie Pa meinte? Dieser Gedanke war so neu, dass er sich als flaues Gefühl in ihren Magen legte. Lou verscheuchte ihn sofort wieder. Sie streckte den Rücken und lächelte Gunda Reinelt an, die wie bei ihrem ersten Besuch hinter dem Tresen im Eingangsbereich saß. »Hallo. Da bin ich wieder.«

Gunda erwiderte das Lächeln. »Ja, hab schon gehört, dass du eine der Praktikantinnen bist. Willkommen in diesen heiligen Hallen. Franziska wird gleich kommen.«

Durch die geöffneten Fenster drang das Schlagen einer Kirchturmuhr. Es war neun. Fünf Minuten später öffnete sich die Bürotür der Art-Direktorin. Franziska Wenzel kam heraus und begrüßte Lou. »Schön, dass du pünktlich bist.« Suchend sah sie sich um. »Sylke ist noch nicht da?«

Ein Schulterzucken war Gundas Antwort.

»Gut. Dann beginnen wir den Rundgang ohne sie.«

In diesem Moment wurde die Tür geöffnet und die Frau aus dem roten Mini kam herein. Die Sonnenbrille steckte noch in der kastanienbraunen Haarpracht. Eine Figur so dünn wie Williams Kate. Designerklamotten im Brit-Chic-Style. Schmaler Rock, Hemdbluse mit aufgestelltem Kragen. Vermutlich eine der Grafikerinnen, dachte Lou. Doch weit gefehlt.

»Hallo Sylke.« Franziska Wenzels Tonfall klang leicht unterkühlt. Sie stellte die beiden Mädchen einander vor. »Sylke Holzer. Louise Meerbusch. Ihr wisst ja bereits, dass nur eine von euch den Ausbildungsplatz erhalten wird. Also gebt euer Bestes. Dazu gehören nicht nur Lernbereitschaft und Engagement, sondern auch die sogenannten Soft Skills, wie Teamfähigkeit, Höflichkeit und natürlich auch Pünktlichkeit.« Beim letzten Wort sah sie Sylke direkt in die Augen. Die strich mit einer anmutigen Geste die Haare über die Schultern. »Oh. Es tut mir leid. Aber ich hab ewig keinen Parkplatz gefunden und musste jetzt auf dem Gehweg parken«, flötete sie. »Außerdem sind es ja nur fünf Minuten.«

Ob der Gehweg der richtige Parkplatz war, wagte Lou zu bezweifeln. Doch das konnte ihr egal sein. Im Moment war sie vor allem eines: total gefrustet. Silke sah nicht nur beeindruckend gut aus, sie wirkte so erfahren und selbstbewusst. Als hätte sie Lous Gedanken gelesen, musterte ihre Mitpraktikantin sie eingehend von Kopf bis Fuß. Ein Lächeln umspielte ihre rosé geschminkten Lippen. Schlagartig fühlte Lou sich abgewertet. Klar, sie trug kein Designer-Outfit, nur Bermudashorts und eine Batikbluse anno 68. Make-up benutzte sie so gut wie nie und einen Lippenstift besaß sie zwar, doch der musste längst eingetrocknet sein, und ihre Haare waren von der Fahrt auf dem Rad sicher ganz zerzaust. Verunsichert fuhr sie mit den Fingern hindurch. Zwei gegensätzlichere Bewerberinnen um die Lehrstelle konnte man sich kaum vorstellen. Trotzdem gab sie sich einen Ruck. »Hi Silke.« Lou reichte ihr die Hand.

»Sylke. Mit Ypsilon. Nicht Silke.« Im Braun von Sylkes Augen glomm ein belustigter Funke.

Also gut, dann eben Sylke mit Ypsilon, dachte Lou. »Louise. Aber alle nennen mich Lou.«

Franziska Wenzel schlug vor, erst einmal die Räume zu besichtigen und die Kollegen vorzustellen. Die beiden Mädchen folgten ihr durch den Flur, vorbei an den gerahmten Postern der Snowboard-Kampagne und anderen Arbeiten der Agentur und betraten einen großen, hohen Raum mit Stuckdecke, in dem mehrere Schreibtische standen. »Hier ist unsere Kreativabteilung.« Franziska Wenzel stellte Peter Burger vor. Er war Anfang dreißig und Grafiker. Ein sympathischer Kerl mit grünen Augen und blonden Haaren, die so akkurat saßen wie das Poloshirt und die Ralph-Lauren-Jeans, die er trug. Er reichte erst Lou die Hand, dann Sylke und hielt sie einen Augenblick länger, als nötig. Sylkes Kinn stieg ein wenig in die Höhe. Sie schlug die Augen nieder.

Klimperwimper, ich bin ein Weibchen, dachte Lou gehässig und schämte sich im selben Moment. Schwups hatte sie Sylke mit Ypsilon in eine Schublade gesteckt, ohne sie zu kennen.

Neben Peter Burger saß Jeremy Schmidt. »Jem«, stellte

er sich vor. Er hatte vor wenigen Wochen sein Grafikstudium beendet und arbeitete zurzeit als bezahlter Praktikant bei Döhrig Communications in der Hoffnung auf Festanstellung. Ein schlaksiger Typ mit Piercings in den Ohren. Trotz der Hitze trug er schwarze Jeans und ein schwarzes T-Shirt. Dann lernten sie noch Mike Behrens kennen, den Texter und Kontakter der Agentur, dessen Schreibtisch am Fenster stand. Er war in ein Telefonat vertieft und hob grüßend die Hand. Auf Lou wirkte er gemütlich und nett. Das lag vermutlich an etlichen Kilos Übergewicht und der Nerd-Brille, die er trug.

»Und hier sind eure Plätze.« Franziska Wenzel deutete auf zwei Schreibtische, die sich im hinteren Teil des Raums gegenüberstanden. Einer mit Blick zum Fenster und der andere mit dem Rücken dazu. Auf jedem standen ein Mac und ein Telefon. »Ich nehme den hier.« Sylke wies auf den Tisch mit Sicht zum Fenster. Na super, dachte Lou. Dann blieb für sie nur der Mac, in dem sich ganz sicher das Fenster spiegelte. Wenn die Sonne hereinschien, würde das ein echtes Problem werden. Aber Probleme ließen sich meistens lösen. Ihr würde schon etwas einfallen.

»So, dann stelle ich euch noch Julian Döhrig vor, den Inhaber unserer kleinen, aber feinen Agentur.«

Das Büro des Chefs war so, wie Lou es unwillkürlich erwartet hatte. Riesengroß. Voller Designermöbel und mit einem Teppichboden ausgelegt, der jeden Schritt dämpfte. Linker Hand eine Besprechungsecke mit Ledercouch und Sessel. An den Wänden gerahmte Arbeiten der Agentur und eine Auszeichnung vom ADC of Europe für die Snowboard-Kampagne. Lou lief ein ehrfürchtiger Schauer über den Rücken. Eine Auszeichnung des Art Director Clubs. *Wow!*

Vor dem Fenster stand ein schlichter Schreibtisch mit Computer. Dahinter saß ein umwerfend gut aussehender Mann. Haare wie erkaltete Lava, blaue Augen, markantes Gesicht, gepflegter Dreitagebart.

Zuerst begrüßte er Sylke, die er ja schon kannte. Schließlich hatte er sie als Praktikantin ausgewählt. Dann richtete er seine Aufmerksamkeit auf Lou. »Franziska hat mich überzeugt, es mit dir zu versuchen. So ist die Idee mit dem Wettbewerb entstanden. Ich bin gespannt, wie ihr beide euch macht.« Abwartend sah er in die Runde.

Lou bedankte sich für die Chance. Sylke flötete, wie wunderbar es sei, bei Döhrig Communications arbeiten zu dürfen. Es klang, als sei bereits alles entschieden.

Julian Döhrig lächelte Sylke an. »Wenn es Fragen oder Probleme gibt, wendet euch an Franziska. Im Übrigen duzen wir uns hier alle. Also sagt Julian zu mir.«

15

Franziska begleitete sie an ihren Platz und bat Peter, ihnen etwas zu tun zu geben. »Kommt ihr mit Photoshop zurecht?«, fragte er.

Sylkes Augenbrauen stiegen als schmale Bögen in die Höhe. »Natürlich. Meinen Eltern gehört eine Hotelkette. Ich habe alles dafür gemacht. Flyer, Broschüren, Preislisten, Infomappen, Anzeigen und natürlich auch die Website.«

Lous erwartungsfrohe Stimmung rutschte um ein paar Grad Richtung Wintereinbruch. Sylke hatte viel mehr Erfahrung.

»Und du?«, fragte Peter.

»Geht so. Also perfekt bin ich in Photoshop nicht«, stotterte sie und verzog den Mund entschuldigend. »Ich habe etliche Freisteller gemacht. Mit Masken und mit Pfaden. Darin bin ich also relativ fit. Und ich kann Bilder auf Druckfähigkeit prüfen und kleinere Retuschen machen. Mit dem Kopierstempel und so.«

»Das ist doch prima. Freisteller haben wir im Moment jede Menge zu bewältigen.« Peter zeigte ihnen die Entwürfe eines Snowboard-Katalogs, der rechtzeitig zur Sportartikelmesse ISPO fertig sein musste. Auf den letzten Seiten sollte es eine tabellarische Produktübersicht geben. Die Boards waren dafür vor Wänden aus Profilstahl fotografiert worden. So war es mit dem Kunden abgestimmt gewesen. Und nun wollte er doch lieber neutrale weiße Hintergründe. Achtundzwanzig Bilder mussten dementsprechend bearbeitet werden. Peter zog die Aufnahmen auf USB-Sticks. »Besser ihr arbeitet nicht mit den Originalen. Wenn es Fragen gibt, dann fragt. Und wenn ihr mit dem ersten fertig seid, würde ich es gern sehen.«

Okay, der Sprung ins kalte Wasser. Lou setzte sich an ihren Platz, startete den Rechner, übertrug die Daten von ihrem Stick auf den Mac und machte sich an die Arbeit. Eigentlich war das keine schwierige Aufgabe. Die Boards hatten klar definierte Formen. Lou legte einen Freistellpfad an, löschte den Hintergrund und füllte die Fläche mit Weiß. Nun sah allerdings das Board irgendwie komisch aus. Bei genauerer Betrachtung bemerkte Lou eine Spiegelung des Stahlprofils in der glänzenden Oberfläche. Die retuschierte sie mit dem Kopierstempel raus. Jetzt wirkte das Bild stimmig.

Unbemerkt war Peter hinter sie getreten und sah ihr über die Schulter. »Nicht schlecht. Den Hintergrund hättest du allerdings drinlassen können. InDesign erkennt Freistellpfade und falls er doch irgendwann benötigt wird, ist er noch vorhanden.«

Lou wurde es heiß und kalt. Mist. Sie hatte einen Fehler gemacht. »Ja. Gut. Beim nächsten lösche ich ihn nicht«, stotterte sie und fing dabei Sylkes bedauernden Blick auf.

Okay, das war jetzt nicht fair von ihr: Aber Sylke mit Ypsilon ging ihr langsam, aber sicher auf den Geist. Dieses blöde Lächeln konnte sie sich sparen. Sie waren hier, um etwas zu lernen. Niemand erwartete, dass sie bereits alles richtig machten.

Peter wollte sich schon abwenden. Blieb dann aber

noch stehen. »Die Retusche ist gut. Da war doch eine Spiegelung. Oder?«

»Die sah ohne den Hintergrund komisch aus.«

»Klasse, dass dir das aufgefallen ist.« Sofort war Lous Frust wie weggeblasen. Obwohl sie versuchte, cool zu bleiben, stahl sich ein Lächeln auf ihr Gesicht.

Peter nickte ihr anerkennend zu und ging dann um den Tisch herum auf Sylkes Seite. »Und wie kommst du zurecht?«

»Ich bin schon beim zweiten Bild.« Sylke rollte mit dem Bürostuhl ein wenig zur Seite, damit Peter freie Sicht auf ihren Monitor hatte, und sah dabei Lou direkt in die Augen. Purer Triumph. Blank und kalt wie Stahl.

Mist! Lou hatte keine Lust, aus dem Praktikum einen Kriegsschauplatz zu machen. Doch Sylke dachte darüber offenbar anders. Völlig anders.

Peters Brauen schoben sich zusammen. Eine Falte bildete sich an der Nasenwurzel. »Die Kanten sehen unsauber aus.« Er tippte auf der Tastatur herum und sah überrascht hoch. »Du hast keinen Pfad angelegt.«

»Mit dem Radiergummi geht das prima.«

»Damit bekommst du aber keine exakten Konturen hin.«

Sylkes Lippen wurden ganz schmal. »Ich mache das immer mit dem Radiergummi-Werkzeug.«

Peter richtete sich bei dieser pampigen Antwort auf. »Das ist nicht professionell. Für Freisteller legt man Pfade an. Lou kann dir zeigen, wie das geht.«

Lou fuhr zusammen. Nee, bitte nicht. Sie wird mich dafür hassen. Sylke warf den Kopf in den Nacken.

»Danke. Aber ich weiß, wie man das macht.« Sie musterte Lou mit einem giftigen Blick. Das konnte echt heiter werden.

Bis kurz vor Mittag wurde konzentriert gearbeitet. Mike musste zu einem Termin. Peter ärgerte sich über die Unentschlossenheit eines Kunden, der zum dritten Mal den kompletten Text einer Broschüre über den Haufen warf. Jem kam irgendwann herüber, fragte, ob jemand einen Kaffee oder Tee wollte, und zeigte ihnen die Kaffeeküche. Die Sonne wanderte langsam nach Süden, bis sie direkt zum Fenster hereinschien und für Lou das Arbeiten unmöglich wurde. Der ganze Raum spiegelte sich in der hochglänzenden Oberfläche des Monitors. Sie erkannte nichts mehr. Verzweifelt sah sie sich um und entdeckte Stoffrollos, die über dem Fenster angebracht waren. Sie fragte Peter, ob es störte, wenn sie die Rollos herunterließ. Er sah von seiner Arbeit auf. »Kein Problem. Lass sie ruhig runter.«

Lou machte das und ging auf Toilette. Als sie wieder zu ihrem Platz zurückkehrte, sah sie, dass Sylke keine Bilder bearbeitete. Sie saß vor einer Hilfeseite für Photoshop und suchte nach Informationen, wie man einen Freistellpfad anlegte.

In Gedanken zuckte Lou die Schultern. Eigentlich war es ihr ganz recht, dass Sylke zu eitel oder zu stolz oder zu eingebildet oder was auch immer war, sich von Lou etwas zeigen zu lassen.

Kurz vor halb eins, als ihr Magen bereits knurrte, fragte Jem, ob jemand Lust hätte, in den Grünwaldpark mitzugehen und auf der Parkbank ein Sandwich zu essen. Auch wenn er ein bezahlter Praktikant war, verdiente er sicher nicht viel und musste auf seine Ausgaben achten.

Der Vorschlag kam Lou wie gerufen. Auch sie musste ihr Geld einteilen und hatte sich deshalb ein Käsebrot für die Mittagspause mitgebracht. »Ich bin dabei.«

Sylke lehnte dankend ab. »Ich treffe mich mit einer Freundin zum Lunch im *Ruffini.*«

Also gingen Lou und Jem alleine. Sie wanderten durch das Viertel bis zu einem kleinen Park mit Spielplatz und Bänken im Schatten alter Pappeln. Jem erzählte von seinem Grafik-Design-Studium und wie schwer es war, die erste feste Stelle zu finden. Die meisten seiner ehemaligen Kommilitonen machten Praktika. Genau wie er. In der Agentur gefiel es ihm. Sie war zwar klein, aber hatte schon einige Auszeichnungen gewonnen. Natürlich hoffte er, nach dem Praktikum übernommen zu werden, und er lobte Lou, wie sie ihre erste Aufgabe anpackte. »Freisteller hätte ich vor dem Studium nicht hingekriegt.« Sylke fand er doof, und das sagte er ganz offen. »Ich verstehe ehrlich gesagt nicht, warum sie mit dir um die Lehrstelle konkurrieren soll. Diese Sylke mit Üps passt schon von ihrer ganzen Art nicht in den Laden.«

Sylke mit Üps. Lou musste lachen, als er das sagte. Es passte einfach zu gut.

Am Nachmittag bearbeitete sie weitere Aufnahmen und holte sich irgendwann einen Kaffee. Dabei begegnete sie Sylke, die von der Toilette kam. Sie lehnte sich an die Kaffeetheke. »Magst du auch einen?« Lou wies auf die frische Kanne Kaffee in der Maschine. Sylke lächelte süß. So süß, dass Lou sofort wusste: Jetzt kommt ein Angriff.

»Danke, Schätzchen. Ich trinke nur Tee. Und ich sage es dir gleich: Du strampelst dich hier umsonst ab. Die Lehrstelle bekomme *ich.* Das ist bereits entschieden. Du kannst dir das Geschleime also sparen.« Mit einer anmutigen Geste warf sie den Kopf in den Nacken und ging zu ihrem Platz.

Lou sah ihr verdutzt nach. Sylke bluffte. Oder nicht? Doch warum sollte Julian Döhrig dann diesen Wettbewerb inszenieren? Vermutlich wollte Sylke sie einfach nur einschüchtern. Doch so schnell ließ Lou sich nicht verunsichern. Sowohl Franziska als auch ihr Chef hatten von einem Wettbewerb gesprochen. Und nach dem ersten Tag sah es so aus, als wäre Lou diejenige, die ein paar Punkte gesammelt hatte und nicht Sylke mit Üps.

Mit einem Becher Kaffee kehrte sie an ihren Platz zurück und konzentrierte sich auf die Arbeit. Bis kurz vor fünf ihr Chef hereinkam, waren etliche Bilder fertig bearbeitet. Lou retuschierte gerade die Aufnahme eines Boards mit Graffitimuster, als Julian sich hinter sie stellte und ihr über die Schulter sah. Er beobachtete, wie sie mit Airbrush einige Flecken entfernte. Plötzlich war Lou aufgeregt. Das Herz schlug ihr bis zum Hals. Die Hand auf der Maus fühlte sich zittrig an. Jetzt nur nichts falsch machen.

»Du machst das sehr gut.« Julian legte seine Hand auf ihre Schulter. Lou war das unangenehm. Er wies sie auf einen Schatten hin, der seiner Meinung nach zu dunkel war, und bat sie, den aufzuhellen.

»Kein Problem. Mache ich.«

Endlich nahm er seine Hand weg. Lou hob den Kopf, atmete erleichtert durch und begegnete prompt Sylkes wütendem Blick.

16

Als Lou abends nach Hause kam, lief ihr vorm Haus der Prinzipienreiter über den Weg. Sie kettete gerade das Rad an den Ständer, als sie hinter sich knirschende Schritte auf dem Kiesweg hörte und sich umdrehte. Wieder trug er Anzug und Krawatte und doch sah es nicht so aus, als ob er von der Arbeit käme, denn er hatte keine Aktentasche oder so etwas Ähnliches bei sich. Er nickte ihr freundlich zu, murmelte einen Gruß, den sie ungern aber höflicherweise erwiderte, und hielt die Haustür für sie auf. Ein merkwürdiger Geruch ging von ihm aus. Irgendwie nach Kräutern oder Apotheke oder so. Jedenfalls seltsam. Da er auf den Lift zusteuerte, entschloss sie sich, die Treppe zu nehmen. Sie hatte keine Lust, mit ihm in dieser engen Kabine zu stehen, sich von oben bis unten mustern zu lassen und sich Vorträge über das Funktionieren von Hausgemeinschaften anzuhören.

Etwas atemlos kam sie in der dritten Etage an und traf Onkel Achim, der vor ihrer Tür stand und klingelte. »Hallo Louischen. Nachdem du dich nicht mehr bei mir gemeldet hast, wollte ich mal nachsehen, ob bei dir alles in Ordnung ist.«

Louischen. Offenbar wollte er echt einen auf Babysitter machen, wie Tante Ute gesagt hatte. Oder Mam hatte ihn als Kontrolletti engagiert. In Gedanken rollte Lou die Augen. Einen Aufpasser brauchte sie nicht. Echt nicht. »Ist alles im grünen Bereich. Wenn es Probleme gibt, dann melde ich mich schon.« Sie zog den Schlüsselbund aus der Patchworktasche und warf Onkel Achim einen abwartenden Blick zu. Wollte er etwa mit rein? Er lächelte. »Wie war der erste Tag in der Agentur?«

»Ganz gut. Lauter nette Leute und ich durfte Bilder für einen Katalog bearbeiten. Es läuft wirklich alles super. Ich muss nur dringend aufs Klo.« Während sie das sagte, trat sie von einem Bein aufs andere, um die Dringlichkeit des Anliegens zu unterstreichen. Sie hatte echt keine Lust, sich weiter von Onkel Achim ausfragen zu lassen. Offenbar durchschaute er das Manöver, denn er lächelte und verabschiedete sich.

Kaum hatte Lou ihre Tasche aufs Bett geworfen und auf der Suche nach einer Antwort auf die Frage, was sie zu Abend essen sollte, den Kühlschrank inspiziert, klingelte es an der Wohnungstür. Hoffentlich nicht schon wieder Onkel Achim. Doch wer sollte es sonst sein?

Sie sah durch den Spion. Ein schwammiger Kerl mit reichlich Pickeln im Gesicht stand vor der Tür. Was wollte der denn? »Ja? Was gibt es?«

»Ich bin der Ben. Ben Pagel. Ich soll den Brauseschlauch auswechseln.« Zur Bestätigung hob er den Schlauch vor den Spion.

Ach so. Sie öffnete die Tür. »Hallo.« Auf den zweiten Blick war er älter, als sie gedacht hatte. Sicher schon Anfang dreißig. Und er wohnte noch bei seiner Mutter? Schon komisch. Alles an ihm wirkte schwammig und teigig. Strohblonde Haare, blasser Teint und sogar die Wimpern waren beinahe weiß. Er hatte das farblose Aussehen eines Grottenolms. Vermutlich ein richtiger Nerd, der Tag und Nacht hinter dem Computer hing. Wenn sie ehrlich war, fand sie ihn ein wenig gruslig.

In der einen Hand trug er den Brauseschlauch, in der anderen einen riesigen Werkzeugkasten. So konnte er ihr wenigstens nicht die Hand geben. Er nickte kurz, wich ihrem Blick aus und deutete aufs Bad. »Ich mach mich dann mal an die Arbeit.« Offenbar redete er nicht viel und das war Lou gerade recht. Sie ging in die Küche zurück, während er an der Dusche schraubte. Seit dem Käsebrot heute Mittag, hatte sie nichts gegessen. Ihr war fast schlecht vor Hunger, doch der Kühlschrank war beinahe leer. Nur noch ein Becher Kefir stand darin. Sie verputzte ihn im Stehen und entschloss sich, einkaufen zu gehen. Der nächste Discounter war mit dem Rad in zehn Minuten zu erreichen. Es war schon kurz nach sieben. Die Läden hatten bis acht auf. Sie ging ins Bad, um nachzusehen, wie weit Ben Pagel war. Als sie eintrat, blickte er auf. Unwillkürlich bekam sie eine Gänsehaut. Diese frostblauen Augen. Vielleicht lag es aber auch an der Klimaanlage. Hier drinnen war es echt kühl. »Dauert das noch lange?«

Er schüttelte den Kopf. »Mit der Brause bin ich in einer Viertelstunde fertig. Dann sehe ich mir den Rest an.«

»Den Rest?«

»Die Jalousie, den Fleck.« Er wies auf die Fliese mit der undefinierbaren dunklen Stelle. »Und dann wechsele ich noch die Batterien im Brandmelder aus.«

»Wie lange wird das dauern?«

Er zog die Schultern hoch und ließ sie wieder fallen.

»Ich muss noch einkaufen und der Supermarkt macht bald zu.«

»Ist doch kein Problem. Fahr ruhig. Ich lasse schon nichts mitgehen.«

Ob das eine gute Idee war? Sollte sie diesen Ben Pagel wirklich allein in der Wohnung lassen? Doch was konnte er schon anstellen? Zu klauen gab es wirklich nichts. Außer ihrem MacBook und dem iPod. Beides konnte sie sicherheitshalber mitnehmen.

»Okay. Ich bin in einer halben Stunde wieder da.« Sie stopfte das MacBook in die Patchworktasche und machte sich auf den Weg.

Als sie kurz vor acht vom Einkaufen zurückkam, war Ben Pagel weg. Die Brause funktionierte, die Jalousie ebenfalls. Der Rauchmelder vermutlich auch. Nur der Fleck war noch da. An dem war er anscheinend gescheitert.

17

Die erste Woche in München verging rasend schnell. Ehe Lou sich versah, war es Freitag. In ihrer Wohnung fühlte sie sich wohl. Onkel Achim war noch zweimal aufgetaucht, um sich zu vergewissern, dass alles in Ordnung war. Der Prinzipienreiter begegnete ihr beinahe jeden Abend, wenn sie heimkam, und grüßte sie jedes Mal freundlich. Das ging ihr langsam auf den Geist, auch wenn sie nicht genau wusste, woran es lag. Er war ja sehr höflich, allerdings beinahe übertrieben höflich. Als ob er sich insgeheim über sie lustig machte. Ein seltsamer Typ. Sie entschloss sich, ihm aus dem Weg zu gehen. Doch wie? Am besten, sie kam künftig einfach eine Viertelstunde später heim.

In der Agentur behauptete sie sich als Praktikantin und kam mit allen gut aus. Bis auf Sylke natürlich, die weiter versuchte, einen Zickenkrieg zu inszenieren. Doch Caro, mit der Lou beinahe jeden Abend über Skype quatschte, riet ihr, darauf einfach nicht zu reagieren und ihre Konkurrentin auflaufen zu lassen.

Auch wenn es manchmal schwer war, den Mund zu halten und neutrale Miene zu diesem blöden Spiel zu machen, befolgte Lou den Tipp ihrer Freundin. So wie es aussah, mit Erfolg. Denn Sylkes giftige Bemerkungen und erdolchenden Blicke wurden nach und nach weniger.

Gunda und Franziska sah Lou nur selten. Ebenso ihren

Chef Julian. Mit Mike, Peter und Jem, die im selben Raum saßen, hatte sie dafür umso mehr zu tun und sie verstand sich bestens mit ihnen. Peter zeigte ihr etliche Kniffe in Photoshop und übergab ihr am Freitag einen tollen Job. Sie durfte eines der ISPO-Plakate für die Snowboards gestalten. Natürlich war das Design vorgegeben, denn Franziska hatte eine Plakatserie konzipiert. Doch es machte Lou höllisch Spaß, eines der Motive dafür zu entwerfen.

Inzwischen hatte sich Sylke schlaugemacht, wie Freisteller angelegt wurden, und zog immer wieder Tutorials aus dem Netz, mit deren Hilfe sie sich in Photoshop einarbeitete und mit dem Programm immer besser klarkam. Sie war ehrgeizig und wollte Lou unbedingt übertrumpfen. Und genau deshalb glaubte Lou nicht, dass bereits entschieden war, wer die Lehrstelle bekam. Denn dann würde Sylke sich nicht so ins Zeug legen.

Der Freitag war ein ebenso strahlend schöner Tag wie jeder andere dieser Woche. Gestern war Lou mit Gunda, Jem, Peter und Mike mittags zum Italiener gegangen und hatte sich zur Abwechslung eine Pizza gegönnt. Deshalb musste sie heute sparen und sich mit einem Salamisandwich und zwei Pfirsichen begnügen. Sie verputzte ihr Mittagessen gemeinsam mit Jem während eines Spaziergangs entlang des Kanals, der aus dem Nymphenburger Schlosspark kam. Eine alte Frau fütterte die Enten. Radler fuhren vorbei. Eine Gruppe japanischer Touristen fragte Lou und Jem nach dem Weg zum Schloss. Jem erklärte ihn bereitwillig. Er war einfach ein netter Kerl und außerdem ziemlich lustig. Offenbar hatte er nur schwarze Klamotten im Kleiderschrank. Jedenfalls hatte Lou ihn bisher nur in Schwarz gesehen. Mittlerweile hatte sie erfahren, dass er in einer WG mit zwei Freunden in Haidhausen wohnte. Außerdem spielte er Schlagzeug in einer Band und Basketball im Verein.

»Heute Abend treffe ich mich mit ein paar Freunden am Flaucher. Hast du schon was vor oder magst du mitkommen?«, fragte er nun.

Über diese Einladung war Lou echt froh. Caro musste ihre Siebensachen für die Hüttentour packen, denn morgen früh um sechs fuhr der Bus in Straubing los. Viel Zeit zum Skypen blieb also nicht. Und dann war ihre Freundin erst einmal für zwei Wochen offline. »Klar. Gerne.«

»Super. Weißt du, wo das ist, oder soll ich dich abholen?«

»Am Flaucher war ich schon mal mit Freunden. Ich denke, ich finde hin. Wenn nicht, lasse ich einen Notruf los. Am besten tauschen wir Handynummern.«

Lou war gerade damit fertig und wollte das Handy zurück in die Tasche stecken, als es klingelte. Im Display erschien *Onkel Achim.*

Lou verdrehte die Augen. Er benahm sich wirklich wie ein Babysitter. Das Handy klingelte weiter. Jem sah sie abwartend an. Lou meldete sich. »Hallo Onkel Achim.«

»Hallo schönste aller Nichten.«

Das sollte wohl witzig sein. Doch Lou fand diese Art von Begrüßung eher nervig. »Ich glaube, du hast überhaupt nur eine Nichte.«

»Erwischt. Dennoch bist du ein sehr hübsches Mädchen. Das darf ich doch wohl sagen oder ist dir das peinlich?«

»Nee. Natürlich nicht. Was gibt es denn?« Okay, das hatte jetzt schon genervt geklungen und genauso kam es bei Onkel Achim auch an.

»Du bist in Eile, also fasse ich mich kurz«, sagte er leicht unterkühlt. »Ich würde dich gern heute Abend zum Essen einladen. Was magst du? Italienisch, Asiatisch oder ganz etwas anderes?«

Wie gut, dass sie schon etwas vorhatte. So musste sie nicht nach Ausflüchten suchen. »Sorry, Onkel Achim …«

»Louischen. Bitte. Ich fühle mich wie Methusalem, wenn du *Onkel* sagst. Du hast also schon etwas vor?«

»Ja. Tut mir echt leid.«

Ein leises Lachen klang durchs Telefon. »Du kleine Schwindlerin. Gib es zu, du bist froh, nicht mit deinem Schatten den Abend verbringen zu müssen. Aber keine Sorge: Weder deinen Eltern noch Ute erstatte ich Bericht über deine Aktivitäten. Du bist alt genug, dein Leben selbst in die Hand zu nehmen. Ich bin lediglich dein Rettungsanker in der Not. Ich würde mich trotzdem freuen, wenn wir mal etwas gemeinsam machen. Ansonsten, genieße deine Freiheit und den heutigen Abend, mit wem auch immer du ihn verbringst.«

Sie verabschiedeten sich, Lou legte auf und bemerkte Jems leicht verwunderten Blick. »Das war mein Onkel. Er meint, ich soll meine Freiheit genießen.«

»Ist doch nett von ihm«, meinte Jem. Die Mittagspause war vorbei. Gemeinsam trabten sie zurück zur Agentur. Unterwegs ging Lou das Telefonat nicht aus dem Kopf. *Mit wem auch immer du ihn verbringst?* Hatte Onkel Achim sie aushorchen wollen, ob sie ein Date hatte?

Der Rest des Tages verging mit Arbeit an dem Plakat. Lou wollte es fertig haben, bevor sie ging. Peter und Mike verabschiedeten sich bereits um kurz nach vier. Sylke ging um halb fünf und auch Jem machte um fünf den Mac aus. »Bleibst du noch lange?«, fragte er.

»Eine halbe Stunde noch.«

»Wir treffen uns um sieben am Flaucher. Wenn du ein Navi brauchst, ruf an, ja?«

»Klar. Dann bis später.«

Lou machte Feintuning an der Datei, hörte, wie Franziska nebenan telefonierte und Gunda in der Küche rumorte. Ein Kaffee war genau das, was sie jetzt auch gebrauchen konnte. Sie gesellte sich zu Gunda, die im Stehen einen Becher Kaffee trank, und schenkte sich eine Tasse ein.

»Jetzt hast du die erste Woche schon hinter dir. Und macht es noch Spaß?«, fragte Gunda.

»Und ob. Ich darf eines der ISPO-Plakate machen.« Weiter hinten ging eine Tür. Julian Döhrig kam den Flur entlang, schlüpfte in sein Sakko und ging lächelnd auf die beiden Frauen zu, als er sie entdeckte. Gunda stellte den Becher ab. »Ganz vergessen: Ich muss noch in der Druckerei anrufen.« Und weg war sie. Lou sah ihr, verwundert über diesen plötzlichen Abgang, nach.

Julian blieb vor Lou stehen. Noch immer lächelte er. Er nahm ein Mineralwasser aus dem Kühlschrank und erkundigte sich, wie sie mit den Anforderungen und mit den Kollegen zurechtkam. Lou versicherte ihm, dass sie sich wohlfühlte und die Aufgaben sie nicht überforderten.

»Das Team ist wirklich toll und ich hab schon viel gelernt.« Dass Sylke mit Üps eine überhebliche Schnepfe war, sagte sie natürlich nicht. Das dachte sie nur. Doch Julian lächelte wieder und dann grinste er plötzlich, als habe er ihre Gedanken gelesen. Sie starrte ihn an wie eine Erscheinung.

»'tschuldige, Lou.« Er legte seine Hand auf ihren Arm. Was sollte das? Am liebsten hätte sie die Hand abgeschüttelt. »Mir geht nur ständig ein Witz durch den Kopf, den vorher ein Kunde erzählt hat. Kennst du den?« Abwartend sah er sie an.

Noch nicht, dachte Lou. Aber sicher gleich. Sie zog die Schultern hoch und ließ sie fallen. Seine Hand auf ihrem Arm ließ sich so leider nicht abschütteln.

»Sie sagt: ›Du, Schatz, steht schon fest, was wir heute Abend machen?‹ Er sagt: ›Aber sicher, fass mal an!‹« Julian brach in Gelächter aus.

Lou schüttelte es. Das war einfach nur ekelhaft. Angewidert stellte sie die Kaffeetasse ins Spülbecken und trat dabei zur Seite. Endlich war sie die Hand los.

»Aber sicher, fass mal an! Ist der nicht komisch?« Ihr Chef wischte sich Lachtränen aus den Augenwinkeln.

Nee. Das ist einfach nur widerlich und eklig und ich könnte glatt kotzen. Das hätte Lou ihm am liebsten gesagt. Doch sie biss sich auf die Zunge. Sie wollte keinen Stress mit ihrem Chef.

18

Sie kam aus dem Haus und legte ihren Rucksack und einen zusammengerollten Pullover in den Radkorb. Wohin sie wohl wollte? Sicher traf sie sich mit jemandem. Solche wie sie suchten Kontakt, fanden schnell Anschluss und Freunde.

Sollte er ihr folgen?

Doch alles hatte seine Zeit. Es war noch zu früh. Er musste erst noch mehr über sie in Erfahrung bringen. Und er musste einige Vorbereitungen treffen.

Jetzt machte sie das Rad los, schwang sich darauf und fuhr davon. Er sah ihr nach, bis sie aus seinem Blickfeld verschwunden war.

Lou war ganz nach seinem Geschmack. Einfach perfekt. Sie strotzte nur so vor Selbstbewusstsein. Kommandieren konnte sie schon wie eine Alte. Eine große Klappe hatte sie außerdem. Gab Anweisungen, wusste genau, was sie wollte, und wirkte unverwundbar.

All das würde er ihr nehmen. Stück für Stück. Tag für Tag. Nacht für Nacht. Stunde um Stunde.

19

Nachdem Lou mit Caro telefoniert und ihr einen schönen Hüttenurlaub gewünscht hatte, packte sie ihre Sachen und machte sich auf den Weg zum Flaucher. Während sie durch die Isarauen radelte, vermisste sie ihre beste Freundin bereits. Zwei Wochen kein Kontakt. Doch da musste sie nun durch, denn auf der Hütte gab es nicht mal ein Handynetz. Kurz nach sieben kam sie endlich beim Flauchersteg an. Es war Freitagabend, blauer Himmel, Sonnenschein. Kein Wunder, dass dort viel los war.

Vor Lou lag der Fluss, der gen Norden strömte. Auf den Kiesbänken tummelten sich Hunderte Menschen. Sie schob das Rad über den holprigen Untergrund und hielt Ausschau nach Jem und seinen Freunden. Überall wurde gegrillt. Bierkästen standen zur Kühlung im Wasser. Kinder planschten in einem Schlauchboot. Am Wehr, über das brausend das Wasser floss, knutschte ein Pärchen. Ein Hund brachte ein Stöckchen. Ein anderer kam aus dem Wasser und schüttelte sein klitschnasses Fell, dass die Tropfen nur so stoben. Weiter hinten baute ein Vater mit seinen Kindern aus Steinen einen Damm. Es roch nach Feuer, Rauch und Bratwürstchen und nach Sonnencreme. Hier und da schallten Gesprächsfetzen, lautes Lachen und Kreischen von Kindern herüber. Ein Junge trommelte geistesabwesend auf Bongos. So hatte Lou sich den Sommer in München vorgestellt. Wahnsinn!

Bei einem angeschwemmten Baumstamm stand jemand und winkte. Es war Jem.

Lou hob ebenfalls die Hand und schob das Rad zwischen all den Leuten hindurch.

»Hi Lou.« Jem trug ausnahmsweise mal nicht Schwarz, sondern bunte Badeshorts, die ihm bis zu den Knien reichten.

»Es war gar nicht so einfach, euch zu finden.« Sie kettete das Rad an einen Baum und holte ihre Sachen aus dem Korb.

»Schön, dass du gekommen bist. Leute, das ist Lou. Sie macht auch ein Praktikum bei Döhrig.« Diese Worte richtete er an eine Gruppe von drei Jungs und zwei Mädchen, die sich vor dem verwitterten Baumstamm im Halbkreis niedergelassen hatten und damit beschäftigt waren, ein Feuer zu entfachen. Nun sahen sie auf. »Und Lou. Das sind meine Freunde.« Der Reihe nach stellte Jem sie vor. Mark, den Bassisten der Band. Er nickte ihr zu. Sie registrierte braune Dreadlocks und einen flusigen Kinnbart. Das Mädchen neben ihm war Marks Freundin Bea. Lustige blaue Augen, ebenfalls Rastalocken, die ein schwarzes Band aus der Stirn hielt. Es folgte David, den alle Dave nannten. Seitenscheitel, Brille. Er sah aus wie ein Beamtensohn, studierte Geologie und spielte mit Jem im selben Verein Basketball. Neben ihm saß Manu. Blonde Haare, ein klares, frisches Gesicht. Sie studierte Grafik-Design im dritten Jahr und war Jems Freundin. Auf dem Baumstamm daneben saß Lysander. Trotz der Hitze trug er eine schwarze Strickmütze. Sein glattes dunkles Haar quoll schulterlang darunter hervor. Er legte den Kopf schief. »Hi Lou.« Ein nettes Lächeln folgte. »Ist das die Abkürzung für Louise?«

»Genau.« Sie legte den Rucksack auf den Boden. »Lysander… den Namen habe ich noch nie gehört.«

Zwischen den Fingern drehte Lysander einen glatt geschliffenen Isarkiesel. »Mein Vater ist Prof für Englische Literatur und hat eine Marotte für Shakespeare. Genau wie meine Mutter. Sie haben mich nach einer Figur aus dem *Sommernachtstraum* benannt.« Er ließ den Stein fallen und hob den Blick. Wieder erschien dieses umwerfende Lächeln. »Meinen großen Bruder hat es schlimmer erwischt. Romeo. Das musst du dir mal geben. Mit Familienname heißen wir *Klein*. In der Schule wurde er immer als *Klein Romeo* aufgerufen. Das war ihm megapeinlich.«

Klein Romeo! Lou musste lachen. »Der Arme. Hat er irgendwelche bleibenden Schäden davongetragen?«

»Könnte man so sagen. Er hat sich auf die Seite der Macht geschlagen.«

»Soll heißen?«

»Er ist IT-Spezialist bei der Polizei.«

»Echt?«

»He, Lysander, können wir mal dein Feuerzeug haben.« Es war Bea, die das fragte. »Das Feuer will einfach nicht.«

Bald knieten alle, auch Lou, um die Feuerstelle und pusteten in die schwach züngelnde Flamme, um so die Brettchen einer Obstkiste in Brand zu setzen. Mit vereinten Kräften gelang ihnen das. Lysander legte zwei Holzscheite nach, die kurz darauf knisterten. Jem steckte Bratwürste zum Grillen auf Spieße und verteilte sie. Einen reichte er Lou. »Magst du auch?«

»Nee. Danke. Ich esse kein Fleisch.«

»Willkommen im Klub.« Manu sagte das. »Ich bin auch

Vegetarierin. Ich habe Zucchini und Paprika zum Grillen dabei. Magst du was abhaben?«

»Gerne.« Lou hatte auf dem Heimweg von der Agentur türkisches Fladenbrot, Tomaten und Schafskäse besorgt. Im Wasser stand eine Plastiktüte voller Cola und Dosenbier zum Kühlen. Dort landeten vorerst auch das lauwarme Mineralwasser und die Dose Bier aus Lous Rucksack.

Der Abend verging mit Baden, Essen und Gesprächen. Manu war nett und Lou war irgendwie erleichtert, dass Jem eine Freundin hatte und seine Aufmerksamkeit der letzten Tage ihr gegenüber einfach nur freundschaftlich und nicht mit irgendwelchen Hoffnungen verbunden war. Sie fand ihn zwar sympathisch, mehr war da aber nicht. Ganz im Gegensatz zu Lysander. Ab und an fing sie seinen Blick auf und jedes Mal ging er ihr durch und durch, stellten sich die Haare auf ihren Unterarmen unwillkürlich auf und ihr Herz schlug ein ganz klein wenig schneller. Dabei war er rein äußerlich gar nicht ihr Typ. Diese langen Haare hätte sie bei jedem anderen ätzend gefunden. Doch an ihm sahen sie einfach umwerfend aus. Und dazu die schwarze Strickmütze. Eigentlich lächerlich, mitten im Sommer. Für ihn schien sie wie gemacht. Die Nase war zu groß und das Kinn spitz, wie bei einem Mädchen. Doch bei ihm fügten sich die kleinen Makel zu einem stimmigen Bild. Irgendwie hatte er etwas Besonderes. Lou gefiel auch seine Art zu reden. So ruhig und überlegt. Er gehörte definitiv nicht zu den Typen, die dauernd blöd rumlaberten. Überhaupt war er anders als die Jungs, die sie aus Straubing kannte.

Der Abend ging in eine milde Sommernacht über. Die Familien mit kleinen Kindern packten zusammen. Der

Geräuschpegel ebbte ab, bis das Rauschen der Isar hörbar wurde und auch das Zirpen der Grillen. Als der Mond hoch am Himmel stand, holten Mark und Bea Gitarre und Bongos hervor. Lou war glücklich. Noch vor ein paar Tagen hatte sie keine Menschenseele in München gekannt. Und jetzt war sie auf einer Party mit total netten Leuten und einem supersüßen Typen. Kurz darauf saßen alle ums Feuer und sangen einen Adam-Green-Song. Lou kannte den Text nicht, hatte ihn aber schnell drauf. *I wanna dance with Emily*. Dave, der aussah, wie ein Beamtensohn, hatte nicht nur eine tolle Stimme, er traute sich auch zu singen. Weiter ging es mit *Banana Pancakes* von Jack Johnson und dann quer durch die skandinavischen Indi-Bands, bis sie schließlich bei den alten Dylan-Songs landeten.

Die Luft wurde kühl, ein leichter Wind kam auf. Sie rückten am Feuer näher zusammen. Der Gesang verebbte und nach und nach auch die Gespräche. Jem und Manu knutschten. Mark und Bea verabschiedeten sich um kurz nach halb zwei. Dave schloss sich ihnen an. Lou sah den dreien nach. Eigentlich sollte sie auch aufbrechen. Jem und Manu beim Knutschen zuzugucken, war ihr irgendwie peinlich. Noch dazu, wo Lysander neben ihr saß. Sie stand auf. »Ich pack es dann auch.«

Lysander reckte sich und erhob sich ebenfalls. »Ich begleite dich ein Stück. Ich muss zur U-Bahn. Ist das okay?«

Wieder neigte er den Kopf und sah sie mit diesem fragenden Blick an. Und plötzlich wusste Lou, an wen er sie erinnerte. An Kaspar, den Beo ihrer Oma. Nur dass Kaspars Vogelaugen kreisrund und tiefschwarz waren, während Lysanders Augen die Farbe von Karamellbonbons hatten. Doch die Kopfhaltung war dieselbe. »Klar«, sagte sie und bemühte sich, es lässig klingen zu lassen, obwohl ihr das Herz plötzlich bis zum Hals schlug.

Sie packte ihren Rucksack, kettete das Rad los und verabschiedete sich von Jem und Manu, die davon jedoch kaum etwas mitbekamen. Sie waren zu sehr mit sich selbst beschäftigt. Schweigend ging sie neben Lysander über die Kiesbank Richtung Flauchersteg. Die Sterne waren vom Nachthimmel verschwunden und es brauchte eine kalte Böe, bis Lou verstand, woran das lag. Der Himmel war tiefschwarz bezogen. Ein Wetterleuchten machte Wolkenberge für einen Augenblick sichtbar. »Shit. Hoffentlich schaffe ich es vor dem Gewitter noch nach Hause.« Lou wollte sich auf das Rad schwingen. Doch Lysander griff nach ihrem Arm. »Nimm besser die U-Bahn.« Besorgt sah er nach oben. Erste Regentropfen fielen warm und schwer, trafen Lou im Gesicht, auf der Hand und landeten in ihren Haaren. Und dann öffnete der Himmel von einer Sekunde auf die andere seine Schleusen. Regen rauschte hernieder. »Komm, die U-Bahn-Station ist gleich da vorne.« Fünfzig Meter, schätzte Lou. Lysander spurtete los. Lou lief neben ihm her und konnte ihn in dem Schleier aus Tropfen beinahe nicht erkennen. Am Zugang zur Station nahm er ihr das Rad ab, trug es die Treppe hinunter ins Zwischengeschoss und weiter über die Rolltreppe auf den Bahnsteig. Genau in dem Moment, als sie unten ankamen, fuhr eine U-Bahn ein.

Die Türen schlossen sich hinter ihnen. Lou lehnte sich atemlos an eine Trennwand. Wasser lief aus ihren Haaren. Um Lysanders Chucks bildeten sich kleine Pfützen. »Shit! Ich habe gar keine Fahrkarte!«

»Dann fahr schwarz. Um diese Uhrzeit kontrolliert eh keiner.«

»Aber wenn doch, dann wird das schweineteuer. Ich steige an der nächsten Station aus und kaufe mir ein Ticket.«

»Wetten, dass niemand kommt.«

Einerseits wollte sie vor ihm nicht als superkorrekt und spießig dastehen, andererseits hatte sie keine Lust, beim Schwarzfahren erwischt zu werden. Sie saß also in der Zwickmühle. Als ein freches Funkeln in seinen Augen erschien, waren mit einem Schlag alle Bedenken verschwunden. Der Reiz des Verbotenen verursachte Lou ein schaurig-schönes Kribbeln. »Gut. Warum?«, fragte sie und grinste ihn an.

»Hm? Weiß nicht.« Lysander lehnte sich an die Trennscheibe neben sie. Seine Schulter berührte wie zufällig ihre und das jagte ihr den nächsten Schauer über den Rücken. Oder lag es eher an den nassen Haaren und feuchten Klamotten? Sie sah ihm direkt in die Augen. »Ganz spontan und ohne nachzudenken: Was kannst du absolut nicht ausstehen?«

»Den Sommernachtstraum«, antwortete er wie aus der Pistole geschossen.

Ha! Lou hatte sofort eine Idee. Neulich, beim Spaziergang durch den Englischen Garten war ihr das Amphitheater aufgefallen. »Wenn du die Wette verlierst, wirfst du dich in ein Lysanderkostüm und führst eine Szene aus dem Sommernachtstraum vor. In diesem Freilufttheater im Englischen Garten. Vor allen. Also vor Jem und den anderen. Okay?«

»Nee. Das ist nicht fair.« Lysander wand sich, doch

dann willigte er ein, da er seine Chance, die Wette zu gewinnen deutlich höher einschätzte. Er beugte sich zu ihr. Ein Blick, der Lou ein Puddinggefühl in den Kniekehlen verursachte. »Ganz spontan: Wovor ekelst du dich am meisten?«

»Spinnen.« Es war raus, ehe Lou nachgedacht hatte. Warum hatte sie nicht einfach *Schokolade* gesagt? Total dämlich!

»Alles klar. Wenn du verlierst, dann besorge ich eine ganz dicke, eklig behaarte Riesenspinne und die musst du dann fünf Minuten in der Hand halten.«

»Fünf Minuten! Das sind ja dreihundert Sekunden.«

Es gelang ihr, ihn während der Fahrt auf eine Minute runterzuhandeln. Spinnen. Allein bei der Vorstellung, eine in der Hand zu halten, schüttelte es sie.

Kurz vor der U-Bahn-Station Münchner Freiheit sah Lou wie zwei Männer, die blaue Uniformen trugen und auf dem Kopf rote Baretts, sich langsam durch den Wagon bewegten und die Karten kontrollierten.

Das Gewitter trieb die Leute nach Hause. Daher war die U-Bahn relativ voll. Lou hoffte inständig, dass sie aussteigen konnten, bevor die beiden bei ihr ankamen. Sie stupste Lysander an und wies mit dem Daumen unauffällig hinter sich.

»Die Rotkäppchen arbeiten noch?«, sagte er ungläubig. »Das ist jetzt nicht wahr.« Er verzog das Gesicht zu einer Grimasse. Lou konnte einfach nicht anders, sie lachte. »Such dir schon mal einen schönen Monolog aus.« Die U-Bahn fuhr in den Bahnhof ein. Sie stiegen aus. Noch mal Glück gehabt! Die Kontrolleure waren nicht bis zu ihnen gekommen.

Lysander begleitete sie bis vors Haus und handelte währenddessen aus, bei der Einlösung seiner Wettschuld kein Kostüm tragen zu müssen. Lou stellte das Rad zu denen der anderen Hausbewohner in den Ständer und kettete es an. Vor der Haustür verabschiedete sie sich von Lysander, der plötzlich schüchtern wirkte. Er zog die Schultern hoch, schien ihr die Hand reichen zu wollen, schob dann aber beide Hände in die Hosentaschen. »Na, dann … Gute Nacht.«

20

Im Haus war es dunkel und still. Lous Hand tastete nach dem Schalter. Flackernd ging das Licht an. Während sie auf den Lift wartete, sah sie Lysander nach, der auf dem Weg Richtung Straße verschwand. Einen Moment lang hatte sie mit dem verwegenen Gedanken gespielt, ihn zum Abschied einfach zu umarmen. Rein freundschaftlich, so wie sie das bei all ihren Freunden machte. Doch dann hatte sie sich nicht getraut.

Der Lift kam. Sie stieg ein und fuhr nach oben. Ein seltsamer Geruch hing darin. Eine Mischung von Schweiß und Zigaretten und noch etwas anderem wie Kräuter oder Hustentee. Erst vor Kurzem musste jemand den Aufzug benutzt haben. Und dann fiel ihr ein, woher sie den Geruch kannte. Der Prinzipienreiter roch so.

Lou war hundemüde und gleichzeitig total aufgekratzt. Und das lag an Lysander. Er war einfach… wow! Und er war nett. Echt nett. Er hatte sie bis nach Haus begleitet und plötzlich wurde ihr klar, dass sie gar nicht wusste, wo er wohnte. Vielleicht fuhr er jetzt quer durch die ganze Stadt zurück nach Hause, und das konnte ja nur bedeuten, dass sie ihm auch gefiel. Plötzlich fühlte sich ihr Kopf an, als sei er mit rosa Wolken gefüllt.

»Vielleicht wohnt er aber einfach nur um die Ecke«, sagte sie halb laut zu sich selbst und sperrte die Wohnungstür auf. *Und, liebe Lou, er hat dich nicht nach dei-*

ner Handynummer gefragt. Also bilde dir bloß nichts ein. Sohn eines Professors. Wahrscheinlich ist er einfach nur gut erzogen und hat dich deshalb nach Hause begleitet. Völlig in Gedanken zog sie die Tür hinter sich zu, rutschte beinahe aus und fing sich gerade noch. Was war das denn gewesen? Vor ihr auf dem Boden lag ein großes braunes Kuvert, auf das sie getreten war. Jemand musste es unter der Tür durchgeschoben haben.

Sie hob es auf. Keine Anschrift. Kein Absender. Einfach nur ein Kuvert. Vielleicht von Onkel Achim. Sie öffnete es. Eine zusammengefaltete Zeitungsseite kam zum Vorschein. Eine Buchbesprechung. *Modern Art. Kunst vom Impressionismus bis heute.* Daneben ein Artikel über eine Ausstellung im Museum Brandhorst. *Georg Herold – Multiple Choice.* Darunter eine halbe Seite Traueranzeigen.

Lou drehte die Seite um. Kreuzworträtsel. Sudoku. Fernsehprogramm. Nirgendwo war etwas angemarkert. Keine handschriftliche Notiz. Sie guckte ins Kuvert. Auch kein Zettel.

Was wollte Onkel Achim ihr damit sagen? Wollte er ihr einen Besuch der Ausstellung empfehlen? Georg Herold. Der Name sagte ihr nichts. Vielleicht war das ja ganz interessant. Sie betrachtete die Seite genauer. Sie stammte aus der *Süddeutschen Zeitung* und war mehr als zwei Wochen alt.

Innerlich zuckte Lou die Schultern. Sie war müde und würde dieses Rätsel ganz sicher nicht heute lösen. Zeit, ins Bett zu fallen.

Als sie am nächsten Tag erwachte, war es schon kurz nach zehn. Die Sonne schien durch die Ritzen der Jalousie und malte ein Streifenmuster auf die gegenüberliegende

Wand. Lou schälte sich aus der Decke, ging ins Bad und guckte dann in den Kühlschrank, in dem vor allem eines war: reichlich Platz. Fürs Frühstück musste sie erst einmal etwas einkaufen. Sie zog sich an und machte sich auf den Weg. Im kleinen Laden an der Ecke kaufte sie Milch und Joghurt und in der Bäckerei eine Breze und eine Rosinenschnecke.

Wieder daheim, machte sie sich einen Milchkaffee und setzte sich mit ihrem Frühstück auf den winzigen Balkon. Irgendwann klingelte ihr Handy. Ihre Mam natürlich. Der Kontrollanruf war überfällig. Lou erstattete pflichtschuldig Bericht. Ja, sie kam am Praktikumsplatz gut zurecht. Genau, die Leute waren alle nett. Keine Sorge, ihr ging es gut. Logo, der Chef war mit ihr zufrieden. »Alles okay, Mam. Und einen schönen Gruß an Pa. Ich muss Schluss machen. Der Akku ist fast leer.«

Puh. Sie legte auf und atmete durch. Ihre Mam musste sich echt keine Sorgen machen. Alles lief prima. Sylkes Zickereien perlten an Lou ab. Abgesehen davon war das einzig wirklich Ärgerliche bisher der dreckige Witz gewesen, den Julian erzählt hatte. Und so etwas ließ sich ja aushalten.

Lou räumte das Frühstück weg und spülte endlich das Geschirr ab, das sich im Laufe der Woche angesammelt hatte. Wäsche waschen musste sie auch mal. Die Hausmeisterin hatte ihr den Raum mit den Waschmaschinen im Keller gezeigt. Dafür musste man sich rechtzeitig in Listen eintragen und spezielle Münzen bei ihr kaufen. Ganz schön umständlich. Aber Lou hatte einen Waschsalon ganz in der Nähe entdeckt. Sie beschloss, dorthin zu gehen, und begann, die Schmutzwäsche zusammenzusuchen. Dabei fiel ihr die Seite aus der *Süddeutschen* wieder in die Hände. Sie faltete sie zusammen und dabei blieb ihr Blick an einem Namen hängen, der neben den Traueranzeigen in der Übersicht mit den Bestattungsterminen stand. *Daniela Schneider, 17, Schülerin.*

Das war doch die Schülerin, die drei Wochen lang verschwunden war, bevor man ihre Leiche gefunden hatte. Sie war vergiftet worden.

Ein kalter Schauer durchlief Lou. Das war jetzt schon ein komischer Zufall, dass der Beisetzungstermin genau auf dieser Zeitungsseite stand, die Onkel Achim ihr unter der Tür durchgeschoben hatte.

Oder war das kein Zufall? Kam die Zeitungsseite gar nicht von Onkel Achim? Ging es gar nicht um eine Ausstellung oder das Kunstbuch? War die eigentliche Botschaft der Bestattungstermin von Daniela? Kalte Angst legte sich in Lous Magen. Die Härchen an ihren Unterarmen richteten sich auf, ihre Haut fühlte sich plötzlich an wie elektrisch geladen. Daniela ... egal wo Lou auch war, immer wieder wurde sie mit diesem schrecklichen Mord konfrontiert. War das etwa Absicht? Versuchte jemand, ihr Angst einzujagen?

Unwillkürlich schüttelte sie den Kopf. Nur nicht paranoid werden. Bisher waren es immer Zeitungsartikel gewesen. Zuerst daheim in Straubing und dann die Headlines der Zeitungen, die den Passanten diese grausame Tat ja geradezu entgegenschrien. O.k., die Zeitungsseite, die bei ihr im Zimmer gelandet war. Aber das war sicher Onkel Achim gewesen. Denn jemand, der nicht im Haus wohnte, wäre nicht bis zu ihrer Wohnungstür gekommen. Er hätte das Kuvert unten vorm Haus in den Briefkasten geworfen.

Trotzdem musste sie das jetzt wissen und rief Onkel Achim an. Doch es meldete sich nur der AB und auch beim Handy ging nur die Mailbox dran. Sie hinterließ ihm keine Nachricht. Entweder wollte er ihr das Buch als Lektüre empfehlen, wobei sie sich das nicht leisten konnte, beinahe vierzig Euro, oder er dachte, die Ausstellung könnte sie interessieren. Eine andere logische Erklärung gab es nicht. Gut, okay, einverstanden. Wenn es mal ein paar Regentage gab, würde sie ins Museum gehen. Aber jetzt schien die Sonne und es war Wochenende. München wartete auf sie.

21

Der alte Hof ging ihm nicht aus dem Kopf. Er betrachtete die Aufnahmen. So ruhig. So abgeschieden. Für seine Zwecke war er einfach ideal gewesen. Doch leider konnte er nicht dorthin zurückkehren.

Eine Weile vertiefte er sich noch in die Fotos. Wanderte von der idyllischen Voralpenlandschaft ins Innere des Hauses, in die Milchkammer. Weiße Fliesen, verschimmelte Fugen, kaltes Neonlicht. Eine Matratze. Eine Flasche Cola. Sie. Seine Prinzessin der Angst. Einige Augenblicke hing er noch seinen Erinnerungen nach, bevor er sich von der Wand mit ihren Hunderten von Bildern abwandte. Postkartenkleine, plakatgroße Bilder. Herangezoomte Close-ups, reduzierte Ausschnitte. Seine Freudenwand. Es war Zeit, ein neues Refugium zu suchen, einen entlegenen, gottverlassenen Ort. Er hatte lange darüber nachgedacht und war zu einer Entscheidung gekommen. Es war zu riskant, immer wieder Fahrzeuge zu stehlen. Irgendwann würde ihn jemand dabei beobachten. Dann würde es eine Personenbeschreibung geben und schließlich eine Fahndung nach ihm. Das mit den Autos musste er lassen. Auch aus anderen Gründen war es besser, sein Vorgehen zu ändern. Es erschwerte der Polizei die Arbeit. Bisher kannten sie den alten Hof und die Stelle, an der er die Leiche abgelegt hatte, und natürlich den Ort von Danielas Verschwinden. Alle drei waren zwischen sechzig und achtzig Kilometer voneinander entfernt. Wenn wieder ein Mädchen verschwand, würden sie ihre Suche deshalb auf das Umland konzentrieren. Keiner würde in der Stadt suchen. Warum also in die Ferne schweifen, wenn das Gute so nah lag. Und er hatte auch schon eine Idee, wo er möglicherweise den idealen Raum finden konnte.

Er zog sich um: Jeans und Turnschuhe, Freizeithemd, Sonnenbrille und Basecap. So sah er aus wie tausend andere an einem schönen Sommerwochenende und wurde damit unsichtbar. Im Rucksack würde jedermann Badezeug und Brotzeit vermuten, falls sich überhaupt jemand Gedanken darüber machte. Niemand konnte erahnen, dass er seine Expeditionsausrüstung, einen Bund Dietriche, ein kleines Stemmeisen und einen Akkuschrauber bei sich hatte.

Samstagnachmittag. Ein heißer Sommertag. Die meisten Leute waren unterwegs. Sie trafen sich an den Seen zum Baden und Segeln, in den Parks zum Sonnen oder in der Innenstadt zum Shoppen. Auch er verließ seine Wohnung und betrat kurz darauf durch die Tiefgarage den Kellertrakt des Hauses, in dem Lou wohnte.

Im Auge des Hurrikans würde niemand nach ihr suchen. Ein genialer Plan, wie er sich still lächelnd eingestand. Niemals würde man ihn erwischen. Dieser Kommissar Mertens war eine Null und stocherte mit seiner Soko *Daniela* im Nebel, obwohl sie den Tatort gefunden hatten. Und das war das einzig Ärgerliche bisher. Dass sie wussten, wo es geschehen war, wo er für seine kleine Prinzessin das Verließ der Angst errichtet hatte.

Irgendwo quietschte eine der Kellertüren. Eilige Schritte entfernten sich vom Waschkeller Richtung Treppe. Unwillkürlich verbarg er sich in einer dunklen Nische, hielt den Atem an und wartete, bis es wieder still geworden war. Dann durchstreifte er weiter das Labyrinth an Fluren und Gängen, sperrte mit seinem Werkzeug Türen auf und schloss sie wieder hinter sich. Die meisten, waren nur ins Schloss gezogen, nicht abgesperrt und ließen sich mit einer simplen Plastikkarte öffnen. Hier unten war es angenehm kühl. Neonlicht wies ihm den Weg. In der Luft lag der Geruch von Waschmittel und Weichspüler, Gummi und Schmiere. Nach und nach erkundete er die Heizungsanlage, den Waschkeller, die Trockenräume, den Fahrradkeller und den Raum mit der Klimaanlage und den Sicherungskästen. Niemand begegnete ihm. Weiter ging es mit der Werkstatt, die zur Hausmeisterstelle gehörte. Dann durchquerte er den Bereich, in dem die Kellerabteile der Hausbewohner untergebracht waren. Hier ganz sicher nicht. Bei seiner Suche entdeckte er einen geheimen Partykeller. Vermutlich hatten Jugendliche sich ihn eingerichtet. Eine Dartscheibe, alte Sessel, eine Matratze. Graffiti an den Wänden. Bierdosen auf dem Boden, Kippen überall.

Das alles war noch zu nah an den Bereichen, in denen sich häufig Hausbewohner aufhielten. Was er suchte, sollte abgelegener sein. Er öffnete eine weitere Tür. Grau gestrichenes Metall. Seine Finger fanden den Schalter. Das Neonlicht ging an. Vor ihm lag ein weiterer Flur. Ein schwacher Geruch nach Heizöl hing in der Luft. Plötzlich fiel es ihm ein. Hier war er richtig. Vor Jahren war die Heizungsanlage auf Fernwärme umgerüstet worden. Seither wurden die Öltanks nicht mehr genutzt. Die leer gepumpten Behälter befanden sich aber nach wie vor in einem Raum, den seit Jahren niemand betreten hatte. Nach kurzer Suche fand er ihn und öffnete mit einem Dietrich die Metalltür. Muffiger Geruch nach Öl und Staub schlug ihm entgegen. Die Leuchtstoffröhre funktionierte noch. Flackernd ging das Licht an. Sieben Tanks standen nebeneinander in einer aus Beton gegossenen Wanne, deren Wände schulterhoch waren. Davor befand sich reichlich Platz. Ein staubbedeckter Betonboden. Spinnweben überall. Ein winziges vergittertes Fenster jenseits der Tanks, ganz oben, dicht unter der Decke.

Der Raum war ideal. Es war nicht viel zu tun. Nur um das Fenster musste er sich kümmern und dann natürlich das Erforderliche installieren, für eine Matratze sorgen und das Schloss an der Tür austauschen, die Zugang zu diesem Bereich des Kellers gewährte.

Gut gelaunt verließ er das unterirdische Labyrinth, fuhr mit dem Aufzug nach oben in den Eingangsbereich und trat vors Haus. Die Sonne schien. Passend zu seiner Hochstimmung. Prickelnde Vorfreude machte sich in ihm breit. Das Spiel konnte in die nächste Runde gehen.

Jemand grüßte ihn. Er grüßte zurück.

Wieder in seiner Wohnung angekommen, schaltete er den PC an und sah sich nochmals die Aufnahmen vom Morgen an. Er war sich nicht sicher, ob sie seine Botschaft entdeckt hatte. Der Monitor war auf Quadfunktion eingestellt. Alle vier Kamerabilder wurden ihm gleichzeitig gezeigt. Er klickte auf das im linken oberen Feld, das den Flur zeigte, und zoomte eines der Bilder aus der Aufzeichnung heran. Gestern Nacht hatte sie sein kleines Geschenk nach ein paar Sekunden beiseitegelegt. Ein leichtes Zögern, ein kaum wahrnehmbares Frösteln, das vermutlich der regennassen Kleidung geschuldet war und nicht der Angst, die er so gerne in ihren Augen gesehen hätte. Sie hatte sein Geschenk einfach beiseitegelegt und war schlafen gegangen.

Doch heute Morgen hatte sie sich die Zeitungsseite noch mal genau angesehen. Er spulte vor, zoomte die Bilder heran. Ein leichtes Stirnrunzeln, bei dem eine Augenbraue sich streckte, zu einer analytischen Geraden wurde, während die andere skeptisch in die Höhe stieg. Er sah, wie sie überlegte, wer ihr das wohl unter der Tür durchgeschoben hatte und warum. Einen Moment lang stutzte sie, doch er konnte nicht erkennen, ob es daran lag, dass sie den Namen entdeckt hatte. Er zoomte ihr Gesicht näher heran, studierte die Bewegungen von Auge und Mund. Kein Zucken. Kein Zusammenziehen der Pupillen, kein erschrecktes Weiten der Augen. Sie wirkte weder verängstigt noch erschrocken oder beunruhigt. Sie war auf der Suche nach einer schlüssigen Erklärung und das ärgerte ihn. Dumme Kuh. Er hatte sie für klüger gehalten. Die Zeitung landete auf der Ablage, Lou griff zum Telefon und wählte.

Er schaltete den Monitor aus und lehnte sich zurück.

Verrückt. Total verrückt. Er war richtig zusammengezuckt, als sein Telefon zu klingeln begonnen hatte.

22

Lou fuhr in die Fußgängerzone, um sich bei H&M ein weißes T-Shirt zu kaufen, denn sie hatte ihr Lieblingsshirt glatt in Straubing vergessen. Nachdem sie das erledigt hatte, überlegte sie, was sie nun unternehmen sollte, und lief dabei am Stachus-Brunnen Mark und Bea über den Weg. Die beiden hatten für den Nachmittag eine Einladung zum Segeln. »Ein Freund von mir hat ein Boot am Ammersee. Also sein Vater. Willst du nicht mitkommen? Es gibt genug Platz«, meinte Mark.

Lou freute sich über die unerwartete Einladung und sagte spontan zu. Die beiden waren wirklich nett. Und sie kannten Lysander. Lous Herz schlug ein wenig schneller bei dem Gedanken an ihn. Sie musste nur schnell heimdüsen und ihre Badesachen holen, bevor sie mit der S-Bahn an den See fuhren.

Marks Freund Daniel war ein sympathischer Kerl. Biologiestudent mit trockenem Humor und außerdem ein guter Segler. Lou lag an Deck und genoss jede Sekunde dieses wunderschönen Sommertages, der wie im Traum verging. Der Himmel spiegelte sich in der ruhigen Wasseroberfläche. Am Horizont stand die Alpenkette wie gemalt. Weiße Wölkchen und weiße Segel überall. Die Sonne brannte herunter. Daniel warf in einer Bucht den Anker und alle sprangen zur Abkühlung ins Wasser und kletterten dann wieder über die Leiter an Bord. Das wiederholte sich mehrfach, bis sie schließlich erschöpft auf den Planken liegen blieben. Irgendwann verstrickte Lou Bea in ein Gespräch über den Abend an der Isar und erfuhr so einiges über Lysander. Er wohnte in Pasing, am anderen Ende der Stadt. Außerdem hatte seine Freundin kurz nach Weihnachten mit ihm Schluss gemacht. Er war also solo!

Ehe sie sich versahen, setzte die Abendflaute ein. Als es dämmrig wurde, holte Daniel den Anker ein, warf den Außenbordmotor an und ließ das Boot zurück an den Liegeplatz tuckern. Auf dem Steg machten sie sich über den Rest der Sandwiches her, die Bea angeschleppt hatte, und tranken Eistee.

Während der S-Bahn-Fahrt zurück in die Stadt schlief Lou beinahe ein. Sie war vom Schwimmen und von der Sonne völlig fertig. Mark und Bea wollten später noch in einen Klub auf der Praterinsel und fragten, ob sie mitkommen wolle. Lou winkte dankend ab. Sie musste jetzt erst einmal eine Runde schlafen und außerdem ihr Geld zusammenhalten. Party war heute nicht mehr drin.

Am Sonntag schlief sie bis Mittag, raffte sich dann auf und ging endlich in den Waschsalon. Sonst hatte sie für die kommende Woche keine sauberen Klamotten. Außer dem neuen T-Shirt. Den Rest des Tages verbrachte sie mit einem Bummel durch Schwabing und fiel dann abends todmüde ins Bett.

Am Montag durfte Lou zwei weitere Motive für die Plakatserie gestalten, während Sylke Einladungskarten für die Ispo druckfertig machen sollte. Peter erklärte ihr, worauf sie achten musste. Überfüllungen und Sonderfarben und welche Einstellungen für eine Druckdatei die richtigen waren.

Mittags kam Julian herein und sah erst Lou über die

Schulter, dann Sylke. »Sehr gut. Ihr beide macht euch prima. Wenn das weiterhin so bleibt, werde ich mich kaum entscheiden können, wem ich den Ausbildungsplatz gebe.«

Er duftete ein wenig zu stark nach einem teuren Herrenparfüm. Seit er diesen schlüpfrigen Witz erzählt hatte, beobachtete sie ihren Chef skeptischer als zuvor. Er hatte ordentlich Sympathiepunkte verloren. Nun fuhr er sich mit einer affektierten Geste übers Kinn. »Außerdem habe ich mir überlegt, dass es höchste Zeit ist, euch beide Hübschen zum Mittagessen einzuladen. Ich habe einen Tisch bei *Silvio* reserviert. In zehn Minuten fahren wir.«

Nee, oder?, dachte Lou, während Sylke ihm ein strahlendes Lächeln zuwarf. »Ja, super. *Silvio* ist gerade total *in.*«

Lou hatte keine Ahnung, was das für ein Lokal war. Sie wusste nur, dass sie nicht *Hübsche* genannt werden wollte. Jedenfalls nicht von ihrem Chef. Und eigentlich wäre sie auch lieber mit Jem in den Park gegangen, um ihr belegtes Brot zu essen. Doch diese Einladung hatte nicht so geklungen, als ob es die Möglichkeit gab, sie abzulehnen.

Also saß sie eine halbe Stunde später mit Julian und Sylke in einem schicken Gartenlokal in Nymphenburg. Der weiß gedeckte Tisch mit glänzendem Besteck und funkelnden Gläsern stand unter dichten Kastanien. Ein Kellner wuselte herum und betete die Speisekarte herunter. Julian bestellte für alle gemischte Antipasti und als Hauptgang Risotto mit Garnelen. Dazu Weißwein und Wasser. Lou hatte eigentlich erwartet, dass sie selbst wählen durfte, was sie essen wollte. Aber schließlich lud Julian sie ein, deshalb entschloss sie sich, nichts zu sagen.

Auf der Fahrt in Julians Cabrio hatte Sylke vorne gesessen, als wäre das ganz selbstverständlich, während Lou sich hinten in den Notsitz gezwängt hatte. Sylke mit Üps nahm sich unheimlich wichtig. Nun führte sie das große Wort, strich sich ständig das lange Haar aus dem Gesicht und benahm sich überhaupt total affektiert. Doch sie brachte Julian zum Lachen, wohingegen Lou als graue Maus am Rand saß. Aber eigentlich war ihr das ganz recht. Sie wollte die Aufmerksamkeit ihres Chefs nur auf ihre Qualifikation gerichtet wissen. Sylke dagegen flirtete schamlos, während Julian sie über ihr Privatleben ausfragte und wissen wollte, ob es einen Mann an ihrer Seite gab.

»Zurzeit habe ich keinen Freund. Mein letzter, das war einfach ein Bubi. Ich finde ja ältere Männer viel interessanter.«

Julian beugte sich ein wenig über den Tisch Sylke entgegen. »Und wir sind auch die besseren Liebhaber, wenn ich das so offen sagen darf. Übung macht bekanntlich den Meister.« Er zwinkerte ihr zu.

Sylke kicherte. Lou verschluckte sich beinahe an einer Garnele und wünschte sich, unsichtbar zu sein. Doch die beiden beachteten sie nicht. Das Gespräch ging auf ähnlichem Niveau weiter, bis ein Spatz auf einem der freien Stühle landete und sich neugierig nach den Krümeln des Weißbrots umsah. Julian bemerkte ihn und warf ihm ein Stückchen Brot hin. »Da fällt mir ein Witz ein.«

Nicht schon wieder, dachte Lou und schaffte es gerade noch, die Augen nicht zu verdrehen. Vermutlich kam gleich einer seiner schmierigen Witze.

Um Aufmerksamkeit heischend sah Julian sich um. Sein Blick blieb an Lou haften. »Seit wann gibt es eigentlich Rotschwänzchen?«

Volltreffer. Lou hatte zwar keine Ahnung, wie der Witz weiterging, doch schon die Frage wies eindeutig in die von ihr befürchtete Richtung. Sie zog die Schultern hoch, ließ sie fallen und wappnete sich für die Antwort.

»Na. Ganz einfach: Seit es Lippenstift gibt.« Julian brach in lautes Gelächter aus. Die Leute vom Nachbartisch guckten. Sylke kicherte. Doch Lou sah ihr an, dass sie das pflichtschuldig tat. Sie wollte diesem Idioten gefallen. Es ging um den Ausbildungsplatz und den wollte sie unbedingt haben. Koste es, was es wolle. Sogar die Selbstachtung.

Julians Lachen verebbte. »Findest du *den* auch nicht lustig?«

Nein, sie würde ihm nicht Honig ums Maul schmieren. »Nee. Eigentlich nicht.« Lou wischte sich den Mund mit der Serviette ab und legte sie beiseite.

»Ein wenig humorlos, die junge Dame.« Er klang verärgert.

Eine Steilvorlage für Sylke. »Wahrscheinlich hat sie ihn überhaupt nicht verstanden, die Unschuld vom Lande.« Ein Kichern schüttelte sie. Doch Julian stimmte nicht ein. Er sah Lou einfach an. Abwartend, taxierend.

Sie war froh, als das Essen endlich beendet war. Für die Rückfahrt kletterte sie bereitwillig auf den Notsitz und bemerkte an einer roten Ampel, wie Julian seine Hand auf Sylkes nacktes Knie legte. Sie ließ ihn gewähren. Lou wurde es beinahe übel. Sie würde sich das nicht bieten lassen. Julian war mindestens zwanzig Jahre älter. Er könnte Sylkes Vater sein. Doch die Übelkeit hatte noch einen anderen Grund. Es wurde längst nicht mehr mit fairen Mitteln um die Lehrstelle gekämpft. Hier ging es nicht mehr alleine darum, wer die bessere Praktikantin war. Es ging darum, wer sich mehr von Julian bieten ließ. Schlimmstenfalls, wer bereit war, sich von ihm betatschen zu lassen und vielleicht sogar mehr. Und diese Vorstellung war nicht nur ekelhaft, sie unterlief auch Lous Gerechtigkeitsgefühl. Das war einfach nicht gerecht. Gleichzeitig wusste sie, dass sie nichts machen konnte. Außer zu versuchen, sich möglichst aus der Schusslinie zu halten und natürlich weiterhin in der Agentur ihr Bestes zu geben.

Genau das machte sie am Nachmittag. Sie hängte sich noch mehr rein als bisher, überlegte, wie man die Plakate eventuell verbessern konnte, und machte Peter einen Vorschlag für den Umgang mit den Bildern. Ein wenig enger ran und noch ein wenig drehen und dann sah es noch dynamischer aus. Mit dieser Idee rannte sie offene Türen ein. Peter gefiel die Anregung. Er zeigte Lous Entwürfe Franziska und die ging damit zu Julian. Und das hatte nun zur Folge, dass er Lou in sein Büro rief.

Etwas zögerlich betrat sie das Zimmer und ließ sicherheitshalber die Tür offen. Julian stand vor einer Magnetwand, an die er die Entwürfe geheftet hatte, und betrachtete sie. »Du hast einen guten Blick für Proportionen, Spannung und Dynamik. Sehr schön. Nur hier…«, er trat dicht neben sie und deutete auf einen Entwurf. »Hier würde ich den Bildausschnitt nicht so eng wählen. Das Logo des Herstellers sollte man schon noch sehen.« Er ließ die Hand fallen und strich dabei über Lous Po. Sie fuhr zusammen. Eine Lawine an Emotionen und Gedanken überrollte sie. Das konnte jetzt eine unabsichtliche Berührung gewesen sein. Oder das genaue Gegenteil. Eher Letzteres.

Was sollte sie tun? Wenn sie ihn zur Rede stellte, würde er entweder alles abstreiten. *Eine harmlose zufällige Berührung. Stell dich nicht so an.* Und schwups stünde sie als hysterische Kuh da. Oder er würde sich über sie lustig machen. *Das war doch nur Spaß, du kleine Mimose.*

Während sie das Für und Wider eines Einspruchs überlegte, war der Moment bereits verstrichen, in dem er möglich gewesen wäre.

Mit gemischten Gefühlen radelte Lou am Abend nach Hause. Vielleicht war sie tatsächlich empfindlicher als andere. Was sollte sie tun, wenn so etwas noch einmal geschah? Ihm auf die Finger hauen? Ihn zur Rede stellen? Wenn sie es sich mit ihrem Chef verdarb, dann konnte sie den Ausbildungsplatz vergessen. Die Berührung am Po konnte wirklich ein Versehen gewesen sein, ganz ungewollt, und schlüpfrige Witze waren ja nicht wirklich schlimm. Sie mochte sie nicht. Andere schon. Kein Grund, einen Aufstand zu machen.

Als Lou das Rad ankettete, hoffte sie inständig, dass sich solche Vorfälle nicht wiederholten. Sie nahm den Rucksack aus dem Korb, ging auf die Eingangstür zu und hatte plötzlich das Gefühl, beobachtet zu werden. Von einer Sekunde auf die andere war es da. Ein kalter Blick. Sie konnte ihn fühlen und drehte sich um.

Weiter hinten, unter einer Kastanie stand Ben Pagel. Unverwandt starrte er zu ihr herüber. Ein pickliger Kerl mit fahlem Teint. Ein Schauer lief ihr über den Rücken. Die feinen Haare auf den Unterarmen richteten sich auf. Irgendwie fand sie ihn gruselig. Doch sie wusste nicht, woher das kam. Eigentlich hatte er sich ihr gegenüber bisher höflich und korrekt verhalten.

23

Zu ihrer großen Erleichterung hielt Julian sich mit weiteren schlüpfrigen Witzen und *zufälligen* Berührungen zurück. Jedenfalls ihr gegenüber. Seine Hand lag dafür häufig auf Sylkes Schulter, rutschte schon mal über den Rücken abwärts, und einmal, als Lou von der Toilette kam und die angelehnte Tür zu Julians Büro passierte, sah sie, wie seine Hand auf Sylkes Po lag, während er ihr an der Magnetwand etwas zeigte. Lou fing Sylkes Blick auf. Und für eine Sekunde stand ihr die Wahrheit ins Gesicht geschrieben. Blanker Schrecken. Sie fand das genauso eklig wie Lou. Doch als Sylke Lou bemerkte, verwandelte sich der angewiderte Gesichtsausdruck im selben Moment in ein mühsam triumphierendes Lächeln. Sie wollte nicht zugeben, dass Julians Tatschereien sie ebenso verunsicherten wie Lou. Nur nicht mit der Konkurrentin auf einer Stufe stehen. Sylke mit Üps würde sich, egal was auch geschah, immer für die Bessere, die Überlegenere halten und in Lou nie etwas anderes sehen als das Mädchen, das keinesfalls den Ausbildungsplatz erhalten sollte.

Bis Freitag hatte Lou kaum etwas mit Julian zu tun. Die Stimmung in der Kreativabteilung war gut. Mit Peter, Jem und Mike kam sie klar und auch der Kontakt zu Sylke wurde ein wenig besser. Jedenfalls versuchte sie nicht weiter, einen Zickenkrieg zu entfachen, seit sie gemerkt hatte, dass Lou sich nicht provozieren ließ. Vielleicht hatte sie aufgegeben, vielleicht suchte sie aber auch nach einer neuen Taktik. Oder sie glaubte tatsächlich, dass die Sache dadurch entschieden wurde, wer sich von Julian betatschen ließ.

Peter holte sie aus diesen düsteren Gedanken. »Sag mal Lou, hast du Ahnung von Webdesign?«

»Geht so. Ich habe mal eine Website gemacht: Veggie-Bürger. Allerdings mit einem Template aus dem Netz.«

»Traust du dir das in Photoshop zu?«

Ups. Photoshop konnte sie zwar einigermaßen, doch Screendesign hatte sie damit noch nie gemacht. »Wenn du mir sagst, worauf ich achten muss.«

»Ist eigentlich nicht so wild. Das Basisdesign steht. Du müsstest es nur für die unterschiedlichen Screens und Zustände adaptieren. Echte Sklavenarbeit.« Bei diesen Worten grinste er. »Du schaffst das schon. Ich erkläre es dir.«

Es ging um den Internetauftritt der Schmuckdesignerin Beatrice von Birlow, einer guten Bekannten von Julian Döhrig und auch seine Trauzeugin. Ihr Chef war also verheiratet. Sieh mal an.

Peter erläuterte Lou den bereits gestalteten Startscreen und die Userführung, gab ihr eine Skizze mit der Struktur der Site und zeigte ihr, wie er mithilfe von Ebenensätzen für Ordnung in Webdesign-Dokumenten sorgte, die mitunter hundert und mehr Elemente enthielten.

Lou machte sich an die Arbeit, verhedderte sich erst einmal in den verschiedenen Ebenen und Ebenensätzen und geriet in Panik. Als Sylke mitbekam, dass Lou schwamm und nachfragen musste, bekam sie Oberwasser. »Webdesign ist doch echt nicht schwer. Die Website für die Hotelkette meiner Eltern habe ich natürlich selbst gemacht. Also Peter, ich kann das gerne übernehmen, wenn Lou sich derart anstellt.«

Peter sah hoch. »Darf man mal erfahren, wie diese Hotelkette heißt, oder ist das top secret?«

Ihm war also auch aufgefallen, dass Sylke zwar ständig behauptete, alles für diese Kette gestaltet zu haben, aber nie den Namen nannte.

»*Townhouse*. Habe ich das noch nicht erwähnt?«

»*Townhouse* also. Ich gucke mir das bei Gelegenheit mal an. Vorerst soll Lou allein versuchen, mit ihrer Aufgabe klarzukommen. Ich denke, sie bekommt das auf die Reihe. Wenn nicht, komme ich auf dein Angebot zurück.«

Lou warf Peter einen bösen Blick zu. Sie würde das schon schaffen. Jetzt erst recht!

Sie kämpfte so lange mit dem Programm, bis sie endlich kapierte, dass man Ebenen und Ebenensätze mit einem Klick unsichtbar machen und so die verschiedenen Zustände der Seiten simulieren konnte. Danach ging es besser. Was Sylke konnte, konnte sie schon lange. Da sie sich keine weitere Blöße geben wollte, suchte Lou im Netz nach einem Webdesign-Tutorial und arbeitete es durch.

Kurz vor der Mittagspause rief Julian Lou zu sich ins Büro. Es ging um die Bildauswahl für die Website der Schmuckdesignerin. Lou fragte sich, warum er das nicht mit Franziska oder Peter besprach. Sie war schließlich nur Praktikantin.

Wieder ließ sie die Tür offen und ging zu ihm an den großen Besprechungstisch. Dutzende großformatige Ausdrucke lagen darauf verstreut. Stapel mit Snowboard-, Skibrillen- und Handschuhfotos. Aufnahmen mit Models in Boarder-Outfits, die erst im Winter in die Läden kamen.

Langhaarige Schönheiten mit Strahle-Lächeln. Julian schob sie beiseite und besprach mit Lou die Auswahl der Schmuckbilder für die Website, als wäre sie nicht der Hiwi, sondern eine ernst zu nehmende Gestalterin. Und das tat Lou nach dem Schwimmkurs *Webdesign* gut. Ihr Chef hörte ihr aufmerksam zu, wenn sie begründete, weshalb sie ein Bild für geeigneter hielt als ein anderes, lobte ihren Blick für Details, griff ihren Vorschlag auf, eine Diashow in die Website zu integrieren, und bedankte sich für ihr Engagement. Mit jeder Minute, die verging, wurde Lou lockerer, unverkrampfter. Julian benahm sich so, wie ein Chef das sollte.

Als sie fertig waren, fiel Lous Blick wieder auf die Modeaufnahmen mit den Snowboardklamotten. »Wo fotografiert man so etwas eigentlich mitten im Sommer?«

»Wir waren in der Schweiz. Auf einem Gletscher. Demnächst haben wir wieder ein Shooting. Allerdings nur im Studio. Willst du mitkommen?«

Lou war sofort Feuer und Flamme. »Ja. Klar. Gerne.«

24

Am Rosenheimer Platz stieg Lou aus der S-Bahn, fuhr mit der Rolltreppe an die Oberfläche und folgte der Weißenburger Straße Richtung Pariser Platz. Sie befand sich in Haidhausen. In diesem Viertel war sie noch nicht gewesen. Es gefiel ihr, da es ziemlich alternativ aussah. Bioläden. Fairtrade-Handel. Cafés und Restaurants. Kleine Geschäfte statt großer Ketten. In der Grünanlage um einen Brunnen, der Lou an eine mehrstöckige Hochzeitstorte – allerdings aus grauem Granit – erinnerte, saßen Leute jeden Alters und unterschiedlichster Nationalitäten auf den Bänken. Lou schnappte Englisch und Spanisch auf, Italienisch und tiefstes Bayerisch. Kinder wuselten herum, ein Radio spielte leise, während ein Hund Tauben aufscheuchte und das Wasser im Becken plätscherte.

Lou hielt nach der Breisacher Straße Ausschau und dann, als sie diese gefunden hatte, nach dem Haus, in dem Jem ein WG-Zimmer bewohnte. Er hatte sie zur Hinterhofparty der Hausbewohner eingeladen und wie nebenbei erwähnt, dass auch Lysander kommen würde. Ihr Herz hatte einen kleinen Satz gemacht.

Wo war nur die Hausnummer, nach der sie suchte? Und wie sah sie eigentlich aus? Vor einer Schaufensterscheibe blieb sie stehen und musterte ihr Spiegelbild. Abgeschnittene Jeans als Shorts. Fransige Kante. Secondhand Batikbluse, breiter Hüftgürtel, die Haare mit einem bunten

Tuch aus der Stirn gehalten. Sie sah wirklich cool aus. Ein uralter Dylan-Song, so alt, dass Dylan damals noch ganz jung gewesen war, klang aus dem Kopfhörer ihres iPods. *It Ain't Me, Babe.* Eine Welle von Glück durchflutete sie ganz unvermittelt.

Sie stand hier in München, in der Stadt ihrer Träume, sie machte ein tolles Praktikum und würde bestimmt auch die Lehrstelle bekommen. Julian hatte sie mehrfach gelobt. Er griff sogar Vorschläge von ihr auf. Alle ihre Hoffnungen würden sich erfüllen und außerdem würde sie in geschätzten hundertachtzig Sekunden Lysander wieder sehen.

No, no, no. It ain't me Babe, you are looking for, sang Dylan.

Yes, yes, yes. It's me, you are looking for, dachte Lou und musste schmunzeln. Endlich erspähte sie die gesuchte Hausnummer und betrat durch die Zufahrt den Hinterhof.

Eine grüne Oase mitten in der Stadt, von mehrstöckigen Altbauten umgeben. Bunte Sonnenschirme, Bierbänke, Klappstühle und Tische. Überall Grünzeug. Wilder Wein kletterte an Spalieren hoch, ein Planschbecken stand unter einem Sonnensegel, zwei Kinder tobten darin. Leute standen und saßen herum, redeten und hielten Gläser in den Händen. Ein Tisch bog sich unter der Last von Salaten und Kuchen, Brot und weiteren Köstlichkeiten. Gut, dass sie auf die Idee gekommen war, noch schnell einen Nudelsalat zu machen. Lou platzierte ihre Schüssel auf dem Tisch und hielt nach Lysander Ausschau. Leider konnte sie ihn nirgends entdecken. Dafür steuerte Jem auf sie zu. »Hallo Lou.«

»Hi. Hier ist ja ganz schön was los.«

»Magst du was trinken? Ein Bier?«

»Gern.«

Er holte eine Flasche aus dem Kasten unter dem Tisch, öffnete sie und reichte sie Lou. Bier auf leeren Magen kam vermutlich nicht so gut. Also angelte sie sich noch eine Breze und setzte sich damit zu Jem und seiner Freundin Manu auf eine schattige Bierbank. Jemand hatte Musik angemacht. Irgendwas Loungiges. Nicht so ganz Lous Geschmack. Geschirr klapperte. Lachen und Gespräche füllten den Hof. Lou lernte etliche der Hausbewohner kennen. Der jüngste war ein paar Monate alt, die älteste schon über achtzig Jahre.

Manu erzählte von ihrem Grafik-Design-Studium und fragte, warum Lou Mediengestalterin werden wollte und nicht Grafik-Design studierte.

»Mit mittlerer Reife geht das nicht«, erklärte Lou. »Und die U5 und die Blocherer-Schule, die nicht aufs Abi bestehen, sind privat und abartig teuer. Das könnten meine Eltern nicht bezahlen.«

»Du hättest aber das Zeug für ein Studium«, meinte Jem. »Du bist echt gut. Im Gegensatz zu Sylke. Ich habe mir heute übrigens mal die Website von *Townhouse* angeguckt.« Er grinste. »Unsere liebe Sylke von und zu Üps ist eine kleine Angeberin. Im Impressum kannst du nachlesen, dass eine Berliner Agentur die Seite gemacht hat. Vielleicht war Sylke dort als Praktikantin. Mehr sicher nicht. Sie stellt sich ziemlich an. Gestern wollte sie schon die Ispo-Einladungskarten an die Druckerei mailen. Peter hat das noch rechtzeitig mitbekommen. Sie hat die Datei echt in RGB angelegt. Dabei hat Peter euch doch den Unterschied zwischen Druckfarben und Webfarben erklärt.«

So gerne sie ein wenig über Sylke gelästert hätte, Lou

war nicht recht bei der Sache. Eigentlich hörte sie nur mit halbem Ohr zu, während sie Ausschau nach Lysander hielt. Es war schon beinahe zehn, allmählich wurde es dämmerig. Jemand zündete Windlichter an. Auf den Tischen und am Rand eines Blumenbeets standen Wassergläser, in denen Kerzen brannten. Wo er nur blieb?

Lou stand auf, holte sich etwas vom Salat und ein Glas Wasser und geriet dabei ins Gespräch mit einer pummeligen Frau, die Lous Batikbluse toll fand. Als sie zu Jem und Manu zurückkehrte, saß Lysander bei ihnen. Wieder trug er diese schwarze Mütze. Die Haare hatte er hinter die Ohren gestrichen.

In der Hand hielt er eine Flasche Bier. Wie vor einer Woche neigte er den Kopf und sah sie mit diesem schiefen Beoblick an. »Hi Lou. Wie geht's?«

»Passt schon«, sagte sie und versuchte, ihrer Stimme einen festen Klang zu geben.

Er betrachtete sie von Kopf bis Fuß. »Cooler Look.«

Sie wurde ganz verlegen. Röte kroch ihren Hals hinauf bis ins Gesicht. Hoffentlich bemerkte er das bei diesem Licht nicht.

»Flowerpower, Hippie-Zeit. Oder?«

Lou konnte nur nicken.

»*Make love, not war*. Meine Eltern waren damals auch Blumenkinder.« Mit einer Hand fasste er die Haare zusammen und schob sie über die Schulter. »Wenn es nicht Beweise in Form von Fotos, Super-8-Filmen und Zeugenaussagen gäbe, würde ich das ja nicht glauben. Heute sind sie so was von spießig.«

Lou setzte sich neben ihn. »Beweise…« Sie musste grinsen. »Willst du auch zur Polizei wie dein Bruder?«

»Meos Sprache färbt wohl ab.« Lysander musste lachen. »Er redet gerne und viel über seine Arbeit. Sein Job ist sein Leben. Eine echte Leidenschaft. Zurzeit wertet er die Handydaten von diesem ermordeten Mädchen aus.«

Lou fiel die Zeitungsseite wieder ein. Und die Artikel, die Mam ihr unter die Nase gehalten hatte. Sie hatte die Sache beinahe vergessen. Und jetzt musste auch noch Lysander damit anfangen. Wieso begegnete sie überall Berichten über dieses Mädchen? Langsam wurde das wirklich unheimlich. »Du meinst Daniela Schneider?«

Er nickte. »Stimmt. So heißt sie. Kanntest du sie?«

»Nee.« Lou zuckte mit den Schultern. »Es ist nur so, dass ich ständig irgendwo etwas über sie lese. Vielleicht habe ich den selektiven Blick. Sogar auf der Seite mit einem Zeitungsartikel über eine Ausstellung, die mein Onkel mir neulich unter der Tür durchgeschoben hat, stand ihr Name. Bei den Bestattungsterminen. Schon komisch.«

Auch Lysander fand das irgendwie merkwürdig. Doch sie kamen schnell auf andere Themen zu sprechen. Lou erzählte vom Segelausflug mit Mark und Bea und Lysander, dass er auf der Suche nach einem neuen Job für die Semesterferien war. Der vorherige war leider befristet gewesen und nun beendet. Verreisen war daher in diesem Jahr finanziell nicht drin. Es sei denn, er würde mit seinen Eltern nach Italien fahren. »Never.« Wieder lächelte er dieses wahnsinnsschiefe Lächeln. »In München ist es viel schöner.«

Wie er sie dabei ansah! Ein Schwarm Hummeln setzte sich in Lous Kopf.

25

Lysander ging ihr nicht aus dem Kopf. Wo sie war, war auch er. Jedenfalls in ihren Gedanken. Sie hätte gerne mit Caro geskyped und ihr von ihm vorgeschwärmt, doch Caro war in den Weiten des Netzes unerreichbar. Besser gesagt: Sie war offline. Kein Handyempfang, keine Internetverbindung während ihrer Hüttentour.

Freitagnacht hatte Lysander Lou wieder bis nach Hause begleitet. Doch dann war nichts weiter gewesen. Er fragte nicht nach ihrer Handynummer, und als sie ihn umarmen wollte, stand er so da wie eine Woche zuvor: beide Hände tief in den Taschen. Irgendwie abwehrend. Lou hatte sich einfach nicht getraut, diese Mauer zu durchbrechen. War er vielleicht gar nicht an ihr interessiert? Bildete sie sich nur ein, dass er sie mochte?

Lou war froh, sich in der Agentur mit Arbeit ablenken zu können. Mit Julian kam sie inzwischen gut zurecht. Er lobte sie häufig und ließ sie in Ruhe.

Am Dienstag fand das Fotoshooting statt. Julian fragte Lou, ob sie mitkommen wollte. Einen Moment zögerte sie, denn sie war nicht unbedingt erpicht darauf, mit ihm allein zu sein. Andererseits wären sie ja nicht allein. Nur während der Fahrt und in letzter Zeit hatte er sich ihr gegenüber vorbildlich benommen. Er schien sich mit seinen schmutzigen Witzen und dem Gegrabsche auf Sylke zu beschränken, die ihr nun einen bösen Blick zuwarf. Jetzt erst recht. Lou fuhr mit.

Diesmal saß sie vorne im Cabrio und war froh, eine Jeans anzuhaben. Nackte Knie würden ihn sicher in Versuchung führen. Dennoch saß sie total verkrampft auf dem Beifahrersitz, die Beine so weit von der Mittelkonsole entfernt, wie es ging, und sie war echt froh, dass die Fahrt nicht lange dauerte. Das Studio befand sich in einem riesengroßen Loft im Münchner Norden. Eine ehemalige Fabrik, in der nun Künstler aller Art ihre Ateliers und Studios hatten. Mit einem Lastenaufzug fuhren sie nach oben. Als sie im Studio ankamen, wuselten dort schon Models, Visagistin, Stylistin und zwei Mitarbeiter des Kunden herum. Der Einkäufer und der Werbeleiter. Außerdem natürlich der Fotograf und sein Assi. Julian stellte Lou als neue Praktikantin vor. »Ein ehrgeiziges Mädchen und talentiert obendrein. Sie wird es mal zu etwas bringen.«

Dieses Lob freute Lou.

»Und sehr hübsch.« Das sagte Wolfgang, der Fotograf und pfiff durch die Zähne. Mit taxierendem Blick musterte er sie vom Scheitel bis zur Sohle. Lou kam sich vor wie auf dem Straubinger Viehmarkt. Sie hielt dem Blick jedoch nicht nur stand, sie erwiderte ihn auf dieselbe Art, auch wenn es sie alle Kraft kostete. Sie fühlte sich plötzlich besudelt und beschmutzt und kämpfte mit widersprüchlichen Gefühlen: Wut und Scham. Wolfgang hatte eine blank polierte Glatze, dabei war der Mann höchstens vierzig. Markantes Gesicht. Buschige Brauen. T-Shirt. Jeans, die auf der Hüfte saß. Und er war barfuß.

Jetzt lachte er. »Taff. Du sagst es, Julian.«

»Mag jemand Kaffee oder Wasser?« Es war der Assi,

der pflichtschuldig die Bewirtung übernahm. Lou folgte ihm zu einer frei im Raum stehenden Küchenzeile. Eine Kapselmaschine stand dort auf einer Granitfläche. Daneben auf einem Ceranfeld ein Topf mit Milch und ein Milchaufschäumer. Lou wollte sich nicht bedienen lassen. »Ich mach mir selbst einen Milchkaffee, wenn das okay ist.«

»Sicher doch.« Der Assistent brachte Julian das gewünschte Wasser und trollte sich zu den Scheinwerfern, die vor der Hohlkehle aufgebaut waren. Lou hatte noch nie eine Hohlkehle gesehen, wusste aber, dass vor diesem abgerundeten Übergang zwischen Boden und Wand Aufnahmen gemacht wurden, die später freigestellt werden sollten. So gab es in den Fotos keine störenden Kanten.

Mit ihrem Kaffeebecher in der Hand lief sie durchs Atelier. Die Vorbereitungen fürs Shooting waren in vollem Gang. Es sollte Funktions-Sportunterwäsche für einen Katalog fotografiert werden. Das erste Fotomodell war bereits fertig gestylt. Eine junge Frau mit dunklen Haaren und natürlich wirkendem Make-up. Sie trug eine schwarze Panty mit grauen Kontraststreifen und den dazu passenden Sport-BH. Den Anweisungen des Fotografen folgend, stellte sie sich nun posend in die Hohlkehle. Nach fünf Minuten war das Motiv durch. Weiter ging es mit dem nächsten Mädchen, dann folgte eine Aufnahme mit einem Paar. Julian besprach sich zwischendurch mit dem Werbeleiter und dem Fotografen. Der Hintergrund wurde als nicht passend empfunden und nach eingehender Diskussion geändert. Alles von vorne.

Lou gefiel die Atmosphäre im Studio. Alle arbeiteten konzentriert, jeder Handgriff saß. Eine eingespielte Choreografie. Da sie nicht im Weg stehen wollte, hielt sie sich meist ein wenig abseits.

Nachdem die erste Serie durch war, wurden die Bilder am Monitor betrachtet. Julian rief Lou dazu. Die Aufnahmen sahen toll aus. Werbeleiter und Einkäufer waren zufrieden und verabschiedeten sich. Der Rest konnte ohne sie gemacht werden.

»An dieser Aufnahme stimmt etwas nicht.« Julian deutete auf den Bildschirm des Mac.

»Was stört dich?« Wolfgangs buschige Brauen zogen sich ein wenig zusammen, während er das Bild eingehend betrachtete. Auch Lou studierte es. Was meinte Julian wohl? Sah doch gut aus.

»Die Titten hängen. Siehst du das nicht?«

Bei diesem Wort zuckte Lou unwillkürlich zusammen und trat einen Schritt zurück.

»Hör mal, das ist kein Push-up, sondern ein Sport-BH. Da geht es nicht um die Auslage.« Der Fotograf grinste.

»Die sehen aber schlaff aus. Ich hätte da lieber Lous knackige Früchtchen.« Ehe Lou sich versah, grabschte Julian ihr an die Brust.

»Geht's noch!«, schrie sie ihn an. Sie schlug seine Hand weg. Ganz instinktiv. Ihr Herz klopfte bis in den Hals. Adrenalin flutete jede Zelle. Ihr ganzer Körper begann zu zittern.

»He Mädchen. Sei doch nicht so zimperlich. Verstehst du etwa keinen Spaß?« Julian zog lachend die Schultern hoch und ließ sie wieder fallen.

»Ein Mimöschen.« Wolfgang grinste und schlug sich dann die Hand vor den Mund. »Oh. Das böse Wort. Mös…chen.«

Lou wurde schlagartig schlecht. Im wahrsten Sinn des

Wortes hätte sie jetzt kotzen können. So was von! Und vor allem heulen. Doch diese Blöße würde sie sich nicht geben. Sie machte auf dem Absatz kehrt und stieß mit Heidi, der Stylistin zusammen, die unbemerkt hinter sie getreten war und den Arm um sie legte. »Komm.«

Völlig benommen folgte Lou ihr in die Garderobe und ließ sich auf einen Stuhl fallen. »Da, trink einen Schluck.« Heidi hielt ihr eine Wasserflasche hin. »Manche Männer sind einfach Idioten. Nimm dir das nicht zu Herzen und halte in Zukunft Abstand. Ja?«

Lou nickte und beruhigte sich langsam. Das Shooting ging weiter, als wäre nichts gewesen, und Lou achtete darauf, möglichst viel Distanz zu Julian und Wolfgang zu wahren. Am späten Nachmittag waren sie fertig. Julian musste noch zu einem Termin und fragte ganz unbefangen, ob Lou mit der U-Bahn zurück zur Agentur fahren könnte. Es klang, als hätte er den Vorfall bereits vergessen, und sie war natürlich heilfroh, nicht zu ihm ins Auto steigen zu müssen. »Klar. Ist kein Problem.«

Als sie abends heimkam, warf sie sich aufs Bett. Ein wahres Gefühlschaos tobte in ihrem Innersten. Wut, Zorn und Angst, Hilflosigkeit und Ohnmacht mischten sich mit Scham und Ekel. Sie war ja so was von dämlich! Wie hatte sie nur glauben können, Julian würde sie in Ruhe lassen und sich mit seinem Gegrabsche auf Sylke beschränken? Und außerdem war es total gemein und unfair von ihr, das zu hoffen. Dass er Sylke betatschte. Auch wenn sie Sylke mit Üps nicht mochte, solche widerwärtigen Übergriffe wünschte sie niemandem.

Was sollte sie jetzt tun? Den Praktikumsplatz sausen lassen? Niemals!

Allerdings war sie gerade mal zwei Wochen in der Agentur, wenn das nun die ganze Zeit so weiterging? Bei dieser Vorstellung wurde ihr erst recht schlecht.

Sollte sie mit ihren Eltern reden? Doch die Idee verwarf sie gleich wieder. Pa würde ihrem Chef garantiert nicht die Leviten lesen. Er würde sich bestätigt fühlen und verlangen, dass Lou das Praktikum beendete und nach Straubing zurückkehrte. Und im Vergleich zu dieser Aussicht war das Gegrabsche fast das kleinere Übel. Sollte sie Onkel Achim ins Vertrauen ziehen? Vielleicht konnte er Julian einnorden? Sie war kurz davor, ihn anzurufen, doch dann verwarf sie die Idee wieder. Onkel Achim würde das in seiner Funktion als Babysitter mit an Sicherheit grenzender Wahrscheinlichkeit Tante Ute erzählen und sie würde sich möglicherweise verpflichtet fühlen, ihre Eltern zu informieren. Denn harmlos waren diese Übergriffe nicht.

Shit! Sie hatte die Wahl zwischen Pest und Cholera. Lou steckte das Handy wieder ein. Sie würde Julian einfach aus dem Weg gehen und versuchen, das Praktikum irgendwie durchzustehen. Ob sie allerdings die Lehrstelle noch haben wollte, da war sie sich wirklich nicht mehr sicher.

26

Am nächsten Tag – es war schon der Mittwoch ihrer dritten Praktikumswoche – beschloss Lou, mit Sylke über Julian zu reden. Vielleicht gelang es ihnen ja gemeinsam, etwas zu ändern. Als sie Sylke kurz vor der Mittagspause fragte, ob sie nicht zusammen was essen gehen wollten, erntete sie zunächst einen verwunderten Blick, dann ein lang gezogenes »Okay! Wohin sollen wir gehen? Etwa zu McDonalds?«.

Lou ignorierte den ironischen Tonfall. Sie hätte sich lieber unterwegs ein Sandwich gekauft und es auf einer Parkbank gegessen. Doch Sylke, der verwöhnten Tochter reicher Eltern, war diese Art von Mittagspause fremd. Während Lou noch überlegte, schaffte Sylke Tatsachen. »Wir gehen ins *Ruffini.*«

Zehn Minuten später saß Lou in diesem Café-Restaurant an einem Bistrotisch mit Marmorplatte und studierte die Mittagskarte. Ups. Alles ganz schön teuer. Am günstigsten war ein Salat mit Oliven. Den würde sie wohl oder übel nehmen. Gar nichts zu bestellen, ging wohl nicht. Die Kellnerin nahm zuerst die Getränke auf. Lou schüttelte den Kopf. »Für mich nichts.« Sylke orderte Mineralwasser. Die Kellnerin verschwand. Sylke legte den Kopf in den Nacken. »Okay. Nun sollten wir langsam zur Sache kommen. Du suchst ja nicht den Kontakt zu mir, weil du mich so nett findest, oder? Also, was willst du?«

So viel negative Energie. Woher die wohl kam? Warum konnte Sylke nicht mal entspannt und offen sein? Lou atmete durch. »Es geht um Julian. Ich finde, er benimmt sich total unmöglich.«

»Ach? Findest du?«

»Du etwa nicht?«

»Keine Ahnung, was du meinst.« Mit den Händen umfasste Sylke die Ellenbogen und lehnte sich im Stuhl zurück. Abwartend musterte sie Lou.

Plötzlich war sie ziemlich verunsichert. War sie wirklich die Einzige, die Julians Verhalten total daneben fand? War sie echt *die Unschuld vom Lande*, wie Sylke neulich gesagt hatte? Doch alles in ihr sträubte sich, derartige Übergriffe normal zu finden. »Die dreckigen Witze gingen ja noch. Ich finde es zwar nicht so prickelnd, dass er die ausgerechnet vor uns loslässt, doch das Gegrabsche ... ich meine, das hast du doch auch schon erlebt ... ständig landet seine Hand irgendwo, wo sie nicht hingehört.« Lou gab sich einen Ruck. »Mir hat er gestern vor allen im Fotostudio an den Busen gegriffen. Er findet das wohl lustig. Ich nicht. Das ist einfach widerlich. Ich will das nicht. Und ich wollte dich fragen, ob wir vielleicht gemeinsam mit ihm reden sollten ... Oder mit Franziska. Damit er aufhört, uns zu belästigen.«

Sylke, die in dieser abwartenden Position verharrte, bis Lou fertig war, strich sich nun die langen Haare betont lässig aus dem Gesicht. »Hast du grad *belästigen* gesagt?«

Lou fühlte sich schlagartig provoziert. In ihr brannte eine Sicherung durch. »Dir gefällt das doch auch nicht! Ich habe deine Reaktion gesehen, als er dir letzte Woche an den Po gegriffen hat. Also tu nicht so!«

Doch Sylke ließ sich nicht aus der Ruhe bringen. »Schätzchen, was ist denn schon dabei? Natürlich findet Julian mich attraktiv. Seine Hand auf meinem Knie oder Po, meine Güte, das ist doch harmlos. Das gehört zum Spiel. Du bist so was von uncool und vor allem durchschaubar.« Nun beugte Sylke sich vor, versenkte ihren Blick in Lous. »Kann es sein, dass du eifersüchtig bist? Guck doch einfach mal in den Spiegel und betrachte das realistisch. Dass Julian ausgerechnet *dir* an die Titten gegriffen hat, das glaubst du ja wohl selbst nicht. Er würde dich nicht mal mit Gummihandschuhen anfassen. Auch wenn du noch so sehr davon träumst.«

Okay. Das reichte nun. Lous Herz raste. Sie hatte es nicht nötig, sich von dieser Kuh beschimpfen zu lassen. Sie schob den Stuhl zurück und stand auf. »Wenn hier jemand durchschaubar ist, dann bist das ja wohl du.« Den Rest verkniff sie sich und verließ das Lokal.

Wütend stapfte sie Richtung Kanal. Verdammter Mist. Sylke dachte wirklich, dass sie die Lehrstelle bekommen würde, wenn sie Julian machen ließ. Nicht auszuschließen, dass sie sogar bereit war, mit ihm ins Bett zu gehen, nur um als Siegerin aus diesem dämlichen Wettbewerb hervorzugehen. Wie konnte man nur so wenig Selbstachtung haben! Gut, dann musste sie eben alleine sehen, wie sie sich ihren Boss vom Leib hielt. Das Praktikum würde sie jedenfalls nicht sausen lassen. Jetzt erst recht nicht. Freiwillig würde sie das Feld für Sylke nicht räumen.

Offenbar hatte Lous Ausbruch im Fotostudio Wirkung gezeigt. Julian verhielt sich vorbildlich. Doch sie wusste, dass er verstimmt war. Ab und zu bemerkte sie den Blick, mit dem er sie musterte, wenn er dachte, sie würde es nicht sehen. Kühl, abwartend, als ob er überlegte, wie er sich dafür revanchieren könnte, dass sie ihn vor allen in die Schranken gewiesen hatte. Dennoch war Lou froh, dass er diese Schranken zu akzeptieren schien.

An diesem Abend kam sie spät nach Hause, da sie Jem noch geholfen hatte, Druckdaten für eine Broschüre zu prüfen, bevor sie an die Druckerei geschickt wurden.

Im Appartement angekommen, warf sie den Rucksack auf die Ablage und überlegte, ob überhaupt noch etwas im Kühlschrank war. Frühlingsquark, mehr nicht. Morgen musste sie mal wieder etwas einkaufen. Mit dem Quark setzte sie sich auf den Balkon und starrte in den Abendhimmel. Als sie den letzten Rest aus dem Becher kratzte und den Löffel ableckte, hatte sie plötzlich das Gefühl, beobachtet zu werden. Sie fuhr herum. Doch da war natürlich niemand. Wie auch? Die Wohnungstür war zu. Sie stand auf, um den leeren Becher in den Müll zu werfen, und bemerkte dabei Ben Pagel. Er stand unten auf dem Platz vor dem Haus und unterhielt sich mit dem Prinzipienreiter. Den Kerl fand Lou nicht weniger gruslig als den Sohn der Hausmeisterin. Ständig lief er ihr wie zufällig über den Weg. Wenn sie morgens das Haus verließ und wenn sie von der Agentur zurückkam. Neulich hatte er sich noch schnell zu ihr in den Lift gezwängt, als sie vom Supermarkt gekommen war. Er grüßte sie immer freundlich, machte ein paar harmlose Bemerkungen übers Wetter oder ähnliche Belanglosigkeiten und dennoch fühlte Lou sich in seiner Gegenwart unwohl. Seine Augen waren klein und wieselflink. Sie schienen in Sekundenbruchteilen alles zu erfassen und zu sortieren. Ein visueller Buchhalter. Und nun stand er da Seite an Seite mit dem bleichen Grottenolm und starrte zu ihr nach oben. Sie spürte seine Blicke wie tastende Finger. Ein kalter Schauer durchlief sie. Eilig wandte sie sich ab und ging hinein.

An einem so schönen Abend wollte sie nicht in der Wohnung abhängen. Den beiden seltsamen Typen wollte sie allerdings auch nicht über den Weg laufen. Deshalb fuhr sie mit dem Lift bis in die Tiefgarage und verließ durch die Zufahrt das Haus. Ihr Rad stand im Ständer neben der Eingangstür. Sie umrundete das Gebäude und näherte sich dem Radständer in der Hoffnung, dass die beiden sie nicht bemerkten. Doch der Grottenolm und der Prinzipienreiter waren verschwunden. Sie hätte sich den Aufwand sparen können.

Mit dem Rad fuhr sie durch den Englischen Garten. Auf der Wiese unterhalb des Monopteros machte sie Pause und legte sich ins Gras. Über den Himmel zogen Schäfchenwolken. Auf den Wegen waren Fußgänger, Radler und Jogger unterwegs. Um sie herum wurde gepicknickt, geraucht, geratscht, geknutscht, Ball gespielt und Stöckchen geworfen. Zwischen zwei Bäumen hatte ein Junge eine Slackline gespannt, auf der er geschickt balancierte. Lou beobachtete ihn, bis sie mit zwei Mädchen aus Holland ins Gespräch kam, die per Interrail durch Europa fuhren. Sie vergaß Julian und den Prinzipienreiter, ebenso den Grottenolm und den Streit mit Sylke. München war einfach eine tolle Stadt. Erst als es kühler wurde und die Nacht sich herabsenkte, radelte Lou heim. Diesmal begegnete ihr niemand. Weder auf dem Vorplatz, noch im Lift.

Sie lag schon im Bett, als ihr einfiel, dass sie ihre Mails noch nicht gecheckt hatte. Also holte sie ihren Laptop,

starrte in ihre Augen, die sich langsam weiteten. *Ich bin bei dir. Immer und überall.* Tausend Fragen, die hinter ihrer Stirn pochten, die Angst, die nach ihr griff. Er konnte sie sehen. Jede Zelle ihrer Augen wurde damit geflutet. Die Pupillen schrumpften auf die Größe von Stecknadelköpfen, um sich sogleich wieder zu weiten. Das Blau ihrer Iris wurde dunkler.

Nun lehnte sie sich zurück, fuhr sich mit der Hand über die Stirn und schüttelte kaum merklich den Kopf. Sie suchte Erklärungen, wollte damit die Furcht bannen. Das Kribbeln erreichte jetzt seine Finger. Urplötzlich begann er zu schwitzen. Ein feuchtes Rinnsal lief ihm über den Rücken, durchnässte sein Hemd. Das Zittern seiner Hände wurde stärker, sein Herz raste. Er war so durstig. Er musste etwas trinken.

Widerwillig riss er sich los, stolperte in die Küche und trank gierig ein Glas Cola. Danach ging es ihm tatsächlich besser. Sein Puls beruhigte sich. Er musste darauf achten, ausreichend zu trinken. Das Hemd war nass. Seine Haut klebte. Er stank und fühlte sich dreckig. Er musste duschen.

Die Webcam ihres MacBooks hatte er dank des ausgespähten Passworts und mithilfe eines kleinen eingeschleusten Programms unter seine Kontrolle gebracht. Gut, dass sie sein offenes WLAN nutzte. Die Kamera konnte er ein- und ausschalten, wann immer er wollte. Die Aufzeichnung lief noch immer. Den Rest würde er sich später ansehen. Jetzt musste er duschen.

28

Ich bin bei dir. Immer und überall.

Ein Film von kaltem Schweiß bedeckte ihre Haut. Ihr Herz schlug rasend, produzierte ein vibrierendes Echo in der Halsschlagader. Was sollte der Scheiß? Hatte Caro irgendwas geraucht oder eingeworfen? Weshalb schickte sie ihr eine solche Mail?

Ich bin bei dir. Immer und überall.

Lou klappte den Laptop zu, sprang aus dem Bett, machte alle Lampen an und versuchte, sich zu beruhigen. Weshalb hatte Caro diese Mail geschickt? Kam sie überhaupt von Caro? Sie war doch auf Hüttentour und hatte sich ausgiebig darüber beklagt, dass es dort oben kein Netz gab und sie nicht mal das Handy nutzen konnte.

Die Mail konnte nicht von ihr kommen! Jemand anderes hatte sie geschickt.

Mit einem Ruck öffnete Lou das MacBook wieder und las den Absender. Caro1969@gmx.net.

Caros Mail-Adi lautete: Caro1996@gmx.net. Eine große Welle der Erleichterung ergriff Lou. Sie stieß die Luft aus, die sie unwillkürlich angehalten hatte. Eine Verwechslung. Die Mail kam nicht von Caro. Sie war ein Irrläufer und für jemand anderen bestimmt.

Lou fuhr den Laptop runter, löschte das Licht und ging zu Bett. Sie war müde und erschöpft und bereits dabei einzuschlafen, als ihr klar wurde, dass sie einen grandiosen Denkfehler begangen hatte. Die Mail war nicht versehentlich bei ihr gelandet. Jedenfalls nicht wegen eines Fehlers in der Absenderadresse. Wenn, dann wegen eines Fehlers im Empfängernamen. Ihre Mailadresse lautete louise68@gmx.net. Und genau da war sie angekommen, die Mail mit dem Link. Von einer Caro, die beinahe dieselbe Mailadresse hatte wie ihre beste Freundin Caro. Nee, das war kein Zufall. Oder vielleicht doch? Der Name Caro war nicht so selten und die Kombi mit dem Geburtsjahr für die Mailadresse eigentlich üblich. Doch Louise war eher selten. Vielleicht sollte die Mail an eine Louise86@gmx gehen oder an einen Lois und Caro68 hatte sich einfach vertippt. So etwas kam vor. So musste es sein. Erleichtert, eine Erklärung gefunden zu haben, drehte Lou sich wieder auf die Seite und zog die Decke über die Schultern.

Doch sie konnte nicht einschlafen. Weiße Buchstaben tauchten vor ihrem inneren Auge auf. *Especially for Lou.* Im Vorspann hatte Lou gestanden. Also war das Video doch für sie bestimmt.

Sie machte das Licht wieder an. Hatte da wirklich *Lou* gestanden und nicht *you? Especially for you.* Doch so musste das gewesen sein. Oder doch nicht?

Verunsichert startete sie das MacBook erneut, wartete ungeduldig, bis es hochgefahren war, und öffnete das Mailprogramm. *Especially for you.* So lautete der Betreff.

Und so lautete auch der Text am Beginn des Films. Ganz sicher. Da hatte *you* gestanden und nicht *Lou.* Doch sie wollte sichergehen und klickte auf den Link. Firefox startete. Eine weiße Seite erschien. *Not found. The requested URL/404 was not found on this server.*

Lou starrte auf den Bildschirm. Entweder war der Link plötzlich defekt oder jemand hatte das Video gelöscht.

29

In dieser Nacht schlief Lou schlecht. Sie träumte von finsteren Höhlen und Knochenbergen und wachte immer wieder schweißgebadet auf. Sie war froh, als es endlich hell wurde. Um kurz nach halb acht schälte sie sich aus dem Bett und wollte ins Bad gehen, als es an der Wohnungstür klingelte. Wer wollte so früh etwas von ihr? Sie spähte durch den Spion und entdeckte Onkel Achim.

In der letzten Woche hatte er tatsächlich auf jegliche Kontrollanrufe verzichtet und sich auch sonst rar gemacht. Sie öffnete die Tür. »Hi Onkel Achim.«

»Einen wunderschönen guten Morgen, Louischen.«

»Sag doch einfach Lou.«

»Erst, wenn du endlich den *Onkel* weglässt.«

»Okay. Das ist ein Deal.«

Während sie sich noch ganz zerknautscht fühlte und mit T-Shirt und nackten Beinen vor ihm stand, war er offenbar gerade den Seiten der GQ entstiegen. Frisch geduscht und nach teurem Rasierwasser duftend. Der Anzug, dessen Sakko er lässig in der Hand trug, sah neu und abartig teuer aus. Sein Hemd war blütenweiß und faltenlos.

»Was gibt es denn so früh am Morgen?«

»Ich will nur sehen, wie es dir geht, und damit meiner Pflicht genügen. Alles in Ordnung? Oder gibt es Probleme?«

Heute hatte sie noch an keine ihrer Sorgen gedacht. Doch mit dieser Frage waren sie plötzlich alle wieder da. Der doofe Wettbewerb mit Sylke, Julians Grabbelfinger, die Tatsache, dass Lysander sie offenbar nur nett fand, mehr leider nicht. Und dann noch die seltsame Mail von gestern Abend. Doch wenn sie sich nun wegen Julian oder der Mail bei Onkel Achim ausheulte, würde er sicher sofort Tante Ute Bericht erstatten und sie würde mit Mam darüber quatschen und die mit Pa und der würde darauf bestehen, dass sie ihre Siebensachen packte und heimkam. »Was für Probleme denn? Mir geht es super.« Lou hörte selbst den falschen Tonfall in ihrer Stimme und registrierte, wie Onkel Achims rechte Augenbraue ein wenig in die Höhe stieg.

»Irgendetwas ist aber doch.«

Das kleinste Übel konnte sie ihm ja servieren. Er würde sich damit abspeisen lassen und Ruhe geben. Lou zuckte betont lässig die Schultern. »Meine Mitpraktikantin nervt. Sie will einen Zickenkrieg beginnen. Aber ich lasse mich nicht darauf ein.«

»Verstehe.« Onkel Achim nickte und sah erleichtert aus. Nichts, worum er sich kümmern musste. »Gute Strategie. Lass dich da nicht in etwas hineinziehen. Und mit der Wohnung ist alles in Ordnung? Oder soll ich Ben vorbeischicken?«

Bei der Vorstellung des Grottenolms in ihren vier Wänden schüttelte es Lou beinahe. »Nee. Danke. Passt alles. Wenn ein Wasserrohr bricht, rufe ich dich an.«

Onkel Achim lachte. »In diesem Fall rufst du erst Frau Pagel an und dann mich. Sie weiß, wo der Haupthahn ist.« Er verabschiedete sich schmunzelnd. Lou zog sich an, trank noch schnell einen Kaffee und radelte in die Agentur.

Während der Fahrt fiel ihr das Video wieder ein. Echt komisch. Die Panik der letzten Nacht war verflogen und Lou sah das jetzt schon etwas nüchterner. Die Mail musste versehentlich bei ihr gelandet sein. Eine andere Erklärung gab es nicht. Und falls sie doch kein Irrläufer war, dann hatte sich jemand einen dämlichen Scherz erlaubt. Doch wer?

Vielleicht Julian! Der Gedanke war plötzlich da. Obwohl ... der hätte eher einen Schmuddelfilm verlinkt. Die Mail war also irrtümlich bei ihr gelandet. So etwas kam vor. Sie beschloss, die Sache damit endgültig abzuhaken.

In der Agentur lief ihr prompt als Erster Julian über den Weg. Besser gesagt: Er lehnte an der Kaffeetheke, trank einen Cappuccino und blätterte in einer Zeitschrift. Lou entschloss sich, ihren inzwischen obligatorischen Neun-Uhr-Milchkaffee später zu holen, wenn Julian in sein Büro verschwunden war. Im Stechschritt ging sie mit möglichst viel Abstand an ihm vorbei und wünschte einen guten Morgen. Schließlich war er ihr Chef. Das Grafikzimmer lag verlassen vor ihr. Noch keiner da, außer ihr. Sie fuhr ihren Mac hoch und überlegte kurz, ob sie wegen Julian mit Franziska reden sollte oder mit Gunda. Doch was sollte das bringen? Vermutlich würden die beiden denken, dass sie zimperlich und übersensibel sei, eben *ein biederes Rührmichnichtan,* das etwas total Harmloses aufbauschte. Und seit Dienstag, als sie ihn in die Schranken gewiesen hatte, benahm Julian sich ja vorbildlich.

Lou machte das Fenster auf und setzte sich. Der Mac war gestartet. Sie öffnete eine Bilddatei, die sie retuschieren sollte, und machte sich ans Werk. Am Wochenende kam Caro von der Hüttentour zurück. Mit ihr konnte sie das Thema Julian bequatschen und überlegen, wie sie sich am besten verhielt, falls er seine Finger nicht unter Kontrolle behielt.

Nach und nach trafen die anderen ein. Sylke, aufgebrezelt wie immer, warf ihr einen kühlen Blick zu. Seit Lou sie gestern im *Ruffini* hatte sitzen lassen, herrschte Eiszeit. Peter und Mike schnappten sich ihre Laptops. Um zehn hatten sie mit Julian eine Präsentation bei einem Kunden.

Irgendwann brauchte Lou ihren Milchkaffee und ging zur Kaffeetheke. Jem meinte, das sei eine gute Idee, und folgte ihr. Während die Maschine aufheizte, lehnte er sich an den Tisch und verschränkte die Arme. »Sag mal Lou ... ich habe ... also, ich weiß nicht, ob das okay war«, druckste er herum.

»Was denn?«

Entschuldigend breitete er die Hände aus. »Also Lysander hat mich gestern nach deiner Mail-Adi gefragt und auch nach deiner Handynummer. Ich habe sie ihm gegeben.«

Ihr Herz machte einen Satz. Lysander! Sie versuchte, ihre Gesichtsmuskeln unter Kontrolle zu halten, um nicht wie eine glücksdebile Irre zu strahlen. Doch so ganz gelang ihr das nicht. »Klar. Ich meine, das ist in Ordnung ... also das ist doch kein Problem.« Okay, das Gestammel war nun alles andere als cool gewesen.

Jem grinste. »Hatte ich gehofft.«

Der Kaffee lief in den Becher. Lou griff ihn sich. »Muss weitermachen. Peter braucht die Bilder bis Mittag.« Auf dem Weg zum Büro rief Jem ihr nach. »Lou?«

Sie musste jetzt dringend ihre Mails und SMS checken. Was wollte er denn noch? Ungeduldig blieb sie stehen. »Ja?«

»Die Milch. Du trinkst doch Milchkaffee. Oder?«

Äh? Ja! Tatsächlich! Schwarzer Kaffee schwappte im Becher. Lou musste lachen. »Normalerweise schon.« Sie machte kehrt, kippte die heiße Milch dazu, ging dann schnurstracks zurück an ihren Arbeitsplatz und rief ihre Mails auf. Tatsächlich! Eine von Lysander.

Hi Lou. Mein Vater ist begeistert. Endlich liest sein Sohn Shakespeare. Ich suche noch nach der passenden Stelle. Wenn ich sie gefunden habe, würdest du mich abfragen, damit ich mich beim Einlösen der Wette nicht total blamiere?

Gruß, Lysander

Gruß, Lysander. Das klang schon ein wenig unterkühlt. So wie die ganze Mail. Lous Herzschlag normalisierte sich, die aufgeregte Röte, die ihr ins Gesicht gestiegen war, verblasste.

Hi Lysander, antwortete sie. *Klar. Mach ich. Gruß, Lou.*

Einen Augenblick überlegte sie, noch zu fragen, wann und wo sie sich treffen sollten. Doch sie ließ es bleiben und klickte auf *senden.* Er sollte nicht denken, sie liefe ihm nach.

30

Am Freitagnachmittag rief ihre Mam an und fragte, ob Lou nicht übers Wochenende nach Hause kommen wollte. Darauf hatte sie ungefähr so viel Lust, wie sich Julians dreckige Witze anzuhören. Also wand sie sich heraus. »Onkel Achim hat mir empfohlen, eine Ausstellung im Museum Brandhorst anzusehen. Dafür habe ich nur am Wochenende Zeit.« Für einen Augenblick sah sie die Zeitungsseite mit dem Artikel vor sich. Hatte wirklich Onkel Achim sie unter der Tür durchgeschoben? Sie hatte ganz vergessen, ihn das zu fragen.

Mam akzeptierte ihre Antwort, wollte dann allerdings noch wissen, wie es mit dem Praktikum lief, und ließ sich nicht mit einem *alles prima* abspeisen. Tante Ute hatte erzählt, dass es wohl Probleme mit der anderen Praktikantin gab. Das wusste sie von Onkel Achim. Der Buschfunk funktionierte also bestens. Gut, dass sie diesen Testballon gestartet und mit ihren wahren Problemen hinterm Berg gehalten hatte. Sie beruhigte ihre Mam, indem sie versicherte, dass Sylke mit ihrem Zickenkrieg eine Solovorstellung gab. »Zum Streiten gehören zwei und ich mache einfach nicht mit.«

Das Wochenende verging rasend schnell. Lou traf sich mit Jem und der Clique. Lysander war leider nicht mit dabei und sie fragte nicht, warum das so war. Auf ihre Mail hatte er auch nicht reagiert. Vermutlich fand er sie wirklich nur nett und mehr nicht. Bei diesem Gedanken legte sich ein Gewicht wie ein kühler Stein in ihren Magen. Sie fand ihn jedenfalls mehr als nur nett. Beinahe war sie froh, als das Wochenende rum war und sie sich wieder mit Arbeit ablenken konnte.

Lysander meldete sich nicht. Er tat so, als hätte ihre Mail ihn nie erreicht. Doch je länger er sich nicht rührte, umso mehr musste sie an ihn denken. Was sollte sie tun? Jem um Lysanders Handynummer bitten? Oder ihm noch eine Mail schreiben? Vielleicht: *He, ich finde dich supernett, und wenn ich an dich denke, segle ich auf einer Wolke aus Träumen dahin und alle Sorgen atomisieren sich. Und Sorgen habe ich echt genug.*

Das konnte sie doch nicht machen.

Caro war leider auch keine große Hilfe. Sie war zwar von der Hüttentour zurückgekehrt, aber viel zu sehr mit ihren eigenen Problemen beschäftigt. Josh hatte sich in eine andere verliebt, in Lisa, und das beruhte auf Gegenseitigkeit. Die beiden waren ein Herz und eine Seele. Und Caro litt derart, dass es für sie nur drei Themen gab: Josh, die blöde Lisa und ihr eigenes Gefühlschaos. Bei ihr konnte Lou sich also momentan nicht ausheulen.

Zu allem Überfluss fing Julian auch noch Spielchen an. Offenbar seine Rache für ihre Reaktion auf seine Grabscherei im Fotostudio. Statt ihr klipp und klar zu sagen, dass das Praktikum für sie gelaufen war, lobte er Sylke in den Himmel und nahm sich sogar Zeit, ihr Funktionen der einzelnen Programme zu erklären. Deshalb hielt er sich häufiger als sonst im Büro der Kreativen auf und Lou fiel auf, dass er manchmal unkonzentriert wirkte, irgendwie fahrig. Und einmal beobachtete sie, wie seine Hand zu zittern begann. Unwillkürlich fragte sie sich, ob er wohl Alkoholiker war. So wie der Vater von Yvonne, mit der sie in die Realschule gegangen war. Seine Hände hatten auch oft so gezittert. Dann hatte er etwas getrunken und das Zittern war weg gewesen. Als Julian den Raum verließ und ein paar Minuten später zurückkehrte, war das Zittern verschwunden und Lou fühlte sich in ihrer Vermutung bestätigt. Noch ein Grund, keinesfalls in sein Auto zu steigen!

Am Donnerstag kam er in die Grafikabteilung, streifte Lou wieder einmal mit diesem oberflächlichen und kühlen Blick, den er seit der Sache im Fotostudio für sie übrig hatte, und steuerte auf Sylke zu. »Hast du Lust, zum Messebauer mitzukommen und anschließend in die Druckerei? Es ist Zeit für einen umfassenden Einblick in die Abläufe einer Werbeagentur.«

Sylke flötete ein zustimmendes *Ja, klar!* – dabei gelang es ihr tatsächlich, Lou gleichzeitig einen triumphierenden Blick zuzuwerfen.

Am liebsten hätte Lou geheult. Es war einfach ungerecht! Was nützte es, wenn Peter sagte, Sylke sei längst nicht so gut wie sie? Darum ging es doch gar nicht. Wer die Lehrstelle bekam, war längst entschieden. Auch wenn Sylke einen hohen Preis dafür zahlte. Denn Julians Grabbelfinger hielten sicher nicht still. Nur achtete er darauf, dass niemand das mitbekam. Die Tür zu seinem Büro war neuerdings zu, wenn Sylke drin war. Eigentlich konnte Lou ihren Krempel packen und zurück nach Straubing fahren. So sah es aus! Doch sie wollte nicht aufgeben. Die Lehrstelle würde sie nicht bekommen. Das hatte sie kapiert. Aber wenn sie einen anderen Ausbildungsplatz ergattern wollte, dann war ein Praktikum Voraussetzung dafür. Die Hälfte hatte sie beinahe schon geschafft. Den Rest würde sie auch noch durchstehen.

In all diesem Mist erschien dann doch noch ein Sonnenstrahl. Am Freitagnachmittag klingelte Lous Handy. Die Nummer kannte sie nicht, sie nahm das Gespräch aber an.

»Hi Lou, Lysander hier.«

Ein freudiger Schrecken durchfuhr sie.

»Jem hat mir deine Nummer gegeben. Das ist doch in Ordnung?«

»Ja. Klar. Hat er längst gebeichtet.«

»Hast du heute Abend schon was vor?«

»Muss mal meinen Terminkalender checken.« Grinsend schwieg sie einen Augenblick. Träumte sie gerade oder war Lysander echt dabei, ein Date mit ihr auszumachen? »Sieht gut aus.«

»Sollen wir uns im Nymphenburger Schlosspark treffen? An der Badenburg. Ich meine, das wäre eine passende Location, um für den Sommernachtstraum zu proben.«

»Klingt gut. Wann?«

»So um sieben, wenn dir das passt.«

»Prima. Ich bin da.«

»Ich freu mich. Auf dich.«

Als Lou kurz nach fünf nach Hause radelte, dachte sie über den Punkt nach. Lysander hatte nicht gesagt *Ich freue mich auf dich.* Sondern *Ich freue mich. Auf dich.* Er hatte *auf dich* betont. Ihre Hirnwindungen mussten total verdreht sein. Seit wann dachte sie über die Bedeutung von Punkten nach? Fakt war: Sie freute sich auf ihn und er sich auf sie. Das Leben war einfach wunderbar!

Daheim angekommen, überlegte sie, was sie anziehen sollte. Ihr Hippie-Look gefiel ihm. Also kein Grund, sich groß den Kopf zu zerbrechen. Shorts, die Batikbluse und darunter das neue H-&-M-T-Shirt.

Sie hüpfte unter die Dusche und zog sich um. Die Bluse hing im Flurschrank. Doch wo war das T-Shirt? Im Schrank jedenfalls nicht. Dabei war Lou sicher, es dorthinein gelegt zu haben. Wohin auch sonst? Ihre einzigen Möbelstücke waren Bett, Tisch und Stuhl. Und ins Bett hatte sie das Shirt ganz sicher nicht gelegt, ebenso wenig darunter.

Sie durchsuchte die ganze Wohnung. Am Ende sah sie sogar unter dem Bett nach und für den Fall, dass sie es vielleicht in einem Anfall von Schlafwandelei in den Kühlschrank gelegt hatte, sogar dort. Und auch im Eisfach. Doch es war weg. Das gab's doch nicht. Wie war das möglich? Sie hatte das Shirt im Waschsalon gewaschen, getrocknet, zusammengefaltet und hier in den Schrank gelegt. Und jetzt war es weg. Einfach verschwunden. Es konnte sich doch nicht in Luft aufgelöst haben.

Hatte sie es im Waschsalon vergessen? Aber sie erinnerte sich genau, wie sie es auf den Stapel im Flurschrank gelegt hatte.

Es gab nur eine Möglichkeit. Lou ließ sich auf den Stuhl sinken.

Jemand war in der Wohnung gewesen und hatte es geklaut!

Bei der Vorstellung, dass jemand ihre Sachen durchwühlt hatte, wurde ihr schlecht. Und dann ganz flau. Denn ihr MacBook war da, ebenso der iPod, den sie heute Morgen vergessen hatte. Alles, was wertvoll war, war da.

Nur ein billiges T-Shirt fehlte. Wer klaute denn so was? Doch wohl nur ein Perverser.

Lou schnellte hoch und inspizierte die Wohnungstür. Das Schloss hatte keinen Kratzer. Als sie heute Morgen die Wohnung verlassen hatte, hatte sie die Tür abgesperrt und den Schlüssel zweimal rumgedreht. Wie immer. Niemand konnte hier gewesen sein. Dafür hätte er einen Schlüssel gebraucht und es gab nur zwei für diese Wohnung. Einen hatte Tante Ute, den anderen hatte sie. Das Shirt musste sie im Waschsalon vergessen haben. Das war die einzige Erklärung.

31

Als Lou mit einiger Verspätung die Badenburg im Schlosspark erreichte, war Lysander schon da. Er saß auf einem gemauerten Vorsprung, der die breite Freitreppe einfasste, und ließ die Beine baumeln. Wieder trug er die schwarze Mütze, seine langen Haare glänzten in der Sonne und der Kopf legte sich für einen Moment beomäßig zur Seite, als Lou mit dem Rad vor ihm stoppte und er auf den Kies sprang.

»Sorry, dass ich so spät bin.«

Lysander legte die Hand auf den Rippenbogen und verbeugte sich. »Nun, liebes Herz? Warum so blass die Wange?«

Nun, liebes Herz! Ihres machte drei galoppierende Sätze. Dann lachte sie. »Blass wohl nicht. Eher rot wie ein Feuermelder. Ich wollte dich ja nicht ewig warten lassen.« Sie hatte ordentlich in die Pedale getreten, um ihre Verspätung ein wenig einzuholen. Ziemlich uncool. Eigentlich.

Mit einem Zwinkern breitete er die Arme aus, als wollte er Lou und mit ihr die ganze Welt umfangen. »Und war auch Sympathie in ihrer Wahl, so stürmte Krieg, Tod, Krankheit auf sie ein und macht' ihr Glück gleich einem Schalle flüchtig, wie Schatten wandelbar, wie Träume kurz, schnell wie der Blitz, der in geschwärzter Nacht Himmel und Erd in einem Wink entfaltet; doch eh ein

Mensch vermag zu sagen: schaut!, schlingt gierig ihn die Finsternis hinab.« Mit jeder Zeile des Verses verringerte sich die ausholende Geste, bis Lysander schließlich bei den letzten Worten angelangte und mit den Armen seine Schultern umfing. »So schnell verdunkelt sich des Glückes Schein.« Er verbeugte sich.

Für einen Augenblick verschlug es Lou die Sprache. Wow! Das war toll gewesen. »Du bist ja schon perfekt. Abfragen hat sich also erledigt.«

»Tja. Ich kann meinen Part. Jetzt bist du dran.«

»Ich? Du hast die Wette verloren. Du musst eine Szene aus dem Sommernachtstraum aufführen. Nicht ich.«

»Im ganzen Stück gibt es keinen Monolog. Lysander braucht eine Hermia.«

Wie er sie dabei ansah. Dieser Blick ging ihr durch und durch. »Ach? Und den Part soll ich jetzt übernehmen?« Fieberhaft kramte sie in ihrem Gedächtnis, worum es in diesem Stück ging. Ihr fiel nur ein Esel ein. Und eine Fee. *Shit.* Sie hätte sich vorher schlaumachen sollen. »Hermia liebt Lysander?«, riet sie aufs gerade Wohl. Ihr Herz schlug dabei Purzelbäume und verhedderte sich irgendwo im Hals. Bekam sie überhaupt noch Luft? Sie fühlte brennende Röte in ihr Gesicht steigen. Gleich würde sie tot umfallen.

»Stimmt.« Ein schelmisches Funkeln leuchtete in seinen Augen. »Aber Lysander liebt Helena.«

»Nee, oder?« Es gelang ihr tatsächlich, diese Worte lässig klingen zu lassen.

»Wäre ja langweilig, wenn sich die beiden gleich am Anfang des Stücks kriegen.« Er trat näher, strich ihr die Haare aus dem Gesicht. Seine Hand berührte ihre Wange.

Okay, jetzt war es so weit: In zwei Sekunden würde sie mausetot am Boden liegen. Ihr Herz hielt das nicht aus. Es raste und würde jeden Moment seinen Dienst versagen. Sein Blick versenkte sich in ihren und hielt ihn fest. »He. Ich mag dich. Das hast du sicher schon gemerkt. Und du magst mich auch. Das habe ich gemerkt.«

Na ja, dachte Lou und wurde ganz ruhig, dass er mich mag, hat er bisher eigentlich ziemlich erfolgreich verborgen. Lysander legte seinen Arm um ihre Schultern, sie setzten sich auf die Stufen der Badenburg und redeten. Und schwiegen. Sahen den Enten und Blesshühnern zu, die ihre Kreise auf dem See drehten, ab und zu unter- und dann wieder auftauchten.

Seine Hand fand ihre. Ihre Finger verflochten sich, bis sie nicht mehr wusste, welche seine waren und welche ihr gehörten, und es fühlte sich verdammt gut und wunderbar richtig an. Irgendwann sah sie auf, blickte in seine braunen Beoaugen. Sie las die Frage darin. Klar. Logisch. Sie lächelte ihn an, dann küssten sie sich. Hummeln summten in ihrem Kopf und sie fühlte sich mit einem Mal ganz leicht und unbeschwert wie eine Schäfchenwolke da oben am Himmel, der langsam von Blau zu Rosa und Violett wechselte. Lysander schmeckte gut, irgendwie nach Honig und Anis. Die einsetzende Dämmerung umfing sie wie ein schützender Mantel. Lou war total glücklich und total verliebt.

Irgendwann, als es kühler wurde und leichter Dunst über der Wasseroberfläche aufzusteigen begann, lösten sie sich voneinander. Lou war begierig darauf, mehr von Lysander zu erfahren, und er von ihr. Er erzählte von seinem Studium, das er sich anders vorgestellt hatte. »Ich hatte zwar schon immer ein Faible für Mathe und IT und programmiere auch gerne, aber trotzdem ist Wirtschaftsinformatik offenbar nicht so ganz mein Ding. Ich überlege, ob ich das Fach wechseln soll. Vielleicht Maschinenbau oder doch Physik? Langsam sollte ich mich mal entscheiden. Und bei dir? Liegt dir Grafik-Design? Wie gefällt dir das Praktikum in der Agentur?«

Lou erzählte, wie sie an den Job gekommen war. »Wenn Caro nicht gesagt hätte, dass ich einfach mal anrufen soll und nachfragen, weshalb ich all diese Absagen kassiere, wäre das nichts geworden. Und eigentlich bin ich total happy, dass ich diese Chance bekommen habe.«

»Eigentlich?« Fragend sah Lysander sie an.

»Na ja, Sylke zickt ein wenig rum. Sie sieht in mir nur die Konkurrentin. Und Julian ist manchmal ein wenig komisch.« Lou wich aus. Sie wollte an diesem wundervollen Abend weiter auf Wolken schweben und keine unsanfte Landung auf dem Boden der Realität hinlegen.

Die Nacht senkte sich herab. Um halb zehn wurde der Park geschlossen. Lysander schlug vor, langsam Richtung Ausgang zu gehen. Die Zeit war wie im Nu verflogen.

In Gedanken versunken, gingen sie nebeneinanderher. Als Lysander seinen Arm um sie legte, spürte sie die Wärme seines Körpers durch die dünne Bluse und genoss dieses prickelnde Gefühl, die Vorstellung, dass seine und ihre Haut nur durch einen Hauch Stoff getrennt waren. Und dabei fiel ihr nun das verschwundene T-Shirt wieder ein. Im Bruchteil einer Sekunde waren all die schönen und prickelnden Gefühle verschwunden. Sie sah ihre Hand, die das Shirt auf den Wäschestapel im Flurschrank legte. Warum hatte es nicht dort gelegen? Wie hatte es aus ihrer Wohnung verschwinden können?

Lysander spürte offenbar die Veränderung, die in ihr vorging. »Ist was mit dir?«, fragte er ernst.

Einen Augenblick ging sie weiter schweigend neben ihm her, schob das Rad. Die wundervolle Stimmung war verflogen. »Eigentlich ist nichts. Es ist nur ... mein neues T-Shirt ist weg. Einfach verschwunden. Obwohl ich weiß, dass ich es in den Schrank geräumt habe. Aber vermutlich bilde ich mir das ein. Denn sonst wäre es ja da. Ich muss es im Waschsalon vergessen haben.«

»Oder du hast es anderswohin gelegt.«

»Ich habe die ganze Wohnung auf den Kopf gestellt. Sogar im Eisfach habe ich nachgeguckt«, gestand Lou. »Die Waschmaschine muss es gefressen haben ... obwohl, es war sicher der Trockner.« Jetzt musste sie doch lachen. »Der sah so hungrig aus.«

Lysander fiel in ihr Lachen ein. »Hoffentlich hat es ihm geschmeckt.« Dann wurde er wieder ernst. »Frag doch einfach mal im Waschsalon nach. Oder glaubst du, es hat jemand aus der Wohnung geklaut?«

»Nee. Eigentlich nicht. Es ist ja alles da. Nur das Shirt eben nicht. Und es gibt keine Einbruchsspuren.«

»Du hast nach Einbruchsspuren gesucht?«

»Ja. Klar. An der Tür ist aber kein Kratzer und es gibt nur zwei Schlüssel für die Wohnung. Einen hab ich und den anderen meine Tante in Straubing. Es muss der hungrige Wäschetrockner gewesen sein. Hoffentlich ist es ihm in seinem gierigen Maul stecken geblieben.«

Wie aus dem Nichts poppte ein anderes Bild auf: Der Totenschädel. *Ich bin bei dir. Immer und überall.* Die

Flüsterstimme war auch plötzlich wieder da. Lou begann zu frösteln. Allerdings nicht, weil ihr kalt war. Eine undefinierbare Angst stieg in ihr auf.

Lysander blieb stehen und strich ihr über den Oberarm. Ihre Knie wurden sofort zu Pudding. Er sah besorgt aus. »Du hast eine Gänsehaut. Dabei ist es eigentlich ganz schön warm. Alles okay mit dir?«

Sie atmete durch. »Ich weiß nicht... in letzter Zeit... also es ist nicht nur das Shirt verschwunden. Ich habe neulich eine Mail bekommen... mit einem Link zu einem seltsamen Video auf Youtube. Zuerst dachte ich, es wäre ein Versehen.« Sie zog die Schultern hoch.

»Was für ein Video denn?« Lysander klang jetzt ehrlich beunruhigt.

Sie erzählte ihm, dass sie zuerst gedacht hatte, es käme von Caro. Deshalb hatte sie den Link überhaupt geöffnet und sich den Clip mit dem Totenschädel angesehen. *Especially for Lou.* Es konnte auch *for you* geheißen haben, räumte sie ein. Und diese Stimme. *Ich bin bei dir.*

Inzwischen hatten sie eines der mannshohen Schmiedeeisentore erreicht, die den Schlosspark begrenzten. Kies knirschte unter ihren Füßen, als sie ihn verließen. Auf dem Platz vor dem Schloss stand ein Brunnen. Dort setzten sie sich auf eine Bank und Lou erzählte von der ähnlichen Mailadresse. Caro1996 und Caro1969.

Lysander hörte ihr aufmerksam zu und schwieg dann noch eine ganze Weile. Schließlich hob er den Kopf. »Gibt es jemanden, mit dem du echt Ärger hast?«

»Ärger? Warum fragst du?«

»Caros Mail-Adi... jemand muss sie kennen und hat sie mit diesem Zahlendreher gefaked. Damit du denkst, die

Mail käme von deiner Freundin und sie öffnest. Mails von Fremden mit Links oder Anhängen löscht man ja im Allgemeinen sofort.«

»Du denkst also, die Mail war doch für mich bestimmt?«

Lysander nickte. »Caro1996 und Caro1969. Jemand kennt diese Mailadresse und hat sie genutzt, um dich zu täuschen. Wer weiß denn, dass du mit Caro befreundet bist, und kennt ihre Adresse?«

Lou zuckte die Schultern. »Tausend Leute. Freunde, Familie, die Kumpels vom Basketballverein, Facebook-Bekanntschaften vielleicht. Aber ich habe mit keinem von denen Stress. Den habe ich nur mit Sylke und meinem Chef.«

»Mit deinem Chef?«

Okay. Dann kippte sie eben noch den Rest ihrer Sorgen vor ihm aus. Sie erzählte von Julians Übergriffen und seiner jetzt ziemlich kalten Art ihr gegenüber. »Die Lehrstelle kann ich vergessen. Mittlerweile bin ich mir aber auch nicht mehr sicher, ob ich sie überhaupt noch will. Hauptsache, ich stehe das Praktikum durch.«

Lysander legte den Arm um sie. »Einen ganz schönen Berg von Problemen hast du da zu bewältigen. Julian ist ja wohl ein echtes Schwein. Was er da tut… ich mache mich mal schlau. Ich denke, das könnte sogar strafbar sein.«

»Nee, lass mal. Dann wirft er mich hochkant raus. Meinen Chef halte ich mir schon vom Leib und in ein paar Wochen bin ich ihn los. Auf die Lehrstelle bin ich eh nicht mehr scharf.«

»Sag mal, hat Julian Zugriff auf deinen Mac?«

»Auf mein MacBook nicht. Das nehme ich nicht in die

Arbeit mit. Aber auf den Rechner in der Agentur natürlich schon.«

»Kennt er dein Passwort?«

»Die Rechner von uns Praktikantinnen haben keines.« Lou dämmerte, worauf Lysander hinauswollte. Natürlich hatte sie auf dem Agenturrechner ihre Mails abgefragt. Um an ihren Mail-Account und damit an die Adresse von Caro zu kommen, müsste Julian allerdings ihr gmx-Passwort kennen. Doch wie sollte er daran kommen? Genau das fragte Lou Lysander.

»Das ist technisch gesehen kein großes Problem. Wenn man will, dann geht das ganz einfach mit einem Keylogger.«

»Ein Keylogger? Was ist das denn?«

»Ein Programm, das Tastatureingaben aufzeichnet und an einen anderen Rechner weiterleitet. Eine Möglichkeit, Passwörter auszuspähen. Oder mit gefakten Websites. Du gibst ein Passwort ein und schwups landet es dort, wo es nicht landen soll. Viele Leute verwenden ein und dasselbe Passwort für alles, was sie im Web tun. Das ist total leichtsinnig, denn ein ausgespähtes Passwort kann dann überall benutzt werden.«

»Ups!« Genauso machte sie das.

Lysander zog die Stirn kraus. »Du solltest deine gmx-Zugangsdaten ändern und verschiedene Passwörter benutzen. Glaubst du, dein Chef könnte dir den Videolink geschickt haben?«

Lou wusste es nicht. Doch je mehr sie darüber nachdachte, umso wahrscheinlicher erschien es ihr. »Er ist Grafiker und kennt sich mit den Programmen aus, die man braucht, um ein solches Video zu machen. Also möglich wäre das schon. Doch woher soll er so einen Keylogger bekommen?«

»Wenn man weiß, wo man suchen muss, kann man sich den ganz einfach runterladen. Sag mal, was ganz anderes… das T-Shirt, hattest du das in der Agentur dabei? Könnte er es geklaut haben?«

»Nee. Und wenn, dann hätte er es mir schon vom Leib reißen müssen. Und das hätte ich ganz sicher mitgekriegt.« Unwillkürlich wollte sie grinsen. Doch bei dem Gedanken an Julians schmierige Finger verschwand der Impuls sofort wieder. Das Shirt hatte sie bestimmt im Waschsalon vergessen. Die Mail musste allerdings Julian geschickt haben, dieser Arsch!

32

Zum vierten Mal sah er sich die Aufzeichnung an, studierte jede Bewegung ihres Körpers. Dann zoomte er ihr Gesicht heran. Die kleinste Regung darin ließ sich studieren.

Der Kauf der hochauflösenden Kameras hatte sich bereits gelohnt. Die gestochen scharfen Bilder waren ebenso ein Genuss wie der Gedanke, dass sie keine Ahnung hatte, beobachtet zu werden. Er hatte sie unter Kontrolle. Dieses taffe Mädchen. Vier Kameras. Eine im Rauchmelder drei hinter den Lüftungsgittern der Klimaanlage. Da! Das kaum wahrnehmbare Zucken eines Muskels unter dem linken Auge, ein kurzes Zittern des Mundwinkels. Der Mund öffnete sich einen Spaltbreit. Einen Moment saß sie so auf dem Stuhl. Verwundert. Er klickte auf Kamera drei und sah sie ganz. Die Arme lagen locker auf den Oberschenkeln, eine kleine Falte erschien an der Nasenwurzel. Erstaunt. Nicht verängstigt. Er sah, wie das Räderwerk der Vernunft in ihrem Kopf arbeitete, und das ärgerte ihn. Nicht Vernunft, sondern Angst sollte sie beherrschen. Er wechselte wieder auf die Eins. Diese Lou suchte logische Erklärungen. Was war nur mit dem Shirt geschehen? War jemand in der Wohnung gewesen und hatte es mitgenommen? Ein Shirt. Den Laptop nicht? Er las die aufsteigende Beunruhigung in ihrem Gesicht.

Wie sie nach dem Shirt gesucht hatte, das hatte ihm

gefallen. Immer hektischer war sie geworden und schließlich hatte sie sogar die Kühlschranktür aufgerissen und im Eisfach nachgesehen. Im Eisfach! Köstlich. Er spulte die Aufnahme bis zu dieser Stelle zurück und sah sich die Sequenz erneut an. Als sie die Tür wieder zuschlug, war sie plötzlich da: Panik. Blank. Unverstellt. Entsetzen. Für einen kurzen Moment.

Eine Sekunde nur.

Dann Ratlosigkeit, ein angedeutetes Schulterzucken. Sie griff sich ihren Rucksack und verließ die Wohnung. Sicher hatte sie ein Rendezvous oder traf sich mit Freunden. Sie genoss den Abend und nahm ihn nicht ernst. Und das machte ihn wütend. Keinen blassen Schimmer hatte sie, was in ihrem Leben vor sich ging. Er quetschte die Tüte Erdnussflips in seiner Hand zusammen. Sie kapierte nichts! Nichts! Nichts! Wütend schob er den Stuhl zurück, stand auf, lief im Zimmer hin und her wie ein Tiger im Käfig. Diese Lou war zu rational, zu vernünftig, zu analytisch. Sie ließ sich nicht verunsichern. Sie hatte einfach zu wenig Fantasie. Viel zu wenig. Wie sie die Wohnungstür inspiziert und dann kaum merklich den Kopf geschüttelt hatte. Niemand war hier gewesen. Das glaubte sie. Sicher hatte sie eine sinnvolle Erklärung dafür gefunden, wo das Shirt abgeblieben war. Bei einer Freundin vergessen. Im Waschsalon verloren. Aus dem Trockner geklaut. Irgendetwas in der Art.

Sie war durch und durch kopfgesteuert. Ungewöhnlich für einen Teenager. Normalerweise fürchteten sie sich vor allem und jedem.

Auf das Video hatte er so viel Zeit verwandt und sie hatte es kaum zu würdigen gewusst. Und doch stellte es den bisher größten Erfolg in ihrer Beziehung dar. Damit war es ihm gelungen, sie zu ängstigen. Es hatte zwar ein wenig gedauert, bis sie kapiert hatte, dass sie gemeint war und sonst niemand. Wie sie auf die 404-Error-Meldung gestarrt hatte und die Ungläubigkeit in ihrem Blick von Angst weggespült wurde und sie dabei keine Ahnung hatte, dass sie ihm direkt ins Auge blickte, das war wunderbar gewesen. Wunderbar. Und davon wollte er mehr. Viel mehr.

Für das Video hatte sie sicher auch kluge und schlüssige Erklärungen gefunden: Eine fehlgeleitete Mail, der Film war nicht für sie bestimmt. Sie hatte es sich irgendwie zurechtgebogen. So oder so ähnlich. Total kopfgesteuert.

Langsam ließ seine Wut nach, wich einer kühlen Gelassenheit. Gut. Lou war eine Herausforderung. Eine echte Herausforderung. Und das erhöhte doch eigentlich den Reiz des Spiels.

Er ging ins Schlafzimmer. Das T-Shirt lag auf seinem Bett. So weiß. So sauber. Er hätte es früher holen sollen, bevor sie zum Waschsalon gegangen war. Der Stoff war weich, als er sein Gesicht darin versenkte. Schade, das Shirt roch nicht nach ihr. Er rief sich ihren Duft in Erinnerung. Sonne und Wind. Etwas Blumiges und ein Hauch von Salz und eine Nuance Schweiß.

Plötzlich eine Idee.

So weiß wie Schnee. So rot wie Blut.

Er lächelte.

33

Am Dienstagvormittag wurde Lou aus einem Tagtraum gerissen, in dem Lysander die Hauptrolle spielte. »Post für dich.« Mit diesen Worten hielt Gunda ihr ein Kuvert unter die Nase, während Julian auf der Suche nach Franziska ins Zimmer kam.

Lou fuhr hoch. »Äh. Danke.«

Vom wem konnte das sein? Eine große wattierte Versandtasche. Kein Absender. Doch sie war für Lou bestimmt. Auf dem Adressetikett stand in Computerschrift: Lou Meerbusch c/o Döhrig Communications GmbH und die Anschrift. Komisch. Von wem konnte das sein?

Sylke sah neugierig hoch. Schon deswegen legte Lou den Umschlag beiseite. Ging Sylke mit Üps schließlich gar nichts an und außerdem hatte Lou jede Menge zu tun, denn Jem war mit Zahnschmerzen und einer dicken Backe aufgewacht und in die Zahnklinik gedüst. Dort saß er noch und wartete auf Behandlung. Vor Mittag war mit ihm nicht zu rechnen. Deshalb saß Lou nun an einer von Jems Ispo-Broschüren und führte die vom Kunden gewünschten Korrekturen im Text aus. Bis zur Mittagspause war sie damit fertig.

Mike und Peter gingen zum Italiener, Sylke traf sich mit einer Freundin und Lou überlegte, ob sie sich im Bioladen um die Ecke ein Sandwich spendieren sollte, als ihr das Kuvert wieder einfiel. Sie holte es hervor und öffnete es. Ein T-Shirt kam zum Vorschein. Verblüfft starrte Lou darauf. Das war ihr T-Shirt. Das Shirt, das der Trockner gefressen hatte. Jemand musste es gefunden und ihr geschickt haben. Das war ja total nett... Halt! Stopp! Ihre Gedanken legten eine Vollbremsung hin und wechselten dann auf die Gegenspur. Kalte Angst griff nach ihr. Fassungslos starrte sie auf das Shirt, unfähig zu atmen, sich zu rühren. Wer auch immer ihr das geschickt hatte, wusste nicht nur, dass das ihr Shirt war, er wusste auch, wie sie hieß und wo sie arbeitete. Doch im Waschsalon konnte das niemand wissen.

Das Kuvert segelte auf den Boden. Das Shirt rutschte ihr aus den Händen. Es war also doch jemand in ihrer Wohnung gewesen und hatte es geklaut. Nur das Shirt. Sonst nichts. Das war ja krank! Total krank! Was wollte er von ihr?

Panik wollte in ihr aufsteigen. Doch sie würgte sie hinunter. Denk vernünftig!, befahl sie sich. Sie musste zur Polizei gehen und den anzeigen, der das getan hatte. Und sie brauchte ein neues Schloss, denn irgendjemand hatte einen Schlüssel für ihre Wohnung. Guter Plan. Neues Schloss. Polizei. Lou fühlte sich zwar noch wie in Eiswasser getaucht, doch der Gedanke, etwas gegen dieses Arschloch unternehmen zu können, ließ sie aus ihrer Schockstarre erwachen. Atmen ging wieder. Sie hob das Shirt auf. Etwas stimmte nicht damit, war anders.

Plötzlich eine Bewegung hinter ihr, eine heiße Hand legte sich auf ihre nackte Schulter. Lou wollte schreien, doch es ging nicht, es kam nur ein Krächzen heraus, während sie herumfuhr und mit Julian zusammenstieß.

»Was ist denn mit dir los?«

»Nichts. Alles paletti. Was soll schon sein?«

Mit einem anzüglichen Grinsen musterte er sie. »Das frage ich dich. Feuchte Träume gehabt? Du siehst ja völlig derangiert aus.«

Was!

»Oh, la, la!« Er nahm ihr das Shirt aus der Hand. »Dein Freund steht wohl auf die scharfen Spielchen? Ritzt er dir auch die Haut oder lässt er seine perverse Fantasie nur an deinen Klamotten aus?«

Lou verstand nur Bahnhof, als ob Julian plötzlich chinesisch sprach. Was meinte er? Mit unterkühltem Blick musterte er sie. Ihr blieb jede Antwort im Hals stecken.

»Na ja, stille Wasser sind ja bekanntlich tief.« Mit diesen Worten legte er das Shirt auf den Tisch, als ob er gehen wollte. Doch er blieb dicht vor ihr stehen und nahm sie mit seinem Blick gefangen. Seine Augen kamen näher und näher. Lou erstarrte.

»Die Welt ist tief und tiefer als der Tag gedacht, tief ist ihr Weh-, Lust tiefer noch als Herzeleid«, sagte er leise. Ein eisiges Lächeln glitt über sein Gesicht, während Lou sich nicht traute zu atmen. »Noch mal führst du mich nicht vor. Noch ein derartiger Ausrutscher wie im Fotostudio und du wirst das bitter bereuen. Ich hoffe, wir haben uns verstanden.«

Lou nickte benommen.

Endlich verschwand Julian.

Sie ließ sich auf den Stuhl fallen und hätte heulen können. Doch sie kämpfte die Tränen nieder. Okay. Das Praktikum konnte sie knicken. Keine Sekunde länger würde sie hier bleiben. Dieser Idiot. Dieses miese Schwein. Was nahm er sich heraus?

Und dann wurde ihr eines klar: Er war ein Feigling. Seit dem Vorfall im Fotostudio war Lou ihm aus dem Weg gegangen und hatte darauf geachtet, nie mit ihm allein in einem Raum zu sein. Er musste tagelang darauf gewartet haben, sie alleine zu erwischen, um diese Show abzuziehen. Er traute sich also nicht, in Gegenwart anderer derart aufzutreten. Nur ihr gegenüber nahm er sich das heraus. Er war ein kleiner, mieser Schisser, für den sie plötzlich nur noch Verachtung empfand. Mit so einem wurde sie doch fertig. Vier Wochen noch. Die Hälfte des Praktikums lag schon hinter ihr. Jedenfalls beinahe. Sie würde sich von *dem* nicht kleinkriegen lassen. Er musste sie schon rauswerfen. Und das würde er nicht tun. Jedenfalls, wenn sie ihr Mundwerk im Zaum hielt und ihm weiter aus dem Weg ging. Freiwillig würde sie das Feld jedenfalls nicht räumen. Jetzt erst recht nicht. Denn genau das wollte er.

Wütend griff sie nach dem Shirt. Das würde sie garantiert nie wieder anziehen. Zusammen mit dem Kuvert wollte sie es in den Papierkorb stopfen, als sie den Schnitt bemerkte. Jemand hatte das Shirt zerschnitten. Ein waagrechter Schnitt zog sich quer über die Brust. Glatt und präzise, wie mit einem Skalpell gemacht.

Das hatte Julian also mit *scharfen Spielchen* gemeint.

34

Als der Schreck nachließ und sie wieder klar denken konnte, googelte sie die nächste Polizeiinspektion. Ergießereistraße, zehn Minuten mit dem Rad. Es war Mittagspause. Angetrieben von einer Mischung aus Wut und Angst, radelte Lou dorthin. Die Polizeiinspektion befand sich in einem nüchternen Bau aus den Achtzigerjahren mit mehreren Etagen. Zwei unformierte Polizisten in schwarzen Lederjacken kamen ihr entgegen, als sie hineinging. Hinter einer Glaswand mit Sprechfenster saß ein Mann. An ihn wandte Lou sich und fragte, zu wem sie musste, wenn sie einen Einbruch anzeigen wollte.

»Warten Sie dort drüben.« Er wies auf eine Bank. »Sie werden abgeholt.« Lou ging hinüber. Die Sohlen ihrer Schuhe quietschten auf dem Kunststoffboden. Sie setzte sich und beobachtete, wie der Mann mit jemandem telefonierte. Fünf Minuten später kam ein Polizist auf sie zu. Er erinnerte sie irgendwie an das Sams. Klein, rothaarig, etwas aus der Form geraten, tausend Sommersprossen. Wie gern hätte Lou jetzt einen Wunschpunkt gehabt. »Sind Sie das mit dem Einbruch?«

Lou nickte.

»Polizeiobermeister Neumann«, stellte das Sams sich vor. Das Uniformhemd spannte ein wenig über seinem Bauch. »Gut. Dann gehen wir mal nach oben.«

Sie folgte ihm in ein helles Büro mit etlichen Arbeitstischen. Hinter jedem saß ein Polizist oder eine Polizistin am Computer oder hing am Telefon. Hier war ganz schön was los.

Neumann bot ihr einen Platz an und setzte sich auf die andere Seite seines Schreibtischs. »So, dann erzählen Sie mal. Bei Ihnen wurde also heute eingebrochen.«

Lou wusste nicht, was sie sagen sollte. »Nee. Nicht heute. Das ist schon ein paar Tage …«

»Wann genau?«

»Keine Ahnung. Ich habe es erst am Freitag gemerkt und …«

»Und da kommen Sie erst jetzt zu uns? Warum haben Sie das nicht gleich gemeldet?«

Lou wurde es langsam heiß. Das Sams war entschieden freundlicher und lustiger als Neumann. »Ich dachte ja zuerst, das hat nichts zu bedeuten …«

Andere ausreden zu lassen, gehörte glasklar nicht zu Neumanns Stärken. Wieder unterbrach er sie. »Ein Einbruch, der nichts zu bedeuten hat? Sie sind gut. Was wurde denn entwendet?«

Gleich würde er sie auslachen. Lou begann zu schwitzen. Wenn Sie ernst genommen werden wollte, musste sie das anders anfangen und ein wenig dramatisieren. »Das ist echt gruslig. Meinen Laptop hat er nicht geklaut und auch sonst keine Wertsachen. Nur ein T-Shirt fehlte, das …«

Neumanns Augen wurden groß. Ungläubig sah er sie an. »Ein T-Shirt?«

Lou zuckte mit den Schultern und breitete die Hände aus. »Ich weiß ja selbst, dass das komisch klingt. Aber er hat echt nur das Shirt geklaut und heute …« Wieder kam sie nicht bis zum Satzende.

»Wie ist er denn überhaupt hereingekommen? Hat er die Tür aufgebrochen oder ist er durch ein Fenster gestiegen?«

Kleinlaut bekannte Lou, dass der Eindringling einen Schlüssel haben musste, denn die Tür war unbeschädigt und die Wohnung im dritten Stock. Das Fenster schied also aus und die Balkontür war zu gewesen. Ganz sicher.

Missmutig verschränkte Neumann die Arme vor der Brust. »Einbruch und Diebstahl sind zwei Paar Schuhe. Ein Einbruch ist das jedenfalls nicht. Also machen wir eine Diebstahlsanzeige wegen eines Fünf-Euro-Shirts.« Er klang genervt. »Gucci oder Prada wird es ja wohl nicht gewesen sein.«

»H&M«, bekannte Lou kleinmütig.

Das Telefon auf seinem Schreibtisch klingelte. Er nahm das Gespräch an. Lou fühlte sich wie eine Idiotin. Sollte sie ihm das zerschnittene Shirt zeigen? Er würde sie auslachen. Als Neumann das Telefonat beendet hatte, legte er das Kinn auf die aufgestützten Hände und sah sie mit einer Mischung aus Vorwurf und Neugier an. »Sie wollen also wirklich wegen eines Shirts, das fünf Euro gekostet hat, eine Anzeige erstatten, die ohnehin zu nichts führen wird. Oder haben Sie eine Vermutung, wer der Dieb sein könnte?«

»Eigentlich ... also ich weiß nicht. Vielleicht mein Chef ... oder Sylke ... aber die beiden haben natürlich keinen Schlüssel.«

»Wer hat denn einen Schlüssel?«

»Nur ich und meine Tante, der die Wohnung gehört.«

»Ihren haben Sie, nehme ich mal an.«

Lou nickte. Neumann behandelte sie, als ob sie an Gehirnerweichung litt.

»Haben Sie denn ihre Tante schon gefragt, ob sie in der Wohnung war oder ob ihr Schlüssel entwendet wurde?«

»Noch nicht.«

»Dann machen Sie das mal. Und falls er weg sein sollte, dann kommen Sie wieder. Das ist doch ein Vorschlag. Oder?«

35

Für den Rest des Tages wirbelte ein Gefühlschaos in ihr. Wut auf Neumann. Scham, weil sie sich nicht besser auf die Anzeige vorbereitet und sich dann während des Gesprächs wie eine Idiotin verhalten hatte. Angst, die sich mit Panik abwechselte wegen des zerschnittenen Shirts, und Zorn auf Julian, der sie auf so üble Art fertigmachte. Natürlich hatte sie die Mittagspause überzogen, was Franziska nicht so prickelnd gefunden und mit einer entsprechenden Bemerkung verziert hatte. Echt ein super Tag!

Lou war froh, als sie kurz nach fünf die Agentur verlassen und heimfahren konnte. Vor dem Haus zog sie das Handy hervor und setzte sich auf die Bank, auf der an ihrem ersten Tag in München der Prinzipienreiter gesessen und sie beobachtet hatte. Tante Ute meldete sich nach dem zweiten Läuten. Lou fragte wegen des Schlüssels.

Der ihrer Tante hing am Schlüsselbund. Ob sonst noch jemand einen hatte. Nein. Niemand. Es gab nur diese beiden. Einen für den Mieter. Einen für die Eigentümerin. Es sei denn, einer der Vormieter hätte sich einen Zweitschlüssel anfertigen lassen. Doch dafür brauchte er die schriftliche Erlaubnis des Eigentümers. Natürlich fragte Tante Ute, weshalb Lou das wissen wollte. »Hast du etwa deinen Schlüssel verloren?«

Eine Sekunde kämpfte sie mit sich. Wenn sie mit der

Wahrheit herausrückte, würde Tante Ute mit Mam reden und die mit Pa, und ehe sie sich versah, war hier Schluss mit lustig und sie saß wieder in Straubing in ihrem Zimmer und gab ihre Bewerbung bei Mams Orthopäden ab. Never!

»Ja«, sagte sie zerknirscht und kruschte dann lautstark im Rucksack herum. »Obwohl… ha, da ist er ja! Falscher Alarm. Sorry, dass ich dich gestört habe.«

Nach dem Telefonat traute Lou sich nicht ins Haus. Irgendjemand konnte jetzt in ihrer Wohnung sein. Sie brauchte ein neues Schloss, musste also einen Schlüsseldienst googeln. Doch ihr MacBook war oben. Shit! Ein Bodyguard wäre nicht schlecht. Sie wählte Lysanders Nummer, doch sein Handy war aus. *Der gewünschte Teilnehmer…* Lou legte auf.

Okay und jetzt?

Es war heller Tag. Niemand würde in ihrer Wohnung sein. Falls aber doch? Wie sollte sie sich wehren? Um Hilfe rufen? Und wenn niemand sie hörte? Plötzlich fiel ihr das Waffengeschäft ein, an dem sie täglich vorbeiradelte. Die mussten doch irgendwas haben, womit man sich verteidigen konnte. Pfefferspray! Genau. Das war es.

Lou schwang sich aufs Rad und fuhr zu diesem Laden. Eine Viertelstunde später verließ sie ihn um neun Euro ärmer und ein Pfefferspray reicher, das man allerdings nur zur Abwehr von Tieren verwenden durfte, wie der Verkäufer ihr eindringlich erklärt hatte. Das war ihr grad egal. Wenn jemand in ihrer Wohnung war, würde sie sich mit dem Spray zur Wehr setzen.

Dennoch klopfte ihr das Herz bis zum Hals, als sie vor ihrem Appartement stand und erst einmal das Ohr an die

Tür legte. Drinnen war es still, so weit sie das hören konnte, denn das Blut rauschte in ihren Ohren.

Leise schob sie den Schlüssel ins Schloss. Als sie morgens gegangen war, hatte sie zweimal abgesperrt. Auch jetzt musste sie zweimal umdrehen. Trotzdem zog sie das Pfefferspray aus der Tasche und sah sich um. Zuerst im Bad. Dann im Flurschrank. Im Zimmer war niemand. Auch nicht unter dem Bett. In der Küche brummte der Kühlschrank. Sie war allein in der Wohnung.

Nachdem sie erleichtert das MacBook gestartet hatte, googelte sie Schlüsseldienste und fiel beinahe in Ohnmacht, als sie las, was das kostete. Das günstigste Angebot, das sind fand, war bei 239,– Euro. Hallo! Ging's noch?! Fassungslos starrte sie auf den Monitor. Was sollte sie jetzt machen? Während sie noch überlegte, wie viel Geld wohl noch auf ihrem Konto war, erschien oben in der Menüleiste *Caro96 ist online,* gleichzeitig hüpfte unten das Skype-Icon auf und ab und der Klingelton erklang. Lou schaltete die Webcam ein. Caros Gesicht erschien auf dem Monitor. »Na, alles klar bei dir?«, fragte sie.

»Geht so.«

»Das klingt ja nicht sehr begeistert. Hast du das Praktikum schon über?«

Eigentlich schon, dachte Lou. Am liebsten würde sie den ganzen Krempel hinschmeißen. »Julian nervt.«

»Wie *nervt?«*

Endlich kam Lou dazu, Caro von ihren Problemen zu erzählen und sie kippte den Mülleimer gleich komplett vor ihr aus. Schließlich hatte sie stundenlang den Liebeskummer ihrer Freundin ertragen. Da war es nur fair, wenn Caro sich nun Lous Sorgen anhörte. Sie erzählte von Julians Grabschattacken, von Sylke von und zu Üps und dann endlich das, was ihr am meisten im Magen lag: die Geschichte mit dem T-Shirt. »Wer klaut denn ein Shirt, zerschneidet es und verschickt es dann? Das ist doch total pervers! Jemand muss einen Wohnungsschlüssel haben. Jemand, der auch weiß, wo ich arbeite. Doch bei der Polizei nehmen die das nicht ernst.«

»Du warst bei der Polizei? Echt?«

»Klar. Doch die sagen, das war kein Einbruch, weil die Tür nicht aufgebrochen worden ist, und wegen eines billigen H-&-M-Shirts reißen die sich kein Bein aus. Ich habe mir jetzt ein Pfefferspray besorgt.«

»Am besten wäre es, wenn du das Schloss auswechseln lässt.« Caro klang ziemlich besorgt.

»Das kostet ein Schweinegeld. Das kann ich mir nicht leisten.«

»Das müsste eigentlich deine Tante bezahlen. Ist ja schließlich ihre Wohnung und sie sollte wissen, wer einen Schlüssel dafür hat. Hast du schon mit ihr geredet?«

»Ja. Es gibt nur zwei. Angeblich. Einen hat sie, einen ich. Aber ich kann ihr nicht sagen, was los ist. Sie würde das meinen Eltern erzählen und dann ist Schluss mit dem Praktikum.«

»Willst du das echt noch durchziehen? Ich meine, dein Chef ist ein Ekel und die Lehrstelle wirst du sowieso nicht bekommen, und selbst wenn, dann würdest du die doch nicht mehr haben wollen. Oder?«

»Echt nicht. Aber ich brauche das Praktikum, um woanders einen Ausbildungsplatz zu bekommen. Und außerdem würde mein Vater recht behalten. Er traut mir einfach nichts zu und mir dreht sich der Magen um bei der Vorstellung, wie er von seinem Sudoku hochguckt, wenn ich wieder daheim antrabe, und dann selbstgefällig sagt: *Das habe ich mir ja gleich gedacht, dass du das nicht länger als drei Wochen durchhältst.«* Es gelang ihr ganz gut, seinen Tonfall nachzuäffen. »Also echt, diesen Triumph gönne ich ihm nicht. Ich gebe nicht auf.«

»Hm. Ja. Verstehe. Aber vielleicht wäre das doch die vernünftigere Lösung.«

»Kann schon sein. Aber ich ziehe das trotzdem durch. Ich muss nur das Schloss auswechseln lassen. Sicher gibt es eine billigere Lösung als den Schlüsseldienst. Im Baumarkt kann man vermutlich auch Schlösser kaufen. Dann brauche ich nur noch jemanden, der es einbaut. Vielleicht frage ich Ben …«

»Oh! Ben?« Neugierig stiegen Caros Augenbrauen in die Höhe.

»Nicht, was du jetzt denkst.« Lou schüttelte es, als sie an den bleichen Grottenolm dachte. Nee, den sollte sie besser nicht fragen. »Ben ist der Sohn der Hausmeisterin. Ein total komischer Typ. Aber sicher kann das auch jemand von der Hausverwaltung machen.«

Caro wurde wieder ernst. »Dass du das Shirt doch im Waschsalon vergessen hast …«

»Und dort findet es jemand und weiß, wohin er es schicken muss? Eher unwahrscheinlich.« Lou zog eine Grimasse, um die Sorgenfalten aus Caros Gesicht zu vertreiben. In dem ging in der Tat eine Veränderung vor sich. Der Ausdruck wurde ernster, nachdenklich. »Du Lou, sag mal, das war ein ganz einfaches weißes H-&-M-T-Shirt, also nichts Besonders mit Schleifchen, Rüschchen oder Knopfleiste oder so?«

Lou nickte.

»Hast du in der Agentur mit jemandem darüber gesprochen, dass das Shirt weg ist?«

Lou überlegte. »Ja. Ich habe es am Montag an der Kaffeetheke Jem erzählt.«

»Was genau?«, wollte Caro wissen.

»Dass es weg ist und ich anfangs dachte, jemand hätte es aus meiner Wohnung geklaut.«

»Und auch, dass es ein ganz normales weißes T-Shirt ist?«

Lou nickte.

»Hat nur er das gehört?«

»Du meinst, Jem steckt dahinter?«

»Ich meine, jemand aus der Agentur könnte dahinterstecken. Sylke oder Julian, die beiden kämen wohl eher infrage als Jem.«

Für einen Augenblick schloss Lou die Augen, um sich die Szene ins Gedächtnis zu rufen. »Sylke kam dazu und Julian könnte es eigentlich auch gehört haben. Die Tür zu seinem Büro stand offen. Aber wie soll einer von den beiden an mein Shirt kommen?«

»Wieso dein Shirt?« Caro grinste. »Es ist ein weißes H-&-M-Shirt, wie es die zu Hunderttausenden gibt.«

Der Groschen fiel. »Du meinst, Julian hat das Gespräch mitbekommen und ein solches Shirt gekauft…«

»Oder aus dem Schrank seiner Frau genommen…«

»…und hat es mir geschickt. Seine Rache dafür, dass ich ihm im Fotostudio auf die Finger geklopft habe. Das würde Sinn machen und auch erklären, warum er plötzlich aufgetaucht ist, als ich es ausgepackt habe. Wahrscheinlich hat er schon die ganze Zeit darauf gelauert.

Und deshalb war er auch im Zimmer, als Gunda mir das Kuvert gegeben hat. Meine Reaktion wollte er natürlich beobachten.«

Erleichtert lehnte Lou den Kopf in den Nacken. »Ja. So macht das Sinn.«

»Aber wenn das so weitergeht, hältst du das nicht durch. Dein Chef muss dich in Ruhe lassen. Wer weiß, was er sich noch für fiese Spielchen einfallen lässt. Du musst mit ihm reden. Besser wäre allerdings, wenn das jemand für dich tun könnte. Deine Eltern vielleicht?«

So weit kam es noch. »Die ganz sicher nicht. Wenn meine Eltern mitkriegen, was hier läuft... Das hatten wir doch schon. Pa würde nicht mit Julian reden. Der würde mich eigenhändig einpacken und zurück nach Straubing karren.«

»Und was ist mit Onkel Achim? Er könnte das doch übernehmen.«

Lou überlegte, ob das nicht doch eine Möglichkeit war. Es bestand zwar weiterhin die Gefahr, dass Onkel Achim ihr Problem Tante Ute weitererzählte, aber vielleicht gelang es ihr ja, ihn zu überzeugen dichtzuhalten.

36

Onkel Achim öffnete die Tür. »Hallo Louischen. Das ist ja eine nette Überraschung. Komm doch rein.«

Obwohl ein Arbeitstag hinter ihm lag, sah er aus wie um acht Uhr morgens auf dem Weg zur Praxis. Das Haar ebenso glatt wie die Wangen, das Hemd faltenfrei und den angenehmen Duft eines Eau de Toilette verströmend. Vielleicht hatte er gerade geduscht und sich umgezogen, um sich mit seiner Freundin zu treffen. »Ich störe hoffentlich nicht?«, fragte Lou etwas verlegen.

»Natürlich nicht. Hübsche junge Frauen können mich gar nicht stören.« Er zwinkerte ihr zu. »Magst du etwas trinken?«

»Gerne.«

Sie folgte ihm durch die große Penthousewohnung. Überall Parkettböden, helle Wände und große Fensterflächen. Im Vorübergehen zog er eine offene Tür ins Schloss. Unwillkürlich fragte Lou sich, was sich wohl im Zimmer dahinter verbarg.

In der Küche nahm er Weißwein und Mineralwasser aus dem Kühlschrank. »Weinschorle?«

Weinschorle um diese Zeit? Obwohl, es war ja schon Abend und sie wollte nicht als Spießerin vor ihm dastehen. »Mit mehr Wasser als Wein, bitte.«

Er schenkte zwei Gläser voll und ging voran ins Wohnzimmer. Die Schiebetür zur Dachterrasse stand offen. Kübelpflanzen und Teakholzmöbel. Ein Spalier mit wildem Wein. Ein gemauerter Grill. Ein riesengroßer Marktschirm spendete Schatten.

»Setz dich doch.« Onkel Achim schob ihr einen Stuhl hin und nahm ihr gegenüber am Tisch Platz. »Nun, wo drückt der Schuh?«

Lou war froh, sich nicht an das Thema anpirschen zu müssen. Sie konnte gleich mit der Tür ins Haus fallen, die Onkel Achim so bereitwillig geöffnet hatte. Allerdings nahm sie ihm zunächst ein Schweigegelübde ab. »Du musst das für dich behalten. Versprochen?«

»Weshalb?«

»Weil Pa darauf bestehen würde, dass ich meine Zelte hier abbreche.«

»So schlimm?«

Wenn sie Onkel Achim zeigte, wie verunsichert und verängstigt sie war, würde er vermutlich nichts versprechen, sondern sich verpflichtet fühlen, ihre Eltern zu informieren. Also zuckte sie lässig mit den Schultern. »Na ja, eigentlich nicht wirklich. Es müsste nur jemand mal meinen Chef einnorden.«

»Deinen Chef? Ich höre.«

»Erst versprechen.«

Onkel Achim seufzte. So ganz schien ihm die Situation nicht zu behagen. »Also gut.«

Während sie ihm von ihren Problemen erzählte und dabei versuchte, sie nicht so wirklich schlimm erscheinen zu lassen, leerten sie die Gläser. Er hörte ihr aufmerksam zu, stellte ab und an eine Frage und sah, als sie am Ende angelangt war, ziemlich verärgert aus. »Das ist ein starkes Stück. Was bildet der Kerl sich ein?« Onkel Achim stellte das Glas ab. »Einnorden. Gut, das mache ich. Wo wohnt der Knabe?«

»Keine Ahnung«, gestand Lou.

»Na, das lässt sich herausfinden. Wir googeln ihn.«

Lou folgte ihm ins Wohnzimmer, wo ein iPad auf dem Couchtisch lag. Sie nannte ihm den Namen. Nach drei Minuten hatte Onkel Achim Adresse und Telefonnummer ausfindig gemacht. »Anrufen oder Überraschungsbesuch? Was meinst du?«

»Ich glaube, Überfall wäre besser. Hoffentlich ist er daheim.«

37

Lou saß in Onkel Achims Audi auf dem Beifahrersitz und starrte auf die Tür der Doppelhaushälfte in München Obermenzing, in der Julian wohnte. Offenbar mit Frau und zwei Kindern. Denn eine Frau mit einem Baby auf dem Arm hatte die Tür geöffnet. Hinter ihr war ein kleiner Junge erschienen, während Onkel Achim vermutlich gefragt hatte, ob er Julian sprechen konnte. Er war eingelassen worden und nun schon beinahe zwanzig Minuten drin.

Nervös knabberte Lou auf dem Daumennagel herum, suchte dann eine andere Wiedergabeliste auf dem iPod, checkte ihr Handy und stellte dabei fest, dass der Akku leer war. Kein Wunder also, dass Lysander sich nicht meldete. Mist.

Während sie wartete, wurde sie zum reinsten Nervenbündel. Was, wenn Julian einfach alles abstritt und sie als Lügnerin dastand? Oder wenn er ausflippte und vielleicht auf Onkel Achim losging? Gut, dass er gemeint hatte, es sei besser, wenn sie nicht mit hineinkam.

Endlich öffnete sich die Tür. Onkel Achim reichte der Frau die Hand, nickte Julian zu und verließ den Vorgarten. Dabei hob er den Daumen und lächelte Lou an. Ein Stein fiel ihr vom Herzen.

»Wie ist es gelaufen?«, wollte sie wissen, kaum dass er auf dem Fahrersitz Platz genommen hatte. »Was hat denn seine Frau dazu gesagt... ich meine, ich wusste gar nicht, dass er Kinder hat.«

»Sie hat gar nichts dazu gesagt. Es war besser, sie herauszuhalten. Ein Gespräch unter Männern.« Onkel Achim startete den Wagen und lenkte ihn aus der Parklücke.

»Jetzt sag schon.«

»Es tut ihm leid. Er entschuldigt sich bei dir. Für ihn waren das harmlose Scherze, es war ihm nicht klar, dass du das so ernst nimmst und dich angegriffen und beleidigt fühlst. Wobei er zugibt, dass der Griff an deinen Busen schon ziemlich daneben war. Die Berührung am Po war unbeabsichtigt, sagt er. Als Entschuldigung führt er familiären Stress an. Das Baby schreit nächtelang, seine Frau lässt ihn nicht...« Mit einem Seitenblick räusperte Achim sich. »In der Ehe scheint es wohl ein wenig zu kriseln. Jedenfalls kannst du ab morgen wieder unbesorgt in der Agentur erscheinen. Er meint, du bist eine erstklassige Praktikantin und Sylke mehr als nur eine Nasenlänge voraus.«

»Echt? Nee, oder?« Die Erleichterung war so groß, dass Lou beinahe losgeheult hätte. All ihre Sorgen lösten sich auf wie Zucker im Tee. »Danke O... äh, Achim.« Sie strahlte ihn an. Super Idee von Caro, Onkel Achim einzuschalten. »Und die Sache mit dem Shirt?«

»Das streitet er ab.« Eine Ampel schaltete auf Rot. Achim stoppte davor und wandte sich Lou zu. »Das würde ich an seiner Stelle auch. Das ist peinlicher, spätpubertärer Unfug. Wenn ein erwachsener Mann zu derartigen Mitteln greift, stellt das allerdings eine Grenzüberschreitung dar. Da darf man sich schon fragen, wie es um seine Frustrationstoleranz bestellt ist. Offenbar nicht sehr gut. Ich würde die Angelegenheit jetzt auf sich beruhen lassen. Alles ist gut. Du kannst dein Praktikum beenden, darum ging es doch. Wenn dein Chef wider Erwarten seine Finger und seine Sprüche nicht unter Kontrolle hat, dann weißt du ja, wo du mich findest.«

Die Ampel wurde grün. Im dichten Abendverkehr näherten sie sich der Biedersteinstraße. Während der Fahrt erzählte Onkel Achim, dass einer seiner Patienten Kreativchef in einem großen Zeitschriftenverlag sei. »Sicher bildet der Verlag auch aus. Wenn du willst, schaue ich mal, ob ich dort eine Tür für dich aufmachen kann.«

Lou hatte schon wieder Oberwasser. Sie war von Julian gelobt worden. Sein Verhalten tat ihm leid und es würde nicht wieder vorkommen. Alles auf Anfang. Vielleicht bekam sie den Ausbildungsplatz ja. »Falls das mit der Lehrstelle in der Agentur nicht klappt, wäre das super.«

Onkel Achim lachte. »Schön, dass es dir wieder gut geht. Das freut mich. Und jetzt habe ich Hunger. Wollen wir beide irgendwo chic essen gehen?«

Eigentlich hatte Lou mehr Lust, Lysander zu treffen. Doch Onkel Achim war für sie siegreich in die Schlacht gezogen, unmöglich also, seine Einladung abzulehnen. Mit Lysander konnte sie sich später treffen. Damit er sie ansimsen konnte, musste sie allerdings erst den Akku aufladen. »Gerne. Ich muss aber erst heim, das Ladekabel für mein Handy holen. Der Akku ist leer.«

»Hm. Verstehe. Und nun bist du unerreichbar für den netten Jungen mit den langen Haaren.«

He! Hallo! Woher wusste Onkel Achim von Lysander? Hoffentlich hatte er das nicht an Tante Ute weitergetratscht.

»Keine Sorge. Ich behalte meine Beobachtungen für mich.« Anscheinend konnte Onkel Achim nicht nur Chefs in die Schranken weisen, sondern auch Gedanken lesen. »Als ich neulich nachts von einer Feier heimgekommen und in die Tiefgarage gefahren bin, habe ich euch vor dem Haus gesehen. Hat er dich heimbegleitet?«

Lou nickte.

»Offenbar hat er eine gute Kinderstube.«

»Sein Vater ist Professor für Englische Literatur.«

»Also dann holen wir jetzt aber das Kabel.«

Onkel Achim parkte vor dem Haus und fuhr mit Lou nach oben, in ihre Wohnung. Während sie das Handy ansteckte, um zu checken, ob Lysander ihr eine SMS geschickt hatte, sah ihr Onkel sich um.

Lou wurde es ganz heiß. Putzen war eher nicht so ihre Stärke. »Ich weiß, Onkel Achim, ich sollte mal wieder sauber machen.«

Er seufzte abgrundtief. »Louischen, Louischen. Ob du eine tolle Hausfrau wirst, ist mir eigentlich egal, aber bitte, bitte, nenne mich nie wieder Onkel. Das bist du mir jetzt schuldig.«

»Okay. Achim. Ich werde üben.«

Lysander hatte keine SMS geschickt. Wo er wohl war? Lou stöpselte das Handy wieder ab und schob es zusammen mit dem Ladekabel in den Rucksack. »Gartenlokal scheidet irgendwie aus. Es sei denn, es gibt eins mit Steckdose.«

»Das wird sich schon regeln lassen. Magst du französische Küche?«

»Logo. Quiche und so. Lecker.« Jetzt, da der ganze Stress von ihr abgefallen war, hatte sie richtig Hunger.

»Schön, dann gehen wir ins *Le Fabourg*. Da kann man draußen sitzen und ich denke, einer der Kellner wird dein Handy sitten, während es lädt.«

So konnte man sich täuschen. Achim war nett. Supernett. Dank seiner Hilfe war sie mit einem Schlag alle ihre Probleme los. Weshalb hatte sie ihm anfangs so ablehnend gegenübergestanden und ihn sogar unheimlich gefunden? Lou hatte keine Ahnung, woher das kam, und schämte sich ein wenig. Gut, dass er das nie erfahren würde.

38

Es wurde ein schöner Abend mit Onkel Achim. Leckeres Essen, ein lustiges Gespräch, bis Lou neugierig fragte, ob Achim denn nicht von seiner Freundin erwartet wurde. Offenbar betrat sie mit dieser Frage vermintes Gebiet, denn er reagierte nicht nur abweisend, sondern ziemlich unwirsch. Eilig trat sie den Rückzug an und erzählte alle möglichen Belanglosigkeiten. Von Pas Phobie vor Fröschen und wie er tatsächlich eine geschlagene Stunde zur Salzsäule erstarrt im Garten gestanden hatte, bis Mam ihn erlöste und den toten Frosch entsorgte, der dort lag. Und natürlich auch von der Abschlussfeier und ihrem schrillen Flowerpower-Outfit und wie Mam deswegen beinahe aus den Schuhen gekippt war.

Onkel Achims Laune stieg wieder. Sie aßen und tranken. Ein wenig zu viel von dem leckeren Rotwein, wie Lou bemerkte, als sie auf die Toilette musste und die Welt sich ein wenig vor ihr drehte. Als sie zurück an ihren Tisch auf der Terrasse ging, fuhr ein roter Mini nur wenige Meter entfernt durch die Kirchenstraße. War das Sylke? Lou schüttelte den Kopf. Die fehlte ihr jetzt grad noch. Wieder fuhr die Welt Karussell. Als es stoppte, war Sylke verschwunden. Vermutlich war sie nie da gewesen. Es gab schließlich mehr als einen roten Mini in München.

Vor dem Dessert brachte der Kellner Lous Handy. Es war aufgeladen und außerdem war eine SMS von Lysander gekommen. Er saß auf der Geburtstagsfeier seines Opas fest. Leider fuhren in dem Dorf, in dem er wohnte, weder S-Bahn noch Bus. Lysander war darauf angewiesen, mit seinen Eltern zurückzufahren, und das würde wohl noch dauern. *Sehen wir uns morgen?*

Wenn ich es bis dahin ohne dich aushalte, simste sie zurück und schickte ihm einen Kuss.

Das Dessert wurde gebracht und dazu noch ein Gläschen Calvados. Lou rührte es nicht an. Onkel Achim trank dafür beide leer. Als er zahlte, war er ganz schön beschwippst. »Das Auto lassen wir wohl besser stehen.« Er bat den Kellner, ein Taxi zu rufen.

Während sie auf dem Gehweg vor dem Lokal darauf warteten, legte Achim seinen Arm um Lous Schulter. »Der Münchner Untergrund ist heute etwas unruhig. Gewährst du mir ein wenig Halt?«

»Klar doch.« Lou fand die Situation eher lustig als peinlich. Onkel Achim blickte sie an wie ein kleiner Junge, der heimlich eine ganze Tüte Gummibären gefuttert hat und sich nun vor Mamas Schelte fürchtet.

Schwankend ließ er sie wieder los und hob mahnend den Zeigefinger. »Und verpetze mich nur nicht bei Ute.«

»Keine Sorge.«

»Ute, die Gute. Weißt du, eigentlich liebe ich nur sie. Aber sie versteht das nicht, dass ein Mann ... also wir sind einfach Jäger und Sammler. War schon immer so. Jäger und Sammler. Seit der Steinzeit. Das ist anthropol... anthropo... du weißt schon, was ... also das ist nachgewiesen. Liegt an den Genen. Verstehst du, was ich meine?«

Eine ungefähre Ahnung hatte sie. »Klar verstehe ich dich.«

Er schlang beide Arme um sie. »Du verstehst mich. Endlich eine Frau, die mich versteht. Du bist ein Schatz.« Er gab ihr einen dicken Schmatz auf die Stirn. Lou lachte. Das Taxi kam, sie bugsierte ihn hinein.

Als sie sich am nächsten Morgen auf ihr Rad schwang, um in die Agentur zu fahren, begegnete sie Achim vorm Haus. Heute sah er nicht so frisch und strahlend aus wie gewöhnlich. Die Haare ein wenig zerzaust, Furchen im Gesicht. Er hatte offenbar einen Kater, denn er trug eine Sonnenbrille, obwohl die Sonne noch nicht hoch am Himmel stand. »Guten Morgen, Louischen.«

»So ganz gut scheint er für dich ja nicht zu sein, *Onkel* Achim.«

»Ich dachte, das mit dem *Onkel* hätten wir geklärt.«

»Und *ich* dachte, das mit dem *Louischen* hätten wir geklärt.«

Er lachte und schob die Brille ins Haar. »Du bist wirklich in Ordnung. Sag mal ... Ich habe gestern offenbar ein Glas zu viel von diesem süffigen Rotwein getrunken.« Mit dem Zeigefinger strich er sich über die Nasenwurzel. »Ich habe mich doch hoffentlich nicht danebenbenommen?«

»Du musst dir keine Sorgen machen. War alles im grünen Bereich.« Lou bugsierte den Rucksack in den Radkorb. »Hoffentlich bewegt mein Chef sich künftig auch darin. Danke, noch mal, dass du ihm den Kopf gewaschen hast.«

»Keine Ursache. Mache ich gerne wieder, falls es nötig werden sollte, was ich allerdings nicht glaube.«

Onkel Achim behielt recht. Julian rief Lou gleich morgens in sein Büro und entschuldigte sich bei ihr. Allerdings auf so übertriebene Art, dass es Lou beinahe schon peinlich war und sie sogar für einen Moment den Verdacht hegte, er mache sich über sie lustig. Sie war froh, als sie das Gespräch hinter sich gebracht hatte und an ihren Schreibtisch konnte.

Alle waren schon da. Auch Jem, der mit leicht geschwollener Backe detailliert die Horrorgeschichte seiner Wurzelbehandlung schilderte. Mike und Peter streuten ab und zu eine Bemerkung ein. Sylke wirkte abwesend und strahlte spürbar negative Energie aus. Als dann noch Franziska hereinkam und Sylke bat, zwanzig Booklets für die Präsentation morgen auszudrucken und zu binden, rutschte Sylkes Laune unter den Gefrierpunkt.

Während der Kaffeepause an der Theke meinte Jem, dass Sylke diese Arbeit wohl unter ihrer Würde fand. Ein echter Deppenjob, vor allem da Lou weiter an der Website für die Schmuckdesignerin arbeiten durfte.

Bis zur Mittagspause verging die Zeit wie im Flug. Sylke rannte ständig zwischen ihrem Mac und dem Drucker hin und her, der in einem kleinen Zimmer neben Gundas Empfangstheke stand. Dabei wurde sie zusehends hektischer und fahriger. Irgendwann knallte sie einen Packen Ausdrucke auf den Tisch. »So ein Scheißjob. Dieser Drucker ist ja echter Mist.«

Peter sah hoch. »Was ist mit dem Drucker?«

Genau in diesem Moment kam Franziska herein. Lou sah sofort, dass die Art-Direktorin sauer war. Ziemlich sauer. »Was ist mit dem Drucker los? Hat jemand an den Einstellungen gedreht? Die Farben stimmen vorn und hinten nicht.« Sie wandte sich an Sylke. »Hast du da was geändert?«

Sylke wurde tatsächlich rot. »Die Ausdrucke waren so hell und streifig.« Trotzig hielt sie Franziskas Blick stand.

»Wenn ich mich recht erinnere, hängt über dem Drucker ein Hinweis, der besagt, dass niemand an den Einstellungen rumzupfuschen hat. Die Druckerprofile sind mit den Rechnerprofilen abgeglichen. Dafür braucht man einen Fachmann. Das kann nicht jede dahergelaufene Praktikantin machen. Das macht nur der Techniker. Steht das da oder nicht?« Franziska redete sich in Rage. Sylke hob das Kinn und schob die Unterlippe ein wenig vor. »Dann soll der das halt machen. Ist mir doch egal.«

»*Der* kann das aber erst morgen machen. Ich habe *den* nämlich schon angerufen. Und wenn du Augen im Kopf hättest und lesen könntest, dann hättest du gesehen, dass die Ausdrucke so hell sind, weil die Tonerkartusche beinahe leer ist. Das konnte man dick und fett im Display nachlesen. Herrgott! Wie dämlich kann man nur sein. Was denkst du nun, wie du die Booklets bis morgen früh fertig bekommst?«

Sylke zuckte mit den Schultern. »Es gibt ja Copyshops.«

»Copyshops. Ach. Und was glaubst du, wie viele es davon gibt, die unseren Qualitätsanforderungen entsprechen? Genau zwei in München. Und dort warten sie den ganzen Tag darauf, dass sie von uns einen Panikauftrag bekommen. Die haben ja sonst nichts zu tun. Mal ganz abgesehen von den Kosten. Zwanzig Booklets à fünfzig Seiten. Das kostet ein Vermögen. Und das Ganze nur, weil du zu dumm bist, eine Tonerkartusche zu wechseln.«

Lou zog den Kopf ein. Sylke tat ihr irgendwie leid. Auch wenn sie einen Fehler gemacht hatte, brauchte Franziska deswegen nicht derart auszurasten.

Ihr Handy in der Hosentasche begann zu vibrieren.

»Jetzt sieh zu, wie du das geregelt bekommst. Morgen liegen die Booklets auf meinem Tisch. Pünktlich um neun.«

Franziska verließ das Zimmer. Lou zog das Handy hervor. Eine SMS von Lysander. *Freue mich auf dich! :-X* Sie konnte nicht anders, sie musste einfach lächeln und sah dabei hoch.

Direkt in Sylkes Augen.

Die wurden zu schmalen Schlitzen.

Ups. Offenbar hatte sie das Lächeln jetzt total in den falschen Hals gekriegt. Sicher dachte sie, es wäre ein schadenfrohes Grinsen. Doch im Moment verspürte Lou wenig Lust, diesen Irrtum aufzuklären und sich zu rechtfertigen.

Der Rest des Tages verging wie im Flug. Abends traf Lou sich mit Lysander, Jem und den anderen im Olympiapark. Dort gab es ein Open-Air-Konzert im Theatron. Eine Indieband mit unaussprechlichem Namen. Und an Lysanders Seite vergaß Lou Sylkes hasserfüllten Blick. Sie schob ihn einfach in die hinterste Kammer ihres Gedächtnisses und machte die Tür zu.

39

Louischen, Louischen. Seufzend lehnte er sich zurück und starrte an die Decke. So langsam verlor er die Geduld mit ihr. Vielleicht hatte er es auch falsch angefangen. Das Vorspiel, die Ouvertüre... Er hatte sich das so schön ausgemalt. Es hätte so perfekt sein können! Doch er konnte ihr nicht vorschreiben, wie sie seine kleinen Leckerbissen zu deuten und wie sie mit ihnen umzugehen hatte.

Sie war ganz anders als Daniela. Sie war widerspenstig, sperrte sich. Doch er würde sie zähmen, bis nur noch sein Wille zählte.

Langsam sollte er zur Sache kommen. Doch er wollte sich noch ein wenig vorfreuen. Diese eine Sekunde der Panik, als sie erkannte, dass jemand in ihrer Wohnung gewesen sein musste. Wieder und wieder hatte er sich die Aufnahme angesehen, das Bild eingefroren, es sogar ausgedruckt und an die Wand gehängt. Unwillkürlich wanderte sein Blick dorthin. Die Angst in ihrem Blick. Ihre Coolness, ihre Selbstsicherheit, wie weggewischt. Doch das Bild nutzte sich bereits ab. Er wollte neue. Mehr davon. Ihr noch einen kleinen Vorgeschmack auf das geben, was sie erwartete.

40

Ich bin bei dir. Immer an deiner Seite.

Wie ein Stromschlag jagte Angst durch ihren Körper. Lous Hand krallte sich um die Maus. Sie starrte auf den Monitor ihres MacBooks, für Minuten unfähig, einen klaren Gedanken zu fassen.

Als es wieder ging, überschlugen sich die Fragen, die alle gleichzeitig durch ihren Kopf schossen. Wer hatte ihr diese Mail geschickt? Warum? Wer war *immer* bei ihr? Und wie war das gemeint? Panisch sprang sie auf, ließ ratternd die Jalousie herunter, auch in der Küche, sperrte den Sommerabend aus. Jemand beobachtete sie. Tag und Nacht!

Ich bin bei dir!

Sie wollte die Mail einfach löschen, es ungeschehen machen. Besser sie hätte sie nie geöffnet.

Ihre Finger lagen schon auf der Tastatur. Doch dann schaltete sich ihr Verstand wieder ein: Nicht löschen! Nachdenken! Sie klappte den Laptop zu, stand auf und ging im Zimmer auf und ab. Holte aus der Küche einen Schokoriegel. Nervenfutter. Doch sie brachte ihn nicht runter. Ihr war schlecht.

Wieder war sie auf eine gefakte Mail-Adi hereingefallen. Auf den ersten Blick sah es so aus, als käme die Nachricht von einem Verlag, bei dem sie sich mal beworben hatte. Wieder war es dem unbekannten Absender mit einem Buchstabendreher gelungen, sie aufs Glatteis zu führen. Dabei hatte sie doch ihr Passwort geändert. Allerdings konnte der Hacker sich alle Daten aus ihrem Mail-Account geklaut haben, bevor sie das getan hatte.

Jemand wollte ihr also Angst machen. Warum? Sie hatte niemandem etwas getan, hatte mit niemandem Streit, außer mit Sylke. O.k., da war noch Julian. Konnte sie ihm echt trauen? Vielleicht spielte er nur den Reumütigen.

Lou atmete durch. Sie wollte das jetzt wissen und klappte den Laptop wieder auf. Sie würde sich die angehängten Bilder ansehen und dann entscheiden, ob sie zur Polizei ging.

Es waren sieben Stück. Alle zeigten sie. Vor dem Haus auf dem Rad. Im Supermarkt vor dem Regal mit Toastbrot. Wie sie den Waschsalon verließ. Im Englischen Garten im Gespräch mit den beiden holländischen Mädchen. Vor der Bäckerei. Auf der Rolltreppe zur U-Bahn. Am Tisch im *Le Fabourg*. Der Platz von Onkel Achim war leer. Jemand hatte das Bild in den wenigen Minuten gemacht, in denen Onkel Achim auf der Toilette gewesen war.

Plötzlich kam ihr ein Gedanke. Nein. Stopp. Das war unmöglich! Oder? Hatte etwa Onkel Achim das Foto gemacht? Und nicht nur das eine, sondern alle. Schickte *er* ihr diese Mails? Doch weshalb sollte er so etwas tun? Weshalb sollte er sie terrorisieren? Er hatte ihr geholfen und war supernett zu ihr. Nein, nicht Onkel Achim. Sie durfte jetzt nicht total durchdrehen und jeden verdächtigen. Jemand anderes musste dahinterstecken. Vielleicht der Prinzipienreiter? An ihrem ersten Tag in München war er ihr schon unangenehm aufgefallen. Und er war ja auch im Englischen Garten aufgetaucht, als sie mit Caro und Ferdi dort am Seeufer gesessen hatte.

Lou betrachtete die Aufnahmen so eingehend wie ein Forscher ein Insekt unter dem Mikroskop. Vielleicht fand sie ja einen Hinweis auf ihn. Sein Spiegelbild in einer Fensterscheibe oder so. Sie zoomte Ausschnitte heran und suchte. Doch sie fand nichts. Bis ihr etwas auffiel. Bis auf die Aufnahme vom Restaurant waren alle Bilder in der Nähe ihrer Wohnung aufgenommen worden. Es war keines von der Agentur dabei, keines vom Flaucher oder dem Ammersee, keines, das sie in der Fußgängerzone zeigte oder in Haidhausen. Er folgte ihr also nicht auf Schritt und Tritt. Er war nicht immer bei ihr. Ein Hauch von Erleichterung stellte sich ein.

Dann überlegte sie weiter. Alle Fotos waren in einem Radius von vielleicht sieben- oder achthundert Metern ums Haus entstanden. Bis auf das Bild vom *Le Fabourg*. Alles sprach also dafür, dass jemand, der hier wohnte, ihr mit der Kamera auflauerte. Und mit diesem Gedanken war das beruhigende Gefühl auch schon wieder verschwunden.

Doch Onkel Achim?

Nie und nimmer.

Er hätte allerdings das Foto von dem französischen Lokal machen können. Sie traute ihm eine solche Aktion aber nicht zu. Er war wirklich nett. Außerdem würde er sich ihr gegenüber anders verhalten, wenn er ihr derartige Mails schickte. Oder nicht? Und warum sollte er überhaupt etwas derart Perverses tun? Onkel Achim schied aus. Definitiv.

Es steckte wohl eher der Prinzipienreiter dahinter oder vielleicht der Sohn der Hausmeisterin, Ben Pagel, der Grottenolm? Und ausgerechnet ihn hatte sie für eine halbe Stunde allein in ihrer Wohnung gelassen!

41

Das verschwundene und wieder aufgetauchte T-Shirt! Vielleicht war das ja gar nicht Julian gewesen. Vielleicht war das zerschnittene Shirt wirklich ihres und der Grottenolm hatte es aus ihrer Wohnung geklaut, während sie ihn allein gelassen hatte. Oder er hatte einen Schlüssel... klar... Sohn der Hausmeisterin. Die hatte sicher Schlüssel für alle Wohnungen. Halt! Stopp! Tante Ute hatte gesagt und Onkel Achim hatte das beim Essen bestätigt, dass es nur zwei Schlüssel für die Wohnung gab. Also hatte die Hausmeisterin keinen. Doch konnte man da wirklich sicher sein? Eigentlich nicht. Aber das ließ sich testen. Lou zog das Handy hervor und wählte die Nummer von Elvira Pagel. Nach dem zweiten Läuten ging sie ran. »Hallo Frau Pagel, Lou Meerbusch hier.«

»Ja, was gibt es?«

»Ich habe meinen Wohnungsschlüssel irgendwo liegen lassen. Vermutlich in der Arbeit. Können Sie mir schnell aufsperren? Ich muss dringend was holen.«

»Tut mir leid.« Sie seufzte und es klang echt. »Ich habe keine Schlüssel für die Wohnungen. Wäre ja noch schöner, wenn Hausmeister überall reinkönnten. Die Nummer von einem Schlüsseldienst, mit dem wir Sonderkonditionen vereinbart haben, könnte ich dir geben. Du bist ja nicht die Erste, der das passiert.«

»Das ist sicher teuer. Da fahre ich wohl besser in die

Agentur und hole ihn.« Lou verabschiedete sich und legte auf. Doch die Vorstellung, dass vielleicht doch jemand in der Wohnung gewesen war, nagte weiter an ihr. Vielleicht ging hier jemand ein und aus, wenn sie nicht da war. Das war ein total beschissenes Gefühl, auf das sie gut verzichten konnte. Okay, jetzt war es so weit. Sie würde das Schloss auswechseln. Es war kurz vor sieben. Die Läden hatten bis acht auf. Lou fand eine Eisenwarenhandlung ganz in der Nähe. Bevor sie losfuhr, rief sie an und vergewisserte sich, dass sie dort tatsächlich ein Schloss für eine Wohnungstür kaufen konnte. Mit dem Rad waren es nur zehn Minuten. Doch sie brauchte ein wenig länger, da sie einen Umweg machen musste, um Geld aus dem Automaten zu holen. Großartige Beratung benötigte Lou nicht. Sie kaufte einfach das günstigste Schloss. Knapp fünfzig Euro musste sie dafür hinblättern. Kurz vor acht war sie wieder daheim, suchte auf YouTube nach einem Video, wie man so einen Profilzylinder einbaute und stellte fest, dass das total einfach war. Man brauchte nur einen Schraubenzieher, dann war das in fünf Minuten erledigt.

Lou rief Lysander an, und wie immer, wenn sie an ihn dachte oder mit ihm sprach, fühlte sie sich plötzlich leicht und sorgenfrei. »Hi Lou«, meldete er sich. »Gedankenübertragung. Ich habe grad an dich gedacht. Wollen wir uns heute Abend treffen?«

»Klar. Ich weiß auch schon, was wir machen.«

»Nämlich?«

»Ein neues Schloss in meine Wohnungstür einbauen. Dauert nicht lang. Kannst du einen Schraubenzieher mitbringen? Ich habe keinen.«

Einen Moment war es still am anderen Ende. »Es war

also doch jemand in deiner Wohnung? Fehlt noch was, außer dem Shirt?«

»Nee, eher umgekehrt. Das Shirt ist wieder da.«

Das hatte sie ihm noch gar nicht erzählt. Der Abend gestern war so schön gewesen. Sie hatte ihn nicht verderben wollen und außerdem hatte Onkel Achim das ja mit Julian geklärt. Jedenfalls hatte Lou angenommen, dass das Thema erledigt sei. »Jemand hat es mir in die Agentur geschickt. Und ich habe wieder so eine komische Mail bekommen. Mit einem neuen Schloss würde ich mich besser fühlen. Ich habe schon eins besorgt. Wir müssen es nur noch einbauen.« Lysander versprach, sofort zu kommen. Seine Stimme klang besorgt.

Als es eine halbe Stunde später an ihrer Wohnungstür klingelte, zuckte Lou dennoch zusammen. Sie fühlte sich wie auf schwankendem Grund. Diese Mails, das Shirt. Jemand wollte sie fertigmachen und das Schlimme war, dass es ihm gelang. Der erste bodenlose Schreck war zwar vorbei, und seit Lou sich entschlossen hatte, das Schloss zu wechseln, fühlte sie sich auch ein wenig besser. Denn sie war keine, die tatenlos zusah, wie jemand in ihr Leben pfuschte. Sie war schon immer eine gewesen, die etwas unternahm, wenn ihr etwas nicht passte. Dennoch war sie verängstigt und verstört und wurde von dem Gefühl beherrscht, dass alles, was sie tat, auf Schattenboxen hinauslief. Wer spielte ihr so übel mit? Würde er aufgeben oder würde es weitergehen? Würde es vielleicht noch schlimmer werden? War das erst der Anfang? Der Kopf riet ihr, die Ruhe zu bewahren, logisch zu denken und auf alle Fälle zur Polizei zu gehen. Dort würde man ihr helfen. Doch in ihrem Bauch wühlte die Angst mit kalter Hand.

Lou sah erst durch den Spion, ob wirklich Lysander vor der Tür stand, bevor sie ihn einließ. Er nahm sie in den Arm, gab ihr einen liebevollen Kuss und fragte dann nach der Mail. »Kann ich die mal sehen?«

Lou ging es schlagartig viel besser. Lysander war bei ihr. Sie war nicht allein. Ihr konnte nichts passieren. »Klar.« Sie öffnete das Postfach. »Der Absender ist wieder gefaked und ich bin wieder darauf hereingefallen. Diesmal hat er Bilder mitgeschickt. Er beobachte mich. Und er fotografiert mich.« Leise Panik schlich sich in ihre Stimme.

»Das Passwort hast du aber geändert?«

»Ja. Sicher. Er kann sich die Daten aus meinem Adressbuch aber schon beim ersten Mal geklaut haben.«

Lysander las die Mail und sah sich die Bilder an. Eine Ader an seiner Schläfe trat hervor. »Okay. Das reicht jetzt. Damit musst du zur Polizei. Stalking ist strafbar. Über die Mail und den Provider kann man die IP des Rechners herauskriegen. Dann finden wir hoffentlich den Kerl, der dich belästigt.«

»Du meinst, man kann herausfinden, von welchem PC die Mail geschickt wurde?«

»Genau. Mein Bruder macht das ständig. Dafür braucht man aber einen richterlichen Beschluss, sonst rücken die Provider die Daten nicht raus. Du musst zur Polizei gehen …«

»Warum nicht gleich zu deinem Bruder?«

»Weil du erst eine Anzeige erstatten musst. Die geht dann an den Staatsanwalt, der überzeugt einen Richter, den Beschluss für Datenherausgabe auszustellen, und dann erst ist Meo dran.«

»Okay. Dann bauen wir jetzt das Schloss ein und danach gehe ich zur Polizei.«

Lysander schob die Haare hinters Ohr und legte den Kopf schief. »Du oder wir? Ich würde gerne mitkommen.«

Zwischen all diesem Mist schwappte nun doch eine Welle Glück in ihr hoch. Ihre Probleme waren auch seine. Nichts konnte ihr zustoßen. Alles würde gut werden. Doch weshalb fühlte sie sich trotzdem, als ob sie auf moorigen Wegen durch einen Sumpf ging und mit jedem Schritt ein wenig mehr einsank?

Als sie vor ein paar Wochen in München angekommen war, erschien das Leben so leicht und unbeschwert und alle Träume waren dabei, sich zu erfüllen. Doch seither hatte sich alles geändert. Erst der Stress mit Julian und mit Sylke und nun dieser Stalker. Behielt Pa recht? War München kein Pflaster für sie?

Sie fuhr aus dieser Überlegung hoch, als Lysander ihr auf die Nase stippte. »Du willst das doch nicht alleine machen?«

»Nee. Klar, kannst du mitkommen.« Sie ließ sich an seine Brust fallen. »Das ist total lieb von dir.« Sie hätte heulen können und wusste nicht so recht, ob aus Freude oder Angst.

42

Das neue Schloss einzubauen, dauerte tatsächlich nur fünf Minuten. Lou legte das alte samt Schlüssel in eine Schublade. Schließlich gehörte es Tante Ute. Ihren neuen Schlüssel befestigte sie am Schlüsselbund und den Ersatzschlüssel gab sie Lysander. »Falls ich mich mal aussperre.« Danach googelten sie die Polizeiinspektion, die für Schwabing zuständig war. PI 13 in der Johann-Fichte-Straße. Das war nicht weit. Lou schob den Laptop in die Hülle und packte ihn in den Rucksack. Zu Fuß machten sie sich auf den Weg.

Langsam senkte sich die Dämmerung herab. Die Wärme des Tages stand zwischen den Häusern. Lysander und Lou gingen Hand in Hand die Straßen entlang und saßen zwanzig Minuten später Polizeihauptmeister Sebastian Märtig an einem Schreibtisch gegenüber. Ein Mann wie ein Bär und mit der gemütlichen Ausstrahlung eines Teddys. Kaltes Neonlicht erhellte den Raum. Am Tisch nebenan gab eine Frau eine Anzeige gegen einen Mietnomaden auf. Eine Polizistin kam herein und fragte ihre Kollegen, wer sich der Pizzabestellung anschließen wolle. Märtig orderte eine Pizza Speziale, bevor er sich Lous Geschichte anhörte und sich die Mail und die Bilder zeigen ließ. Derweil knetete er immer wieder seine Unterlippe zwischen Daumen und Zeigefinger. Schließlich hob er den Blick. »Gibt es mehr von diesen elektronischen Nachrichten?«

Lou nickte. »Zwei. Die erste habe ich allerdings gelöscht. Da war ein Video verlinkt.« Lou erzählte von dem Totenschädel, der Horrorfilmmusik und dem eingeblendeten Text. *Especially for you.* Es konnte auch *Lou* dortgestanden haben.

»Im Moment haben Sie also nur diese eine Nachricht, die man Ihnen elektropostalisch zugesandt hat.«

Elektropostalisch. Was war denn das für ein Wort? Lou unterdrückte das aufsteigende Kichern und nickte.

Märtig fragte, ob sie auch anonyme Anrufe oder Drohungen erhielt oder in sonstiger Form unerwünscht Kontakt zu ihr aufgenommen wurde.

Sie schüttelte den Kopf.

»Haben Sie eine Vermutung, wer sie schtalkt?«

Lou musste grinsen. Er meinte wohl *stalkt* und sprach es bayerisch aus.

»Vielleicht der Sohn der Hausmeisterin oder der Prinzipienreiter.«

»Der Prinzipienreiter?«, wiederholte Märtig stirnrunzelnd.

»Ich weiß nicht, wie er heißt, und nenne ihn halt so. Er wohnt im selben Haus und ist irgendwie komisch.«

»Irgendwie komisch?« Der Mann hatte sich offenbar entschlossen, ihr Echo zu sein. Lou fühlte sich wie eine verdammte Idiotin. Weshalb bekam sie keinen geraden Satz raus?

»Können Sie das präzisieren? Hat er Sie belästigt oder verfolgt? Fotografiert er Sie? Werden Sie beobachtet?«

»Ich weiß es nicht...«

»Aber Sie verdächtigen ihn. Und der Sohn der Hausmeisterin. Hat er auch einen Namen?«

»Pagel. Ben Pagel«, stotterte Lou. »Ich hab ihn mal allein in meiner Wohnung gelassen. Er hat was repariert ...«

»Und weshalb vermuten Sie, dass er dahintersteckt?«

»Er ... ich ...« Lou schloss für eine Sekunde die Augen. Sollte sie sagen, er sieht aus wie ein Grottenolm und ist mir total unheimlich? Sie wusste ja selbst, dass sich das total lächerlich anhörte. Märtig glaubte ihr nicht. Das lief jetzt genau in dieselbe Richtung wie ihr Gespräch wegen des zerschnittenen Shirts vor ein paar Tagen.

»Erwarten Sie etwa, dass meine Freundin gerichtsfeste Beweise liefert? Das ist schließlich Ihr Job«, mischte Lysander sich nun ein. »Sie sehen die Mail doch und die Bilder. Jemand spioniert hinter meiner Freundin her und er droht ihr. *Ich bin bei dir. Immer an deiner Seite.* Das ist Stalking. Daran besteht ja wohl kein Zweifel.« Lysander drehte das aufgeklappte MacBook zu sich und las laut: *Weißt du eigentlich, wie gut du riechst?* Das ist doch pervers. Solche Typen sind gefährlich. Denen muss man das Handwerk legen, und zwar *bevor* etwas passiert.«

Lou war ihm so dankbar. Lysander hatte es auf den Punkt gebracht. Das musste den Polizisten doch überzeugen.

Mit einer Hand fuhr Märtig sich über den mächtigen Schädel. »Das ist zu wenig. Eine elektropostalische Nachricht. Die andere können Sie ja leider nicht vorzeigen.« Es klang, als ob er glaubte, Lou habe die erste Mail erfunden. »Sie bekommen keine Anrufe. Niemand droht Ihnen. Eine einzige belegbare unerwünschte Kontaktaufnahme. Um den Absender wegen Schtalking zu belangen, müssten Sie ihm erst klarmachen, dass Sie keinen Kontakt zu ihm wünschen. Sonst ist das kein Schtalking. Nicht so einfach, das Ganze.« Wieder fuhr er sich mit der Hand über den Kopf.

»Das ist doch eine total verdrehte Logik. Meine Freundin soll dem Kerl mitteilen, dass sie nicht gestalkt werden will? Geht's noch?«

»Das ist leider so.«

»Sie nehmen das nicht ernst. Sie *wollen* nichts unternehmen. Beamtenmikado oder was? Wer sich zuerst ....«

»Hoppla!« Märtig beugte sich über den Tisch. »Hüten Sie Ihre Zunge. Sie wollen sicher keinen Beamten beleidigen. Das ist strafbar.«

Lou blieb die Luft weg. Dieser Polizist wollte ihr nicht helfen, aber Lysander wegen Beamtenbeleidigung drankriegen. Der hatte ja wohl einen Vogel.

Lysander starrte Märtig in die Augen. Alle Muskeln strafften sich, er schob den Stuhl quietschend zurück und griff nach Lous Hand. »Komm, wir gehen. Ich weiß auch schon, wohin. Legal. Illegal. Scheißegal.«

43

Es war schon kurz nach zehn, als Lysander an der Wohnungstür seines Bruders in Untergiesing klingelte. Sie befand sich im vierten Stock eines Wohnblocks, der zurzeit renoviert wurde. Ein Baugerüst verdeckte die Fassade, Planen raschelten im Nachtwind. Im Treppenhaus roch es nach Gips und Farbe.

Romeo Klein/Sabine Römer. Diese Namen standen auf dem Klingelschild. Lou musste schmunzeln. Klein Romeo. Sie konnte verstehen, dass er über diese Namenswahl seiner Eltern nicht entzückt war. Aus der Wohnung klang Musik. Schritte näherten sich, eine junge Frau öffnete die Tür. Schwarzes Tanktop, Bermudashorts, Flipflops. Buntes Tuch im schwarzen Haar. Koboldblick. »Hallo Lysander. Willst du zu Meo?« Ein neugieriger Blick streifte Lou.

»Wenn wir nicht stören.«

»Er ist auf dem Heimweg von der Arbeit. Dauert also noch ein bisschen. Kommt doch solange rein.«

Sie ging voran ins Wohnzimmer und drehte die Musik leiser. Lysander stellte Lou vor.

»Hi Lou. Ich bin Sabine, Meos Freundin. Setzt euch doch. Wollt ihr was trinken? Wasser oder ein Bier?«

Lou fühlte sich ganz ausgedörrt. »Ein Glas Wasser wäre toll.« Lysander wollte ein Bier. Sabine verschwand in der Küche.

Lou sah sich um. Ein Sammelsurium von Möbeln unterschiedlicher Epochen. Neben einem modernen Sofa stand ein Bauernschrank. Ein kleiner Tisch, der nach Biedermeier aussah, bildete einen interessanten Kontrast zu einem funktionellen Arbeitstisch, auf dem Papierbahnen und Stoffmuster lagen.

»Sabine studiert Textildesign«, erklärte Lysander, als er Lous Blick bemerkte. »Das ist ihr Zimmer. Bei Meo sieht es krass anders aus.«

Meos Freundin kehrte mit einer Dose Bier und einem Glas Wasser zurück. Sie war wirklich nett und fragte, was Lou so machte. Rasend schnell war Lou mit Sabine in ein Gespräch über Design vertieft. Lysander trank das Bier und wirkte dabei völlig in sich gekehrt.

Irgendwann hörte Lou den Schlüssel im Schloss und dann eine Tür schlagen. »Meo ist da.« Sabine stand auf und ging in den Flur. Lou und Lysander folgten ihr.

Meo sah ganz anders aus als Lysander. Blonde Wuschelhaare, Flusenbart. Er trug karierte Baggy Bermudas und ein superweites T-Shirt, auf dem *Read the fuckin' manual* stand. Und *der* sollte IT-Spezialst bei der Polizei sein? Kaum vorzustellen.

Meo gab Sabine einen Kuss, bevor er sich dem Besuch zuwandte.

»Hi Meo.« Die Brüder begrüßten sich mit Handschlag.

»Hi Bruderherz.« Meo wuchtete die Umhängetasche, die an einem breiten Riemen quer über seiner Brust hing, über den Kopf und stellte sie auf den Boden. Sie schien eine halbe Tonne zu wiegen. »Was steht an?« Ein fragender Blick streifte Lou.

»Das ist Lou. Meine Freundin.« Lysander wurde tatsächlich ein wenig rot. Das fand sie irgendwie süß.

»Hi Lou.« Meo reichte ihr lächelnd die Hand.

»Wir brauchen dich«, fuhr Lysander fort, bevor Meo einen Spruch ablassen konnte. »Lou hat Probleme mit einem Stalker, der ihr seltsame Mails schickt. Wir waren schon bei der Polizei. Dort will man ihr aber nicht helfen. Jetzt bist du gefragt.«

»Ich habe einen Vierzehnstundentag hinter mir. Mein Hirn ist auf Standby. Lasst mich erst einen Bissen essen. Okay? Dann gucke ich mir das an.«

Eine halbe Stunde später saßen sie in Meos Zimmer, das in der Tat *krass anders* aussah als das von Sabine. Stahlregale voller Technik und Fachliteratur. Ein Tisch mit zwei Monitoren, Rechner, Tablet-PC und verschiedenen Spielkonsolen. Überall blinkten Lichter rot, gelb, grün. Meo zog aus einer Ecke zwei Klappstühle für Lou und Lysander und setzte sich an seinen Schreibtisch. »So, jetzt bin ich wieder im Betriebsmodus. Ein Stalker also und die Kollegen nehmen das nicht ernst. Erzähl mal.«

Lou fasste die ganze Geschichte noch einmal zusammen. Endlich wurde sie mal nicht unterbrochen. Dennoch hatte sie den Verdacht, dass Meo ihr nicht richtig zuhörte. Er sah total müde und fertig aus.

»Okay. Klingt nicht so prickelnd«, sagte er, als sie fertig war. »Vermutlich sind das zwei Paar Stiefel. Die Sache mit dem Shirt lassen wir mal außen vor, das war ja wohl dein Chef. Die beiden Mails sehe ich mir morgen an. Ach, nee, eine hast du doch gelöscht. Oder?«

Lou nickte. Das war ja wohl oberdämlich von ihr gewesen.

»Hast du die richtig gelöscht? Oder liegt sie noch im Papierkorb?«

Sie verstand nicht, was er meinte. »Gelöscht halt.«

»Gut, dann ist sie vermutlich noch da. Ich sehe mir das an. Aber bestimmt nicht heute, Leute. Ich bin total platt. Kannst du mir dein MacBook bis morgen dalassen?«

Eigentlich nicht so gerne. Ohne war sie ziemlich aufgeschmissen. Doch schließlich hatte sie ihn um Hilfe gebeten. »Klar. Kein Problem.« Sie gab es ihm.

»Ich spiegele die Festplatte, dann kriegst du deinen Laptop wieder und ich kann mir das in aller Ruhe ansehen. Das wird allerdings ein paar Tage dauern. Wir haben momentan den Oberstress im Mordfall Daniela.«

Puh. Ein paar Tage. Was sollte sie tun, wenn mehr von diesen Mails kamen? Dann würde sie die einfach an Meo weiterschicken. »Ist schon okay. Hauptsache, du findest schnell raus, wer dahintersteckt.«

Meo wackelte mit erhobenem Zeigefinger. »Da werden wir den gesetzlich vorgeschriebenen Behördenhindernislauf absolvieren müssen. Erst Anzeige bei der Polizei …«

Lysander beugte sich vor. »Dort hat man uns aber abblitzen lassen.«

»Ich rede mit einem Kollegen im Präsidium. Er wird die Anzeige aufnehmen. Und dann geht alles den vorgeschriebenen Weg. An die personenbezogenen Daten einer IP-Adresse würde ich zwar auch ohne Beschluss kommen. Man hat ja so seine Möglichkeiten … Aber sie wären nicht gerichtsverwertbar.«

»Wieso denn das?«, fragte Lou.

»Illegal erlangte Beweismittel werden vor Gericht nicht zugelassen. Und selbst wenn, ich kann das ja nicht an die große Glocke hängen. Dann habe ich wenigstens ein Disziplinarverfahren am Hals.« Meo gähnte und stand auf. Es war wohl Zeit zu gehen. »Ich muss jetzt echt 'ne Runde pennen.« Er wandte sich an Lou. »Mach dir keine Sorgen. Zwei Mails sind nicht wild. Ich hatte schon mit ganz anderen Fällen zu tun. Da gab es mal eine Frau, die über tausend bekommen hat.«

»Wenn ich aber gar nicht gerichtlich gegen den vorgehen will, dann könntest du mir schneller sagen, wer dahintersteckt?« Lou wollte doch nur wissen, wer das war.

Meo seufzte. »Und dann? Denkst du, er hört auf, wenn er enttarnt ist? Glaub ich eher nicht. Lass uns den legalen Weg gehen.«

»Wie lange kann das dauern?«

In einer entschuldigenden Geste breitete Meo die Arme aus. »Also ganz ehrlich: Er bedroht dich nicht. Erste Priorität wird deine Anzeige daher nicht haben. Das kann schon einige Wochen dauern. Wenn ich ein wenig Druck mache, geht's vielleicht schneller.«

Hatte Meo gerade Wochen gesagt? Lou glaubte, sich verhört zu haben. Lysander mischte sich ein. »Komm, das ist doch Wahnsinn! Wie soll Lou das wochenlang aushalten?«

»Wer sagt denn, dass noch mehr Mails kommen. Vielleicht war es das schon. Wenn nicht, dann ändert das unter Umständen die Sachlage.« Nun klang Meo ganz wie ein Polizist. »Dann wird der Fall natürlich vorrangig bearbeitet.«

»Du meinst, wenn er so weit geht und Lou bedroht? Muss denn erst was passieren?«, fuhr Lysander seinen Bruder an. »Vorschlag. Du machst den Kerl zackig auf deine Art ausfindig. Wenn Lou sich dann doch entscheidet, ihn vor Gericht zu bringen, stellen wir uns ganz dumm und bekommen seine Daten mithilfe der offiziellen Anzeige. Deal?« Lysander hielt Meo die Hand hin.

Meo schlug nicht ein. »Was soll das bringen?«

»Schnelle Gewissheit, wer dahintersteckt.«

»Und dann siehst du ihm tief in die Pupille und machst einmal laut Buh oder schlägst ihn zusammen oder was? Und Lou hat künftig Ruhe? Nee, Lysander. So läuft das im Allgemeinen nicht.«

»Man könnte es aber probieren. Lou kann doch nicht wochenlang in dieser Ungewissheit leben.«

»Ich riskiere meinen Job, wenn ich auffliege. Wegen zwei seltsamer Mails! Lasst mich darüber schlafen. Okay? Wir reden morgen weiter.« Er brachte sie zur Tür.

Lou war sauer und enttäuscht, als sie durchs Treppenhaus gingen. Sie hatte sich Hilfe von Meo erwartet und nun schien auch er sie hängen zu lassen. Auf dem Weg zur U-Bahn kochte schließlich eine Mischung aus Panik und Wut in ihr hoch. Jeder Quadratzentimeter ihrer Haut zog sich zusammen, ein dumpfer Schmerz, während gleichzeitig eine nie gekannte Unruhe in ihr zu pulsieren begann. »Niemand nimmt mich ernst. *Nur* zwei Mails. Als wäre das nichts. Jemand verfolgt mich und fotografiert mich, wo ich gehe und stehe, und keinen interessiert das.«

Sie erreichten die Rolltreppe zum Bahnsteig. Unwillkürlich sah Lou sich um, ob jemand ihnen folgte. Lysander legte seinen Arm um ihre Schulter. »He Lou. Jetzt übertreibst du aber schon ein bisschen. Wo du *gehst und stehst,* das stimmt ja nicht. Er hat einige Fotos gemacht, und zwar in der Nähe deiner Wohnung.«

Jetzt auch noch Lysander! Er spielte das herunter, während ihre Angst wuchs und sie mit sich reißen wollte. Das

Gefühl, ganz allein zu sein, tat sich auf wie ein schwarzes Loch. »Und? Ist das etwa besser!«, fauchte sie ihn an. Wütend riss sie sich von ihm los. »Der terrorisiert mich und will mich fertigmachen und alle tun so, als sei das ganz normal. Und wenn der nun nachts bei mir einbricht und mich vergewaltigt oder umbringt? Wird dann die Polizei endlich was tun?«

Eine alte Frau, die auf der Rolltreppe nebenan nach oben fuhr, starrte zu Lou hinüber. Ihr Mund stand offen.

»Ach Lou.« Lysander wollte den Arm wieder um sie legen, doch sie schüttelte ihn ab. »Und auch dein toller Bruder ist feige und verschanzt sich hinter irgendwelchen Paragrafen.« Sie kamen unten am Bahnsteig an. Die U-Bahn war gerade eingefahren.

»Jetzt bist du aber unfair. Meo wird sich das ansehen und dafür sorgen, dass deine Anzeige…«

»Unfair! Ich bin also unfair! Geht's noch?« Das war einfach zu viel. Sie war so wütend, verängstigt und traurig zugleich wie noch nie in ihrem Leben. »Du denkst wohl, ich steigere mich da hinein und bin völlig hysterisch!«

»Hysterisch ist vielleicht das falsche Wort…«

»Vielleicht!« Eine Sekunde starrte sie ihn an. »Toll! Weißt du, was, du musst dich nicht damit belasten. Ich kriege das alleine geregelt. Wie bisher alles in meinem Leben! Und Tschüss!« Lou schaffte es gerade noch in die U-Bahn, da schlossen sich schon die Türen hinter ihr. Lysander stand allein am Bahnsteig, den Kopf beomäßig überrascht zur Seite geneigt. Eine schmutzige Scheibe trennte sie. Lou fühlte sich plötzlich hundeelend. Ihr ganzes Leben ging den Bach hinunter. Die Tränen begannen einfach zu laufen.

44

Am nächsten Morgen hatte sie vom Heulen Kopfschmerzen und ihre Augen fühlten sich dick und verquollen an. Sie setzte sich auf die Bettkante und sah aufs Handydisplay. Keine SMS von Lysander. Keine Nachricht auf der Mailbox. Echt klasse! Das hatte sie ja echt super hingekriegt. Obwohl? Eigentlich war ja sie dran, sich bei ihm zu melden. Schließlich hatte sie ihn einfach stehen lassen. Bei der Erinnerung an ihren nächtlichen Abgang stöhnte sie. Sie war so in Panik gewesen, wie noch nie in ihrem Leben. Jetzt bei Tageslicht konnte sie wieder klar denken.

Auf dem Weg ins Bad sah sie den Stuhl, der noch unter der Türklinke klemmte, damit niemand in die Wohnung gelangen konnte. Gestern Nacht war sie wirklich kurz davor gewesen durchzudrehen. Nicht einmal das neue Schloss hatte ihr ein Gefühl von Sicherheit vermittelt.

Und nun strahlte die Sonne ins Zimmer, die Geister der Nacht waren verschwunden und Lou hatte das Gefühl, total überreagiert und sich völlig idiotisch benommen zu haben. Meo arbeitete bei der Polizei. Er wusste, was er tat, und sie konnte ja echt nicht erwarten, dass er seinen Job ihretwegen riskierte. Wegen zwei Mails. Eine andere Frau hatte über tausend bekommen. *Hallo! Über tausend, liebe Lou, und bei dir sind nur zwei gelandet! Zwei! Jetzt krieg dich mal wieder ein!* Sie griff zum Handy und schrieb Lysander eine SMS. *SORRY!!! Soooo sorry!*

Danach fühlte sie sich ein wenig besser. Als sie die Wohnung verließ, sperrte sie wie immer sorgfältig ab. Seit gestern konnte sie zumindest sicher sein, dass es tatsächlich nur zwei Schlüssel gab. Das fühlte sich schon mal gut an.

In der Agentur arbeitete sie zügig und konzentriert und drängte so alle Sorgen in den Hintergrund. Sylke hatte die Booklets tatsächlich fertig bekommen und schon wieder Oberwasser. Der erwartete Rückschlag kam, als Jem, Peter und Mike zu einer Besprechung in den Konfi gingen und Lou mit Sylke allein war. »Deine Schadenfreude gestern hättest du dir echt sparen können. Das war total unkollegial. Jeder macht mal Fehler. Du auch. Und dann werde ich über dich lachen.«

Einen Moment lang war Lou versucht, Sylke mal so richtig zusammenzufalten, ihr zu sagen, dass sich nicht immer alles um sie drehte und nicht jedes Wort und jede Geste auf sie gemünzt war, als sei sie der Mittelpunkt des Universums. Doch plötzlich fehlte ihr die Kraft dafür. Sie schaffte es nicht mehr, die Panik zu unterdrücken. Auf einmal war sie wieder da. Lou vibrierte vor Nervosität, als ob elektrischer Strom durch ihre Adern floss und nicht Blut. Sie ignorierte Sylkes Bemerkung, was zur Folge hatte, dass Sylke sich erst recht aufregte. »Dein ganzes abgeklärtes Getue bringt dir nichts. Wirst schon sehen. Heute ist nämlich ein toller Tag. Jedenfalls für mich. Für dich eher nicht.« Mit hochgezogener Braue musterte sie Lou abschätzig.

Was sollte das kryptische Geschwafel bedeuten? Etwa, dass Julian sich wegen der Lehrstelle entschieden hatte? Sylkes Bemerkung gab Lou einen Stich. Wenn es so war, dann war das eben so. Die Lehrstelle wollte sie ohnehin nicht mehr. Sie würde Sylke mit Üps allerdings nicht die Freude machen nachzufragen.

»Schön für dich«, sagte sie deshalb nur, zog den iPod hervor und stöpselte sich die Ohren zu. Das Handy war auf Vibrationsalarm geschaltet. Wenn Lysander ihr eine SMS schrieb, würde sie das also mitbekommen. Lysander! Sein ungläubiger Beoblick. *So sorry, Liebster!*

Am späten Nachmittag tippte Jem sie an. Lou zog die Kopfhörer raus. »Julian will die Screens für die Website mit dir besprechen.«

»Okay.« Lou trabte in sein Büro. Heute ausnahmsweise mal ohne gemischte Gefühle und ohne auf der Hut zu sein. Seit Achim mit ihm gesprochen hatte, benahm sich Julian wie ein anständiger Chef. Er saß am Besprechungstisch, etliche Ausdrucke lagen vor ihm. »Sieht gut aus. Deinen Vorschlag mit der Diashow hast du super umgesetzt. Ich würde die Bilder allerdings kleiner machen. Etwa zwanzig Prozent.« Er sah auf. »Setz dich doch.«

Lou zog einen Stuhl heran und nahm am Tisch Platz. Julians Lob freute sie.

Gemeinsam gingen sie die bereits fertig gestalteten Screens durch. Bis auf den Umbau der Diashow hatte Julian nur kleinere Änderungen. Allerdings rückte er ihr dabei wieder mehr auf die Pelle, als nötig gewesen wäre. Seine Hand berührte wie zufällig ihre. Mehrmals. Jedes Mal zog sie sie weg. Irgendwann bemerkte sie seinen Blick auf ihren Busen. Schlagartig fühlte sich ihr Shirt zu eng an. Langsam und stetig stieg Gereiztheit in ihr auf.

Sie war froh, als sie endlich fertig waren, schob den Stuhl zurück und stand auf. Dabei bemerkte sie ein Dutzend großformatige Fotos, die am anderen Tischende lagen. Ein Mädchen in mehr als knappen Jeanshorts und weit ausgeschnittenem T-Shirt reckte sich lasziv über einen roten Sportwagen und wusch ihn hingebungsvoll mit einem Schwamm. Das Shirt war feucht. Man sah den Busen und die aufgerichteten Brustwarzen. Ein aufgeilendes Spindmotiv. Einfach widerlich. Lou wollte sich abwenden. Doch dann erkannte sie unter all dem Make-up und der aufgestylten Lockenpracht das Model. Es war Sylke. Lou fuhr herum und stieß beinahe mit Julian zusammen, der unbemerkt hinter sie getreten war. »Geile Fotos. Sylke kommt echt scharf rüber. Wir werden die Bilder für den Kalender eines Automobilzulieferers verwenden.«

»Super. Echt.« Es gelang ihr nicht, einen ironischen Tonfall anzuschlagen. Ihre Verachtung und der Ekel, den sie empfand, überdeckten alles.

Sie wollte Julian ausweichen, wollte hier raus. Doch hinter ihr war der Tisch und vor ihr stand er. Er kam sogar noch einen Schritt näher. »Die Fotos habe ich gemacht. Ich würde solche scharfen Bilder auch gerne von dir machen. Magst du?« Seine Hand landete auf ihrer Hüfte. »Du magst. Du bist doch ganz scharf darauf. Gib es doch zu.« Ehe sie sich versah, griff er ihr an den Po und versuchte, sie mit einem Ruck an sich zu ziehen.

In ihrem Hirn spielte sich ein flimmerndes Rauschen ab. Lou sah rot. Im wahrsten Sinne des Wortes. Sie trat nach Julian, schlug seine Hand weg. »Du ekelhaftes Schwein! Nimm deine Dreckspfoten von mir! Such dir eine andere Praktikantin, die du betatschen kannst. Obwohl, du hast ja schon eine, die sich das gefallen lässt. Ich jedenfalls nicht. Das war es.« Sie stürmte aus dem Büro, gefolgt von

Julians Lachen. Er schien sich köstlich zu amüsieren. Und doch sah sie die Kälte in seinem Blick, als sie sich noch einmal umdrehte. Kalt wie ein Dolch aus purem Eis.

»Das lasse ich mir nicht gefallen«, rief sie. »Das wird Folgen haben!« Es hatte zornig klingen sollen, doch es kam nur ein erbärmliches Krächzen heraus. Und das machte sie noch wütender.

Im Grafikerzimmer saßen nur Sylke und Jem. Lou raffte ihre Sachen zusammen und stopfte sie in den Rucksack.

»Was ist los?«, fragte Jem.

»Ich gehe. Das war's. Ich lass mich von diesem widerlichen Schwein nicht länger betatschen. Sylke, du hast gewonnen. Die Lehrstelle gehört dir. Hoffentlich musst du dafür nicht auch noch mit ihm in die Kiste. Obwohl du das vermutlich glatt machen würdest.«

»Wie? Betatschen?« Jem schien keine Ahnung zu haben, was hier ablief.

Sylke legte den Kopf schief und strich sich die Haare über die Schulter. »Schätzchen, man muss auch verlieren können.«

»Stimmt. Aber man sollte darauf achten, was man verliert. Die Selbstachtung besser nicht.« Sie schulterte den Rucksack. »Jem. Wir sehen uns, dann erkläre ich dir das.«

Im Vorübergehen verabschiedete sie sich von Gunda und Franziska, die an der Theke standen. Irgendwie konnte sie ihre Schritte nicht stoppen. Sie wollte hier nur noch raus. »Sorry, Franziska. Es geht nicht. Tschau, Gunda. Ich breche die Zelte ab.« Sie warf die Tür hinter sich ins Schloss, dass es wie Donnergrollen durchs Treppenhaus hallte.

45

Lou trat in die Pedale. Sie war so wütend wie noch nie in ihrem Leben. Alles schien sich gegen sie zu wenden. Wie eine Verschwörung. Julian, dieser Arsch! Und Sylke mit Üps, was für eine selbstgefällige Kuh! Alles ging den Bach hinunter! Pa hatte recht behalten. Sie hatte das Praktikum geschmissen. Er würde sicher zufrieden grinsen, wenn sie daheim auftauchte. Bei dieser Vorstellung sträubte sich alles in ihr. Und bei der Erinnerung an Julians Hand an ihrem Po, wurde ihr erst recht schlecht. Nicht eine Sekunde länger hätte sie es in der Agentur ausgehalten.

Tausend Gedanken wirbelten durch ihren Kopf, stechend wie Sandkörner im Sturm. Alles in ihr war ein einziges Chaos. Nichts bekam sie zu fassen. Erst als Bremsen quietschten und ein Lieferwagen einen Zentimeter vor ihr zum Stehen kam, brach der Sturm in ihrem Innersten in sich zusammen. Lous Herz raste. Schockiert blickte sie auf den Fahrer, der sie durchs geöffnete Fenster anschrie: »Rot. Es war rot, du saudummes Madl. Wo hast denn du deine Augen? Oder gelten Verkehrsregeln nicht für dich!«

Lous Mund war staubtrocken. Sie brachte kein Wort heraus.

»Jetzt hau ab! Oder willst du hier übernachten!«

Mit zitternden Knien schob sie das Rad auf den Gehweg. Der Motor dröhnte auf, der Lieferwagen fuhr weiter.

Okay! So ging das nicht. Sie brauchte eine Pause. Einen Lichtblick. Etwas, das diesem beschissenen Tag einen anderen Dreh geben würde.

Lysander. Sie sehnte sich so nach ihm.

Wo war sie eigentlich? Lou sah sich um. Neben einem Springbrunnen entdeckte sie ein Schild. Geschwister-Scholl-Platz. Sie schob das Rad zu einer Bank am Rand des Platzes und setzte sich. Ihr war schlecht. Das Wasser plätscherte. Über den Himmel zogen zwei weiße Wölkchen. Der Verkehr rauschte. Das Leben ging weiter. Es dauerte ein paar Minuten, bis Lou in der Lage war, das Handy aus der Tasche zu ziehen. Bevor sie der Mut wieder verließ, wählte sie schnell Lysanders Nummer. Sie musste jetzt unbedingt sofort seine Stimme hören.

»Hi Lou.«

»Hi Lysander.« Danach wusste sie nicht weiter.

»Alles in Ordnung?«

Nichts war in Ordnung. Gar nichts. Alles, was schieflaufen konnte, lief auch schief. »Nee. Natürlich nicht. Es tut mir leid ... Wegen gestern ... Weißt schon. Das war doof von mir. Ich habe keine Ahnung, warum ich so ausgetickt bin.«

»Ist schon gut.« Seine Stimme war fest. Beruhigend. »Mir tut es auch leid. Offenbar habe ich nicht gerafft, wie sehr dir diese Mails zu schaffen machen. Ich wollte dich auch schon anrufen. Wollen wir uns heute Abend treffen?«

»Ja, klar.« Ein Felsbrocken, so groß wie ein Berg, rutschte ihr vom Herz und begrub Ärger, Angst und Frust in einer Geröllawine unter sich. Schlagartig ging es ihr besser.

»Am Flaucher? Bei unserem Baum?«

Bei unserem Baum! Sie sah das silbrige Holz vor sich und Lysanders dunkle Augen. »Klingt gut.«

»Schön. Ich habe übrigens vorher mit Meo telefoniert. Die Anzeige kannst du erst morgen machen. Er hat ziemlich Stress. Deshalb ist er noch nicht dazugekommen, die Festplatte zu kopieren. Dein MacBook wirst du vermutlich auch erst morgen wiederkriegen.«

»Ist nicht so schlimm. Ich werde zwei Tage ohne überleben.«

»Und sonst? Du klingst... Ich weiß auch nicht... Geht es dir wirklich gut?«

Gut nicht. Aber schon wesentlich besser. Allein Lysanders Stimme zu hören, hatte ihr geholfen, sich aus dem Strudel zu befreien, in dem sie unterzugehen drohte. »Geht so. Ich bin nicht mehr bei Döhrig. Ich habe das Praktikum gecancelt. Pa wird sich freuen.«

»Okay?«, sagte er gedehnt. »Das Praktikum war dir doch so wichtig. Was ist denn passiert?«

»Julian kann es einfach nicht lassen.« Sie erzählte, was vorgefallen war. Danach war Lysander erst mal eine Weile still. Sie hörte, wie er durchatmete. »Dein Chef ist ein echt mieser Kerl. Das ist momentan schon heftig, was du durchmachst. Was willst du jetzt tun? Zurück nach Straubing oder suchst du dir was Neues?«

»Ich weiß noch nicht. Eine neue Praktikumsstelle zu finden, ist nicht so einfach.« Aber der Gedanke, nicht reumütig nach Straubing zurückzukehren, gefiel ihr. Sobald sie ihr MacBook wiederhatte, konnte sie im Netz auf Suche gehen und Pa musste das ja nicht unbedingt erfahren. Jedenfalls nicht, wenn es sich irgendwie vermeiden ließ.

»Der Vater eines Freundes arbeitet bei der Abendzeitung. Vielleicht würden die dich ja als Praktikantin nehmen. Fragen kostet nichts. Soll ich?«, fragte Lysander.

»Echt? Das wäre toll!«

»Wir können das ja nachher am Flaucher bequatschen. Meine Ma wartet auf mich. Ich soll den Virenschutz ihres PCs updaten.«

»Ja, dann bis später. So um halb sieben?«

»Okay. Das passt. Ich freue mich. Auf dich!« Lysander legte auf und Lou sah mit einem Lächeln im Gesicht in den blauen Himmel. Für den Augenblick war ihre Wut verraucht und all der Ärger wie weggeblasen. Alles würde gut werden. Ganz sicher.

Sie blieb noch ein Weilchen sitzen. Es war erst kurz nach fünf. Was sollte sie bis halb sieben tun?

So wie sie die Leopoldstraße entlanggerast war, war es kein Wunder, dass sie total verschwitzt war. Also duschen und umziehen. Lou radelte heim. Vor dem Haus schob sie das Rad in den Ständer und kettete es an. Im Vorraum wartete sie auf den Lift, der nicht kommen wollte. Als sie sich gerade entschlossen hatte, die Treppe zu nehmen, erreichte er rumpelnd das Erdgeschoss. Niemand drin. Sie stieg ein und drückte auf die Taste für die dritte Etage. Die Türen wollten sich schon schließen, als sich eine Hand dazwischenschob und jemand einstieg.

46

Lysander saß an den Baumstamm gelehnt und blickte über die Isar. Der Fluss rauschte. Ein schwacher Luftzug strich durch die Bäume. In der Nähe saßen ein paar Jungs um ein Feuer. Drei Plastiktüten voller Bierdosen lagen zur Kühlung im Wasser. Alle paar Minuten stand einer auf und holte Nachschub. Wenn die so weitermachten, waren sie in einer Stunde hackedicht.

Die Familie, die ein Stück entfernt saß, packte langsam ihre Sachen zusammen. Es war schon kurz vor acht. Die Kleinen mussten sicher ins Bett. Wo Lou nur blieb? Er zog das Handy aus der Hosentasche. Keine SMS von ihr. Jetzt wartete er schon anderthalb Stunden. Und in den letzten zehn Minuten hatte er begonnen, sich Sorgen zu machen. Deshalb schrieb er ihr nun eine SMS. *Verlaufen? Nicht gefunden? Oder hast du mich vergessen? Ich warte an unserem Baum auf dich. HDL.*

Während der folgenden Viertelstunde bezog sich der Himmel grau, der Wind wurde stärker, die Luft kühler. Lou würde wohl nicht mehr kommen. Lysander stand auf und klopfte sich Schmutz vom Hosenboden. Was sollte er jetzt machen? Heimfahren? Zu ihr fahren? Sie anrufen? Er wusste es nicht.

Hatte Lou ihn versetzt? Das traute er ihr eigentlich nicht zu. War etwas passiert? Vielleicht ein Unfall mit dem Rad? Während er versuchte, die aufsteigende Angst zu unterdrücken, und Richtung Flauchersteg ging, gab sein Handy endlich den erhofften Signalton von sich. Eine SMS war eingegangen. Sie kam von Lou. Gott sei Dank!

Tut mir leid. Ich kann nicht kommen. Muss für ein paar Tage allein sein. LG, Lou.

Komische Nachricht. Als er vor ein paar Stunden mit ihr telefoniert hatte, war sie zwar gefrustet gewesen, aber sie hatte sich auf das Treffen gefreut. Er steckte das Handy ein.

Etwas stimmte nicht. Dieses Gefühl war plötzlich da. Es passte nicht zu ihr, dass sie ihn versetzte, sogar für mehrere Tage allein sein wollte. Und diese SMS! Lou wäre gekommen und hätte ihm erklärt, weshalb sie sich für einige Zeit ausklinken wollte. Oder nicht? Kannte er sie wirklich so gut, um das zu wissen?

Er zog das Handy wieder hervor und wählte ihre Nummer. Doch sie hatte ihres abgeschaltet. *Der von Ihnen gewünschte Teilnehmer ist vorübergehend nicht erreichbar. The person…* Lysander legte auf und schrieb eine SMS. *Bitte rufe mich an, sobald du die SMS liest. HDL.* HDL löschte er wieder und schrieb: *Ich habe dich lieb und ich mache mir Sorgen.* Einen Moment zögerte er und klickte dann auf *senden.*

47

Er machte sich auf den Heimweg. Doch daheim in seinem Zimmer ließ ihm Lous Nachricht keine Ruhe. Etwas an der SMS war faul. LG. Liebe Grüße. Dieses Kürzel hatte sie noch nie verwendet. Entweder schickte sie ihm einen :-) oder ein HDL manchmal auch ein :-x. Nochmals wählte er ihre Nummer. Ihr Handy war noch immer aus. Auch das war ungewöhnlich. Bisher hatte er sie immer erreichen können. Er sagte seiner Ma, dass er noch mal losmusste, und fuhr mit der U-Bahn nach Schwabing. Kurz vor halb elf stand er vor ihrem Haus und klingelte. Nichts rührte sich. Dritte Etage. Er suchte den Balkon, der zu ihrer Wohnung gehörte. Der zweite von links. Das Fenster dahinter war dunkel. Ihr Rad stand nicht im Ständer vorm Haus. War sie noch unterwegs? Wollte sie am Ende gar nicht alleine sein? Vielleicht traf sie sich mit einem anderen Jungen. Dieser Gedanke tat weh. Doch instinktiv wusste Lysander, dass sie ihn nicht wegen eines anderen versetzt hatte.

Etwas stank hier bis zum Himmel. *Ich bin bei dir. Immer an deiner Seite*. Panik kroch in ihm hoch. Er versuchte, sich zu beruhigen. Doch es gelang ihm nicht.

In der Dachterrassenwohnung im fünften Stock brannte Licht. Dort wohnte Lous Onkel. Das hatte sie ihm mal erzählt. Vielleicht war sie bei ihm oder hatte ihm gesagt, wohin sie wollte. Nervös studierte Lysander die Namen auf den Klingelschildern. Dr. Achim Bergmair. Das musste er sein. Er drückte auf den Knopf. Kurz darauf rauschte die Gegensprechanlage. »Ja, bitte?«

»Lysander hier. Ein Freund von Lou. Kann ich Sie sprechen?«

Der Summer erklang. Lysander betrat das Haus und fuhr mit dem Aufzug in die oberste Etage. In der Kabine hing ein merkwürdiger Geruch nach Kräutern. Ziemlich penetrant und unangenehm. Lysander war froh, als die Lifttüren sich öffneten und er durchatmen konnte.

In der offenen Tür der Penthousewohnung stand ein gut aussehender Mann um die fünfzig. Er trug Jeans und Polo-Shirt. Sein Gesicht hatte markante Züge. In den klaren Augen spiegelte sich eine vage Unruhe. Er reichte Lysander die Hand, die sich kühl und weich anfühlte. »Du bist also Lysander. Lou hat mir von dir erzählt. Ist etwas mit ihr?«

»Ich war heute Abend mit ihr verabredet. Sie ist nicht gekommen und hat mir eine SMS geschickt, dass sie für ein paar Tage allein sein will.« Lysander fühlte sich wie ein Idiot. Was er sagte, klang harmlos, logisch, alltäglich. Mädchen versetzt Freund und sucht Abstand. Kein Grund, in Panik zu verfallen oder hinter ihr herzuspionieren.

»So etwas kommt vor«, sagte Lous Onkel prompt. Eine steile Falte erschien an seiner Nasenwurzel.

»Ist sie bei Ihnen?«

»Nein.«

»Hat Sie Ihnen gesagt, was los ist? Weshalb sie allein sein will?«

»Warum fragst du Lou das nicht selbst?«

»Ihr Handy ist schon seit Stunden ausgeschaltet und in der Wohnung ist sie nicht. Ihr Rad ist auch weg. Hat Sie Ihnen denn nichts von den Mails erzählt?«

»Welche Mails?« Achim Bergmair trat zur Seite. »Vielleicht sollten wir das nicht zwischen Tür und Angel besprechen. Komm rein.«

Lysander folgte ihm durch eine stylische Wohnung bis ins Wohnzimmer. Dort nahm er auf dem Sofa Platz. Lous Onkel setzte sich in einen Sessel. Ein halb volles Glas Weißwein stand auf dem Couchtisch. »Welche Mails also?«, wiederholte er seine Frage.

Lysander berichtete ihm, was er davon wusste.

»Komisch. Lou hat mir davon nichts gesagt. Die erste muss sie bekommen haben, bevor sie wegen des Ärgers mit ihrem Chef bei mir war. Anscheinend hat sie ihr keine große Bedeutung beigemessen.«

»Das hat die Polizei auch nicht ...«

Achim zog die Augenbrauen hoch. »Sie war deswegen bei der Polizei?«

»Gestern. Man hat uns dort abblitzen lassen. Der Beamte meinte, zwei Mails wären harmlos. Doch Lou hat sich deswegen Sorgen gemacht. *Ich bin bei dir. Immer an deiner Seite.* Jemand beobachtet sie und lässt sie das wissen. Jemand will ihr Angst machen. Und das ist ihm ja auch gelungen.«

»Und jetzt hast du Angst, dieser jemand könnte mit Lous Verschwinden zu tun haben?« Es klang ein wenig ironisch. Oder bildete Lysander sich das ein? War er wirklich der Einzige, der sich Sorgen machte? Glaubte Onkel Achim am Ende, er sei paranoid?

»Vermutlich waren die Mails nur ein schlechter Scherz. Hatte sie nicht in der Agentur Ärger mit ihrer Mitpraktikantin?«

Lysander schüttelte den Kopf. Natürlich hatte Lou auch

an Sylke als Urheberin der Mails gedacht, ihr das dann aber letztlich nicht zugetraut. Außerdem erklärte das noch nicht, warum Lou plötzlich verschwunden war.

»Ich weiß nur, dass irgendwas nicht stimmt. Die SMS, die Lou mir geschrieben hat… die klingt nicht nach ihr. Außerdem hat sie ihr Handy immer an.«

Onkel Achim griff nach dem Weinglas. »*Immer* ist ein großes Wort. Ich glaube, du kennst Lou noch nicht lange genug, um das wirklich zu wissen. Du vermutest also, jemand anderes hat die SMS geschrieben?«

So klar formuliert, wurde seine Angst endlich fassbar. Genau das war es. Jemand hatte sich Lou geschnappt und an ihrer Stelle die Mail geschrieben, um zu verbergen, dass Lou in seiner Gewalt war. Oder vielleicht schon tot. Blankes Entsetzen legte sich hinter Lysanders Brustbein. Das konnte doch nicht sein! So etwas geschah im Kino und im Fernsehen. Nicht im wirklichen Leben.

Idiot! Natürlich geschahen solche Verbrechen auch wirklich.

»Hallo ich hab dich was gefragt. Glaubst du tatsächlich, dass die SMS nicht von Lou kommt?« Ihr Onkel holte ihn aus seinen Gedanken. »Das würde bedeuten, dass Lou sie nicht selbst schreiben konnte. Und dafür gibt es eigentlich nur drei mögliche Gründe. Erstens: Jemand hat Lou entführt und will nicht, dass das bemerkt wird. Zweitens: Jemand hat Lou getötet und will das vertuschen. Drittens: Lou hat eine Freundin gebeten, die SMS zu schreiben, weil sie tatsächlich ihre Ruhe haben will und Abstand braucht. Meiner Meinung nach ist das die wahrscheinlichste Lösung. Hattet ihr Streit?«

»Wir? Nein. Alles ist in Butter.«

»Oder hat Lou andere Probleme?«

Probleme hatte sie nun in der Tat mehr als reichlich. Und dann heute, die Sache mit Döhrig.

Auf der Suche nach plausiblen Erklärungen ließ Lysanders Panik langsam nach. Er überlegte, ob Lou sauer sein würde, wenn er ihrem Onkel davon erzählte. Doch sie selbst hatte ihn ja um Hilfe gebeten, nachdem Julian Döhrig sie begrabscht hatte. Das eigentliche Problem kannte Onkel Achim also. »Ihr Chef hat sie heute wieder belästigt. Er hat ihr an den Po gegriffen und Lou hat daraufhin das Praktikum geschmissen. Was ja verständlich ist.«

»Was?« Onkel Achim stellte das Glas so heftig auf dem Tisch ab, dass der Wein überschwappte. »So ein Schwein! Und ich dachte, die Sache wäre ein für alle Mal erledigt. Kann dieser Kerl seine Drecksgriffel nicht von dem Mädchen lassen.« Mit der Hand fuhr er sich übers Kinn. »Also da haben wir doch eine Erklärung. Lou hat das Praktikum sausen lassen. Vermutlich weißt du, wie wichtig ihr das war. Sie hat es gegen den Widerstand ihrer Eltern durchgeboxt. Und nun steht sie vor einem Scherbenhaufen. Vermutlich hat sie sich bei einer Freundin verkrochen und heult sich aus.« Onkel Achim erhob sich aus dem Sessel und begleitete Lysander zur Tür. »Mach dir keine Sorgen. Morgen ist sie sicher wieder da.«

48

Die einzige Freundin, von der Lysander wusste, war Caro. Caro1996@gmx.de. Sollte er ihr eine Mail schreiben und fragen, ob Lou bei ihr war oder ob sie wusste, wo sie war?

Doch ging er damit nicht zu weit? Vielleicht wollte Lou tatsächlich ein paar Tage in Ruhe gelassen werden. Und er scheuchte nun ihre Freunde auf... Wenn er ihr derart nachspionierte, würde sie zu Recht sauer auf ihn sein.

Bis zum Morgengrauen konnte Lysander nicht einschlafen. Gefühlte tausendmal checkte er sein Handy. Nichts. Keine SMS von Lou. Irgendwann schrieb er eine Mail an Caro und löschte sie wieder. Sie klang zu beunruhigend.

Was, wenn er doch recht hatte und Lou sich in Gefahr befand?

Dann konnte auch Caro nicht helfen. Er musste zur Polizei. Er brauchte Meo. Doch sein Bruder und seine Kollegen würden handfeste Hinweise verlangen, dass Lou nicht doch bei einer Freundin war oder gar zu Hause bei ihren Eltern.

Lysander schrieb nun doch eine Mail an Caro, in der er ihr erklärte, dass er Lous Freund war, und Caro bat, Lou auszurichten, dass sie sich bei ihm melden sollte. Dann googelte er die Telefonnummer ihrer Eltern und rief an.

»Meerbusch.« Die Stimme der Frau klang verschlafen.

»Lysander Klein. Ich bin ein Freund von Lou. Kann ich sie sprechen?«

»Um diese Zeit? Es ist sieben Uhr morgens. Außerdem ist Lou nicht da. Sie macht ein Praktikum in München. Versuch es auf dem Handy.«

Lysander bedankte sich und legte auf. Von einer Sekunde auf die andere war die Angst wieder da. Wie glühendes Magma schlug sie in seinen Magen ein.

Eines musste er noch klären, erst dann konnte er Meo aufscheuchen. Lysander streifte Jeans und T-Shirt über. Seine Mutter stand im Schlafanzug in der Küche und machte Frühstück. Es roch nach Kaffee und Toast. Sein Magen zog sich zusammen. Gleich würde er sich übergeben. Er würgte die Übelkeit herunter. »Hi Ma. Kann ich dein Auto haben?« Er hatte einfach keinen Nerv, mit S- und U-Bahn quer durch die Stadt zu zuckeln.

Seine Mutter fuhr sich mit einer Hand durch die vom Schlaf zerzausten Haare. »Heute leider nicht. Ich habe um neun einen Termin.«

»Okay. Kann man nichts machen.« Mit dem Rad würde er ohnehin während des Berufsverkehrs schneller in der Biedersteinstraße sein als mit dem Auto. »Willst du nichts frühstücken?«, rief seine Ma ihm noch nach, als er die Wohnung verließ.

Die körperliche Bewegung tat ihm gut. Er strampelte, als ging es um sein Leben, und schwitzte die Panik aus. Eine halbe Stunde später schob er sein Rad in den Ständer vor Lous Haus, wo sonst immer ihres gestanden hatte. Bei dem Gedanken an sie, an ihre Grübchen, die entstanden, wenn sie lachte, an die widerspenstigen Locken, an ihren Mund, den sie immer so nett verzog, wenn sie nachdachte oder ihr etwas nicht behagte… bei der Vorstellung, dass ihr etwas passiert war, wollte die Angst ihn wieder anspringen. Doch er konnte ihr nur helfen, wenn er einen kühlen Kopf bewahrte. Meo. Er musste Meo überzeugen und seine Kollegen! Deshalb musste er jetzt in Lous Wohnung. Der Schlüssel hing an seinem Bund. Doch damit kam er nicht ins Haus. Er wartete ungeduldig davor, bis eine Frau mit einem Kinderwagen herauskam. Er hielt ihr die Tür auf und schlüpfte hinter ihr hinein. Durchs Treppenhaus rannte er in die dritte Etage und erreichte atemlos Lous Appartement. Der Flur lag verlassen vor ihm. Aus der Nachbarwohnung drang Radiomusik. Irgendwo bellte ein Hund. Jemand fuhr mit dem Lift nach unten. Das leise Rumpeln klang durchs Treppenhaus. Lysander zog den Schlüssel hervor und öffnete die Tür. Sie war nur zugezogen. Lou hätte zweimal abgesperrt. Ganz sicher! Plötzlich der Gedanke: Wenn sie hier lag, hilflos und verletzt? Seit Stunden, eine ganz Nacht! Hastig sah er sich um. Doch sie war nicht da.

Etwas war anders als bei seinem bisher einzigen Besuch bei Lou, als er ihr geholfen hatte, das Schloss zu wechseln. Ihre Klamotten fehlten. Ebenso wie die Zahnbürste und alle Kosmetiksachen. Es sah so aus, als sei sie tatsächlich für ein paar Tage weg.

Lysander setzte sich auf die Bettkante. Er war hierhergekommen, um sich zu vergewissern, dass all ihre Sachen da waren. Was sollte er Meo nun sagen? Wie sollte er ihn überzeugen, dass sie nicht freiwillig verschwunden war, dass die Polizei nach ihr suchen musste? Man würde ihn fragen, ob er überall nach ihr gesucht hatte. Also zog Lysander sein Handy hervor und scheuchte Jem auf. Der hatte, wie schon vermutet, auch keine Ahnung, wo Lou sein könnte. Seit sie die Agentur Hals über Kopf verlassen hatte, hatte er nichts von ihr gehört. Nacheinander rief er Mark, Bea und Dave an und auch Manu. Doch niemand hatte einen Plan, wo Lou abgeblieben war.

Frustriert steckte Lysander das Handy wieder ein, starrte auf den Boden, sammelte die Argumente zusammen, mit denen er Meo überzeugen könnte. Die Mails, die SMS, die nicht von ihr sein konnte. Seiner Meinung nach. Die ausgespähten Mailadressen. Würde das Meos Kollegen überzeugen?

Sein Blick haftete schon eine ganze Weile auf einigen Krümeln auf dem Teppichboden. Jetzt erst nahm er sie bewusst war. Vor einigen Wochen hatte er für seine Ma einen Spiegel an die Wand gedübelt. Putz, Mörtel und Betonstaub, die beim Bohren aus der Wand gebröselt waren, sahen genau so aus wie das hier. Lysander hob den Kopf. Über ihm befanden sich drei Löcher in der Decke. Ein schwacher Rand zeigte an, dass hier bis vor Kurzem etwas gehangen hatte. Nur was? Er versuchte, sich zu erinnern. Eine Lampe? Nein. Und dann wusste er es plötzlich. Ein Rauchmelder. Dort hatte ein Rauchmelder gehangen.

Weshalb war der jetzt weg? Und sogar die Dübel, mit denen er angebracht worden war?

Ich bin bei dir. Immer an deiner Seite.

Lysander stöhnte. War das wirklich ein Rauchmelder gewesen? Er zog sein Handy hervor, ging online und googelte »Rauchmelder + Überwachungskamera«. Nach zwei Minuten hatte er sie gefunden. Sah aus wie ein Rauchmelder, war aber eine Videokamera. So ein Teil hatte hier gehangen. Und nun war es weg. Genau wie Lou.

49

Als Lou aufwachte, wurde sie von gleißender Helligkeit geblendet. Das Licht stach ihr wie glühende Nadeln direkt ins Hirn. Sie stöhnte, kniff die Augen reflexartig zu und kämpfte gegen den Brechreiz an, der in ihrer Kehle aufstieg.

Was war los mit ihr? Sie fühlte sich sterbenselend. Ihr Bett war so hart und kalt. Wo war die Decke? Mit tastenden Fingern suchte sie danach. Doch da war nur kalte Glätte. Kalt und hart wie Beton.

Langsam wurde sie wacher. Mühsam öffnete sie ein Auge einen Spaltbreit. Wieder wollte Licht ihren Schädel zum Explodieren bringen. Sie stöhnte, blinzelte und erkannte, dass sie auf grauem Beton lag. Wieso denn? War sie etwa zusammengeklappt?

In ihrem Sichtfeld stand eine Flasche Mineralwasser. Erst jetzt merkte sie, wie staubtrocken ihr Mund war. Ganz ausgedörrt. Langsam setzte sie sich auf, öffnete vorsichtig die Augen und wartete, bis sie sich ans Licht gewöhnt hatten.

Wo war sie?

Was war passiert?

Grauer Beton. Neonröhren. Eine Mauer. Dahinter Öltanks. Schwacher Heizölgeruch lag in der Luft. Sie war in einem Heizkeller. Wie war sie hierhergekommen?

Sie hatte keinen blassen Schimmer. Was war passiert? Sie versuchte, sich zu erinnern.

Julians Hand an ihrem Po. Sie hatte das Praktikum geschmissen. Der Lieferwagen. Lysander. Sie war heimgeradelt, um zu duschen, bevor sie sich mit ihm traf. Sie war in den Lift gestiegen. Die Türen schlossen sich bereits, doch jemand huschte noch herein. Das war die letzte Erinnerung. Danach musste sie zusammengeklappt sein. So wie damals, als sie sich einen Magen-Darm-Virus eingefangen hatte, und im Bad zusammengeklappt war. Wie um alles in der Welt war sie in diesen Heizungskeller gelangt?

Ihre Zunge lag in ihrem Mund wie ein Stück trockenes Holz. Der Durst wurde übermächtig. Noch immer benommen, griff Lou nach der Mineralwasserflasche. Sie war voll und zischte, als Lou den Deckel abschraubte. Gierig setzte sie die Flasche an die Lippen und trank sie in hastigen Zügen halb leer.

Sie war also zusammengeklappt und hatte sich hierhergeschleppt, irgendwie... Halt. Stopp! Adrenalin jagte durch ihren Körper, vertrieb mit einem Schlag die Benommenheit. Die Wasserflasche. Sie stand nicht zufällig hier herum. Ein Heizungskeller war ja kein Vorratsraum. Jemand hatte sie hingestellt. Für sie!

Lou sprang auf. Schlagartig wurde ihr übel. Alles drehte sich. Ihr kam Galle hoch und sie erbrach das eben getrunkene Wasser in eine Ecke. Schweiß trat aus allen Poren und legte sich wie ein kalter Film auf ihre Haut. Ihre Knie zitterten. Sie fühlte sich so schwach, dass sie sich an der Wand hinab auf den Boden gleiten ließ. Nicht noch einmal umklappen. Für ein paar Sekunden schloss sie die Augen. Das Schwindelgefühl ließ etwas nach. Plötzlich war ihr kalt. Sie umfasste mit den Händen ihre Arme und ertastete eine knubbelige Stelle, die schmerzte und brannte. Es fühlte sich so an wie früher, wenn Mam mit ihr zum Impfen gegangen war. So gut wie immer hatte sie danach einen solchen Knubbel gehabt.

Der Lift. Wieder sah sie, wie sie einstieg, den Knopf drückte. Jemand huschte noch herein. Eine Hand. Dann ein Schmerz im Arm. Danach war alles weg.

Lou öffnete die Augen, schob den Ärmel hoch und besah sich die Stelle. Sie war gerötet, geschwollen und fühlte sich heiß an. In der Mitte erkannte sie einen kleinen dunklen Punkt. Eine Einstichstelle. Jemand hatte ihr eine Spritze in den Arm gejagt. Deshalb war sie zusammengeklappt. Deshalb war sie hier. Im Heizungskeller. Gefangen. Sie wusste es, bevor sie aufstand und zur Tür wankte. Graues Metall. Ein Griff. Sie rüttelte daran. Vergeblich.

Ich bin bei dir. Immer an deiner Seite.

Dieser Mistkerl! Dieses Arschloch! Dieser Dreckskerl! Er hatte sie überrumpelt, mit einer Spritze betäubt und in diesen Keller geschleppt. Lou wollte ihrer Wut freien Lauf lassen, denn sie spürte die Angst, die in ihr lauerte wie eine fette Spinne, bereit, sie in ihrem Netz zu fangen und mit ihren klebrigen Fäden einzuspinnen, bis sie nur noch ein hilfloses Bündel war. Wut war besser als Angst. Lou rappelte sich auf, wankte zur Tür. Sie trommelte mit den Fäusten dagegen und schrie um Hilfe. Dann lauschte sie, legte das Ohr ans kalte Metall und hörte nur das Rauschen ihres Blutes. Ihr Herz schlug kräftig und gleichmäßig. Sie würde das hier überstehen. Sie würde heil hier rauskommen. Und dafür brauchte sie einen Plan.

50

Ich bin bei dir. Immer an deiner Seite. Das ist nicht einfach ein hohler Spruch. Er hat sie überwacht. Mit einer Videokamera. Lous Vermutung, dass noch jemand einen Schlüssel hat, war also richtig. Deshalb hat sie sich ein neues Schloss gekauft und ich habe ihr geholfen, es einzubauen. Und jetzt ist sie weg. Einfach verschwunden.«

»Die Kamera auch?«, fragte Meo.

Lysander hatte Meo gar nicht erst angerufen, sondern ihn an seinem Arbeitsplatz im Präsidium einfach überrumpelt. Nun standen die beiden in der Fensternische des Flurs im dritten Stock des Polizeipräsidiums München und Lysander versuchte, seinem Bruder klarzumachen, dass Lou nicht irgendwo untergekrochen war, um für ein paar Tage allein zu sein. »Das hätte sie schließlich auch in ihrer Wohnung tun können. Allein sein. Sich zurückziehen. Dafür brauchte sie nicht ihre Sachen zu packen und abzuhauen. Das macht einfach keinen Sinn.«

»Ist die Kamera auch weg?« Meo wiederholte seine Frage.

»Ja. Die ist weg. Er hat sie abmontiert. Sogar die Dübel hat der Kerl mitgenommen.«

»Du weißt also nicht, ob tatsächlich eine Kamera im Rauchmelder versteckt war.«

Meo fing jetzt genauso an wie dieser Märtig vor zwei Tagen. Die Polizei musste endlich was tun. Sie mussten

Lou suchen. Mit Hubschraubern. Einer Hundestaffel. Einem Suchtrupp. Die Medien mussten informiert, ein Aufruf gestartet werden. Und was tat Meo? Haare spalten! In Lysander brannte eine Sicherung durch. Er packte seinen Bruder am Shirt und zog ihn zu sich heran. Er hätte heulen können vor Wut und Angst. Doch er schrie nicht. Seine Stimme wurde ganz leise. »Jetzt fang nicht so Scheiß-Spielchen an. Lou ist weg. Sie ist verschwunden. Sie meldet sich nicht und diese SMS hat nicht sie geschrieben. Sie hat Drohmails bekommen und Fotos von sich und ein Horrorvideo. Jemand ist ihr nachgeschlichen und hat sie ausspioniert. Er hat ihr Shirt aus der Wohnung geklaut und es ihr dann zerschnitten in die Agentur geschickt. Zerschnitten! Hörst du. Und jetzt zieh einen Strich darunter und addiere das zusammen. Und dann tut endlich was!«

»Gibt es Probleme?« Ein Mann mit dunklem Haar und grünen Augen trat neben Meo. Lysander ließ ihn los. »Sorry. Tut mir leid.« Er zog die Schultern hoch. »Ich hab einfach Angst um Lou.«

»Es ist alles in Ordnung, Tino. Das ist mein Bruder Lysander. Seine Freundin ist seit gestern abgängig und er macht sich Sorgen. Lysander, ein Kollege von mir, Tino Dühnfort.«

Auf Dühnforts Wangen spross ein gepflegter Dreitagebart. Sein Blick war freundlich. »Sie scheinen ja gleich das Schlimmste zu befürchten. Das sollten Sie nicht. In den meisten Fällen gibt es ganz harmlose Erklärungen. Und gleich zur Mordkommission zu gehen ...« Er breitete die Hände aus. »In der vierten Etage ist die Abteilung Vermissungen. Wenden Sie sich dort an Siggi Donhauser. Er wird Ihnen weiterhelfen.«

»Ich weiß nicht, Tino.« Meo schob die Hände in die Taschen seiner Baggy Jeans. »Bevor Lou verschwand, hat sie seltsame E-Mails erhalten und auch Fotos, die jemand von ihr gemacht hat, zusammen mit dem Text *Ich bin bei dir. Immer an deiner Seite.* Gestern Abend war Lysander mit ihr verabredet. Sie kam nicht und hat erst reagiert, nachdem Lysander ihr eine SMS geschickt hat. Ebenfalls per SMS und mit einer Grußformel, die sie nicht verwenden würde. Ich denke, Lysander sollte zu Mertens gehen. Besser wir gucken genau hin. Eine Entführung ist nicht auszuschließen.«

»Mertens und die Soko Daniela haben alle Hände voll zu tun. Was ist eigentlich mit dem Laptop des Mädchens? Gibt es da neue Erkenntnisse?«

Etwa Lous MacBook? Lysander suchte den Blick seines Bruders. Der schüttelte den Kopf.

»Wir arbeiten mit Hochdruck daran. Was soll ich nun mit Lysander machen? Mertens hat keine Zeit, Donhauser ist der falsche Mann. Vielleicht zu Russo?«

Dühnfort nickte. »Machen Sie sich nicht unnötig Sorgen«, sagte er zu Lysander. »Die meisten Verschwundenen tauchen nach kurzer Zeit wieder auf.« Mit diesen Worten verabschiedete er sich und ging den Flur entlang.

In Lysander brannte eine Frage. »Was für ein Laptop? Hast du dir endlich den von Lou vorgenommen?«

»Seit gestern haben wir das Netbook von Daniela. Es war mit ihr zusammen verschwunden. Jetzt hat es ein aufmerksamer Bürger entdeckt. Leider kann er beweisen, dass er das Teil wirklich gefunden hat. Dafür hat er gleich drei Zeugen. Nämlich seine Kollegen.« Meo legte seinen Arm um Lysanders Schulter. »Das Teil hat jetzt erst einmal

Vorrang. Da geht es schließlich um Mord. Heute Abend sehe ich mir Lous MacBook an. Versprochen.«

Er begleitete Lysander ins Büro von KHK Moritz Russo. Endlich mal einer, der nicht wie ein Beamter aussah, sondern wie einer, der was tun würde. Ein sehniger, durchtrainierter Mann mit Stoppelhaarschnitt und silbernem Knopf im Ohr. Sein Gesicht war wettergegerbt, der Blick aufmerksam. Im Regal hinter seinem Schreibtisch reihten sich Pokale. Während Meo Russo erklärte, worum es ging, sah Lysander sich die Trophäen an. Russo war Triathlet. So etwas wie Vertrauen stellte sich ein. Russo war einer, der nicht aufgab, einer der kämpfte. Bei ihm war er hoffentlich richtig.

Mordfall Daniela: Beweisstück gefunden. Führt der Laptop zu ihrem Mörder?

München – Der Aufmerksamkeit des Münchner Müllwerkers Samir F. (45) ist es zu verdanken, dass ein wichtiges Beweisstück im Mordfall Daniela Schneider nicht in der Müllverbrennungsanlage vernichtet wurde.

Es war ein Morgen wie viele andere. Samir F. begann pünktlich um sechs seine Schicht bei der AWM München, einem kommunalen Abfallentsorgungsunternehmen. Gegen zehn Uhr vormittags erreichten er und seine Kollegen den Hinterhof eines Hauses in der Schwabinger Rheinstraße. Fünf Tonnen, die nach vorne gebracht werden mussten. Alles war wie immer. Doch Samir F. übersah einen losen Pflasterstein, als er die Tonne mit Restmüll durch den Hof zog. Er stolperte, die Tonne entglitt ihm, schlug auf den Boden und der Inhalt entleerte sich aufs Pflaster. Seine Kollegen feixten. Samir F. schob den Müll zurück in die Tonne. Er war sauer. Doch dann funkelte etwas pink zwischen Filtertüten und Pampers hervor. Samir F. griff danach und hielt ein pinkfarbenes, mit Strasssteinchen verziertes Netbook in der Hand. Seit Wochen traten KHK Mertens und über 30 Mitarbeiter der Soko Daniela auf der Stelle. »Wir sind für diesen Durchbruch in den Ermittlungen dankbar und werden Danielas Laptop mit allen uns zur Verfügung stehenden Mitteln kriminaltechnisch auswerten.« So KHK Mertens. Eine Befragung der Anwohner des Anwesens läuft. Die Polizei bittet um sachdienliche Hinweise.

51

Erster Schritt: die Umgebung erkunden. Zweiter Schritt: einen Weg nach draußen finden. Das war doch ein guter Plan. Lou war durstig und griff nach der Wasserflasche. Misstrauisch betrachtete sie diese. Eine Glasflasche. Der Schraubverschluss war intakt gewesen, diese Metallzähne, die ihn festhielten, hatten geknackt, als sie ihn geöffnet hatte. Sie waren also noch fest um den Flaschenhals geschlossen gewesen. Niemand vor ihr hatte die Flasche geöffnet. Da war nichts drin außer Wasser, das sie bedenkenlos trinken konnte. O.k. Logisch denken funktionierte also. Die fette Angstspinne verkroch sich erst einmal.

Lou trank einen Schluck und stellte die Flasche ab. Sie sah sich um. Das helle Licht stammte von fünf Doppelreihen Neonröhren, die an der Decke angebracht waren. Einige sahen ziemlich neu aus. Zwei Lichtschalter befanden sich neben der Tür. Lou betätigte den einen. Nichts geschah. Dann drückte sie auf den anderen in der Erwartung, gleich im Dunkeln zu stehen. Doch auch dieser Schalter war offenbar nicht mit den Lampen verbunden. Komisch. Normal war das nicht.

Und dann wurde ihr klar, was das zu bedeuten hatte. Mister Arschloch wollte nicht, dass sie das Licht ausmachen konnte.

Aber warum?

Konnte ihm doch egal sein, ob sie sich im Dunkeln

oder im Hellen fürchtete. Im Dunkeln würde sie sich sogar noch mehr ängstigen. Es sei denn …

Ich bin bei dir. Immer an deiner Seite.

Es sei denn, er beobachtete sie! Lou fuhr zusammen. Er beobachtete sie. Ganz sicher. Er geilte sich an ihrer Angst auf.

Trotzig straffte sie die Schultern, richtete den Oberkörper auf und sah sich um. Diesen Triumph würde sie ihm nicht gönnen. Wo bist du, du feiges Würstchen? Sie stand mit dem Rücken zur Metalltür und musterte alle Wände. Nirgendwo ein Fenster oder sonst eine Öffnung. Vor ihr stieg die Mauer in die Höhe, hinter der sich die Öltanks befanden. Sie reichte ihr bis zur Schulter. Von den Tanks lief ein Rohr bis zur hinteren Wand und verschwand dort in der Decke. Sicher die Leitung, durch die das Öl in die Tanks gepumpt wurde. Der Tanklaster, mit dem es gebracht wurde, musste nah an den Einfüllstutzen heranfahren können. Dieser Raum lag also an der Außenseite des Hauses. Die Hausmeisterin hatte ihr kurz nach dem Einzug den Wasch- und Trockenkeller gezeigt. Lou versuchte, sich zu erinnern, was sie bei dieser Gelegenheit sonst noch vom Keller gesehen hatte. Nicht viel. Nur den Flur vorm Lift, den Fahrradkeller und die Räume mit den Waschmaschinen und Trocknern. Und dann erinnerte sie sich. Die Hausmeisterin hatte gesagt, dass die Anlage mit Fernwärme beheizt wurde. Mit Fernwärme. Nicht mit Öl!

Lou lehnte sich an die Wand. Wie hatte sie nur so dämlich sein können anzunehmen, Mister Arschloch habe sie einfach mit dem Lift in den Keller verfrachtet. Er hatte sie irgend woandershin gebracht.

Okay. Dann war das so. Auch egal. Sie wollte hier raus.

Und dafür war es nicht wichtig, in welchem Haus dieser Keller war. Sie sah sich weiter um. Neben dem Rohr hatte jemand eine Platte an die Wand geschraubt. Eine grau gestrichene Platte. Genauso grau wie die Wand. Auf den ersten Blick erkannte man das nicht. Versteckte sich dahinter etwa ein Fenster?

Lou zog sich an der Mauer hoch. Der Verputz war rau, sie schürfte sich die Knie auf. Es brannte wie Feuer. Doch sie achtete nicht darauf. Ihre ganze Konzentration war auf die Platte gerichtet. War dahinter ein Fenster? War das der Weg in die Freiheit? Auf der anderen Seite sprang sie auf den Boden. Die Tanks standen eng nebeneinander. Zwischen ihnen gab es keine Lücken. Lou musste sie umrunden. Der Abstand zur Mauer war nicht groß. Es ging nur im Krebsgang voran. Lou schob sich seitlich vor, bis sie gegen etwas stieß. Eine Matratze. Es gelang ihr, das Hindernis hochzuwuchten und über die Mauer zu werfen. Noch etwas lag dort. Eine Plastiktüte. Eine Wolldecke steckte darin. Weg damit. Auch sie landete auf der anderen Seite. Weiter ging es. An der Ecke wurde der Spalt noch enger. Sie streckte sich, so gut es ging, zog den Bauch ein und zwängte sich hindurch. Etwas Klebriges blieb in ihrem Gesicht haften. Lou wischte es weg. Spinnweben. Eklige, klebrige Spinnweben. Hier musste es vor Spinnen wimmeln. Lou spürte sie an den Beinen, in den Haaren. Sie liefen ihr über den Nacken und unter die Bluse. Lou schlug nach ihnen, wischte sie weg. Mit ihrer Selbstbeherrschung war es vorbei. Ihr Schrei gellte durch den Raum und hallte von den Wänden wider.

52

Louischen, Louischen. Das war wunderbar. Dieser grandiose Schrei, diese panische Angst. Einfach fantastisch. Mehr davon. Bitte.

Er zoomte den Ausschnitt heran, bis er nur noch ihre Augen sah. Das pure Entsetzen sprach aus ihnen. Logik, Vernunft, Beherrschung. Alles war ausgeschaltet. Leider nur für dreiundzwanzig Sekunden. Er vergrößerte das Bild auf DIN A3 und druckte es aus. Der Tintenstrahldrucker ratterte. Zeile um Zeile baute sich das Foto auf. Bis es fertig war, ging er auf Toilette. Schon wieder. Es lag sicher daran, dass er zu viel Cola trank. Aber was sollte er tun? Er war in letzter Zeit ständig durstig und müde und dagegen half Cola. Doch woher kamen Durst und Müdigkeit? Stimmte am Ende etwas mit seiner Gesundheit nicht? Ach was. Vermutlich war es vernünftiger, statt der normalen Cola die Light-Version zu trinken. Zucker machte ja bekanntlich durstig. Ein Teufelskreis. Deshalb trank er so viel. Logisch. Darauf hätte er schon früher kommen können. Paradoxerweise hatte er trotz des vielen Zuckers in letzter Zeit zwei Kilo abgenommen. Es war merkwürdig. Als er an seinen Schreibtisch zurückkehrte, war das Bild fertig ausgedruckt. Er heftete es zu den anderen an die Wand. An die hundert Bilder hingen inzwischen dort. Die meisten von Daniela, einige von Lou. Kleine, große, schwarz-weiß und farbig. Abends saß er oft davor und betrachtete seine Galerie des Grauens.

Die neue Aufnahme von Lou war eine der besten. Weshalb war sie derart ausgeflippt? Etwa wegen der Spinnweben? Er setzte sich vor den Monitor und sah sich die Sequenz noch einmal in Zeitlupe an. Ja, es waren die Spinnweben. Sie schlug um sich, als würden tausend Spinnen über ihren Körper krabbeln. Doch da war keine einzige gewesen. Sie hatte also doch Fantasie. Und sie hatte panische Angst vor Spinnen. Dieses taffe Mädchen. Sehr schön. Damit ließ sich doch etwas machen.

Er lehnte sich in seinem Schreibtischstuhl zurück. Woher bekam man Spinnen? Nicht eine oder zwei, sondern Hunderte, am besten Tausende. Das ließ sich googeln. Doch das würde er später machen. Es war Zeit fürs Frühstück. Er holte die Zeitung aus dem Briefkasten, bereitete sich Kaffee und Toast zu und setzte sich an den Tisch.

Die Headline sprang ihn an, als er die Zeitung aufschlug. Mordfall Daniela: Beweisstück gefunden. Führt der Laptop zu ihrem Mörder?

Das konnte doch nicht wahr sein. Hastig überflog er den Artikel, las ihn dann noch einmal gründlich. Wort für Wort. Mist! Er knüllte die Seiten zusammen und stopfte sie in den Papierkorb. Verdammter Mist! Weshalb hatte er den Laptop nicht geschreddert? Warum hatte er sich damit begnügt, alle Daten zu löschen und ihn tief in widerlichem Müll zu versenken? Wer wühlte denn in vollgeschissenen Pampers!

Damit hatte er einfach nicht gerechnet. Wochen waren vergangen. Niemand dachte mehr an Daniela. Sie war aus den Medien verschwunden. Er hatte geglaubt, es sei ein guter Zeitpunkt, sich nach und nach ihrer Sachen zu entledigen, und das war ihm ja auch gelungen. Bis auf diesen pinkfarbenen Minilaptop. Mist! Verdammter Zufall!

Er fuhr sich durch die Haare, starrte auf den Tisch. Konnte der Fund des Rechners für ihn gefährlich werden? Eigentlich nicht. Alle Daten waren gelöscht. Fingerabdrücke gab es nicht. Er hatte die Oberflächen abgewischt. Nur DNA-Spuren konnte er nicht restlos ausschließen. Den Kriminaltechnikern genügte ja bereits eine Hautschuppe, um den genetischen Fingerabdruck zu gewinnen. Doch für die Zuordnung brauchten sie eine Referenz. Und von ihm gab es keinen DNA-Code in der Datenbank. Der wurde nur von Mördern, Totschlägern und Sexualstraftätern erhoben. Die Polizei hatte lediglich seine Fingerabdrücke, wegen dieser dummen Sache damals mit dem Auto. Doch seine DNA hatten sie nicht.

Dennoch machte er sich Sorgen. Lous Sachen waren noch alle in seiner Wohnung. Bis aufs Handy. Das hatte er bereits weggeworfen. Er hatte es zwar ausgeschaltet, nachdem er ihrem Freund die SMS geschickt hatte, doch er war sich nicht sicher, ob es nicht doch zu orten war. Deshalb lag es nun auf dem Grund der Isar. Ihre restlichen Sachen hatte er nach und nach entsorgen wollen. Unauffällig auf die Mülltonnen der Stadt verteilt. Genau wie bei Daniela. Doch dieser Weg hatte sich als fataler Fehler erwiesen.

Wohin mit dem Kram? Sollte er alles zusammenpacken, aufs Land fahren und in einer einsamen Kiesgrube ein Feuer machen? Aufmerksame Anwohner konnten ihn womöglich entdecken. Oder sollte er alles in ihre Reisetasche packen, diese mit einem Stein beschweren und die Sachen in einem See versenken? Das war eine gute Idee. Doch welcher See? Er zog eine Landkarte von Oberbayern hervor und kam schnell zum Schluss, dass die Idee ziemlich dämlich war. Es war Hochsommer, Ferienzeit und das Wetter wunderbar. Touristen und Einheimische belagerten die Seen. Sie badeten, fuhren Boot, surften, segelten, umrundeten die Ufer per Rad oder zu Fuß. Er musste auf schlechtes Wetter warten oder die Sache zwischen Mitternacht und Morgengrauen erledigen. Doch er wollte den Krempel nicht eine Stunde länger in der Wohnung haben. Wohin also damit?

Einen Moment überlegte er, alles in ihr Appartement zurückzubringen. Doch wenn Lous Verschwinden bekannt wurde und die Polizei nach ihr zu suchen begann, würde vielleicht ein übereifriger Kriminaltechniker ihren Krempel auf Spuren untersuchen und daran haftete nun ganz sicher sein genetischer Code. Und wenn er auch an Danielas Netbook gefunden wurde, gab es eine Verbindung zwischen beiden Fällen. So ging das also nicht.

Ein Schließfach im Hauptbahnhof. Das war eine gute Idee. Zwar nicht auf Dauer. Aber bis ihm etwas Besseres einfiel. Den Schlüssel konnte er hier in der Wohnung verstecken. Und zwar so, dass die Polizei ihn nicht finden würde, falls sie wirklich bei ihm auftauchen sollte. Die Vorstellung wie KHK Mertens in seiner Wohnung herumschnüffelte, verursachte ihm Magenschmerzen. So weit durfte es nicht kommen. Verfluchtes Netbook. Verfluchter Müllmann! Verdammter Fehler! Doch es half nichts, sich zu ärgern. Er brauchte eine Idee. Und zwar eine gute.

Er ging in der Wohnung auf und ab. Bewegung brachte seine Gedanken in Schwung. Dabei wurde er durstig. Nachdem er einen halben Liter Cola getrunken hatte, ging er ins Bad und cremte die Haut an den Beinen ein. Seit einigen Wochen juckte sie ständig. In der Drogerie hatte er sich deshalb eine Lotion besorgen müssen. Dann nahm er seine Wanderung wieder auf. Ging hin und her. Hatte eine Idee, feilte sie aus. Nachdem er sicher fünf Kilometer zurückgelegt hatte, wusste er, was er tun würde.

53

Russo hörte sich geduldig an, was Lysander zu erzählen hatte, und machte Notizen. Ab und an stellte er eine Frage. Stutzig wurde er, als er hörte, dass Lou erst seit fünfzehn Stunden abgängig war. Normalerweise nahm die Polizei frühestens nach vierundzwanzig Stunden Vermisstenmeldungen auf. Denn die meisten vermeintlich *Vermissten* tauchten innerhalb dieses Zeitraums ganz von alleine wieder auf.

»Ist Lou eigentlich volljährig?«

»Sie ist erst siebzehn.«

»Sehr schön.« Russo lehnte sich im Stuhl zurück. »Das erleichtert uns die Begründung für eine aufwendige Suche«, fügte er erklärend hinzu. »Erwachsene haben ein Aufenthaltsbestimmungsrecht. Sie können einfach untertauchen, ohne dass wir nach ihnen suchen dürfen. Nur wenn es Anzeichen für ein Verbrechen gibt oder Hinweise auf eine Suizidgefährdung oder jemand auf lebenswichtige Medikamente angewiesen ist, dann leiten wir eine Suchaktion ein. Sonst nicht. Bei Minderjährigen ist das anders.«

Lysander wurde ruhiger. Endlich hörte ihm jemand zu und nahm ihn ernst. Endlich wurde etwas unternommen, um Lou zu finden. Russo fragte ihm in der folgenden halben Stunde ein Loch in den Bauch. Namen und Anschrift der Eltern, des Onkels und der Tante. Die der Tante kannte Lysander nicht. Dann wollte er Namen, Adressen und Telefonnummern von Freunden, so weit sie Lysander bekannt waren. Viele waren es nicht. Lysander erklärte, dass er bei allen nachgefragt hatte. Niemand hatte seit gestern Nachmittag etwas von Lou gehört.

Russo fragte auch nach den Daten von Lous Arbeitgeber und wo Lou sich beim letzten Telefonat mit ihr befunden hatte. »Sie war mit dem Rad unterwegs und auf dem Weg nach Hause. An der Uni hat sie Rast gemacht. Am Geschwister-Scholl-Platz. Das war um kurz nach fünf.«

»Und die SMS, die sie Ihrer Meinung nach nicht selbst geschrieben hat, kam wann?«

Lysander zog das Handy hervor und sah nach. »Fünf vor acht.«

»Ein Zeitraum von knapp drei Stunden. Hm?« Russo knetete seine Nasenspitze. »Es ist anzunehmen, dass sie in der Wohnung war. Falls sie entführt wurde, dann vermutlich im Haus. Eine Entführung auf offener Straße bei Tageslicht schließe ich eigentlich aus. Aber kein Grund zur Panik. So weit sind wir noch lange nicht. Geben Sie mir noch Lous Handynummer?«

Lysander nannte sie.

»Wir werden jetzt als Erstes versuchen, das Handy zu orten …«

»Das ist seit gestern aus.«

»Was nicht heißt, dass es nicht zu orten ist. Ihr Bruder und seine Kollegen haben da so ihre Tricks.« Russo nickte Lysander aufmunternd zu. »Wissen denn Lous Eltern schon, was los ist?«

»Nein. Ich hab es ihnen nicht gesagt.«

»Gut, dann übernehmen wir das. Die Handy-Ortung

hat jetzt erste Priorität. Können wir es lokalisieren, dann haben wir Lou ziemlich sicher gefunden. Und ich denke auch, wohlbehalten. Entführungen kommen äußerst selten vor. Obwohl ich Ihnen recht gebe, die Sache mit den Fotos ist merkwürdig. Doch wir machen uns jetzt nicht verrückt und nehmen jetzt mal nicht gleich das Schlimmste an. Das Schlimmste ist die absolute Ausnahme. Neunundneunzig Prozent der *Vermissten* tauchen unversehrt wieder auf. Und daran halten wir uns jetzt mal.«

Was Russo sagte, klang väterlich, kompetent und vernünftig. Seine Worte beruhigten Lysander. Vielleicht sah er ja wirklich Gespenster. Seine verkrampfte Haltung lockerte sich allmählich. Dennoch konnte er es nicht lassen und fragte nach. »Und wenn das mit der Ortung nicht klappt?«

»Sollten wir Lou mit der Handyortung und der Befragung aller Kontaktpersonen nicht finden, tritt Phase zwei in Kraft. Dann werden wir die Medien einschalten und eine Personenfahndung nach ihr veranlassen und uns auch die Wohnung gründlich vornehmen. Es wäre daher besser, wenn Sie die nicht noch einmal betreten. Das würde unseren Kriminaltechnikern die Arbeit erleichtern. Aber wie schon gesagt, so weit sind wir noch lange nicht und vermutlich wird es auch nicht so weit kommen. Ich denke, wir werden Lou irgendwo bei einer ihrer Kontaktpersonen finden.« Russo stand auf und reichte Lysander die Hand. »Ich melde mich, sobald ich Informationen habe.«

Lysander fühlte sich plötzlich unnütz. Er hatte alles an Russo abgegeben und die Aussicht, tatenlos auf einen Anruf zu warten, machte ihn schon bei der Vorstellung beinahe verrückt. »Kann ich irgendwas tun?«

»Hm?« Mit der Hand fuhr Russo sich über das kantige Kinn. »Eigentlich nicht. Lassen Sie uns einfach unseren Job machen. Ich wette, in ein paar Stunden haben wir Lou gefunden.«

Widerwillig fuhr Lysander nach Hause. Die Wohnung war leer. Sein Vater hielt in Berlin einen Vortrag. Seine Mutter hatte einen Termin. Die Stille dröhnte in seinen Ohren. Angst wollte wieder in ihm aufsteigen. Er schnappte sich das Telefon und rief Jem an, ob er inzwischen etwas von Lou gehört hatte. »Ich habe alle in der Agentur gefragt. Keiner hat eine Ahnung, wo sie ist. Wir könnten Daniel noch fragen, vielleicht hat sie sich auf dem Segelboot verkrochen. Ich rufe ihn an und melde mich.«

Nervös wartete Lysander. Eine Viertelstunde später rief Jem zurück. »Auf dem Boot ist niemand. Daniel hat jemanden vom Segelklub aufgescheucht, der hat nachgesehen. Aber ich habe zwei Ideen. Erstens könnten wir alle unsere Facebook-Freunde darauf aufmerksam machen, dass Lou vermisst wird, und ihr Foto verlinken. Wenn jeder das mit seinen Freunden teilt und die das mit ihren, dann wissen innerhalb von Stunden hunderttausend Leute in ganz Deutschland, wie Lou aussieht und dass sie verschwunden ist. Wenn jemand sie gesehen hat, wird er sich hoffentlich melden.«

»Gute Idee. Das machen wir.« Weshalb war er nicht darauf gekommen? »Und zweitens?«, fragte Lysander.

»Falls Lou tatsächlich entführt wurde, muss das bei ihr im Haus passiert sein. Das hast du doch gesagt?«

»Russo meint das. Und es klingt logisch.«

»Hast du ein Foto von Lou?«

»Klar.«

»Gut. Drucke es sechsmal aus. Ich trommle alle zusammen. Wir treffen uns in der Biedersteinstraße und dann klappern wir mit Lous Bild jede Wohnung in der Anlage ab. Irgendwer muss doch was bemerkt haben.«

54

Die Facebook-Aktion zu starten, dauerte keine Stunde. Lysander formulierte einen Aufruf und verlinkte ihn mit Lous Foto. Jeder in der Clique teilte es und rief seine Freunde dazu auf, das Posting ebenfalls zu teilen, seine Freunde um dasselbe zu bitten und so weiter. Wer Lou seit gestern, siebzehn Uhr, gesehen hatte, sollte sich bei Lysander melden.

Anschließend druckte er Lous Foto aus. Er hatte es im Nymphenburger Schlosspark gemacht. Sie sah darauf so ernst aus und irgendwie zerbrechlich. Obwohl sie so stark war und fast immer lustig. War sie das wirklich? Oder war das nur eine Seite von ihr, die sie gerne zeigte? Nachdenklich fuhr er mit dem Finger ihre Augenbraue nach, die sie auf dem Bild ein wenig in die Höhe gezogen hatte. Seltsam skeptisch. Eigentlich kannte er sie kaum. Und doch war sie ihm so vertraut. Aus dem Nichts schoss plötzlich eine schreckliche Frage: Würde er Lou wiedersehen?

Nein! So etwas durfte er nicht denken.

Doch wie Funken bei einem Kurzschluss stoben die Gedanken durch sein Hirn: Wo war sie? Jetzt, genau in dieser Sekunde! Er konnte sich nicht wehren. Vor seinem inneren Auge entstanden Bilder, die ihn wie von Stroboskoplichtern beleuchtet durchzuckten. Ein dunkles, kaltes Verließ. Lou gefesselt an einem Heizkörper, verschnürt in einem Kofferraum. Verscharrt im Wald. Was machte sie durch? Wurde sie gequält, misshandelt oder gar … Ein dumpfes Keuchen kam aus seiner Kehle. Plötzlich war er so sicher, dass ihr etwas zugestoßen war, dass er aufsprang. Polternd fiel der Stuhl um. Er spürte es, etwas in ihm wusste es: Sie war bei keiner Freundin, bei keiner *Kontaktperson*. Ein perverser Scheißkerl hatte sich Lou geschnappt. Sie durften keine Zeit verlieren. Er griff nach den Ausdrucken.

Kurz nach drei erreichte Lysander atemlos die Wohnanlage. Jem hatte sich extra freigenommen und war mit den anderen schon da. Bea und Mark erkundigten sich verwundert, was die Polizei denn tat und warum sie hier selbst ermitteln mussten. »Sie versuchen, das Handy zu orten. Wenn das nicht gelingt, fahren sie volles Geschütz auf.«

Manu griff sich ein Bild. »Was genau sollen wir denn die Leute fragen?«

»Ob jemand Lou gestern gesehen hat. Und wenn ja, ob sie allein war oder jemand bei ihr. Und ob den Leuten was aufgefallen ist. Ein Mann, der nicht hierhergehört. Irgendjemand, der sich ungewöhnlich benommen hat.«

Da keine Zeit zu verlieren war, zogen sie gleich los. Immer zu zweit. Lysander ging mit Dave, der für die Aktion das Basketballtraining hatte sausen lassen.

Als eine Stunde später das Handy in Lysanders Hosentasche die Titelmelodie von Dr. House zu spielen begann, hatten sie noch keinen Hinweis, dass überhaupt irgendjemand Lou am Vorabend gesehen hatte. Die Nummer im Display kannte Lysander nicht. Es war Russo, der sich meldete. »Die Handyortung klappt nicht. Leider.«

Lysander würgte die aufsteigende Angst herunter. »Woran liegt das?«

»Kann ein technisches Problem sein. Kann aber auch sein, dass das Handy kaputt ist.«

»Jemand hat es zerstört?«

»Muss nicht sein. Das kann auch andere Gründe haben. Haben Sie bei den Kontaktpersonen etwas erreichen können?«

»Bisher nicht. Niemand hat eine Ahnung, wo sie sein könnte. Niemand hat von ihr seit gestern etwas gehört.«

»Mh. Nicht so prickelnd. Das gefällt mir nicht, dass Lou seit gestern Abend von niemandem gesehen wurde. Ich denke, ich sehe mir jetzt mal die Wohnung an. Können Sie mir den Schlüssel geben?«

»Natürlich.«

»Ich komme zu Ihnen. Wo sind Sie?«

»Bei der Wohnanlage. Vor Lous Haus. Ich warte vor der Tür.«

Es vergingen zwanzig Minuten, bis Russo kam. Inzwischen kehrten die anderen zurück. Bedauernd schüttelten sie die Köpfe. »Es ist wahrscheinlich zu früh. Viele sind noch in der Arbeit. Und denen, die da sind, ist nichts aufgefallen«, sagte Jem und breitete die Hände aus. »Wir sollten später noch eine Runde durch die Häuser drehen.«

»Wir könnten auch ein Vermissten-Plakat aufhängen«, schlug Manu vor.

Beim Wort *Vermissten-Plakat* zuckte Lysander zusammen. Doch es war so. Je mehr sie unternahmen, um herauszufinden, wo Lou war, umso klarer wurde ihm, dass sie wirklich vermisst wurde. Er nickte. »Kannst du das machen?«

»Logo. Ich mache mich sofort an die Arbeit.«

Ein blauer Kombi fuhr vor. Russo stieg aus. Er begrüßte Lysander und sah dann fragend in die Runde. »Lauter Freunde von Lou?«

Lysander nickte und stellte sie vor.

Russo war alles andere als begeistert, als er die Fotos entdeckte und erfuhr, wozu die Clique sie gebraucht hatte. »Eine Nachbarschaftsbefragung ist Sache der Polizei. Das überlassen Sie mal besser uns. Wir sind die Profis und stellen die richtigen Fragen. Am besten gehen Sie jetzt heim. Und Sie zeigen mir die Wohnung.« Die letzten Worte galten Lysander. Er verabschiedete sich von Jem und den anderen und trabte mit Russo ins Haus. Der Lift brachte sie nach oben. Vor der Wohnungstür reichte er dem Polizisten Lous Zweitschlüssel.

Russo zog Latexhandschuhe aus der Hosentasche und streifte sie über. »Ich gehe allein hinein. Okay?«

Lysander nickte und blieb vor der offenen Wohnungstür stehen. Er hörte, wie Russo durch die Räume ging, hier und da eine Tür öffnete. Dann war es wieder still, bis sein Handy zu klingeln begann. Lysander versuchte, ein paar Brocken aufzuschnappen. Es ging nicht um Lou, wie er gehofft hatte, sondern um Daniela. So wie es aussah, hatte sich eine Zeugin gemeldet und nun gab es ein Phantombild des Täters. Russo gratulierte seinen Kollegen zum Durchbruch. Nein, leider konnte er die Soko nicht unterstützen. Er hatte selbst alle Hände voll zu tun. »In einem Vermisstenfall zeichnet sich eine Entwicklung ab, die mir nicht gefällt. Ganz und gar nicht.«

Lysander lehnte sich an die Wand und schloss die Augen. *Ganz und gar nicht.* Russo war nun also auch an dem Punkt angelangt, an dem er sich ernsthafte Sorgen machte. Eigentlich sollte mich das beruhigen, dachte Lysander. *Jetzt wird die Polizei endlich mit Hochdruck nach dir suchen, Lou.*

Doch es beruhigte ihn nicht. Ganz im Gegenteil. In einer Kammer seines Herzens hatte sich die Hoffnung behauptet, dass er sich das alles einbildete, dass er Gespenster sah, dass sich alles in Wohlgefallen auflösen würde und Lou die Treppe heraufspaziert kam und sich wunderte, was hier los war. Doch diese Hoffnung hatte sich gerade verflüchtigt.

Was hatte Russo in Lous Wohnung gefunden? Lysander löste sich von der Wand. Er wollte das jetzt wissen. Doch er blieb vor der geöffneten Tür stehen. Keine zusätzlichen Spuren. Sie würden die Arbeit der Polizei behindern. Das wollte er nicht. Ungeduldig wartete er, bis Russo endlich herauskam.

»Was ist? Was haben Sie gefunden?«

In Russos zerfurchtem Gesicht wurden die Falten noch tiefer. »Die Geschichte mit der Überwachungskamera… ganz ehrlich, die habe ich dir nicht abgenommen. Aber du hast recht.« Er fuhr sich durch die Stoppelhaare. »Jemand hat Lou überwacht. Das hier habe ich hinter dem Lüftungsgitter der Klimaanlage gefunden.« Er reichte Lysander eine kleine Plastiktüte. Ein Aufkleber war darin, eine Art Etikett. »Eine der Schrauben stand hervor. Da hat es jemand eilig gehabt, den ganzen Krempel abzumontieren, und hat schlampig gearbeitet und dabei das da übersehen.« Russo wies auf den Beutel.

Es dauerte einen Augenblick, bis Lysander erkannte,

was sich darin befand. Es war ein Typenschild. Indexa DF 250. Fragend sah er Russo an.

»Das stammt von einer Überwachungskamera. Funkgesteuert, wenn ich mich nicht irre.«

Schritte erklangen auf dem Flur. Eilig näherte sich jemand. Nicht Lou, wie Lysander unwillkürlich gehofft hatte, sondern ihr Onkel. Seit gestern Nacht hatte er nicht mit ihm gesprochen. Er wusste also noch gar nicht, was los war.

»Sag mal, Lysander, drehst du jetzt durch? Was für einen Zirkus veranstaltest du hier, nur weil Lou dich versetzt hat. Rennst zur Polizei und versetzt ihre Eltern ...«

Russo schritt ein. »Jetzt mal halblang. Sie sind sicher Dr. Bergmair.« Er steckte den Beutel ein, zog seine Marke hervor und hielt sie Lous Onkel unter die Nase. »Russo. Kripo München. Lysander dreht nicht am Rad. Er macht sich nicht grundlos Sorgen. Ihre Nichte, die ja wohl unter Ihrer Obhut steht und für die Sie Verantwortung tragen, wird vermisst. Und sie wurde überwacht. In ihren eigenen vier Wänden. Jetzt sind Sie mal so nett und erklären mir, wer alles einen Schlüssel für dieses Appartement hat. Denn die angeblichen zwei können es nicht sein.«

55

Onkel Achim hatte Russos Leuten erklärt, wer überhaupt infrage kam, einen Schlüssel zu besitzen. Russos Leute sprachen daraufhin mit der Hausmeisterin und ihrem Sohn. Außerdem wollten sie den Hausverwalter und die ehemaligen Mieter der Wohnung befragen. Und natürlich Lous Tante. Ihr gehörte die Wohnung schließlich. Lysander erklärte die Sache mit dem neuen Schloss und auch, dass es dafür ebenfalls nur zwei Schlüssel gab. Einen besaß er und einen Lou. Und den hatte jetzt ihr Entführer.

Dann setzte er sich auf die Bank vorm Haus und starrte auf die Eingangstür, als könnte er Lou dadurch heraufbeschwören. Doch nicht Lou erschien, sondern Mitarbeiter der Spurensicherung gingen ein und aus. Das Appartement wurde kriminaltechnisch untersucht. Russo war zuversichtlich, Faser- und DNA-Spuren zu finden. Die hinterließ seiner Erfahrung nach jeder Täter. Diese Worte hallten in Lysanders Kopf nach.

Er zog das Handy aus der Hosentasche und ging online. Dutzende Leute hatten Kommentare bei Facebook geschrieben. Überwiegend aufmunternde Worte, doch kein einziger brauchbarer Hinweis war darunter. Niemand hatte Lou gesehen. Eine PN war eingegangen. Die Nachricht eines Bildzeitungsreporters, der den Aufruf gesehen hatte und nun einen Interviewtermin mit Lysander vereinbaren wollte und zwar zum Thema »Versagt unsere Polizei?« Lysander klickte die Nachricht weg. Russo legte sich mächtig ins Zeug und hatte sein gesamtes Team für die Suche nach Lou eingeteilt. Den würde er ganz sicher nicht der BLÖD-Zeitung zum Fraß vorwerfen.

Unruhig stand er auf und ging vor der Tür auf und ab. Was konnte er tun? Vielleicht noch einmal mit Onkel Achim reden. Er wohnte nur zwei Etagen über Lou. Möglicherweise war ihm doch etwas aufgefallen. Er sprintete in den fünften Stock. Die Bewegung tat ihm gut. Als er an der Tür zur Dachterrassenwohnung stand, kam ihm in den Sinn, dass Lous Onkel ja ziemlich sauer auf ihn war und ihn vermutlich nicht reinlassen würde. Doch er täuschte sich. Onkel Achim öffnete die Tür und entschuldigte sich als Erstes bei Lysander. »Ich habe mich vorher im Tonfall vergriffen. Das tut mir leid. Ich dachte wirklich, Lou hätte dich versetzt und du drehst deshalb durch. Komm rein.«

Onkel Achim bot ihm eine Cola an. Lysander lehnte dankend ab und folgte ihm in die Küche. Ein Teller mit Melone und Schinken stand auf der Granittheke und daneben ein Glas Weißwein. Onkel Achim aß zu Abend, während in Lysanders Magen die Angst lag wie ein kalter Stein. Wie konnte der Mann nur einen Bissen runterbringen?

»Magst du einen Happen essen?«

Lysander schüttelte den Kopf. »Ich habe Ihnen doch von den Fotos erzählt. Eines wurde vor dem Restaurant gemacht, in dem Sie mit Lou waren. Der Kerl muss auf der anderen Straßenseite gewesen sein. Haben Sie jemanden bemerkt?«

Mit vollem Mund schüttelte Onkel Achim den Kopf. »Ich kann mich nicht erinnern, ob da jemand war. Mir ist niemand aufgefallen.«

»Und hier im Haus?«

Mit einem Schluck Wein spülte Lous Onkel einen Bissen hinunter. »Lass das die Polizei machen. Dort sind die Fachleute. Sie haben nicht nur Erfahrung, sondern ganz andere Möglichkeiten.«

Im selben Moment, als er das sagte, klingelte es an der Wohnungstür. »Sicher Lous Eltern. Jetzt muss ich mich warm anziehen. Sie kommen, um mir Vorwürfe zu machen.« Onkel Achim verzog das Gesicht zu einer Grimasse, als wäre das Ganze nur ein Spiel. Aus dem kalten Gefühl der Angst in Lysanders Magen, stieg heiße Wut. Wie konnte er nur! Er fand es wohl amüsant, dass Lou weg war. Dabei befand sie sich höchstwahrscheinlich in Lebensgefahr, wenn sie nicht vielleicht schon... Er verbot sich, diesen Gedanke zu Ende zu denken, konzentrierte sich auf den Klang von Achims Schritten, die sich Richtung Tür entfernten.

Die Stimme eines Mannes war zu hören. Einen Augenblick Zeit... ein paar Fragen... Daniela Schneider.

Was war da los? Das waren nicht Lous Eltern. Die Stimme kannte Lysander. Es war die von Moritz Russo. Leise rutschte er vom Hocker. Was hatte Onkel Achim mit Daniela Schneider zu tun?

Auf einmal war sie weg gewesen. Spurlos verschwunden und erst Wochen später hatte man ihre Leiche gefunden. Hatte derselbe Mann sich nun auch Lou geschnappt? Lysander blieb im Durchgang stehen, unsichtbar für Russo und Onkel Achim und lauschte.

»Herr Bergmair, wo waren Sie am Mittwoch, den zwölften Juni, zwischen Mitternacht und ein Uhr morgens?«

»Das ist Wochen her. Aber um diese Zeit pflege ich zu

schlafen. Am Wochenende zwar nicht, ganz sicher jedoch unter der Woche. Ich muss morgens früh raus. Weshalb fragen Sie?«

»Daniela Schneider wurde in der genannten Nacht von einem Mann angesprochen. Kurz nach Mitternacht, und zwar vor der Bar des Hotels Königshof. Dort befindet sich der Abgang zum S- und U-Bahn-Geschoss.«

»Ja? Und? Weshalb kommen Sie damit zu mir?«

»Es gibt eine Zeugin, die den Mann gesehen und beschrieben hat. Wir haben ein Phantombild, und das sieht Ihnen verblüffend ähnlich.«

»Mir?« Lous Onkel klang ganz und gar nicht mehr so, als würde er sich amüsieren. »Das ist unmöglich. Das ist ein Irrtum. Eine Verwechslung.«

»Sehen Sie selbst.«

Offenbar reichte Russo Lous Onkel das Bild. Einen Augenblick war es still. »Gut, es gibt eine gewisse Ähnlichkeit. Sehr vage. Aber das bin nicht ich. «

»Nun ja«, räumte Russo ein. »Natürlich ist es nur eine Zeichnung und kein Foto. Wären Sie denn zu einer Gegenüberstellung bereit, um diesen Irrtum auszuräumen?«

»Eine Gegenüberstellung? Sie meinen mit dieser Zeugin?«

»Das wäre doch das Einfachste.«

»Und wenn ich das nicht will?«

Für einen Moment herrschte Schweigen. Lysander sah es beinahe vor sich, wie Russo sich übers Kinn fuhr. »Sie haben kein Alibi. Sie sehen dem Phantombild ähnlich. Ich würde Sie vermutlich vorläufig festnehmen, um die Gegenüberstellung durchzuführen.«

56

Lou starrte an die Wand. Eine Spinne krabbelte über den rauen Verputz und verschwand hinter der grauen Isolierung, mit der ein Rohr ummantelt war. Es war eine kleine Spinne, geradezu winzig. Lou hatte einfach keine Kraft, ihretwegen in Panik zu verfallen. Es war nur eine Spinne. Und die tat ihr nichts. Vermutlich war es die einzige Spinne in diesem Keller. Jedenfalls hatte Lou nicht eine einzige entdeckt, nachdem ihr hysterischer Anfall vorübergegangen war. Wie hatte sie nur derart ausflippen können? Wegen Spinnen? Wegen *eingebildeter* Spinnen. Total durchgeknallt. Völlig gaga. Und das ging nicht, wenn sie heil hier rauskommen wollte.

Sie drehte sich auf die andere Seite, zog die Decke fester um sich und sah nun auf die Mauer, hinter der die Öltanks standen. Was Lysander jetzt wohl tat? Sicher war er zur Polizei gegangen, als sie einfach nicht aufgetaucht war. An ihrem Baum am Flaucher. Bestimmt suchten tausend Polizisten nach ihr und bald würde man sie finden. Ganz sicher.

Lysander. Sie sehnte sich so nach ihm. Sein Beoblick fehlte ihr. Seine Stimme. Wenn dieser Albtraum doch nur schon vorüber wäre. Er würde doch vorübergehen? Oder nicht? Er musste. Alles andere war unvorstellbar.

Welcher Tag war heute? Wie viele Nächte hatte sie schon hier verbracht? Zwei oder drei? Oder sogar schon mehr?

Nein, mehr als drei konnten es nicht sein. Wobei ihr das Gefühl für Tag und Nacht abhandengekommen war und sie keine Möglichkeit hatte nachzusehen. Ihr Handy war weg. Mister Arschloch war ja nicht blöd. Natürlich hatte er es ihr abgenommen.

Es war Abend gewesen, als er sie mit einer Spritze außer Gefecht gesetzt und in diesen Keller verschleppt hatte. Wie lange hatte sie hier bewusstlos gelegen? Stunden oder Tage?

Die Wasserflasche war längst leer. In der Plastikflasche Cola schwappte nur noch ein Rest. Sie war in der Tüte gewesen, zusammen mit einem Kissen und der Decke. Wenigstens musste sie nicht auf dem Boden schlafen. Und dafür war sie Mister Arschloch beinahe dankbar. Dankbar? Ging's noch? Was war nur mit ihr los?

Zwei Tage. Es konnten erst zwei Tage sein. Oder doch schon drei? War es jetzt Morgen oder Abend? Sie hatte keine Ahnung und horchte in sich. Ihr Magen fühlte sich stumpf und leer an. Sie hatte Durst, setzte sich auf und griff nach der Cola. Ein Schluck und die Flasche war leer.

Weshalb ließ Mister Arschloch sich nicht blicken?

Weil er feige war. Eine feige, miese Ratte.

Was, wenn er wirklich nicht kam?

Fassungslos sah sie auf die beiden leeren Flaschen. Dann würde sie hier verhungern und verdursten. Wie hatte sie nur so dämlich sein können! Sie hätte sich das einteilen müssen!

Sie würgte die Panik hinunter, die sich wieder bemerkbar machte. Ein Plan. Sie hatte doch einen Plan gehabt. Erstens: Umgebung erkunden! Zweitens: Einen Weg nach draußen finden!

Genau. Das würde sie tun. Und dann abhauen. Und *goodbye,* Mister Arschloch. Sie rappelte sich auf, sammelte ihre Kräfte und zog sich über die Mauer. Die graue Platte an der Außenmauer hinter den Öltanks, an die musste sie ran. Dahinter verbarg sich vielleicht ein Fenster.

Diesmal schaffte sie es, ohne hysterischen Anfall bis an die Außenwand des Kellers vorzudringen. Doch der Abstand zwischen den Ölbehältern und der Kellerwand war zu schmal. Da passte sie nicht rein. Sie presste sich daran, streckte den linken Arm aus und schaffte es, mit den Fingerspitzen die Platte zu berühren. Sie fühlte sich kalt an. Metall und nicht Holz. Sie ertastete Schrauben. Wie sollte sie die rausdrehen? Sie kam nicht nah genug heran und selbst wenn sie das irgendwie schaffte, sie hatte kein Werkzeug. Mit den Fingernägeln ging das sicher nicht. Vielleicht aber mit einem Knopf? Lou checkte die Knöpfe an ihrer Bluse und an der Shorts. Doch sie sah sofort, dass die zu dick waren, um als Schraubenzieher zu funktionieren. Jedenfalls war die Idee schon mal nicht schlecht, machte sie sich Mut. Sie musste irgendwas zu einem Werkzeug umfunktionieren. So wie das die Steinzeitmenschen gemacht hatten. Sie hatten die Materialien genutzt, die sie hatten. Knochen und Steine.

Was hatte sie? Eine Colaflasche und eine Mineralwasserflasche. Der Deckel der Mineralwasserflasche war aus Metall. Super! Das konnte klappen.

Sie zwängte sich zurück durch den Spalt und blickte dabei irgendwann auch nach oben. Dort hing ein Rauchmelder an der Decke. Genau so ein Teil wie in ihrer Wohnung. Zum ersten Mal fielen ihr die rechteckigen Öffnungen auf. Sie glichen dunklen Fenstern. Kaum wahrnehmbar bewegte sich etwas dahinter. Wie das Auge eines Reptils, das ihren Bewegungen folgte.

Lou erstarrte.

Natürlich! Mister Arschloch beobachtete sie. Genau, wie sie es vermutet hatte. Allerdings nicht durch ein Loch in der Tür oder der Wand. Er hatte den Panoramablick auf seine Gefangene. Er hatte eine Kamera installiert. Dieser verdammte Scheißkerl!

Mit einem Schlag fühlte sie sich schutzlos und ausgeliefert. Das Bedürfnis, sich vor seinen Blicken zu verkriechen, zu verstecken, wurde übermächtig. Ihr nächster Impuls war Wut. Sie versuchte, die Kamera herunterzuschlagen. Doch sie kam nicht hin. Sie brauchte einen Stock, irgendwas, das lang genug war. Aber da war nichts. Nichts. Gar nichts. Ein Kloß bildete sich in ihrem Hals. Tränen traten ihr in die Augen. Nein! Diese Freude durfte sie ihm nicht machen. Das war es doch, was er wollte. Sie verzweifelt sehen und vor Angst wimmernd.

Sie zog sich an der Mauer hoch, schwang die Beine darüber und ließ sich auf der anderen Seite auf den Boden gleiten. Bei jeder ihrer Bewegungen fühlte sie seine Blicke wie tastende Finger an ihrem Körper und hätte kotzen können.

Die Kamera. Sie musste sie zerstören. Doch wie? Womit?

Mit der Flasche. Lou griff die Glasflasche am Hals, lehnte sich an die Mauer, zielte und warf. Das Geschoss flog genau auf den Rauchmelder zu. Lous Herz machte einen freudigen Satz. Doch die Flugbahn war zu hoch. Klirrend prallte die Flasche an der Decke ab, knallte auf den Boden und zerbrach zwischen zwei Öltanks. Jetzt konnte sie nicht mehr an sich halten. Die Tränen liefen. Gab es in diesem verdammten Keller keine Ecke, in die sie sich verkriechen konnte? Wo sie den sabbernden Blicken dieses Dreckskerls nicht ausgeliefert war?

Lou raffte sich auf und sah sich um. Sie wanderte mit ihren Augen zwischen der Kamera und dem Raum hin und her. Die Stelle hinten in der Ecke, ganz dicht an der Mauer, kam infrage. Sie probierte es aus, legte sich dort auf den Boden und presste sich an die Wand. Von hier aus konnte sie die Kamera nicht sehen. Das musste dann ja wohl auch umgekehrt so sein. Sie stand auf, zog die Matratze in die Ecke und probierte es noch einmal. Es funktionierte. Vermutlich. Hoffentlich. Sie konnte es nicht lassen, stand wieder auf und stellte sich so, dass die Kamera sie erfasste. Mit letzter Kraft zeigte sie Mister Arschloch den gestreckten Mittelfinger.

57

Es war kurz vor fünf Uhr nachmittags. Schon achtundvierzig Stunden waren vergangen ohne eine Nachricht von Lou. Lysander wartete im Flur vor Meos Büro auf seinen Bruder.

Russo hatte ihm zwar geraten, nach Hause zu gehen, doch einfach herumzusitzen und nichts tun zu können, machte ihn wahnsinnig. Daheim hatte Lysander es nicht ausgehalten. Die Facebook-Aktion brachte nichts. Jede Menge mitfühlende Kommentare, aber noch mehr saudumme. Caro hatte auf seine Mail geantwortet und alle Freunde von Lou aktiviert, sich an der Suche zu beteiligen. Außerdem waren Lous Eltern seit gestern in München. Sie wohnten in einer Pension und Russo hatte ihnen Lysanders Handynummer gegeben. Doch anstatt ihm zu danken, dass er die Suche nach Lou überhaupt ins Rollen gebracht hatte, hatte ihr Vater ihn mit Vorwürfen überschüttet, bis er einfach aufgelegt hatte.

Seine einzige Hoffnung war Lous MacBook. Er wollte wissen, ob Meo die Daten endlich ausgewertet hatte. Deshalb saß er hier. »Ich sehe mir den Computer sofort an, wenn ich mit Danielas fertig bin. Das ist richtige Frickelarbeit, die Daten von ihrem Netbook wiederherzustellen. Aber ich habe es fast geschafft. Dauert noch eine Stunde und dann ist Lou dran. Okay? Setze dich hierhin und warte solange.«

Aber das Warten auf dem Präsidium machte ihn genauso verrückt. Die Gedanken stoben durch seinen Kopf wie ein Schwarm wilder Vögel. Was hatte Onkel Achim mit dem Mord an diesem Mädchen zu tun? Und wenn er tatsächlich darin verwickelt war... verwickelt! Lysander schalt sich einen Idioten, der sich etwas schönredete. Besser er dachte Klartext: Also, so wie es aussah, wurde Lous Onkel verdächtigt, Daniela ermordet zu haben. Und wenn das stimmte, was war dann mit Lou? Hatte er seine eigene Nichte entführt und... Diesen Gedanken wollte Lysander nicht zu Ende denken. Daniela war erst nach Wochen gestorben. Nach Wochen. Wenn Lou in der Gewalt von Danielas Mörder war, dann standen die Chancen gut, dass sie noch lebte. Noch! Doch was hatte er Daniela angetan? All die Tage und Wochen? Was hatte sie durchlitten? Fluchend sprang er hoch, riss das Fenster auf. Ein paar Atemzüge frische Luft vertrieben die Bilder, die sein Hirn produziert hatte. Er durfte jetzt nicht durchdrehen.

Wo war Lou?

Lysander ging auf und ab. Und wo blieb Meo nur?

Weiter vorne im Flur öffnete sich die Tür zu Russos Büro. Eine Frau kam heraus, verabschiedete sich und kam den Flur entlang auf ihn zu. Wasserstoffblonde Locken, viel Farbe im Gesicht. Die oberen Knöpfe der ärmellosen Bluse, die sich über einem Busen spannte, der einfach nicht echt sein konnte, waren geöffnet. Lange, schlanke Beine, superkurzer Rock. Die meisten Männer würden die Frau wohl atemberaubend sexy finden. Auf Lysander wirkte sie nur billig. Mit einem Scannerblick taxierte sie ihn im Vorübergehen und zog gleichzeitig das klingelnde Handy aus der Tasche. Lysander bemerkte ein Tatoo auf ihrem Oberarm. Ein Edelweiß. Während sie sich entfernte, schnappte er ein paar Worte auf. *Super gelaufen… klar haben die das gefressen… sehen wir uns?*

Während Lysander ihr noch nachsah, marschierten zwei uniformierte Polizisten auf das noch offene Büro von Russo zu. Einer löste die Handschellen vom Hosenbund. Beide verschwanden darin und kamen kurz darauf wieder heraus. In ihrer Mitte führten sie Lous Onkel. Er trug Handschellen und verlangte nach einem Anwalt. »Das ist ein Irrtum. Eine Verwechslung. Ich habe diese Frau noch nie in meinem Leben gesehen. Das muss geklärt werden.« Die Gruppe näherte sich Lysander. Onkel Achim entdeckte ihn und blieb stehen. »Kann ich kurz mit diesem jungen Mann reden? Er ist der Freund meiner Nichte.«

Einer der beiden nickte.

»Lysander, ich habe mit dem Mord an diesem Mädchen nichts zu tun. Und auch nicht mit Lous Verschwinden. Auch wenn ich mich im Augenblick wie in einem Roman von Kafka fühle, das wird sich alles aufklären.« Onkel Achims Stimme klang ehrlich verzweifelt.

Lysander wusste nicht, was er glauben sollte. Offenbar war Onkel Achim bei der Gegenüberstellung identifiziert worden und nun hatte man ihn verhaftet. Doch sein Blick hielt stand. Er sah so offen und ehrlich aus, dass Lysander ihm spontan glaubte. Und plötzlich kapierte er es. »Die Frau, die Sie erkannt hat…« Er drehte sich um und sah sie gerade noch um die Ecke am Ende des Gangs verschwinden. »War sie das?«

Onkel Achim nickte.

»Sie hat eben telefoniert und jemandem gesagt…« Lysander überlegte, wie der Wortlaut genau gewesen war. »Sie hat gesagt: klar, die haben das gefressen.«

»Die haben das gefressen?« Onkel Achims Stimme klang wie ein Echo. Er wandte sich an einen der Polizisten. »Haben Sie das gehört? Das ist ein abgekartetes Spiel.«

»Wenn das so ist, wird sich das alles aufklären. Ihre Worte«, sagte der Polizist. »Und jetzt müssen wir weiter.«

Die beiden nahmen ihren Gefangenen wieder in die Mitte.

»Geh zu Russo. Sag ihm, was du aufgeschnappt hast.« Es war ein beinahe flehentlicher Blick, den Lous Onkel ihm über die Schulter zuwarf, während er abgeführt wurde. Lysander nickte.

Einen Augenblick blieb er noch stehen und sah ihm nach. Der Gedanke, Lous Onkel könnte ein Mörder sein, war ungeheuerlich. Er spürte, dass er ihm glaubte. Ganz instinktiv. Doch wenn er es nicht war, dann hatte jemand diese Frau geschickt, um Onkel Achim zu belasten. Lysander fröstelte bei dem Gedanken. Dann klopfte er an Russos Bürotür.

»Herein.«

Lysander trat ein. Russo telefonierte und nickte ihm zu. Mit einer Hand wies er auf den Stuhl vor seinem Schreibtisch. Lysander setzte sich.

»Super. Prima. Das passt. Ich hole den Durchsuchungsbeschluss gleich bei euch ab. Ja ... Hm ... Nein. Das mache ich selbst mit zwei Leuten. Je weniger in der Wohnung rumtrampeln, umso besser für die Spurenlage. Ja ... dann bis später.« Russo legte auf und sah Lysander fragend an. »Was gibt es?«

Lysander erzählte ihm, was er gehört hatte.

»Klar, sie haben das gefressen. Das hat sie gesagt?«, wiederholte Russo seine Worte.

Noch einmal bestätigte Lysander das.

»Aber den Zusammenhang hast du nicht mitbekommen? Ich meine, das Gespräch kann sich um etwas anderes gedreht haben als die Gegenüberstellung.« Russo erhob sich.

»Ihren Gesprächspartner habe ich natürlich nicht gehört. Aber sie kam gerade aus Ihrem Büro. Die Vermutung liegt also nahe, dass es um die Identifizierung ging.« Auch er stand auf. Russo war auf dem Weg zur Tür. Lysander folgte ihm.

»Die Zeugin hat Lous Onkel identifiziert. Damit ist er derjenige, mit dem Daniela zuletzt gesehen wurde. Deshalb werden wir jetzt seine Wohnung durchsuchen. Sollte er der Täter sein, dann werden wir darin auch etwas finden. Falls nicht, werden wir uns die Dame noch einmal vornehmen. So funktioniert Polizeiarbeit nun einmal.«

»Und Lou? Gibt es da was Neues? Ich meine, ist Ihnen schon die Idee …«

Russo legte seinen Arm um Lysanders Schulter. »Ja. Die Idee ist uns auch schon gekommen, dass Lou sich in der Gewalt desselben Mannes befinden könnte wie Daniela. Doch dafür gibt es bisher keine Beweise. Also mach dich nicht verrückt. Wir werden sie finden. Und damit uns das glückt, muss ich jetzt los. Und du gehst besser heim.«

58

Wütend ging Lysander den Flur hinunter zu Meos Labor. Russo behandelte ihn wie einen Drittklässler. Ungeduld und Angst fraßen sich durch sein Innerstes wie Termiten. Irgendetwas musste jetzt vorangehen. Das Warten hielt er nicht aus. Er klopfte an Meos Tür und trat gleichzeitig ein.

Im Raum war es beinahe dunkel. Nur das Licht etlicher Monitore erhellte ihn. Farbige Dioden leuchteten in jedem Winkel. Seinen Bruder entdeckte Lysander in einer Ecke vor einem Drucker. Er drehte sich um. »Hi Lysander. Perfektes Timing. Ich bin so weit.« Mit einem Ausdruck in der Hand kam er auf ihn zu. Lysander erkannte sofort, dass etwas nicht stimmte. Meo lächelte verlegen, wie immer wenn er Mist gebaut hatte. »Was?« fragte er daher nur, denn er wusste genau, dass Meo ihn verstand.

»Ich hätte mich früher mit Lous Rechner beschäftigen sollen.« Zögernd blieb er stehen. »Ich zeige es dir. Darf ich zwar nicht und du hast das auch nie gesehen. Okay?«

»In Ordnung.« Lysander folgte seinem Bruder zu einem Arbeitsplatz, auf dem ein pinkfarbener Minilaptop lag. Das musste Danielas Netbook sein. Einige Kabel waren daran angeschlossen, eines davon verband den kleinen Laptop mit einem großen Monitor. Auf diesen deutete Meo nun. Ein Youtube-Video lief dort. Der Ausschnitt aus einem Horrorfilm. »Den Link hat Daniela per Mail bekommen. Der Absender glich bis auf einen Zahlendreher einer Adresse in ihrer Freundesliste.«

»Okay.« Lysander atmete durch, um die Angst in Schach zu halten. »Das heißt, Lou ist in der Gewalt von Danielas Mörder.«

»Sieht so aus. Ich werde mir jetzt ihren Rechner vornehmen und ein paar Dinge checken. Tut mir leid, dass ich die Verbindung nicht früher erkannt habe.«

»Kann ich dir irgendwie helfen?«

Meo sah ihn unschlüssig an.

»He. Mann. Ich studiere schließlich Informatik. Wenn auch nur Wirtschaftsinformatik. Aber irgendwas kann ich sicher tun. Ich flippe aus, wenn ich hier tatenlos rumstehe.«

»Okay. Aber das behältst du für dich.«

»Natürlich.«

»Ich habe die Festplatte von Lous MacBook gespiegelt. Die Daten sind auf dem Rechner da drüben.« Meo deutete auf einen Arbeitsplatz vor einem verdunkelten Fenster. »Nimm dir die Bilddateien vor, die der Kerl ihr gemailt hat, und suche nach den Exif-Daten. Daniela hat auch Bilder bekommen. Ich schiebe sie dir auf den Server. Wenn unsere Vermutung stimmt, müssten sich Überschneidungen bei den Exif-Daten finden. Ich sehe mir die Logfiles der beiden Rechner an. Ich habe da so eine Idee, wie er an die Adressbücher der Mädels gekommen ist. Wenn es auch da Übereinstimmungen gibt, haben wir Sicherheit.«

»Und das bedeutet?«

»Dass die beiden Ermittlungen zusammengezogen werden. Dann wird die Soko erweitert, dann suchen siebzig Mann oder mehr mit all ihnen zur Verfügung stehenden

Mitteln nach Lou. Geballte Power. Die brauchen wir jetzt. Also such die Exif-Daten.«

Lysander setzte sich vor den Rechner. Meo gab ihm ein Passwort, mit dem er sich einloggen konnte. Dann öffnete er den Ordner mit den sieben Bildern, die der Kerl Lou gemailt hatte. Bevor er sich an die Arbeit machen konnte, musste er erst mal googeln, was Exif-Daten waren. Zwei Minuten später wusste er es. Exchangeable Image File Format. Das war ein Dateiformat, das in modernen Digitalkameras Metadaten der aufgenommenen Bilder speicherte. Dabei wurden auch Infos über die Kamera gespeichert.

»Mit welchem Programm, soll ich die Daten checken?«, fragte Lysander.

»Exif-Reanimation. Eine Eigenentwicklung unseres Hauses«, fügte Meo schmunzelnd hinzu. »Denn leider werden diese Daten häufig gelöscht. Mit dem Programm müsstest du eigentlich klarkommen. Ist nicht sehr komplex.«

Tatsächlich waren die Exif-Daten aller Bilder auf den ersten Blick nicht zu finden. Also ließ Lysander das Programm danach suchen und schaffte es schließlich bei zwei der sieben Bilder, sie wiederherzustellen. Eine Liste von Infos rauschte auf den Bildschirm. Aufnahmedatum und -zeit. Blende, Messmodus, Belichtungskorrektur, Schärfe, Kontrast, Farbsättigung, Farbraum, Rauschreduzierung, Brennweite, Bildqualität, Bildgröße, Blitz. Sein Blick blieb bei Copyright-Vermerk und Besitzer hängen. Doch die Felder neben diesen Angaben waren leer, was wohl hieß, dass der Eigentümer der Kamera diese Infos nie hinterlegt hatte. Jedenfalls handelte es sich bei der Kamera um eine Canon EOS 50D. Und für einen Augenblick glaubte Lysander, dass sein Herzschlag aussetzen würde. Der letzte Eintrag auf dieser langen Liste war die Seriennummer des Kameragehäuses. Die Seriennummer!

Er lehnte sich im Stuhl zurück und hätte heulen können. Vor Erleichterung. Mit dieser Nummer konnte man den Käufer ausfindig machen. Hoffentlich. Wenn er mit Kreditkarte bezahlt oder sich beim Hersteller registriert hatte. Für Support oder Garantie.

»Ich habe die Seriennummer der Kamera«, rief er Meo zu.

»Strike!«, rief Meo. »Und bei Danielas Bildern? Ist das dieselbe?«

»Ich sehe gleich nach.« Lysander öffnete den anderen Ordner und suchte mithilfe des Programms auch hier nach den Exif-Daten. Fünf Minuten später fand er die Seriennummer. »Ja. Es ist dieselbe.«

»Gut. Druck das aus. Dann gehen wir damit zu Mertens. Der leitet die Soko Daniela. Das heißt, ich gehe.« Meo wurde ernst. »Das bleibt echt unter uns. Ich fliege hier sonst hochkant raus.«

»Natürlich. Hast du in den Logfiles was gefunden?«

Meo nickte. »So wie es aussieht, hat er das Passwort von Daniela mit einem Keylogger ausgespäht, den er ihr mit einem Link zu einer fingierten Website untergejubelt hat. Damit hat er sich dann bei ihrem GMX-Account eingeloggt und das Adressbuch kopiert. Bei Lous MacBook habe ich allerdings nichts dergleichen gefunden.

Lysander hatte eine Idee. »In Lous Wohnung hat er doch eine Überwachungskamera im Rauchmelder installiert. Ihr Tisch steht fast genau darunter. Er konnte also auf die Tastatur gucken, wenn sie sich eingeloggt hat.«

»Ja. So könnte es gewesen sein. Das macht Sinn.«

Das Telefon auf Meos Schreibtisch klingelte. Er meldete sich und hörte konzentriert zu. »Ja, Moritz, ich komme. Ich bin in zwanzig Minuten da. Aber... Nein. Es gibt noch was. Ich bin mit den Daten auf Danielas PC jetzt durch und habe mir nun den von Lou vorgenommen. Die Fotos bei beiden stammen aus derselben Kamera. Lou wurde von Danielas Mörder entführt... Ja. Genau. Ich informiere Mertens und dann düse ich in die Biedersteinstraße.« Meo beendete das Gespräch und legte auf.

Mit einem Schlag war die Angst wieder da. »Wieso in die Biedersteinstraße? Ist Lou... ist was mit ihr?«

Meo griff nach den Ausdrucken. »Russo hat sich in der Wohnung ihres Onkels umgesehen und dort ein Kleidungsstück von Daniela gefunden. Es gehörte mit an Sicherheit grenzender Wahrscheinlichkeit ihr, auch wenn es natürlich noch kriminaltechnisch untersucht werden muss. Genau wie sein PC. Den hole ich jetzt. Außerdem lag in einer Schublade eine Rechnung aus der Bar des Hotels Königshof, vom zwölften Juni. Das ist der Tag, an dem Daniela verschwunden ist. Und zuletzt wurde sie vor dieser Bar gesehen. Für Lous Onkel würde ich keine Hand ins Feuer legen.«

59

Was war sie doch für eine Idiotin! Eine ganz blöde verdammte Idiotin! Warum hatte sie ihr Hirn nicht eingeschaltet, bevor sie die Flasche geworfen hatte? Dann hätte sie sicher vorher den Deckel abgeschraubt. Und nun war er futsch, lag unerreichbar zwischen all den Scherben unter einem der Öltanks. Steinzeitmenschen waren schlauer als sie. Mist! Wie sollte sie sich jetzt ein Werkzeug bauen, mit dem sie die Schrauben aus dieser Platte drehen konnte?

Irgendwie musste sie an den Deckel gelangen und Mister Arschloch würde sie dabei beobachten und sich köstlich amüsieren. Bei dieser Vorstellung erlosch alle Energie in ihr. Lou ließ sich auf die Matratze fallen und schloss die Augen. Sie war müde und hungrig und vor allem durstig. Ihr Mund fühlte sich ganz trocken an. In der Colaflasche war kein einziger Tropfen mehr.

Ob er wohl kommen würde, um ihr etwas zu trinken zu bringen? Lou hoffte es inständig. Doch bisher hatte er sich nicht ein einziges Mal blicken lassen. Wie groß war also die Wahrscheinlichkeit, dass er kam? Eher gering.

Wollte er etwa zusehen, wie sie langsam verdurstete?

Sie musste hier raus. Sie brauchte den Deckel. Doch der Mistkerl würde sie nicht entkommen lassen. Wenn er beobachtete, wie sie die Platte abschraubte, würde er etwas unternehmen, um das zu verhindern. Doch dazu musste er hier leibhaftig erscheinen. Sein Plan sah aber sicher nicht vor, dass er sich zeigte und hier aufkreuzte und Lou ihn vielleicht erkannte. Er war ein Feigling. Ein jämmerlicher kleiner Feigling. Und das konnte ja nur bedeuten, dass er Angst vor ihr hatte. Angst vor einer Siebzehnjährigen. Okay. Sie würde es ihm zeigen. Alles, was er ab jetzt von ihr zu sehen bekam, würde das Gegenteil von Angst und Verzweiflung sein. Wenn ihr zum Heulen zumute war, konnte sie sich in den toten Winkel auf der Matratze zurückziehen. Er würde von nun an nur noch eine Lou zu sehen bekommen, die etwas unternahm, um hier herauszukommen. Vielleicht zwang sie ihn ja dadurch hinter der Kamera hervor und hinunter in dieses Loch.

Guter Plan. Sie würde jetzt versuchen, irgendwie an diesen Deckel zu gelangen, denn ohne den hatte sie keine Chance. Lou kletterte wieder einmal über die Mauer und ging auf der anderen Seite langsam in die Hocke. Dabei vermied sie es, nach oben zu sehen. Zu diesem Reptilienauge im Rauchmelder. Ihre Schultern und das Becken klemmten zwischen Öltanks und Wand. Rauer Verputz schürfte ihre Haut auf. Vorsichtig kniete sie sich hin, streckte den rechten Arm seitlich aus, so gut das eben ging, und begann, mit der Hand den Raum zwischen den Tanks abzutasten. Beinahe sofort stießen ihre Finger auf Glasscherben. Sie zog sie hervor und schob sie zu einem Häufchen zusammen. Vielleicht konnte sie die ja noch gebrauchen. Langsam quetschte sie sich weiter in den Spalt hinein, schob Arm und Fingerspitzen vor, fand noch eine Glasscherbe und dann nichts mehr. Sosehr sie auch suchte, der Flaschenhals mit dem Deckel musste woanders liegen. Sie quetschte sich weiter bis zur nächsten Ritze zwischen zwei Öltanks und ließ die Finger über den Boden gleiten, bis sie etwas Kühles und Glattes fühlte. Ein Stück Metall? Um es näher zu ziehen, presste sie die Finger darauf. Ein stechender Schmerz. Rasch zog sie die Hand zurück. Sie war schwarz vor Schmutz. Aus einer Wunde am Mittelfinger quoll dickes dunkles Blut. Verdammt, sie würde sich eine Blutvergiftung holen. *Spucke desinfiziert.* Wer hatte das mal zu ihr gesagt? Egal. Hoffentlich stimmte es. Lou schob den Finger in den Mund. Saugte an der Wunde. Es schmeckte metallisch und modrig. Sie spuckte Blut und Dreck aus und presste den blutenden Finger gegen die Shorts. Hoffentlich hörte das bald auf.

Mam. Mam hatte das gesagt. Das mit der Spucke. Plötzlich hatte sie wieder einen Klumpen im Hals. Mam. Und Pa. Sie hätte jetzt weiß Gott was gegeben, bei ihnen in Straubing zu sein.

Sie fasste sich und sammelte ihre Kräfte. Sie durfte nicht aufgeben!

Was hatte sich in ihren Finger gebohrt? Es hatte sich wie Metall angefühlt. Als die Wunde nicht mehr blutete, tastete sie erneut unter den Tank und zog ein Stück Blech hervor. Es war stumpf vor Schmutz, schmal wie ein Band und etwa zehn Zentimeter lang. Das eine Ende sah aus, als habe dort jemand mit einer Blechschere einen Bogen ausgeschnitten. Die Kante war wellig und schrundig. Daran hatte sie sich also geschnitten. Vermutlich war das ein Stück Abfall, das dort lag, seit die Tanks eingebaut worden waren. Glück gehabt! Ob es wohl in den Schraubenschlitz passte? Lou betrachtete es kritisch. Könnte hinhauen. Mit einem Mal waren Frust und Trübsal wie weggeblasen. Sie kam auf die Beine, zwängte sich wieder durch den Spalt, ohne auf Spinnen oder Spinnweben zu achten. Die Spinnweben hatte sie ohnehin längst weggeputzt und es gab Schlimmeres. Echt!

Diesmal ging es leichter. Vielleicht hatte sie ja abgenommen. Die ganze Zeit spürte sie die Blicke des Reptilienauges im Rücken und die Versuchung war groß, Mister Arschloch ihren wunderbaren Schraubenzieher zu zeigen. Doch das wäre dumm.

Als sie ihr Ziel erreichte, stand sie wieder vor einem Problem. Hier war es so verdammt eng, sie hatte kaum Bewegungsfreiheit.

Die Platte war etwa fenstergroß und rundherum mit Schrauben befestigt. Je acht Stück oben und unten und fünf an jeder Seite. Das waren sechsundzwanzig Schrauben, die sie lösen musste. Aber wie?

Plötzlich kam ihr eine Frage in den Sinn: Wie hatte Mister Arschloch die überhaupt hineinbekommen? Das konnte er nur geschafft haben, wenn er sich bäuchlings auf die Öltanks gelegt hatte.

Lou zog sich auf die Mauer hoch und setzte sich. Die Beine baumelten im Spalt. Tatsächlich. Die Staub- und Dreckschicht auf den beiden mittleren Tanks war verschmiert und teilweise weggewischt. Dort hatte er gekauert und auf dem Bauch gelegen, hatte Löcher gebohrt, gedübelt und geschraubt. Lou hangelte sich auf die Ölbehälter und ging im Entenwatschelgang darüber. Denn aufrichten konnte sie sich nicht. Zwischen ihr und der Decke war weniger als ein Meter Luft.

Leider hing die Kamera unerreichbar zwischen Tanks und Tür. Sosehr Lou sich auch reckte und streckte, sie konnte sie nicht erreichen. Frustriert wandte sie sich ab und ihrem ursprünglichen Ziel zu. Sie watschelte über die Tanks, bis sie die Außenmauer erreichte. Die Platte befand sich jetzt direkt vor ihr. Die obere Reihe Schrauben war problemlos zu erreichen und auch an die anderen würde sie mit einigen Verrenkungen kommen. Das sah doch gut aus. Lou zog das Metallstück hervor, legte sich auf den Bauch und versuchte, ihr Werkzeug in den Schraubenschlitz zu schieben. Es passte nicht. Sosehr sie auch stocherte, sie bekam das Ding nicht hinein. Es war zu dick. Viel zu dick! Vor Enttäuschung und Frust ließ sie den Kopf sinken, bettete ihn auf ihre Arme und hätte beinahe geheult. Doch diesen Triumph gönnte sie Mister Arschloch nicht. Trotzig rappelte sie sich auf und machte dabei eine Entdeckung. Zwischen der Platte und der Mauer lugte etwas hervor. Fast ebenso grau wie die Wand. Nur einen Millimeter breit. Ein kleines Stück Papier. Lou zog es hervor. Es war ein Foto, nur etwa doppelt so groß wie ein Passbild. Dunkle Farben. Wenig Licht. Eine Matratze auf einem Boden, darauf ein Mädchen. Es lag auf dem Rücken. Arme und Bein entspannt ausgestreckt. Das einzig helle auf diesem Foto war das Gesicht. Weiß, beinahe wächsern. Es sah aus, als ob das Mädchen schlafen würde. Doch die Augen waren geöffnet, blickten ins Leere. Lou kannte dieses Gesicht. Das war Daniela. Und sie war tot.

Vor Lous Augen begann es zu flimmern. Das Bild glitt ihr aus der Hand und fiel zu Boden. Zuerst konnte sie nichts denken, ihr Hirn war wie leer gepustet. Doch dann jagten die Gedanken wie Fledermäuse durch die Nacht. Er war das. Er hatte Daniela… und jetzt sie. Was hatte er vor? Er würde sie töten! Vergiften! Er sah ihr zu und hatte alles unter Kontrolle, während sie glaubte, ihm eins auswischen zu können. Was war sie doch für eine Idiotin. Mister Arschloch hatte das alles geplant. Er hatte gewusst, was sie tun würde, und Danielas Foto als Botschaft für sie platziert.

Du entkommst mir nicht!

60

Nachdem Meo in die Biedersteinstraße gedüst war, um Onkel Achims Computer sicherzustellen, fuhr Lysander in die Wohnung seines Bruders. Er konnte nicht heim. Er konnte nicht schlafen. Nicht, solange er nicht wusste, was mit Lou war. Sabine gab ihm eine Decke und irgendwann musste er wohl doch eingepennt sein. Denn als er aufwachte, war heller Tag und er hatte nicht gehört, ob Meo heimgekommen war.

Für Lous Onkel würde ich keine Hand ins Feuer legen. Das hatte Meo gestern gesagt. Und es sah ganz so aus, als ob er damit richtig lag. Es gab Beweise. Kleidungsstücke. Die Rechnung aus der Bar.

In der Wohnung war es ruhig. Lysander warf einen Blick aufs Handy. Es war kurz vor sieben. Kaffeeduft stieg ihm in die Nase. Er schlüpfte in die Jeans, zog das Shirt über den Kopf. Im Flur traf er Sabine. »Ich muss los. Meo schläft noch. Kaffee ist schon fertig. Tschüss.« Und weg war sie. Mit einem Becher Kaffee setzte er sich an den Küchentisch. Die Benommenheit der Nacht wich nach den ersten Schlucken. Dafür brach der Wirbelsturm aus Angst und Fragen erneut in ihm los. Wo Lou jetzt wohl war? Wie ging es ihr? In Gedanken sandte er ihr einen Kuss. *Halte durch. Wir werden dich finden, wo immer du auch bist.*

Meo schlief noch. Am liebsten hätte Lysander ihn geweckt. Er wollte wissen, was inzwischen passiert war.

Irgendwann klang das Fiepen des Weckers aus Meos Zimmer. Kurz darauf erschien er in der Küche. Die Haare verstrubbelt. Ringe unter den Augen. Er sah käsig und übernächtigt aus. Doch Lysander überfiel ihn gleich mit seinen Fragen.

»Was gibt es Neues? Hat Onkel Achim wirklich Daniela umgebracht?«

»Erst mal einen Schluck Kaffee, ja?« Meo schenkte sich eine Tasse voll und setzte sich. Nachdem er sie halb geleert hatte, sah er etwas wacher aus und erstattete Lysander Bericht. »Ich bin erst nachts um halb drei heimgekommen. Für Onkel Achim sieht es nicht gut aus. Auf seinem Rechner sind Fotos von Daniela und Lou.«

Okay. Also doch. Endlich ging was voran. Endlich hatte er Gewissheit. Onkel Achim also.

»Die Ermittlungen sind zusammengelegt worden und die Soko erweitert. Unsere gesamte Arbeit fokussiert sich jetzt darauf, Lou zu finden. Wobei ich davon ausgehe, dass Onkel Achim sagen wird, wohin er sie gebracht hat. Der Haftbefehl gegen ihn ist gestern Nacht noch erlassen worden. Sie haben ihn schon in der Mangel.«

Lysander wollte das nicht denken. Er wollte es sich nicht vorstellen und dennoch brachen die Worte aus ihm heraus. »Und wenn er Lou auch umgebracht hat ...«

Schlürfend trank Meo einen weiteren Schluck Kaffee und schüttelte dann den Kopf. »Glaube ich nicht. Sieh dir die Fakten an. Daniela hat er wochenlang gefangen gehalten, bevor er sie vergiftet hat. Lou ist erst seit etwa sechzig Stunden in seiner Gewalt. Sie lebt also mit an Sicherheit grenzender Wahrscheinlichkeit. Davon gehen wir aus. Und er wird uns sagen, wo sie ist. Vielleicht wissen Russo und Mertens es schon. Am besten, du kommst mit ins Präsidium und hörst es aus ihrem Mund.«

Erleichterung erfasste Lysander. Meo hatte recht. Lou war erst seit drei Nächten in Onkel Achims Gewalt und Daniela hatte er viel länger gefangen gehalten, bevor er sie getötet hatte. In Onkel Achims Gewalt? Etwas sperrte sich in Lysander, das zu glauben. War Lous Onkel wirklich ein Mörder? Doch die Beweise waren eindeutig. Er hatte diese Fotos von Lou gemacht. Er hatte die Kameras installiert und sie überwacht. Er hatte sie sich geschnappt. Und sicher hatte er auch einen Schlüssel zur Wohnung gehabt. Schließlich gehörte sie seiner Exfrau. So eine miese Ratte!

»Ja. Klar. Ich komme mit.« Die Aussicht, bald zu wissen, wo Lou war, dass es ihr gut ging, vertrieb die Müdigkeit ebenso wie seine schwarzen Gedanken.

Kurz nach acht folgte Lysander Meo über den bereits vertrauten Flur im Polizeipräsidium. »Warte einen Augenblick hier. Ich sehe erst mal nach, wie weit sie sind.« Meo wies auf die Bank, auf der Lysander schon gestern gewartet hatte, klopfte an Russos Tür, öffnete diese, als er nichts hörte und sah hinein. Kopfschüttelnd wandte er sich um. »Die Vernehmung läuft anscheinend noch. Wir gehen in den zweiten Stock. Dort sind die Vernehmungsräume.«

Durchs Treppenhaus ging es eine Etage tiefer. Im Gebäude herrschte angenehme Kühle. Vor einem Kaffeeautomaten stand eine Frau und zog einen Becher Cappuccino. Ein Mann im grauen Anzug und mit Aktentasche unterm Arm redete in einer Fensternische eindringlich auf einen Kerl ein, der wie ein Penner aussah und auch so roch. Dieser Geruch verfolgte Lysander noch bis zu dem

Vernehmungszimmer, dessen Türen sich öffneten, als sie dort ankamen. Russo trat heraus. Aschgraue Haut, Ringe unter den Augen. Seine Schultern hingen. Der Anzug war zerknautscht, als hätte er darin geschlafen. Der Mann sah total fertig aus. »Bist du noch da oder schon wieder?«, fragte er Meo.

»Ich habe mal drei Stunden Schlaf gebraucht. Könnte dir auch nicht schaden.«

»Ist nicht drin. Das ist ein sturer Hund, dieser Herr Doktor. Ich brauch jetzt Koffein intravenös und dann machen wir weiter.«

»Er hat noch nicht gestanden?« Meo klang echt überrascht. »Bei der Beweislage?«

Russo zog die Schultern hoch und ließ sie wieder fallen.

»Manche sind halt so. Die muss man knacken. Die leugnen das vor sich selbst. Wollen keine Mörder sein. Daher muss man sie erst einmal behutsam dahin bringen, sich das selbst einzugestehen, und sie mit ihren eigenen Taten vertraut machen. Aber bei ihm sind wir die ganze Nacht keinen Schritt weitergekommen. Er war es nicht. Sagt er.« Russo deutet über die Schulter in den Vernehmungsraum.

»Und Lou? Hat er nicht gesagt, wo sie ist?«

Russo schüttelte den Kopf und warf Lysander einen sorgenvollen Blick zu. Der silberne Stecker im Ohr blinkte dabei im Sonnenlicht, das durchs Fenster fiel. »Er behauptet, Lou nicht entführt zu haben, und will uns weismachen, man habe ihm die Beweise untergeschoben. Ewig wird er das nicht durchhalten.«

Die Vorstellung, dass Lou noch Stunden voller Angst und Panik irgendwo eingesperrt war und nicht wusste, ob sie lebend da rauskam, dass sie fror und hungrig war und durstig und vielleicht verletzt, dass sie Hilfe brauchte und keine bekam, machte Lysander fast wahnsinnig. »Wie lange kann das dauern?«

Auf Russos Stirn wurden die Falten wieder zu tiefen Furchen. »Ganz ehrlich?«

»Ja. Natürlich.«

»Manche brauchen Wochen, bis sie es zugeben.«

»Wochen! Was, wenn Lou verletzt ist und einen Arzt braucht? Wenn sie vielleicht nichts zu essen hat oder …« Wie aus dem Nichts stieg eine Information in ihm auf. Irgendwo hatte er das gelesen. »Wenn sie nichts zu trinken hat … man verdurstet schneller als man verhungert. Das geht rasend schnell. Das dauerte nur wenige Tage. Und Lou ist jetzt schon seit drei Nächten weg.« Lysander packte Russo an den Schultern. »Er muss sagen, wo er sie eingesperrt hat.«

Meo zog Lysander von Russo weg. »Cool down, Bruderherz.«

»Sorry. Tut mir leid.« Er ließ die Arme fallen. »Ich habe einfach solche Angst um Lou.«

Beschwichtigend hob Russo die Hände. »Ist schon gut. Ich verstehe das ja.« Und plötzlich blitzte etwas in seinen Augen auf. »Ich habe eine Idee.«

»Ja?« Lysander war ganz Ohr.

»Bergmair kennt dich. Er mag dich. Er hat gesagt, du wärst ein netter Kerl und der richtige Freund für ein Mädchen wie Lou. Vielleicht sagt er dir, wohin er sie gebracht hat. Traust du dir das zu?«

61

Doch. Das traute er sich zu. Er konnte das schaffen. Er würde aus Onkel Achim herausholen, wo er Lou eingesperrt hatte. Aber dafür musste er sich beruhigen. *Wie man in den Wald hineinruft, so schallt es wieder heraus.* Das sagte seine Oma immer. Und das stimmte. Wenn er Lous Onkel anschrie oder ihn eine miese Ratte nannte, würde er nichts erfahren. Er musste nett und freundlich auftreten. Er musste an seine Menschlichkeit appellieren und an sein Gewissen. Und an seinen Familiensinn. Lou war seine Nichte. All diese Gedanken schossen innerhalb einer Sekunde durch Lysanders Hirn.

»Ja. Ich mach's.«

»Gut. Ich sage Mertens Bescheid.« Russo verschwand im Vernehmungszimmer und kam kurz darauf in Begleitung seines Kollegen wieder heraus. Mertens überragte alle. Er musste knapp zwei Meter groß sein. Kräftige Statur. Teigiges Gesicht. Ein licht werdender Schopf rotblonder Haare.

Auch er sah übernächtigt aus. Er hatte tiefe Schatten unter den Augen. Während er gähnte, musterte er Lysander mit einem eindringlichen Blick und nickte kaum wahrnehmbar. »KHK Mertens.« Seine Pranke griff mit festem Griff nach Lysanders Hand. »Du bist also Lous Freund.«

Eine Feststellung, die keiner weiteren Erklärung bedurfte.

»Und du denkst, du kannst Dr. Bergmair so weit bringen, dass er dir sagt, wo er sie versteckt hat?«

»Ich kann es versuchen.«

Mertens zuckte mit den Schultern. »Probieren wir es.« Das galt Russo, dann wandte er sich wieder an Lysander. »Du wirst allein mit ihm sein. Aber wir haben einen Blick auf dich und hören zu. Komm mit. Ich zeige dir etwas.«

Mertens öffnete die Tür neben dem Vernehmungszimmer. Lysander folgte ihm in einen abgedunkelten Raum. Lediglich eine schwache indirekte Beleuchtung sorgte dafür, dass man sich orientieren konnte. Lysander bemerkte eine dunkle Scheibe und dahinter Onkel Achim im hell erleuchteten Vernehmungsraum. Er saß an einem Tisch, den Kopf in die Hände gestützt. Vor sich ein Mikro, die beiden Stühle auf der anderen Tischseite waren zurückgeschoben. Neben der Tür und an der Wand lehnten zwei Polizisten in Uniform.

Eine Hand legte sich auf Lysanders Schulter. Er fuhr herum. Es war Mertens. »Wir werden die Kollegen abziehen.« Er wies auf den Raum hinter der Scheibe. »So ist die Atmosphäre privater, ein Gespräch unter vier Augen. Du verstehst?«

Lysander nickte.

»Aber wir haben die Situation von hier aus unter Kontrolle. Sollte unser Einschreiten notwendig werden, sind wir in drei Sekunden bei dir.«

Diese Bemerkung machte ihm klar, dass Onkel Achim gefährlich war. Hinter der netten und freundlichen Fassade steckte ein anderer. Einer, der Mädchen entführte und tötete, ohne jedes Mitgefühl. Einer, den Lysander bisher nicht kannte und den er auch nicht kennenlernen wollte.

»Bist du so weit?«

Er atmete durch und versuchte, sich auf seine Aufgabe zu konzentrieren. »In Ordnung.«

»Gut, dann packen wir es.«

Sie verließen den Überwachungsraum und gingen nach nebenan. »Herr Bergmair, Besuch für Sie.« Mertens gab den Polizisten mit einem Zeichen zu verstehen, dass sie gehen sollten. Onkel Achim hob müde den Kopf. Auch ihm sah man die Strapaze der durchgemachten Nacht an. Er wirkte kleiner als sonst, wie eingesunken. Von seiner eleganten Erscheinung war nicht viel übrig. Bartstoppeln sprossen auf seinen Wangen, die Haare lagen wirr um seinen Schädel, tiefe Furchen um Mund und Nase machten sein Alter deutlich. Er sah nicht gefährlich aus, eher mitleiderregend. »Lysander.« Es klang überrascht.

»Hallo Herr Bergmair.« Lysander zog den Stuhl heran und setzte sich. »Wie geht es Ihnen?«

Ein angespanntes Lächeln erschien auf Onkel Achims Gesicht, während Mertens sich verzog und die Tür hinter sich schloss. »Nicht so gut. Richtig kafkaesk, genauer gesagt. Diese Hohlköpfe denken wirklich, ich hätte ein Mädchen ermordet und außerdem Lou entführt. Meine eigene Nichte. Das ist doch total absurd.«

»Wegen ihr bin ich hier. Ich habe Angst, dass …«

Achims Kopf schnellte hoch. Er sah Lysander direkt in die Augen. »Ich auch. Ich habe auch Angst um sie. Das musst du mir glauben.«

»Sie wissen, wo sie ist, oder?«

Sein Blick hielt stand, wurde plötzlich wach und klar. Er atmete durch und betonte jede Silbe, die er sagte.

»Nein. Ich weiß es nicht. Ich mache mir genau dieselben Sorgen wie du.«

Glaube ihm nicht. Lass dich nicht aus dem Konzept bringen, dachte Lysander. Führe ihm vor Augen, was geschehen wird, wenn er nicht sagt, wo sie ist. »Wenn sie nichts zu trinken hat… sie wird verdursten. Das geht wahnsinnig schnell.« Die aufsteigende Angst unterdrückte er. Wenn er sie zuließ, würde er durchdrehen.

»Ich weiß. Ich bin schließlich Arzt. Diese Idioten sollten nach ihr suchen, statt sich in mich zu verbeißen. Ich war es nicht. Ich habe mit alldem nichts zu tun. Die Polizei vergeudet wertvolle Zeit.«

Lügner! Infamer, dreckiger Lügner! *Du* vergeudest hier wertvolle Zeit und führst uns alle an der Nase rum. All den Zorn schluckte Lysander hinunter. Zorn half nicht. »Bitte, Herr Bergmair, sagen Sie mir, wo Lou ist.« Lysanders Tonfall wurde immer flehender.

»Wenn ich es wüsste, hätte ich es längst gesagt. Meinst du, ich will, dass Lou leidet, dass sie vielleicht stirbt. Ich habe schließlich gelesen, was dieser Kerl mit dem Mädchen gemacht hat.«

Okay. Wenn bitten nicht half, dann vielleicht Argumente. »Die Fotos, die Lou gemailt bekommen hat, die haben schließlich Sie gemacht.«

Bergmair schüttelte den Kopf. Müde. Resigniert. »Nein. Habe ich nicht.«

»Wieso hat die Kripo sie dann auf ihrem PC gefunden?«

»Ich habe keine Ahnung, wie sie dahin gekommen sind. Und ich verstehe auch nicht, wie diese angebliche Zeugin behaupten kann, mich vor der Hotelbar gesehen zu haben. Ich war nie dort. Hast du Russo gesagt, was du gehört hast, als sie telefoniert hat?«

Lysander kochte innerlich, versuchte, das aber nicht zu zeigen. »Habe ich. Ja. Aber die Rechnung aus der Bar war in Ihrer Wohnung.«

»Was?«

Diese Fassungslosigkeit. Das war nicht gespielt. Plötzlich hatte Lysander Zweifel. Die Wut fiel in sich zusammen. Verunsicherung machte sich breit. Wem sollte er glauben? Russo oder Onkel Achim, der ihm völlig ratlos gegenübersaß.

»Wie kommt diese Quittung dorthin? Das gibt es nicht. Das ist ein abgekartetes Spiel. Jemand will mich fertigmachen.« Hilflos breitete er seine Arme aus. Erstaunen, Überraschung und Verzweiflung standen ihm ins Gesicht geschrieben. Er musste schon ein verdammt guter Schauspieler sein, wenn er log.

Was, wenn er die Wahrheit sagte? Dann konnte er logischerweise auch nicht wissen, wo Lou war. Und dann? Wie sollten sie Lou finden?

»Ihr Fotoapparat. Was für eine Marke ist das?«

»Eine Nikon.« Die Antwort kam, ohne zu zögern.

»Und die Canon?«

»Welche Canon? Ich habe keine... oder willst du etwa sagen, dass man eine solche Kamera bei mir gefunden hat? Wenn ja, dann gehört sie mir nicht. Jemand schiebt mir all diese Beweise unter.«

Die Zweifel an Onkel Achims Schuld vergrößerten sich. »Aber wie kommen die in Ihre Wohnung?«

Lous Onkel rieb sich die Schläfen, als könnte er so eine Antwort aus seinem Schädel pressen. »Ich weiß es nicht. Eingebrochen wurde nicht und nur ich habe einen Schlüssel.«

Schlüssel. Wieder ging es um Schlüssel. Wie bei Lou. Angeblich gab es nur zwei zu ihrem Appartement. Doch das konnte nicht stimmen. Es musste noch einen weiteren geben.

Und nun Onkel Achim. Auch er war sich sicher, dass außer ihm niemand einen Schlüssel zu seiner Wohnung besaß. Doch wenn das nicht stimmte?

62

Es war immer hell. Nirgends gab es eine dunkle Ecke, in die sie sich zurückziehen konnte, die ihr Schutz bot. Ihr fehlte der Wechsel zwischen Tag und Nacht, der Orientierung gab und Struktur. Sekunden, Minuten, Stunden klumpten zu einem zähen Brei zusammen. Das helle Licht der Neonröhren zehrte an Lous Willenkraft, an ihrer Entschlossenheit. Wo waren ihr Mut und ihre Kraft? Zusammengerollt lag sie auf der Matratze, den Kopf ins Kissen vergraben, die Decke darübergezogen und beschwor schöne Bilder herauf, die sie daran hindern sollten, ganz durchzudrehen. Lysanders Beoblick, seine dunklen Haare, die unter der Mütze hervorquollen. Sein Lächeln. Sicher setzte er Himmel und Hölle in Bewegung, um sie zu finden.

Sie sah die Blätter der Bäume am Flaucher, die sich im Wind bewegten, die Surfer am Eisbach und konnte beinahe das Rauschen des Wassers hören.

Halt! Stopp! Falscher Gedanke!

Sie hatte sich doch verboten, an etwas Trinkbares zu denken. An Cola und Limo, an Saft und Wasser, Kaffee und Milch. Nicht mal Obst sollte in ihrer Vorstellung auftauchen. Und schon gar nicht Pfirsiche, aus denen der Saft troff, wenn man hineinbiss, und der dann über die Finger und das Kinn lief. Und doch produzierte ihr Hirn jetzt genau diese Bilder. Saftige Pfirsiche. Gläser mit Cola. Flaschen mit kühlem Wasser. Sie konnte es beinahe schmecken und hätte schreien können.

Der Durst nahm sich allen Raum, unterband jeden anderen Gedanken. Wasser. Bitte! Einen Schluck nur. Sie würde alles dafür geben. Alles. Wenn sie nur einen Schluck zu trinken bekam. Ihr Mund war so trocken, als wäre sie durch die Sahara gelaufen. Die Zunge zusammengeschrumpelt. Genau wie die tote Kröte, die sie mal im Garten gefunden hatte. Völlig vertrocknet. Die Haut ihrer Lippen wie rissiges Papier.

Sollte sie ihn bitten, ihr etwas zu trinken zu bringen? Ihn anflehen? Auf Knien? Vielleicht war es genau das, was er erwartete. Ein Zeichen der Unterwerfung. Damit er sich stark und mächtig fühlen konnte. Der Herrscher des Universums. Dabei war er nur ein mieser Feigling. Und sein Reich beschränkte sich auf ein Kellerloch, seine Untertanen auf eine Gefangene. Eine Geisel. Und seine Armee bestand aus seinen kranken perversen Gedanken.

Alles in ihr sperrte sich, ihm diesen Gefallen zu tun. Doch sie würde verdursten, wenn sie nicht klein beigab. Es blieb ihr nichts anderes übrig. Sie musste ihn bitten und durfte sich einfach nicht ausmalen, wie sehr ihn das freuen und befriedigen würde.

Wenn sie ihn bat, dann würde diese Tür sich öffnen. Hoffentlich. Er würde hereinkommen. Eine dunkle Gestalt, die ihr eine Flasche reichte oder ein Glas. Sie konnte es beinahe sehen, danach greifen. Spürte schon, wie sie es an die Lippen setzte und gierig trank.

Und wenn Gift darin war!

Dieser Gedanke bohrte sich wie ein Pfeil in ihr Hirn. Daniela war vergiftet worden. Dasselbe hatte er ganz sicher auch mit ihr vor. Egal was er ihr vielleicht irgendwann einmal bringen würde, sie durfte nichts davon zu sich nehmen. Doch wie sollte das gehen?

Sie musste hier raus!

Sie musste die Schrauben lösen und wenn es nur mit den Fingernägeln ging, dann eben damit. Doch er durfte sie nicht dabei beobachten.

Wenn sie nur an die Kamera käme. Irgendwie. Oder die Fenster, hinter denen das Reptilienauge lauerte, mit irgendwas verkleben könnte. Wenn sie das tat, würde er allerdings ziemlich sicher kommen und nachsehen, was los war.

Wobei das bei genauerer Betrachtung ja eigentlich nicht schlecht war. Auch wenn sie Angst vor ihm hatte und ihn lieber nicht sehen wollte, ergab sich vielleicht die Möglichkeit, hier abzuhauen, falls er hereinkam. Wenn sie sich hinter der Tür versteckte und er nach ihr suchte, konnte sie vielleicht entkommen.

Lou setzte sich auf. Das könnte vielleicht klappen. Jedenfalls war die Wahrscheinlichkeit, dass ihr das gelang, ein wenig größer als die Chance, die Platte mit den Fingernägeln abzuschrauben. Doch wie sollte sie das Reptilienauge erblinden lassen?

Bauschaum. Kaugummi. Sprühfarbe. Klebeband. All das fiel ihr ein. Doch sie hatte nichts davon. Nichts außer einigen Glasscherben, einem Stück Metall und einer Colaflasche.

Doch plötzlich hatte sie eine Idee. Lou griff nach der Colaflasche. Sie war aus Plastik. Um die Mitte war eine rote Banderole mit dem weißen Cola-Schriftzug aufgedruckt. Sie hielt die Flasche gegen das Licht. Blickdicht.

Die Banderole war blickdicht. Wo war das Stück Metall abgeblieben, an dem sie sich geschnitten hatte? Es musste noch auf dem Öltank liegen.

Lou rappelte sich auf, zog sich an der Mauer hoch und robbte über den Tank, bis sie es fand. Prima. Das konnte klappen. Sie kehrte auf die Matratze zurück, in den toten Winkel, in dem Mister Arschloch sie nicht sehen konnte, und setzte das scharfkantige Ende an der Flasche an.

Der Anfang war schwer. Doch als sie erst einmal ein Loch hineingebohrt hatte ging es leichter. Zentimeter für Zentimeter arbeitete sie sich vor und schnitt an der roten Fläche entlang den oberen Teil der Flasche ab, dann den unteren, bis sie die Banderole in der Hand hielt. Jetzt musste sie es nur noch schaffen, die irgendwie über den Rauchmelder zu schieben. Der Durchmesser konnte passen. Wenn sie Glück hatte. Und dann würde Mister Arschloch rot sehen. Im wahrsten Sinne des Wortes.

Hoffentlich tauchte er dann hier unten auf. Für diesen Fall musste sie gerüstet sein und sich hinter der Tür verstecken. Bewaffnet mit dem Metallstück, das ihr bereits gute Dienste geleistet hatte. Wenn sie schnell genug war, konnte sie abhauen, ohne ihre Waffe einsetzen zu müssen.

63

Es war bereits dunkel, als er mit dem Lift nach oben fuhr. In die sechzehnte Etage eines Hochhauses im Münchner Osten. Anonyme Wohnschachteln, in denen jeder für sich lebte, keiner den anderen kannte. Dort befanden sich Chantals Geschäftsräume, die er regelmäßig aufsuchte. Sie war so etwas wie eine Freundin, auch wenn Chantal nicht ihr Name war. Den kannte er ebenso wenig, wie sie seinen. Diskretion, Respekt und Rücksichtnahme gehörten zu ihrem Beruf. Er hatte einen Termin vereinbart. Den letzten des Tages. Nach ihm machte sie Schluss. Wie immer um diese Zeit. Ihr Mann wollte nicht, dass sie ihre geschäftliche Tätigkeit zu sehr in die Nachtstunden ausweitete. Ihm gefiel das Business nicht, das sie betrieb. Doch das Geld, das sie damit so üppig verdiente, gab er gerne aus. Ein Widerspruch, über den Chantal und er häufig sprachen. Einerseits machte Mike – so nannte sie ihren Mann, vermutlich hieß er ganz anders – ihr ständig Vorwürfe, beschimpfte sie als billige Schlampe, schlug sie, warf sie raus und beteuerte am nächsten Tag, sie zu lieben. Nur sie. Eine zermürbende Ehe. Chantal ging es deswegen momentan nicht gut. Und das kam ihm gelegen. Es spielte ihm in die Hände. Sozusagen. Er konnte nicht riskieren, dass sie irgendwann das Maul aufmachte.

Surrend stoppte der Aufzug im sechzehnten Stockwerk.

Er stieg aus, klingelte an ihrer Tür und wurde eingelassen. Chantal trug ihre Berufskleidung. Also beinahe nichts. Das Edelweiß, das sie sich vor einigen Wochen Mike zuliebe hatte tätowieren lassen, gefiel ihm nicht. Mike war bei den Gebirgsjägern gewesen. Das war Jahre her. Jetzt arbeitete er als Security-Mann.

Ein Bussi rechts und links auf die Wange. Das gewährte sie nur Stammkunden. »Komm rein.«

Er legte das Sakko ab, holte die Flasche Champagner aus der Tüte und reichte sie ihr. »Lass den Korken knallen. Ich denke, wir haben Grund zu feiern.«

Sie strich die wasserstoffblonden Haare über die Schulter und zog den Träger des Bustiers zurecht. »Erst das Geld.«

Natürlich. Er zog die Geldbörse aus der Hosentasche, zählte die versprochenen fünfhundert ab und reichte ihr die Scheine, die sie wie immer in das Oberteil schob. Angeblich mochten die Kunden das.

»Du lässt dir einen Spaß aber was kosten. Oder ist es eher Rache?«

»Spaß? Rache? Das liegt nah beieinander.« Er lächelte. »Ein kleiner Denkzettel für Achim. Morgen werden sie ihn wieder laufen lassen. Zwei Nächte in der Haftzelle schaden ihm nicht. Er hat mich gelinkt und das hat er nun davon.«

»Und wenn dieser Russo bei mir aufkreuzt, weil dein Freund Achim es nicht gewesen sein kann, was sage ich dann?«

»Dann sagst du einfach, dass du dich wohl geirrt hast. Es war ja dunkel. Die können dich nicht festnageln. Jeder irrt sich mal. Auch wenn du deine Angaben schriftlich zu

Protokoll gegeben und unterschrieben hast. Das hast du doch?« Abwartend sah er sie an. Sie nickte.

Gut. Hervorragend. »Prima. Dann köpf die Flasche. Ich komme gleich.«

Schon wieder musste er auf die Toilette und suchte sie auf. Normal war das nicht. Er pinkelte ja mehr, als er trank. Und in letzter Zeit trank er viel, neuerdings sogar Cola light. Wegen des Zuckers. Der machte ihn so durstig. Doch mit der zuckerfreien Version ging es ihm auch nicht besser. Vielleicht sollte er doch mal zum Arzt gehen. Heute Morgen war ihm so übel gewesen, dass er sich erbrochen hatte. Irgendwas stimmte nicht mit ihm. Auch das Gewicht war weiter runtergegangen. Vielleicht lag es am Stress mit diesem widerspenstigen Mädchen. Herrgott! Sie machte sich über ihn lustig und gönnte ihm nur wenige schöne Minuten. Und die Hoffnung, dass sich das noch ändern würde, hatte er mittlerweile begraben. Er war frustriert. Diese Sache machte keinen Spaß mehr. Er war so gut wie entschlossen, sie abzubrechen. Besser gesagt zu beenden. Die Aktion mit den Spinnen hatte er abgeblasen, die Bestellung storniert. Er war es leid mit ihr. Doch eines nach dem anderen.

Er zog den Reißverschluss der Hose zu, betätigte die Spülung und wusch sich die Hände. Dann zog er das Röhrchen aus der Hosentasche und ließ zwei Tabletten in seine Hand gleiten, bevor er es wieder in die Tasche schob und zu Chantal zurückkehrte. Sie saß auf dem Sofa, zwei Gläser Champagner vor sich auf dem Tisch. Als er sich neben sie setzte, reicht sie ihm eines und stieß mit ihm an. »Auf den Denkzettel für Achim. Und dass er ihm nicht wirklich schadet.« Sie ließ das Glas sinken. »Ich meine, wenn sie ihn nun wegen des Mordes einbuchten, weil ich gesagt habe, ich hätte ihn gesehen?«

Chantal war einfach süß. Eigentlich eine liebe Person. »Dafür brauchen sie schon Beweise. Seine Fingerabdrücke und DNA-Spuren. Spätestens morgen wissen sie, dass er nicht der Mann ist, den sie suchen. Mach dir also keine Gedanken.« Er zog sie an sich und umarmte sie. Ohne dass sie es bemerkte, ließ er dabei die Tabletten ins Glas gleiten.

Spätestens Morgen würden die Medien sich überschlagen, weil die Beweislage im Fall Daniela Schneider erdrückend war. Doch das sagte er nicht. »Wie geht es mit Mike? Ist er friedlich?«

Chantal drückte sich fester an ihn. »Gestern ist er gegangen. Ausgezogen. Hat einfach seine Sachen gepackt und ich weiß nicht mal, wo er hin ist. Auf meine SMS antwortet er nicht und ans Handy geht er auch nicht.«

»Sei froh, dass du ihn los bist.«

»Ich liebe ihn doch. Hoffentlich kommt er zurück.«

Das Handy. Das brauchte er. Später. Er musste sicher sein, dass es eingeschaltet war. »Vielleicht hat er jetzt gerade eine SMS geschrieben, dass er dich liebt. Nur dich.«

Sie machte sich von ihm los und lächelte. »Glaubst du? Wirklich?«

»Bestimmt. Er hält es doch keine zwei Tage ohne dich aus. Sieh doch mal nach.«

»Wenn du meinst.« Sie stand auf und ging zum Bett. Das Handy lag auf dem Nachttisch. Sie checkte die eingegangenen Nachrichten. Er checkte, ob die Tabletten sich rückstandslos aufgelöst hatten. Das hatten sie. Bingo. Es lief alles perfekt.

Mit dem Handy in der Hand kehrte sie zum Sofa zurück und schüttelte traurig den Kopf. »Nichts.« Das Telefon legte sie auf den Tisch.

»Sicher meldet er sich bald.« Er reichte ihr das für sie bestimmte Glas und nahm sich das andere. »Mike kommt zurück zu dir. Ganz sicher. Darauf trinken wir jetzt.«

»Ach, du bist einfach süß.« Wieder schenkte sie ihm ihr naives Lächeln. Und einen Augenblick lang tat ihm beinahe leid, was nun geschehen musste.

Sie leerte das Glas. Die Tabletten enthielten einen Wirkstoff, der die Aufnahme des Alkohols im Blut beschleunigte und daher die Konzentration potenzierte.

In ein paar Minuten würde Chantal total besoffen sein. Bis es so weit war, ging er noch mal auf die Toilette. Die aufsteigende Übelkeit verdrängte er und atmete durch. Als er das kleine Zimmer wieder betrat, saß Chantal weinend auf dem Sofa. »Der Mike liebt mich nicht«, lallte sie. »Nich' in ... nich' in echt ... also wirklich ... verstehst du? Der hat eine ... eine ... andere. Bestimmt.« Schniefend stand sie auf und lehnte sich an seine Schulter. Fürsorglich legte er den Arm um sie. »Rede dir das doch nicht ein. Schnapp ein wenig frische Luft. Dann wirst du wieder klar denken können.«

»Ich weiß auch nich' ... hast du irgendwas ... irgendwas in den Schampus getan?« Schwankend hielt sie sich an ihm fest und hob schmunzelnd den Zeigefinger. »Normal vertrag ich was.«

»Was du jetzt vertragen könntest, ist ein wenig Sauerstoff. Komm, ich geh mit dir auf den Balkon.« Er bugsierte sie zur Tür, die hinausführte, und schaltete im Vorübergehen das Licht aus.

»Ups. Warum machst du es ganz dunkel?«

»Sonst kommen die Mücken scharenweise rein und fressen dich auf.«

Sie gab ihm einen Stups auf die Nase. »Du bist wirklich lieb.«

Eine Weile standen sie so auf dem dunklen Balkon. Unter ihnen flirrten die Lichter der Stadt in dieser warmen Sommernacht. Eine leichte Brise wehte weit entfernte Musik herüber. Das Brausen des Verkehrs klang nur gedämpft nach oben zu ihnen, wie sie da so standen zwischen Himmel und Erde. Oben die Sterne und die Sichel des Mondes. Sechzehn Stockwerke weiter unten erstreckte sich der gepflasterte Vorplatz des Hauses. Chantal lehnte an der Brüstung und atmete mit geschlossenen Augen in tiefen Zügen die laue Luft ein.

Es ging ganz leicht. Er bückte sich, packte ihre Beine, riss sie nach oben, und ehe er sich versah, war sie aus seinem Blickfeld verschwunden. Nur ihren Schrei, den konnte er hören. Nicht lange. Eine Sekunde. Vielleicht auch zwei.

Er ging hinein, ließ die Tür angelehnt, griff sich ihr Handy und ging damit aufs Klo. Dort machte er Licht an und schrieb Mike eine SMS. *Ich kann einfach nicht ohne dich leben. Vergib mir.*

Bevor er ging, spülte er sein Glas und räumte es in den Schrank. Ihres schwenkte er mit Champagner aus, bis die Flasche geleert und auch das letzte Molekül der Tabletten im Ausguss verschwunden war.

Das Haus verließ er durch den Hinterausgang, denn vorne zuckten bereits die Blaulichter.

64

Die Banderole glitt ihr aus den Fingern und fiel auf den Boden. Zum mindestens zwanzigsten Mal. Lou kletterte nicht wie die neunzehn Mal davor vom Tank herunter, um sie aufzuheben und es erneut zu versuchen. Sie konnte nicht mehr. Ihr Kopf dröhnte vor Schmerzen. Ihr Mund schien mit Sand gefüllt, genau wie ihre Nase. Ihre Lippen waren rissig und aufgeplatzt. Sie fuhr mit der Zunge darüber. Auch sie war ganz ausgetrocknet, wie alle Schleimhäute, wie ihr ganzer Körper. Sogar die Augen brannten und ihr Blut floss sicher zäh und klumpig durch die Adern.

Mutlosigkeit breitete sich in ihr aus und lähmte sie. Etwas in ihr war so weit aufzugeben. Sie kauerte sich auf dem Öltank zusammen. Jetzt hätte sie gerne geheult. Aber es kamen keine Tränen.

Es ging nicht. Es klappte einfach nicht. Sie schaffte es nicht, die Banderole über die Kamera zu schieben. Zuerst hatte sie es vom Boden aus versucht. Sie hatte sich gereckt und gestreckt, sich so lang gemacht, wie sie nur konnte, und war dabei auf Zehenspitzen balanciert wie eine Primaballerina. Doch es fehlten einfach zwei oder drei Zentimeter. Anschließend war sie auf den Tank geklettert, der dem Reptilienauge am nächsten war. Nur etwa anderthalb Meter entfernt. Das musste klappen. Irgendwie. Doch sosehr sie sich auch verrenkte, sie schaffte es nicht. Sie erreichte das Auge nicht einmal mit den Fingerspitzen. Das Einzige, was ihr gelang, war, ins Schwitzen zu geraten. Ihr Körper hatte wertvolle Tropfen Flüssigkeit verloren und nun war der Durst quälender als je zuvor.

Nun drängten doch Tränen hervor. Schluchzend vergrub sie den Kopf in den Armen. Mit den Fingern wischte sie die Rinnsale weg, leckte sie auf. Sie schmeckten total salzig. Doch das bisschen Feuchtigkeit weckte die Gier. Wasser. Bitte! Wasser! Ihr Gehirn produzierte wieder Spukbilder. Beschlagene Gläser. Flaschen mit Eistee. Ein Becher Saft. Sie wollte danach greifen und fasste stöhnend ins Leere.

Wie ein Embryo rollte sich auf dem Tank zusammen. Sie würde hier sterben, wenn Mister Arschloch ihr nicht endlich etwas zu trinken brachte. Sie musste ihn darum anflehen. Es blieb ihr nichts anderes übrig. Das war ihre einzige Chance.

Eine Weile blieb sie noch liegen, sammelte sich. Auch wenn sich alles in ihr sträubte zu tun, was er erwartete. Sie wollte nicht sterben.

65

Lysander hatte kaum geschlafen. Er saß am Küchentisch und starrte in den Innenhof hinunter. Langsam wurde es hell. Seine Mutter schlief noch und sein Vater war von der Vortragsreise noch nicht zurückgekehrt. Niemand, mit dem er reden konnte. Wollte er überhaupt reden? Wenn er diese Angst, die sich in ihm auftürmte, in Worte fasste, würde sie womöglich auf ihn einstürzen und ihn unter sich begraben.

Er musste etwas tun.

Die Angst um Lou machte ihn beinahe wahnsinnig. Rannten Russo und Mertens in die fasche Richtung? Sie waren überzeugt, Onkel Achim habe Daniela ermordet und Lou entführt. Lysander war sich da längst nicht mehr so sicher. Nicht nach dem Gespräch gestern. Und seine Intuition sagte ihm auch etwas anderes.

Mertens hatte ihn nach dem Gespräch mit Onkel Achim beiseitegenommen. »Entweder leugnet er seine Taten selbst vor sich. Das ist nicht ungewöhnlich. Deshalb wirkt er relativ überzeugend mit seinen Unschuldsbeteuerungen. Oder er ist ein eiskalter Hund. Jedenfalls spricht die Beweislage gegen ihn. Für Dr. Bergmair wird es langsam eng.«

»Und wenn er es wirklich nicht war? Dann verlieren Sie Zeit. Sie müssen ...«

»Wir ermitteln in alle Richtungen. Keine Sorge.«

Lysander war gegangen und hatte seine Angst, dass die Kripo die falsche Spur verfolgte, mit nach Hause genommen. Der Laptop vor ihm auf dem Küchentisch war inzwischen hochgefahren. Keine Nachricht von Meo. Und natürlich auch keine von Lou, auch wenn er dies insgeheim gehofft hatte.

Vielleicht tat sich auf der Facebook-Seite etwas. Er loggte sich ein. Nichts Neues. Außer mitleidvollen und mutmachenden Kommentaren und einer erneuten Anfrage des Bildzeitungsreporters. Lysander ignorierte sie und wechselte auf die Seite der Münchner Zeitung. Er rechnete nicht unbedingt damit, dass es Neuigkeiten über Onkel Achim gab, die schon online standen. Dennoch sah er nach.

Wetterchaos in Australien. Banken sahnen ab. Autofahrer rast in Fußgängergruppe. Er scrollte weiter. *Prostituierte springt in den Tod.* Sein Blick blieb am dazugehörenden Foto hängen. Unwillkürlich stockte sein Atem. Das Edelweißtatoo auf dem Oberarm, das hatte er doch schon einmal gesehen. Bei dieser Frau, die gegen Onkel Achim ausgesagt hatte. Auch wenn die Augen auf dem Foto mit einem schwarzen Balken unkenntlich gemacht worden waren, bestand kein Zweifel. Sie war es. Diese gefärbten blonden Haare, das spitze Kinn, das Tattoo.

Melanie P., die unter dem Künstlernamen Chantal dem ältesten Gewerbe der Welt nachging, sprang in der vergangenen Nacht aus Liebeskummer sechzehn Stockwerke in die Tiefe.

Lysander starrte auf den Bildschirm. Das war doch kein Zufall. Nie und nimmer. Mit wem hatte sie damals im Flur des Polizeipräsidiums telefoniert? Wem hatte Melanie P. gesagt, dass die Polizei ihre Angaben *gefressen* hatte?

Er zog das Handy hervor und rief Meo an. Die Stimme seines Bruders klang verschlafen. »Was ist denn los? Weißt du, wie spät es ist?«

»Die Frau, die Onkel Achim identifiziert hat, ist tot. Angeblich hat sie sich umgebracht. Das glaube ich einfach nicht. Das kann kein Zufall sein!«

»Was?« Mit einem Schlag klang Meo hellwach. »Woher hast du die Info?«

»Ist online.«

»Bist du sicher, dass sie das ist?«

»Ja. Ich schick dir den Link.«

»O.k. Ich schau es mir gleich an und bring es beim Morgenmeeting auf den Tisch. Bin gespannt, was die Kollegen, die nach diesem Selbstmord vor Ort waren, dazu sagen. Muss aber nicht sein, dass Lous Onkel deshalb unschuldig ist.«

»Wieso?«

»Es könnte auch sein, dass jemand diese unliebsame Zeugin für ihn beseitigt hat. Oder?«

Lysander verschlug es die Sprache. Allerdings nur für eine Sekunde. Dann kochte Wut in ihm hoch. »Was ist mit dem Telefonat im Präsidium? Was sie da gesagt hat, ist ja wohl ein Hinweis, dass Lous Onkel der Mord an Daniela angehängt werden soll. Habt ihr in seiner Wohnung die Canon gefunden? Oder vielleicht doch eine Nikon, wie er sagt?«

»Die Nikon.«

»Aha. Was ist eigentlich mit der Seriennummer. Hast du da schon Infos?«

»Canon arbeitet mit Hochdruck daran. Das Kameragehäuse wurde in Amerika verkauft. Wir mussten also den

Herausgabebeschluss übersetzen lassen und uns mit Canon USA in Verbindung setzen. Das ist alles nicht so einfach und eigentlich dürfte ich dir das gar nicht erzählen.«

»Wie lange dauert das?«

»Sollte es personenbezogene Daten zu dieser Nummer geben, bekommen wir sie umgehend. Das sollte heute passieren, spätestens morgen. Wenn das Kameragehäuse allerdings mit Kreditkarte bezahlt wurde, müssen wir uns an den Kartenbetreiber wenden. Dann dauert das noch einen Tag länger. Oder zwei.«

»Zwei Tage!« Er wollte sich nicht vorstellen, was Lou bis dahin durchmachte. Warum ging alles so langsam?

»Ich glaube Onkel Achim. Er war es nicht. Ihr müsst…«

»Wie wir die Ermittlungen weiterführen, werden wir heute früh besprechen. Wenn es sich bei der Frau, die aus dem Hochhaus gesprungen ist, wirklich um die Zeugin handelt, ändert das so einiges.«

»Das ist sie. Ganz sicher.«

»Ich glaube dir ja. Jedenfalls werden wir uns diesen Suizid genau ansehen.«

»Und was ist eigentlich mit den Schlüsseln? Seid ihr da weitergekommen?«

Ein Seufzen klang durchs Telefon und das Klappern von Geschirr. Offenbar war Meo aufgestanden und machte sich einen Kaffee. »Dir ist schon klar, dass ich meinen Job riskiere, wenn ich Ermittlungsergebnisse weitergebe.«

»Ich halte meinen Mund.«

»Wehe, wenn nicht.«

»Du weißt, dass ich schweigen kann.«

Das Röcheln der Kaffeemaschine drang an Lysanders Ohr.

»Also gut. Hausmeister haben grundsätzlich keine Schlüssel zu den Wohnungen. Aus haftungstechnischen Gründen. Die Hausverwaltung auch nicht. Wobei es vorkommt, dass Mieter einen Schlüssel nachmachen lassen, weil sie einen verloren haben, und dann taucht der verloren geglaubte wieder auf. Einem der Vormieter von Lous Wohnung ist genau das passiert. Beim Auszug hat er alle drei Schlüssel bei der Hausmeisterin abgegeben und die hat sie bei der Hausverwaltung abgeliefert. Doch dort ist der dritte nicht. Eine Mitarbeiterin hat in den Unterlagen nachgesehen. Der Schlüssel wurde an einen Vertreter der Eigentümerin übergeben.«

»An einen Vertreter der Eigentümerin?«

»An ihren Exmann. An Onkel Achim.«

»Shit!«

»Eben. Aber wie gesagt: Das weißt du nicht.«

»Und was sagt er dazu?«

»Na, was schon? Er hat nie einen Schlüssel bekommen.«

»Habt ihr ihn bei ihm gefunden?«

»Bis jetzt nicht. Trotzdem wird es eng für ihn. Jede Menge Beweise. Für meinen Geschmack inzwischen zu viele und jetzt noch der Selbstmord der einzigen Zeugin ... Mal gucken, wie Mertens das sieht.«

»Und Lou?«

Es dauerte einen Augenblick, bis Meo diese Frage beantwortete. »Die Suche nach ihr läuft mit allen uns zur Verfügung stehenden Mitteln.«

Er klang wie ein Polizeibeamter. Lysanders Unruhe machte sich Luft. »Und was heißt das genau? Nasebohren. Auf irgendeinen Wisch warten, auf den ihr dann einen Stempel klatschen könnt. Oder was?«

»Cool down«. Meo setzte an weiterzusprechen, doch er schwieg. Eine Weile war es still. Lysander wurde hellhörig. Irgendwas lief offenbar. »Was?«, fragte er.

Er hörte Meo atmen. »Sorry. Das kann ich echt nicht sagen. Das geht zu weit.«

»Was? Jetzt sag schon. Habt ihr einen Hinweis?«

»Nee, eine Idee. Trotzdem, Lysander. Eine bevorstehende Operation kann ich nicht verraten. Echt nicht. Ich muss jetzt Schluss machen.« Ehe er sich versah, hatte Meo aufgelegt.

Eine bevorstehende Operation? Eine Idee? Was lief da?

Und wer schob Onkel Achim die Beweise unter? Das konnte nur jemand sein, der Zugang zu beiden Wohnungen hatte. Der dritte Schlüssel war bei Achim nicht gefunden worden. Hatte die Hausmeisterin ihn gar nicht abgegeben? Oder ihr Sohn? Ben, der Grottenolm. Lou fand ihn total unheimlich. Das hatte sie ihm mehrmals gesagt. Solange Mertens und Russo Onkel Achim für den Täter hielten, würde nichts passieren. Wertvolle Zeit ging verloren. Zeit, die sie nicht hatten. Lysander klappte den Laptop zu und stand auf. Er musste etwas tun. Und endlich wusste er auch, was.

66

Er schwang sich aufs Rad und trat in die Pedale. Die Bewegung half ihm, seine Angst im Zaum zu halten, seine Nervosität in Energie umzuwandeln und die Hoffnung zu stärken, er könnte Lou finden. Es war halb acht Uhr morgens, als er an der Tür der Hausmeisterwohnung klingelte, die sich im Erdgeschoss von Haus eins befand.

Während er noch wartete, dass jemand öffnete, fuhr ein knallroter Lieferwagen vor. *Rohrreinigung München. 24-h-Notdienst.*

Lysander klingelte noch einmal. »Bin schon da.« Schritte näherten sich. Die Frau, die öffnete, erinnerte ihn an seine ehemalige Mathelehrerin. Rabenschwarz gefärbte Haare, Augenbrauen wie Balken. Eine ausgemergelte Gestalt. Elvira Pagel trug Jeans und ein verwaschenes T-Shirt. Zwischen den Fingern klemmte eine qualmende Kippe. Verwundert musterte sie ihn, als hätte sie jemand anderen erwartet. »Was gibt es?« Ob die heisere Stimme vom Rauchen oder Saufen kam, konnte Lysander nur raten.

Er setzte ein freundliches Gesicht auf. Am besten tat er, als würde er Ben kennen. »Guten Morgen, Frau Pagel. Ich bin Lysander. Kann ich Ben sprechen?«

Elvira Pagel blickte über Lysanders Schulter. Hinter ihm schlug die Tür des Lieferwagens zu. Ihre Gesichtszüge entspannten sich. »Gut, dass Sie endlich da sind.« Hastig zog sie an der Zigarette und begrüßte den dicken Mann von der 24-Stunden-Rohrreinigung. Lysander schien für sie Luft zu sein.

Der Handwerker schob die Hände in die Hosentaschen. »Endlich? Fliegen kann ich nicht. Wo ist es denn nun, das defekte Wasserrohr?«

Postwendend steckte die Hausmeisterin sich die Zigarette zwischen die Lippen, griff hinter sich und nahm einen Bund mit unzähligen Schlüsseln vom Bord an der Wand. »Im Waschkeller«, nuschelte sie, während sie sich an Lysander vorbeidrängte. »Ein Haupthahn ist seit einer Stunde abgedreht. Die Mieter beschweren sich schon. Kommen Sie.«

»Ist Ben denn da?«, hakte Lysander nach.

Ein kurzer Blick über die Schulter. »Er sitzt beim Frühstück.« Damit verschwand die Hausmeisterin Richtung Treppenhaus.

Die Tür zur Wohnung stand noch offen. Also trat Lysander ein und sah sich um. Es roch nach Rauch und Kaffee. In der Küche war niemand. Aus dem Wohnzimmer klang der Fernseher. Ben Pagel saß auf dem Sofa, das Frühstück vor sich auf dem Couchtisch und sah im Kinderkanal einen Zeichentrickfilm.

»Hi Ben.«

Der Kopf schnellte herum. Ein überraschter Blick. Ben Pagel sah tatsächlich aus wie ein Grottenolm. Bleiche Haut, wässrig blaue, wimpernlose Augen, die zu weit auseinanderstanden. Rundes Gesicht. Das weißblonde Haar war flusig und lag wirr um seinen Kopf. Ben war einige Jahre älter als Lysander und guckte Kinderstunde. Normal war das nicht.

»Sollte ich dich kennen?«

»Ich bin Lysander. Lous Freund.«

Mit einem Schluck Kaffee spülte Ben einen Bissen hinunter und musterte währenddessen Lysander misstrauisch.

»Lou Meerbusch. Du hast die Jalousie in ihrer Wohnung repariert und einen defekten Brauseschlauch ausgewechselt.«

»Ich weiß schon, wen du meinst. Das Mädchen, das vermisst wird.«

»Jemand muss einen Schlüssel für ihre Wohnung haben und auch einen zur Wohnung ihres Onkels.«

»Die Bullen haben schon danach gefragt. Wir haben keine Schlüssel. Und auch sonst niemand. Gibt keine weiteren.«

»Aber ein Vormieter hat einen nachmachen lassen, weil er glaubte, er hätte den Zweitschlüssel verloren…«

»Ja? Und?«

»Der ist weg. Dr. Bergmaier hat ihn nie erhalten.«

Wieselflink schnellte Ben Pagel vom Sofa hoch und baute sich vor Lysander auf. Seine Augen wurden zu Strichen. »Was willst du damit sagen?« Im Fernseher raste eine Lokomotive mit ohrenbetäubendem Lärm auf einen Tunnel zu. Lysander griff sich die Fernbedienung und schaltete den Ton ab. Plötzlich war es still. »Nichts. Ich frage mich einfach, wer den Schlüssel haben könnte. Das ist alles.«

»Dann frag den Typen von der Hausverwaltung.«

»Welche Hausverwaltung und wie heißt der Verwalter?«

»Traber-Immobilien in der Ludwigstraße. Zuständig ist Herr Bär. Er wird dir das bestätigen. Ich war nämlich selbst dabei, als meine Mutter ihm die Schlüssel gegeben hat.«

»Okay. Danke.« Mit so viel Entgegenkommen hatte Lysander nicht gerechnet. Ben ließ sich aufs Sofa fallen und schaltete den Ton wieder an. Lysander war schon bei der Tür, als Ben ihm noch etwas nachrief. »Der Bär wohnt hier in der Anlage. In Haus zwei. Vierte Etage. Der hat grad Urlaub und hängt hier ständig irgendwo rum.«

67

Wenigstens das war gut gelaufen. Chantal konnte nicht mehr quatschen. Und die Polizei war gar nicht auf die Idee gekommen, sie könnte nicht freiwillig gesprungen sein. Alles lief wie geplant. Er klickte die Nachrichtenseite weg. Doch so richtig konnte er sich nicht freuen. Und dafür gab es zwei Gründe. Der eine war Lou. Ein Fehlgriff. Ein echter Griff ins Klo. Dieses widerspenstige Mädchen. Es hatte nur Ärger gemacht. All der Aufwand für nichts. Gnädig hatte sie ihm ein paar Brosamen vor die Füße geworfen. Zu wenig, um sie genießen zu können. So gut wie nichts. Bis auf ein paar Sekunden herrlicher Angst, einen wunderbaren hysterischen Ausraster, als sie sich die Spinnen eingebildet hatte und dann gestern Nacht ihr flehentliches Bitten um Wasser. Das hatte ihn beinahe mit ihr versöhnt. Nur für einen Moment. Denn als er sein Fazit zog, war er zu der Erkenntnis gelangt, dass sie sich über ihn lustig machte und die Oberhand behielt. Dieses verdammte Mädchen. Wie machte sie das? Dabei war sie in *seiner* Hand! *Er* hatte die Macht. *Er* bestimmte, was mit ihr geschah. Schließlich war er ihrer flehentlichen Bitte gefolgt und hatte ihr etwas zu trinken gebracht. Damit war die Sache beendet. Sie war seit Stunden tot. Das Gift wirkte schnell. Höchste Zeit, nach ihr zu sehen und sich zu überlegen, wie er die Leiche entsorgen sollte.

Doch schon wieder wurde ihm übel und schwindlig.

Und das war der andere Grund, der seine Freude gewaltig dämpfte. Ihm jeden Spaß verdarb und ihn sogar daran gehindert hatte, ihre letzten Minuten live zu verfolgen. Ihm ging es gar nicht gut. Er erbrach alles, was er zu sich nahm, und pendelte seit Stunden zwischen Bett und Toilette. Er fühlte sich schlapp und elend. Widerwillig griff er nach dem Becher Kamillentee. Eigentlich hasste er Tee. Doch nun trank er ihn in gierigen Schlucken. Hoffentlich blieb er drin. Er war so durstig. Der Tee schmeckte widerlich. Dann doch lieber Cola. Sollte ja helfen bei Magen-Darm-Geschichten. Schwankend stand er auf und musste sich abstützen, alles drehte sich. Er holte die Flasche aus dem Kühlschrank und trank direkt daraus. Das süße Getränk rann ihm die Kehle hinab. Einen Augenblick später fühlte er sich besser, doch in der nächsten Sekunde wieder schlechter. Grauenhaft schlecht. Er sank auf den Stuhl. Kalter Schweiß stand auf seiner Stirn. Seine Hand zitterte.

Ihm ging es nicht gut. »Liegt das an dir, Chantal?«, fragte er in die Stille des Zimmers hinein. »Es war leider nötig. Verstehst du doch. Oder? Eigentlich warst du ja ganz süß, Chantal. Aber es wäre humm gewesen, es nicht zu tun.« Humm? Hatte er humm gesagt? »Dumm!«, korrigierte er sich kopfschüttelnd. Doch davon wurde es nicht besser. Ganz im Gegenteil. »Wenn die Sache ... hier zu Ende ... zu Ende ist, gehe ich zum Arzt. Ich fühle mich so müse und klapp. Was meinst du?« Müse? Was redete er da? Sogar das Denken fiel ihm schwer. Als müssten sich die Gedanken durch zähen Schlamm voranarbeiten. Besser er legte sich wieder ins Bett und kurierte sich aus.

Langsam stand er auf. Die Welt drehte sich. Was war

nur los mit ihm? Erst musste er… musste er… Herrgott… das Denken… ging so zäh. Musste er… auf den Monitor… Moni… Louischen… das mauserote… mausetote Mädchen. Das wollte er sehen.

68

Der hat grad Urlaub und hängt ständig hier rum. Bens Worte hallten in Lysanders Ohren noch nach, als er an Haus zwei bei Bär klingelte. *Der hängt ständig hier rum!*

Als Ben das gesagt hatte, waren bei Lysander alle Alarmanlagen angegangen. Die Gegensprechanlage blieb stumm. Der Summer ertönte nicht. War Bär nicht daheim? *Hing* er irgendwo hier *rum?* Lysander sah sich um. Vielleicht war Bär der Mann von der Bank, den Lou als Prinzipienreiter bezeichnet hatte? Doch die Bank lag verwaist im Morgenlicht. Kurz vor acht. *Der hat grad Urlaub.* Vielleicht wollte Bär ja nicht öffnen.

Eine Frau im Businesskostüm mit Laptoptasche kam heraus. Bevor sich die Tür hinter ihr schloss, schlüpfte Lysander hinein und spurtete die vier Etagen hinauf. Außer Atem kam er oben an. Sein Herz raste. Er schwitzte. Was sollte er tun? Bär herausklingeln, ihn zur Rede stellen?

Besser, er rief Russo an oder Meo. Wenn Bär den Schlüssel behalten hatte... er konnte derjenige sein, den sie suchten, und wenn er es war, dann war er gefährlich. Lysander legte das Ohr an die Wohnungstür. Dahinter war es still. Nichts zu hören. Oder doch? Ein halblautes Brabbeln und Stöhnen. Das klang nicht gut. Da brauchte jemand Hilfe. Lysander klingelte und klopfte. »Herr Bär!«

Es blieb still. Wieder legte Lysander das Ohr an die Tür. Ein leises Ächzen. Mehr nicht. Entschlossen zog Lysander das Handy aus der Hosentasche und wählte Meos Nummer. »Hi Meo. Ich bin im Nachbarhaus von Lou. Haus zwei. Vierter Stock. Beim Hausverwalter. Er öffnet nicht und scheint verletzt zu sein. Ich höre nur ein Stöhnen. Jedenfalls braucht er Hilfe.«

»Du bist bei Bär?«

»Ja.«

»Du bist nicht in der Wohnung?«

»Nein. Das heißt ja. Ich bin nicht drin. Er macht nicht auf.«

»Gut. Ich schicke sofort einen Notarzt los und einen Streifenwagen.«

Lysander hörte, wie Meo Anweisungen an einen Kollegen gab. Dann war er wieder dran. »Dauert fünf Minuten. Wir sind auch schon unterwegs. Und du wartest unten. Klar?«

»Warum?« Doch er hatte eine Ahnung.

»Bär ist unser Mann. Er hat die Kamera in Boston gekauft. Das haben wir vor fünf Minuten erfahren. Du gehst da jetzt nicht alleine rein, du spielst nicht den Helden. Was du überhaupt hier machst, das kannst du uns später erklären.«

Es dauerte tatsächlich keine fünf Minuten, bis Notarzt und Streifenwagen mit zuckendem Blaulicht und Sirenengeheul den Vorplatz vor dem Haus erreichten. Zwei uniformierte Polizisten stiegen aus. Ein großer schlanker Rothaariger und ein untersetztes Muskelpaket mit polierter Glatze. Er zog den Hosenbund hoch und ging auf Lysander zu. »Hast du angerufen?«

Lysander nickte.

»Du wartest hier unten. Verstanden?«

»Okay.«

»Und Sie kommen mit uns, bleiben aber in sicherem Abstand, bis wir die Wohnung geöffnet und gesichert haben.« Das galt dem Notarzt und den beiden Rettungsassistenten, die inzwischen ihr Fahrzeug verlassen hatten. Fünf Mann verschwanden im Haus und fuhren mit dem Lift nach oben. Die Haustür hatte sich nicht ganz geschlossen. Der Stein klemmte noch dazwischen, mit dem Lysander sie offen gehalten hatte, damit Polizei und Rettungskräfte hineinkonnten.

Ohne lange zu überlegen, nahm Lysander die Treppe nach oben. Das Klopfen und Klingen an Bärs Wohnungstür hörte er bereits in der dritten Etage. Als er in der vierten ankam, spähte er um die Ecke in den Flur. Der untersetzte Polizist nahm Anlauf und warf sich mit seinem ganzen Gewicht gegen die Tür. Holz knirschte und splitterte. Ein Fußtritt und der Zugang zur Wohnung wurde frei. Mit gezogenen Waffen traten die beiden ein.

»Notarzt kann kommen«, schallte es Sekunden später heraus.

Der Notarzt und sein Team eilten herbei. Lysander wartete vielleicht zwei oder drei Minuten dann hielt er es nicht länger aus und betrat die Wohnung. Linker Hand war das Wohnzimmer. Dort beugte sich der Arzt über einen Mann, der am Boden lag. »Scheiße! Was ist denn das für ein Blutzuckerwert.« Er lies das Testgerät fallen, schlug Bär ins Gesicht. »Hallo! Herr Bär, wach bleiben! Wir kriegen das in den Griff.« Doch Bär verdrehte die Augen, bis nur noch das Weiße zu sehen war. »Verdammt! Der rutscht uns ins Zuckerkoma. Infusion! Aber zackig und dann ab auf die Intensiv. Wer hat was frei?«

»Großhadern«, sagte der Rettungsassistent, der bereits den Zugang am Handrücken legte. Der andere holte einen Infusionsbeutel hervor.

Lysander drängte sich an den Polizisten vorbei und ging vor Bär auf die Knie. »Herr Bär? Hören Sie mich?«

Ein Stöhnen war die Antwort.

»Wo ist Lou? Wohin haben Sie sie gebracht?«

»Der hört dich nicht«, sagte der Notarzt.

»Habe ich nicht gesagt, du sollst unten warten.« Das kam vom bulligen Polizisten.

»Bitte. Wo ist Lou?« In seiner Verzweiflung rüttelte Lysander Bär an den Schultern.

»Jetzt ist aber Schluss mit lustig.« Der Arzt sah zum Rothaarigen hoch. »Können Sie mal dafür sorgen, dass wir unsere Arbeit machen können?«

Ehe Lysander sich versah, packte der Polizist ihn am Arm und zog ihn weg, hinaus in den Wohnungsflur. »Es hat keinen Sinn. Der Mann ist bewusstlos.«

»Aber Lou ... er hat sie entführt und irgendwo eingesperrt. Wenn er nun ... wenn er nicht wieder zu Bewusstsein kommt, wenn er stirbt ...«

»Der wird schon wieder.« Die Stimme des Rothaarigen wirkte beruhigend. »Außerdem werden sich die Kollegen von der Kriminalpolizei die Wohnung vornehmen und sicher einen Hinweis finden, wo der Kerl das Mädchen versteckt hat. Also keine Panik.«

Keine Panik. Das sagte er so. In Lysander brodelte es. Das Gefühl, dass es um Minuten ging, überwältigte ihn. Was konnte er tun? Nichts. Nichts. Nichts. Er fühlte sich ohnmächtig. Verzweifelt sah er sich um. Die Tür zu einem Zimmer stand einen Spaltbreit offen. Lysander erspähte ein Stück Schreibtisch mit PC. Auf dem Monitor zogen Wolken über einen blauen Himmel. Der Bildschirmschoner lief.

»Stimmt. Sie haben recht. Panik hilft auch nicht weiter. Ich gehe dann mal nach unten und warte auf meinen Bruder.«

Auf dem Gesicht des Rothaarigen breitete sich ein zufriedenes Lächeln aus. »Das ist vernünftig.«

Lysander verließ die Wohnung und lehnte sich im Flur neben der eingetretenen Tür an die Wand. Der Rothaarige ging ins Wohnzimmer. Lautlos kehrte Lysander zurück in die Wohnung, öffnete die Tür zum Arbeitszimmer und zog sie leise hinter sich ins Schloss.

Mit zwei Schritten war er am Schreibtisch. Ein Bund mit unzähligen Schlüsseln lag neben der Tastatur. An der Wand hingen Fotoausdrucke. Augen, Münder, Nasenflügel. Alles stark herangezoomt. Lysander griff nach der Maus. Knisternd ging der Monitor in Betriebsstatus. Der Bildschirmschoner verblasste. Vier Aufnahmen einer Überwachungskamera erschienen gleichzeitig auf dem Bildschirm. Sie zeigte einen hell erleuchteten Kellerraum. Staubige Öltanks. Eine graue Metalltür. Ein Stück Boden, teilweise von einer Mauer verdeckt. Auf dem Boden stand eine volle Colaflasche. Sonst nichts. Kein Geschirr. Keine Essensreste. Die Synapsen in Lysanders Gehirn stellten die Verbindung rasend schnell her. Plötzlich wusste er es: Bär hatte Daniela vergiftet und plante dasselbe mit Lou. Das Gift war in der Cola. So musste es sein. Auf der Matratze, von der er nur ein Stück sehen konnte, da sie sich im toten Winkel der Kamera befand, bewegte sich etwas. Ein Fuß erschien im Bild. Lous Fuß. Er hätte heulen können. Gleichermaßen vor Angst und Panik, wie vor Erleichterung. Sie lebte. Doch sie durfte nicht von der Cola trinken. *Tu es nicht, Lou! Bitte!*

69

Wo war dieser Keller? Wer konnte ihm das sagen? Ben. Ben konnte das wissen. Jedenfalls, wenn der Keller in einem der Häuser der Anlage war. Er musste Ben holen. Doch das Gefühl, keine Zeit verlieren zu dürfen, hinderte ihn daran. Lysander zog das Handy hervor, wählte die Fotofunktion aus, fotografierte den Monitor und spurtete aus der Wohnung.

Vorm Lift standen die Sanitäter mit der Bahre, auf der Bär lag. Lysander lief die vier Etagen hinunter, hechtete aus dem Haus, hinüber zur Wohnung der Hausmeisterin. Die kam grad mit dem Handwerker aus der Waschküche. »Was ist denn das für ein Auftrieb? Notarzt. Polizei.« Ihr Mund blieb für einen Augenblick offen stehen, als weitere Polizeifahrzeuge auf das Areal einbogen. Mehrere Streifenwagen, ein Einsatzbus, ein metallicgrauer Van mit getönten Scheiben und einer großen Antenne auf dem Dach.

Der Konvoi stoppte. Russo und Meo stiegen aus dem ersten Wagen, Mertens aus dem dahinter. Als Meo Lysander entdeckte, kam er zu ihm herüber. »Hi Lysander. Was ist mit Bär?«

»Zuckerkoma. Sie bringen ihn grad ins Klinikum Großhadern. Er kann uns nicht sagen, wo er Lou gefangen hält.« Ein Klumpen setzte sich in seinen Hals. »Sie muss in einem der Keller hier sein. Auf Bärs PC sind Bilder der Überwachungskamera zu sehen.«

»Warst du etwa in der Wohnung?«

»Logisch.«

»Okay. Wir werden Lou finden. Deswegen sind wir hier. Das ist die Operation, die ich dir nicht verraten konnte.« Meo wies auf die zahlreichen Kollegen, die mittlerweile hier rumwuselten. »Wir haben das Typenschild rekonstruiert. Die Überwachungskamera, die Bär verwendet, ist funkgesteuert. Ihre Reichweite beträgt nur zweihundert Meter. Bei all dem Beton, der hier verbaut wurde, sogar deutlich weniger. Lou muss irgendwo hier sein.«

»Meo, kommst du?« Einer der Kollegen stand vor dem Van und winkte herüber.

»Klar ist sie hier. In einem Keller…«

»Wir werden die Kamera orten und Lou so finden. Dafür haben wir in diesem Wagen jede Menge Technik.« Meo wies auf den Van mit der Antenne.

»Lou ist…«

»Ich komme schon«, rief Meo dem Kollegen zu. »Ich muss jetzt… Und du verkrümelst dich.« Mit diesen Worten eilte Meo zum Van.

Er hatte einfach nicht zugehört. Einen Moment sah Lysander seinem Bruder nach, der in dem mit Technik beladenen Van verschwand. Okay, sicher gab es unzählige Keller in diesen fünf Häusern. Sollte Meo es mit Technik versuchen. Er würde Ben und seine Mutter fragen. Zwei Wege. Ein Ziel.

70

Lou wusste nicht, wie viel Zeit vergangen war, seit sie aufgewacht war und die Colaflasche entdeckt hatte. Ungläubig hatte sie ins helle Neonlicht geblinzelt und zuerst an eine Fatamorgana geglaubt. Eine weitere Sinnestäuschung. Als ihr die Idee kam, sie könnte echt sein, stöhnte sie auf, spürte beinahe schon, wie kühle Cola über ihre Lippen lief, die Mundhöhle flutete, gurgelnd die Kehle hinabrann, den Magen überschwemmte und jede Zelle ihres Körpers sich gierig mit Flüssigkeit vollsog wie ein Schwamm.

Vorsichtig streckte sie die Hand aus, in der Erwartung, ins Leere zu greifen, und zuckte dann regelrecht zusammen, als ihre Finger kühles Plastik berührten. Die Flasche war echt. Literweise Cola. Und dann die Erkenntnis: Er hatte ihre Bitte erhört. Er war hier gewesen! Und sie hatte es verpennt! Wie viel Zeit war vergangen, seit sie sich vor ihm in den Staub geworfen hatte? Stunden? Tage? Sie wusste es nicht. Vielleicht hatte sie gar nicht geschlafen, sondern war ohnmächtig gewesen. Der klopfende Schmerz tobte noch immer in ihrem Kopf. Cola! Gierig griff sie nach der Flasche, löste hastig den Schraubverschluss. Sie registrierte, dass er knackte. Die Flasche war also vorher nicht geöffnet gewesen. Nichts war darin. Sie konnte die Cola trinken. Sie musste keine Angst haben.

Doch Mister Arschloch hatte Daniela vergiftet.

Langsam stellte sie die Flasche ab, während eine andere Lou, die auch in ihr hauste, sie eine Idiotin schimpfte und ungeduldig die Flasche an die Lippen setzen wollte. Lou rang die andere nieder. Erst nachsehen, ob es irgendwo eine Beschädigung gab. Vielleicht hatte er das Gift mit einer Spritze injiziert. *Du hast ja eine kranke Fantasie*, schalt die andere sie. *Nein, nicht ich. Er!*, konterte Lou. Also schraubte sie den Deckel wieder auf und hielt die Flasche prüfend gegen das Licht. Nirgendwo perlte ein Tropfen. Nirgendwo versiegelte ein Stück Tesa ein Loch. Doch am Boden war ein seltsamer kleiner Knubbel. So groß wie ein Stecknadelknopf. Was war das?

In Pas Werkzeugkiste gab es eine Heißklebepistole. Damit konnte man Klebstoff schmelzen und dann mit dem flüssigen Kleber alles Mögliche zusammenpappen. Wenn das Zeug wieder hart wurde, sah das genau so aus, wie dieser Knubbel. Lou kratzte daran, bis er abfiel. Ein kleines Loch wurde sichtbar. So klein, dass man es mit bloßem Auge kaum erkennen konnte.

Die Flasche glitt Lou aus der Hand und rollte über den Boden. Ein würgender Schmerz in ihre Kehle. Die staubtrocknen Augen brannten. Sie würde hier sterben. So oder so. Also konnte sie auch die Cola trinken. Es würde schneller gehen.

71

Die Hausmeisterin musterte ihn misstrauisch. »Wissen Sie, wo das ist?«, wiederholte Lysander seine Frage und hielt ihr das Handy mit dem Foto unter die Nase. »Bär hat meine Freundin entführt. Sie ist in diesem Keller. Er muss in einem der Häuser sein. Wo? Wissen Sie das?«

Umständlich zog sie eine Lesebrille hervor, setzte sie auf und studierte die Aufnahme auf dem Handydisplay. Am liebsten hätte Lysander sie geschüttelt. Doch er zwang sich zur Ruhe. »Hm? Das muss der alte Heizungskeller sein. Haus eins. Der ist seit einer Ewigkeit abgesperrt.«

»Haben Sie einen Schlüssel?«

»Ja. Schon ...«

»Holen Sie ihn.« Gleichzeitig nahm er ihr das Handy ab, wählte Meos Nummer. »Lou ist im alten Heizungskeller von Haus eins.«

»Woher weißt du das?«

»Ist doch egal. Jetzt komm schon.«

»Wo bist du?«

»Bei der Hausmeisterin. Sie holt die Kellerschlüssel.«

»Wir sind sofort bei dir.« Meo legte auf. Elvira Pagel kehrte mit dem Bund zurück. Unzählige Schlüssel mit farbig markierten Schildchen baumelten daran.

Die Flasche Cola stand auf dem Boden vor Lou. Sie durfte nichts davon trinken. Hoffentlich hatte sie nicht schon ...

Im Laufschritt kam Meo an, gefolgt von Mertens. »Wo ist dieser Heizungsraum?«

Sie folgten Elvira Pagel durchs Treppenhaus in den Keller, eilten an Waschküche, Trockenraum und Fahrradkeller vorbei, bis sie eine Tür erreichten, die den Zugang zu einem Kellertrakt verschloss. Die Hausmeisterin suchte nach dem passenden Schlüssel. Lysander erschienen Sekunden wie Stunden. Endlich fand sie ihn, steckte ihn ins Schloss. Doch er passte nicht, ließ sich nur halb hineinschieben. »Das gibt es doch nicht.« Mit einem Kopfschütteln zog sie ihn heraus, betrachtete das Schildchen. »Das ist der richtige Schlüssel.« Ratlos sah sie in die Runde.

»Bär muss das Schloss ausgewechselt haben«, sagte Meo.

»Wir brauchen einen Schlüsseldienst«, meinte Mertens.

72

Sie fühlte sich so elend und kraftlos. Sie würde in diesem Loch verrecken. So oder so. Entweder verdurstete sie oder sie trank das Gift. Ihr Körper lechzte nach Flüssigkeit. Es kostete sie alle Willenskraft, alle Konzentration, ihren ganzen Verstand, die andere in ihr daran zu hindern, nach der Flasche zu greifen.

Pa. Mam. Lou rollte sich auf der Matratze zusammen. Sie wusste nicht, ob es Tag oder Nacht war, sie wusste nicht, ob die Polizei überhaupt nach ihr suchte. Vielleicht glaubten alle, sie sei einfach abgehauen. Sie wusste nicht, ob sie ihre Eltern je wiedersehen würde. Und Lysander. Seine dunklen Haare, die unter der Stickmütze hervorlugten und sich wie feiner Bast anfühlten, sein nachdenklicher Beoblick. Wie er sie angesehen hatte, damals, vor ihrem ersten Kuss. Es schien ihr eine Ewigkeit her zu sein, wie in einem anderen Leben. *Lassen wir es auf uns zukommen.* Nichts kam mehr auf sie zu. Bei dem Gedanken an Lysander zog sich jede Pore ihrer Haut schmerzhaft zusammen, als wäre sie in einen Eissturm geraten. Es tat so weh. Lysander. Sie würde ihn nie wiedersehen.

In ihren Nieren tobte seit Stunden ein ähnlich dumpfer Schmerz wie schon seit einer Ewigkeit in ihrem Kopf. Ihre Organe schrumpelten zusammen, sie konnte es beinahe fühlen, ihr Blut musste dick wie Sirup sein und auch das Denken fiel ihr zunehmend schwerer.

Das hier war das Ende. Ihr Ende.

Vielleicht ging es mit dem Gift ja schneller und es war weniger schmerzvoll, als elend zu verdursten.

Die andere in ihr trumpfte auf, schalt sie eine dumme Kuh und schenkte ihr einen Funken Energie. *Was, wenn das alles nur Theater ist, eine makabere Show? Was, wenn Mister Arschloch dich nur testet? Vielleicht ist in der Cola gar nichts drin. Vielleicht will er sich daran aufgeilen, welche Kämpfe du mit dir ausfichst, wie du dich fürchtest, die Flasche an deine Lippen zu setzen. Dabei ist der Inhalt doch ganz harmlos. Du hast die rettende Flüssigkeit vor der Nase und traust dich nicht, sie zu trinken. Du verdurstest lieber. Aus Angst. Das wird ihm gefallen. Und gefallen willst du ihm doch ganz sicher nicht.*

Trotzig rappelte Lou sich auf, stemmte sich von der Matratze hoch. Nein, diesen Gefallen würde sie ihm nicht tun. Ganz sicher nicht. Ihr wurde ganz schwindlig. Benommen griff sie nach der Flasche und drehte sich damit zum Reptilienauge. Sie würde Mr Arschloch schon zeigen, dass er keine Macht über sie hatte.

73

Die Schlüssel! Sie lagen auf Bärs Schreibtisch. Verdammt! Warum hatte er den Bund nicht mitgenommen! »Der Schlüssel ist oben. Ich hole ihn.« Lysander spurtete los. Ohne Meos Reaktion abzuwarten, rannte er über den Flur zurück bis zum Lift. Der befand sich laut Anzeige im vierten Stock. Keine Zeit verlieren! Lysander hechtete die Treppen hoch. Immer zwei Stufen auf einmal nehmend. Sein Atem ging keuchend. Sein Herz hämmerte gegen die Rippen. Im dritten Stock stolperte er, knallte auf den Boden, rappelte sich auf, spurtete weiter. Vierte Etage. Im Flur jede Menge Leute. Polizei. Nachbarn. Er rannte eine Frau beinahe um, drängte sich in Bärs Wohnung, stürzte ins Zimmer mit dem PC. Der bullige Polizist war noch da. »Du schon wieder. Jetzt schleichst dich aber.«

»Meo schickt mich. Die Schlüssel …« Lysander griff sich den Bund. Dabei fiel sein Blick auf den Monitor. Er erstarrte. Lou! Sie stand vor der Matratze und hielt die Flasche in der Hand. Langsam hob sie sie. Stück für Stück und blickte dabei in die Kamera. Ganz demonstrativ. Was sollte das? Was machte sie da?

Sie setzte die Flasche an die Lippen.

»Nein! Nein! Mach das nicht!« Mit der Hand schlug er auf den Monitor. Sein Schrei gellte durch den Raum und ließ alle zusammenfahren.

»Notarzt! Rufen Sie einen Notarzt!« schrie Lysander

den Bulligen an. »Sie wird ihn brauchen, wenn wir sie da rausgeholt haben.« Ohne sich zu vergewissern, ob der Polizist das auch tat, rannte Lysander aus der Wohnung.

74

Langsam reckte sie sich, befahl ihren Muskeln den Oberkörper aufzurichten, die Schultern zu straffen, den Rücken gerade zu machen, rang mit ihren Gesichtsmuskeln und zwang ihnen Zuversicht anstelle von Verzweiflung auf. Doch sie spürte, dass ihr das nicht wirklich gelang. Sie fühlte sich so schwach und klapprig. Ihre Beine zitterten und ihr war kalt. So kalt. Am liebsten hätte sie sich auf der Matratze zusammengekrümmt und die Decke über den Kopf gezogen. Doch sie musste es ihm zeigen. Sie ließ sich nicht unterkriegen. Nicht von ihm. Er würde nicht die Oberhand behalten. Er durfte sie nicht besiegen.

Aber ihre Gedanken flossen so träge dahin, als kämpften sie sich in Zeitlupe durch zähen, modrigen Schlamm.

Vielleicht war das ja alles nicht echt, nicht wirklich. Vielleicht befand sie sich einfach nur in einem schrecklichen Albtraum und gleich würde sie aufwachen und alles war gut.

Alles gut. Alles würde gut. Sie setzte die Flasche an die Lippen.

Im selben Moment streifte ein kühler Hauch sie und jagte ihr einen Schauer über die nackten Arme wie eine Warnung. *Nein! Mach das nicht.* Die Härchen richten sich auf. Sie ließ die Flasche sinken. Gleichzeitig begann sich der Kellerraum zu drehen, flimmernde Lichtpunkte tanzten vor ihren Augen, dann wurde es dunkel um sie.

75

Lysander spurtete durch den Keller. Sein Atem ging keuchend. Der Puls raste. Jeder Herzschlag ein Vibrieren. Angst trieb ihn vor sich her, jagte ihn durch die unterirdischen Gänge. Völlig atemlos erreichte er die drei vor der grauen Tür. Meo redete mit der Hausmeisterin. Russo telefonierte.

Lysanders Hände zitterten. So viele Schlüssel. Welcher war der richtige? Ratlos sah er seinen Bruder an. »Bärs Schlüssel. Einer muss passen.«

Meo nahm ihm den Bund aus der Hand, fächerte ihn auf und musterte die Schlüssel. »Der könnte es sein.« Er schob ihn ins Schloss. Fehlanzeige.

Lysander bekam das Bild nicht aus dem Kopf. Lou mit der Flasche in der Hand. »Lou ... sie hat eine Flasche Cola in der Hand. Sie wird das Zeug trinken. Beeil dich. Mach schon.«

»Immer mit der Ruhe. Panik hilft jetzt auch nicht weiter.« Meo schob den nächsten Schlüssel in den Zylinder. »Fordere für alle Fälle einen Notarzt an.«

»Ist längst erledigt.«

Lysander konnte nicht still stehen. Er trat von einem Bein aufs andere. Konnte man die Tür denn nicht eintreten? So wie die Wohnungstür von Bär. Doch diese Tür war aus Metall. Meo probierte einen weiteren Schlüssel aus. Wieder nichts.

»Schlüsseldienst kommt in zehn Minuten.« Russo steckte das Handy ein.

Lysander warf sich gegen die Tür, trommelte mit den Fäusten dagegen. »Lou? Hörst du mich? Trink nicht! Trink nicht! Wirf die Flasche weg!«

76

Als Lou wieder zu sich kam, lag sie auf dem Boden. Ihr Kopf wollte platzen, stechende Schmerzen wühlten darin, wie mit glühenden Messern. Sie war ohnmächtig geworden und voll auf den Boden geknallt. Hinsetzen befahl sie sich. Doch ihr fehlten Kraft und Wille, um sich aufzurappeln. Sie würde jetzt einfach hier liegen bleiben. Der Boden war kalt. So kalt. Es war ihr egal. Sie fühlte sich wie leer gesogen, war nur noch ein Kokon, den ein Schmetterling längst verlassen hatte. Eine leere Hülle.

Benommen tastete sie ihre Stirn ab. Etwas Klebriges blieb an den Fingern haften. Blut. Ein paar Tropfen Flüssigkeit. Gierig schleckte sie sie ab. Süßlich, pappig, irgendwie metallisch. Viel zu wenig. Doch sie weckten die Gier. Wie ein wildes Tier schoss sie aus dem Unterholz, verjagte jeden vernünftigen Gedanken, ließ Lous Arm nach vorne schnellen und nach der Colaflasche greifen, die nur ein Stück entfernt, halb leer, in einer Pfütze Cola lag. Ihre Finger berührten das harte Plastik, schlossen sich darum.

77

Der passt.« Meo drehte den Schlüssel, die Tür öffnete sich. Vor Erleichterung hätte Lysander heulen können.

Flackernd ging das Neonlicht an.

Ein weiterer Flur tat sich vor ihnen auf. Die Hausmeisterin deutete hinein. »Die zweite Tür links. Dort ist der alte Heizungskeller.«

Ein Gedanke traf ihn wie ein Faustschlag. Lysander fuhr zusammen. Idiot! Verdammter Idiot! Was war er doch für ein verdammter Idiot!

Er schnellte herum und stieß mit Elvira Pagel zusammen. »Wasser! Holen Sie Wasser. Schnell. Aus der Waschküche.«

Die Hausmeisterin starrte ihn verständnislos an.

»Lou hat vermutlich seit Tagen nichts zu trinken. Jetzt machen Sie schon!« Während er noch sprach, wandte er sich bereits ab und rannte an Meo und Russo vorbei zur Tür, rüttelte an der Klinke. Abgesperrt. Natürlich. Er hämmerte mit den Fäusten dagegen. »Lou. Nicht trinken! Trink die Cola nicht!«

Er legte sein Ohr an die Tür und hörte nichts. Nur das Rauschen seines eigenen Blutes.

»Lou!«

78

Lou!« Verzweifelt trommelte Lysander gegen die Tür. Meo schob ihn beiseite. »Beruhige dich.« Doch Lysander entging der Blick nicht, den Meo Russo zuwarf, während er gleichzeitig einen der Schlüssel ausprobierte. Blanke Panik lag darin.

Russo umfasste Lysanders Schultern. Fürsorglich. Wie ein Vater und zog ihn zur Seite. »Lass uns das machen. Du wartest besser draußen.«

Sie wollten ihn hier weghaben. Meo und Russo. Sie dachten, Lou sei tot. »Nein!« Lysander riss sich los. Im selben Moment glitt ein Schlüssel ins Schloss. Meo drehte ihn um, drückte die Klinke, öffnete die Tür.

Lysander wollte seinen Bruder beiseitestoßen, sich an ihm vorbeidrängen, doch plötzlich war er unfähig, sich zu bewegen. Sein Hirn produzierte Spukbilder. Lou, wie sie sich in Krämpfen wand. Eine röchelnde Lou. Eine Lou, die ihre Augen verdrehte, bis nur noch das Weiße zu sehen war. Lou, die tot am Boden lag.

Wie zur Salzsäule erstarrt lehnte er an der Wand, nicht imstande, einen Schritt zu tun.

»Du wartest hier. Es ist besser.« Mit diesen Worten wandte Russo sich ab und folgte Meo in den Heizungskeller. Ein Schwall stickiger Luft quoll heraus.

Einen Augenblick war es still. Dann Meos gedämpfte

Stimme. »Sie ist bewusstlos.« Ein leises Klatschen. »Lou. Aufwachen. Ich bin es. Meo. Alles ist gut.«

Ein leises Stöhnen.

»Hast du von dem Zeug da getrunken?«

Wieder ein Stöhnen.

»Prima. Gut gemacht.«

Offenbar hatte Lou die Cola nicht angerührt. Lysanders Beine gaben einfach nach. Seine Knie knickten ein. An der Wand entlang rutschte er zu Boden und sah dabei, wie Elvira Pagel den Gang entlanghastete. In den Händen eine kleine eckige Plastikwanne, wie seine Mutter sie für die Handwäsche verwendete. Bei jedem Schritt schwappte Wasser heraus. »Ich hab nichts anderes gefunden.«

79

Als Lou aufwachte, lag sie in einem Krankenhausbett. Weiße Laken. Weiches Kissen. Die Sonne schien zum Fenster herein. Es roch nach Putzmitteln und Medizin. War das jetzt Wirklichkeit oder bildete sie sich das ein?

Doch es fühlte sich alles so echt an.

Langsam kam die Erinnerung. Meo, der ihr ins Gesicht schlug. *Lou! Aufwachen. Hast du das Zeug getrunken?*

Bevor sie die Cola hatte trinken können, war ihr wieder schwarz vor Augen geworden. Vermutlich war das ihre Rettung gewesen. Dann das Wasser. Bens Mutter hatte ihr eine ganze Wanne davon unter die Nase gehalten. Gierig hatte sie davon getrunken, unfähig abzusetzen, bis sie keine Luft mehr bekam und sich verschluckte.

Anschließend fehlte ihr ein Stück Erinnerung. Im Krankenwagen war sie kurz aufgewacht, dann wieder weggedämmert. Und jetzt lag sie hier. Im Krankenhaus. Aus einem Infusionsbeutel tropfte Flüssigkeit in ihren Körper. Jede Zelle sog sich damit voll. Die rissigen Lippen hatte jemand eingecremt und der Durst war endlich verschwunden.

Alles gut. Alles ist gut.

Jemand klopfte an die Tür und öffnete sie im selben Moment. Lysander. Ihr Herz setzte für einen Schlag aus und machte dann einen riesigen Satz.

»Hi Lou.« In der Hand hielt er einen Strauß Blumen.

Die sahen irgendwie selbst gepflückt aus. Margeriten, Klatschmohn, Schafgarbe. Das war so süß!

»Hi Lysander.« Sie lächelte. »Ich habe dich ganz schön versetzt, gell.«

Seine Augen blitzten. Er grinste breit. »Aber so was von versetzt. Bitte mach das nie wieder.« Sofort wurde er ernst, beugte sich über sie und gab ihr einen zarten Kuss auf die Lippen. »Wie geht es dir denn?«

»Du meinst jetzt? Jetzt geht es mir wunderbar. Könnte gar nicht besser sein.«

Und genauso fühlte sie sich. Unendlich leicht und froh. Der Albtraum war vorüber. Lysander war hier. »Sind die für mich?« Sie deutete auf die bereits welkenden Blüten.

»Klar.« Er sah sich nach einer Vase um und stellte die Blumen ins Wasser. »So ein Fertigstrauß passt einfach nicht zu dir. Die sind von der Wiese hinterm Krankenhaus.«

Es klopfte wieder. Ihre Mam und ihr Pa kamen herein. Lou war so froh, sie zu sehen.

Mam sah erschreckend aus. Ganz käsig, Ringe unter den Augen, tiefe Furchen um die Mundwinkel. Und Pa erst. Dreitagebart. Dicke Tränensäcke, blass wie eine Marmorstatue. Und erst jetzt wurde Lou klar, dass ihre Eltern sich beinahe zu Tode gesorgt haben mussten.

»Hi Mam. Hi Pa.« Ihre Stimme klang total piepsig.

Jetzt würde sie kommen, die Standpauke. Mam würde behaupten, dass diese Sorgen, die sie von Anfang an gehabt hatte, voll berechtigt waren. München war kein Pflaster für Lou. Und Pa würde ins selbe Horn stoßen. Das Experiment München war gescheitert. Lou musste wieder nach Straubing zurück. Doch zu ihrer großen Bestürzung brach er in Tränen aus.

»Mensch Pa, ist doch alles in Ordnung. Mir geht es gut. Echt.«

Mit dem Handrücken wischte er sich die Tränen weg, setzte sich auf die Bettkante und griff nach ihrer Hand. »Du bist einfach unglaublich«, sagte er schniefend.

»Immerhin besser als *unmöglich.«*

»Du hast ja schon wieder ganz schön Oberwasser, mein Fräulein.« Ein Lächeln glitt über sein Gesicht.

»So, jetzt will ich auch mal.« Ihre Mam setzte sich auf die andere Seite des Bettes und wuschelte Lou durch die Haare. »Wir sind fast wahnsinnig geworden vor Angst.«

Lysander stand am Fenster und stellte die Vase aufs Fensterbrett. Die drei Menschen, die sie am meisten auf der Welt liebte, waren hier bei ihr. Es ging ihr einfach wunderbar. Lou seufzte. Ihr war schon klar, dass sie noch ziemlich lange von dieser Geschichte verfolgt würde, dass sich so etwas nicht einfach beiseiteschieben und vergessen ließ wie ein böser Traum. Doch im Moment war sie einfach nur unsagbar erleichtert und glücklich.

Kurz darauf redeten alle durcheinander. Lou erfuhr, wer sie entführt hatte. Jonathan Bär. Der Hausverwalter, der an ihrem ersten Tag in München die Übergabe des Appartements gemacht hatte. Er war nett gewesen. Echt nett. Doch offenbar konnte man in die Menschen nicht hineingucken. Ihre Eltern erzählten auch, dass Lysander als Erster verstanden hatte, dass Lou entführt worden war und dass er keine Ruhe gegeben hatte, bis die Polizei begann, nach ihr zu suchen. Lou stellte tausend Fragen. Irgendwann kam auch Meo herein. Er sah ernst aus. »So wie es aussieht, werden wir den Fall restlos klären können. Bär liegt zwar noch im Koma, doch in seiner Wohnung haben wir allerlei gefunden.« Er erzählte, was Bär in die Cola gemischt hatte. Thaliumsulfat. Ein schnell wirkendes Gift, mit dem man Ratten und Mäuse beseitigte. In einem Altbau, für den Bär als Hausverwalter zuständig war, hatte es im Frühjahr ein Rattenproblem gegeben. Er hatte das Mittel ganz legal bezogen. Es war dasselbe Mittel, mit dem er auch Daniela Schneider getötet hatte. Lou wurde es ganz flau. Sie hatte Glück gehabt… und Lysander, wenn er nicht so hartnäckig gewesen wäre… Lou verbot sich, diesen Gedanken zu Ende zu spinnen.

Meo erzählte, dass seine Kollegen von der Spurensicherung einen Schlüssel bei Bär gefunden hatten, der zu Onkel Achims Wohnung passte. »Woher er ihn hat, ist im Moment noch unklar. Aber es war für ihn kein Problem, deinem Onkel die Beweise unterzuschieben.«

Irgendwann schwirrte Lou der Kopf. Sie musste jetzt dringend mal eine Runde schlafen.

80

Knapp eine Woche musste Lou im Krankenhaus bleiben, bis ihre Nieren wieder einigermaßen gut funktionierten. Die waren nämlich kurz davor gewesen zu streiken und auch jetzt war ihre Funktion noch eingeschränkt. Der Arzt hatte ihr erklärt, dass sich das vermutlich auch nicht mehr wesentlich verbessern würde und sie daher in Zukunft ihre Nieren hegen und pflegen und immer ausreichend trinken musste. Das sollte ja kein Problem sein.

In dieser Woche bekam Lou mehrmals Besuch von Meo und seinem Kollegen Moritz Russo. Sie machte ihre Aussage und versuchte, alle Fragen zu beantworten. Auch wenn es schwerfiel. Aber sie wollte, dass Bär sein Leben lang ins Gefängnis musste, dass er nie wieder rauskam und deswegen musste sie sich erinnern.

Die Highlights dieser Tage waren ohne Frage Lysanders Besuche. Allerdings verschwand er jeden Nachmittag gegen vier und gab sich geheimnisvoll, wenn Lou fragte, was er denn vorhatte. Auch ihre Eltern erschienen täglich und Jem, Bea, Mark, Dave, einfach alle besuchten sie. Sogar Caro kam mit Ferdi angedüst. Nicht aus Straubing, sondern aus München-Giesing. Dort hatte er Knall auf Fall ein WG-Zimmer übernehmen können und war gestern eingezogen. Caro hatte ihm natürlich beim Umzug geholfen.

Am zweiten Tag tauchten auch Onkel Achim und Tante

Ute auf. Er sah ein wenig angeschlagen aus. »Louischen, Louischen«, begrüßte er sie. »Du machst Sachen. Und mit dir macht man Erfahrungen.« Sein Haar war ein wenig grauer geworden. Jedenfalls sah es so aus.

»Kann ich doch nichts dafür. Oder?« Sie zuckte mit den Schultern und lächelte verlegen. Armer Onkel Achim.

»Stimmt auch wieder. Wie geht es dir?«

»Könnte nicht besser sein. Einem Irren grad noch entkommen, das Praktikum sausen lassen, Lehrstelle so fern wie der Mars, dafür verliebt wie nie.« Sie grinste ihn an. »Also so insgesamt betrachtet, eigentlich eine positive Bilanz.«

Onkel Achim lachte. »Lysander ist wirklich ein toller Junge. Und wegen des Praktikums ... ich habe doch mal meinen Patienten erwähnt, der Kreativchef in einem Verlag ist. Sie suchen ab Herbst zwei Praktikanten für ein halbes Jahr. Ich habe ihm von dir erzählt und dich über den grünen Klee gelobt. Also, wenn du wieder fit bist, sollst du ihn anrufen.«

»Nee. Oder? Onkel Achim, du bist echt klasse.« Doch dann überlegte sie, was ihre Eltern wohl dazu sagen würden, und ein Schatten legte sich über ihre Freude. »Pa und Mam werden das nicht erlauben.«

Tante Ute mischte sich ein. »Kommt Zeit, kommt Rat. So, wie ich dich kenne, wirst du sie schon weichkochen«, sagte sie schmunzelnd.

Die Tage vergingen elend langsam. Lou wollte hier raus und war froh, als der Arzt am Samstag bei der Morgenvisite verkündete, dass die Nierenwerte nun einigermaßen stimmten und Lou mittags entlassen würde.

Natürlich rief sie mit dem neuen Handy, das Pa ihr

mitgebracht hatte, sofort Lysander an und bat ihn, sie abzuholen. Doch mittags kamen ihre Eltern. Lysander hatte noch etwas zu erledigen. Ein wenig war Lou enttäuscht. Doch was blieb ihr schon übrig? Sie ging brav mit Pa und Mam chic essen und anschließend fuhren sie in Tante Utes Wohnung.

Dort war alles wie immer. Doch von ihrer Mam erfuhr Lou, dass ihre Sachen erst gestern von der Polizei freigegeben worden waren. Bär hatte alles aus der Wohnung geschleppt, damit es aussah, als ob Lou davongelaufen sei.

Bei der Vorstellung, dass er hier in diesem Zimmer gewesen war, dass er ihre Sachen in seinen Händen gehabt hatte, wurde es Lou kotzübel. Sie musste hier raus.

»Wo willst du denn hin?«, fragte Mam.

»Keine Ahnung. Nur raus.«

»Das trifft sich gut. Jemand wartet im Englischen Garten auf dich.«

Na, das konnte ja nur Lysander sein. Bei dem Gedanken an ihn verschwand die Übelkeit sofort und Vorfreude breitete sich in ihr aus.

»Zieh dir etwas Ordentliches an. Lysanders Eltern kommen auch«, sagte Mam, die sich echt chic gemacht hatte. Leinenrock und passende Bluse und Pa trug sogar Anzug.

»Bitte? Was soll das denn werden?« Lou war alles andere als begeistert.

»Wir treffen uns alle zu einem Picknick«, antwortete Mam.

»Ihr kommt auch mit?« Das wurde ja immer schlimmer.

»Lysander hat uns eingeladen.«

Also gut. Lou kapitulierte. Wenn er das so wollte. In

Gedanken zuckte sie die Schultern. »Für ein Picknick brauche ich mich aber echt nicht zu verkleiden. Da reichen Shorts und T-Shirt. Entweder mögen mich Lysanders Eltern oder nicht. Und wenn nicht, liegt es nicht am Outfit.«

»Vermutlich nicht«, konterte ihre Mam mit einem Augenzwinkern. »Wohl eher am frechen Mundwerk.«

81

Die Sonne stand hoch am Himmel. Im Englischen Garten schien sich halb München versammelt zu haben. Der Bootsverleiher am Kleinhesseloher See machte sicher das Geschäft der Saison. Die Wiesen waren von Sonnenanbetern bevölkert. Vom Chinesischen Turm klang leise Blasmusik herüber, ein leichter Wind brachte den Geruch nach frischem Steckerlfisch mit sich. Lou genoss das Leben um sich herum. München war einfach toll. Sie würde hier bleiben. Hundertpro. Irre konnten einem überall in der Welt über den Weg laufen. Und die statistische Wahrscheinlichkeit, dass ihr das zweimal passierte, tendierte in den Minusbereich. Sie würde sich nicht vor Angst verkriechen. Niemals!

Ihre Eltern steuerten zielstrebig in den nördlichen Teil des Parks, weg vom Trubel. Lou war nicht sonderlich entzückt, dass sie mitkamen. Sie wäre lieber mit Lysander alleine gewesen, statt zu einem Familientreffen zu gehen.

Etwas abseits des Wegs entdeckte Lou schließlich eine Gruppe von Menschen auf einer Wiese. Sicher zwanzig Personen oder mehr. Meo und Sabine, Dave, Mark und Bea, Jem und Manu, Caro und Ferdi und sogar Gunda aus der Agentur – alle waren da. Decken und Kissen lagen im Gras. Teller, Gläser, Besteck, Schüsseln und Platten mit Salaten, Aufschnitt und Brot türmten sich darauf. In einer

Plastikwanne wurden Bier-, Wein- und Wasserflaschen gekühlt. Doch wo war Lysander?

Während sie alle begrüßte, Umarmungen und Fragen über sich ergehen ließ und schließlich vor Lysanders Eltern stand, hielt sie Ausschau nach ihm. Doch sie entdeckte ihn nicht.

Sein Vater war ganz anders, als Lou sich unwillkürlich einen Professor für Englische Literatur vorgestellt hatte. Weder war das Haar eine weiße Gelehrtenmähne, noch trug er eine Brille und Tweedanzug. Er steckte in Turnschuhen, Bermudashorts und Poloshirt. Sein Haar war so dunkel und dicht wie Lysanders. Als er sie anlächelte und den Kopf dabei leicht schräg legte, wurde Lou klar, woher Lysander diesen Beoblick hatte.

»Du bist also Hermia, die Fabelhafte, die es geschafft hat, dass der Junge sich endlich mit Shakespeare beschäftigt. Ganz überflüssig zu erwähnen, dass du meine Gunst bereits vor diesem Treffen errungen hast.«

Auch wenn er nicht wie ein Prof aussah, er hörte sich jedenfalls so an. Lou begrüßte ihn artig und reichte auch Lysanders Mutter die Hand. Flüchtig registrierte sie eine vage Ähnlichkeit mit Meryl Streep. Wo war nur Lysander?

Plötzlich wurden alle still und nahmen Platz, auch Lou setzte sich unwillkürlich. Was war jetzt los? Sie sah sich um. Jem, Dave, Manu, Mark und Bea waren verschwunden und die übrig Gebliebenen blickten alle in eine Richtung zu einem Gebüsch. Was gab es da zu sehen? Während Lou sich das noch fragte, trat Lysander hervor. Er trug ein Bettlaken, das er wie eine Toga um seinen Körper geschlungen hatte. Auf Lous Gesicht breitete sich ein

Grinsen aus. Er hatte es nicht vergessen. Im Gegensatz zu ihr. Daran hatte sie echt nicht mehr gedacht.

Mit einer Verbeugung wandte er sich an sein Publikum. »Ein Sommernachtstraum von William Shakespeare, in einer besonderen Inszenierung für Lou, präsentiert vom Ensemble *Spielfreude* und meiner Wenigkeit.« Wieder verbeugte sich Lysander und wartete, bis der Applaus abgeebbt war. »Erste Szene. Stellt euch bitte einen Saal im Palast von Theseus vor.« Lysander ging ab. Hinterm Busch kamen Jem und Bea hervor, ebenfalls in Betttücher gehüllt.

Das Stück nahm seinen Lauf, herrlich improvisiert. Vor allem Mark als Esel sorgte für Heiterkeit. Offenbar nahm die Pappmaschee-Maske ihm die Sicht. Mehrmals rammte er versehentlich sein Gegenüber, torkelte dann ins Gebüsch und wurde unter Mühen befreit. Lou lachte Tränen und vergaß für einige Momente alles, was sie in den letzten Tagen und Wochen durchgemacht hatte.

Am Ende gab es frenetischen Applaus und die erschöpften Schauspieler ließen sich zum Picknick nieder. Deshalb war Lysander also in den letzten Tagen regelmäßig um vier verschwunden. Sie hatten für das Stück geprobt. Endlich kam er zu ihr, setzte sich an Lous Seite und gab ihr einen Kuss. »Sei gegrüßt, Hermia.« Er legte den Kopf zur Seite, sah sie mit diesem Beoblick an.

»Liebster Lysander, ihr wart toll.« Sie ließ sich an seine Schulter fallen und plötzlich überrollte sie eine Welle der Erleichterung. Alles war gut.

Beatrix Gurian

Der süße Kuss der Lüge

Lus geliebte Nichte Ida ist spurlos vom Spielplatz verschwunden, als sie für einen Moment nicht aufgepasst hat. In Panik ruft sie ihren Freund Diego an, der bei der Polizei arbeitet – und findet sich im schlimmsten aller Albträume wieder. Denn der Mann, dem sie ihr Herz geschenkt hat, ist nicht der, für den Lu ihn hält. Ihr bleiben nur 24 Stunden, um zwischen Lüge und Wahrheit zu entscheiden, 24 Stunden, in denen sie ihr Leben aufs Spiel setzen muss. Sonst stirbt Ida.

Arena

384 Seiten • Klappenbroschur
ISBN 978-3-401--06712-4
www.arena-thriller.de